W0086158

KUHNKUHN

Fusslos

KUHNKUHN
Fusslos

Noldi Oberholzers dritter Fall

GMEINER SPANNUNG

Bisherige Veröffentlichungen im Gmeiner-Verlag:
Hasensterben (2015), Nachsuche (2013)

Besuchen Sie uns im Internet:
www.gmeiner-verlag.de

© 2016 – Gmeiner-Verlag GmbH
Im Ehnried 5, 88605 Meßkirch
Telefon 07575/2095-0
info@gmeiner-verlag.de
Alle Rechte vorbehalten
1. Auflage 2016

Lektorat: Claudia Senghaas, Kirchardt
Herstellung: Mirjam Hecht
Umschlaggestaltung: U.O.R.G. Lutz Eberle, Stuttgart
unter Verwendung eines Fotos von: © Martin Schlecht / Fotolia.com,
© stockpackshot / Fotolia.com
Druck: GGP Media GmbH, Pößneck
Printed in Germany
ISBN 978-3-8392-1922-5

Unsere Geschichte ist von Anfang bis Ende frei erfunden. Ähnlichkeiten mit tatsächlichen Personen und Ereignissen beruhen auf Zufällen und sind nicht beabsichtigt.

Das Tösstal ist wirklich so wunderschön, wie wir es beschreiben, auch wenn wir da und dort für den Krimi ein wenig herumgebastelt haben.

INHALT

PERSONEN

Noldi (Arnold) Oberholzer, Kantonspolizist, 57
Meret, seine Frau, 53
Verena, Tochter, 28
Richard, Schwiegersohn, 31
Mark, deren erstes Kind, 4
Luis und Lena, Zwillinge, nicht ganz 2
Peter, Sohn, 26, immer noch in Amerika
Cheryl, seine Freundin, 20
Felizitas, Tochter, 20
Paul, Sohn, 15
Hans Hablützel, Wildhüter, 62
Betti, seine Frau, Merets Schwester, 58

Alfons Nievergelt, 48, Polizist in Pfäffikon, Opfer
Claire, seine Frau, 37, geborene Paillard
Yannik, 14, Sohn
Ueli, Sepp und Köbi Nievergelt, Halbbrüder von
Alfons
Nico Oehninger, 35, Liebhaber von Claire Nievergelt,
bei der Uerikon-Bauma-Bahn
Rico Oehninger, 33, sein Bruder
Gusti Rebsamen, Immobilienmakler, 83
Bruno Lüthi, genannt Mülilüthi, 72, Waldbesitzer in
Sternenberg
Marco Stettler, Gemeindeschreiber in Sternenberg

Robert Wolfer, genannt Röbi, 40, Polizist von Bauma
Werner Rühle, Franca Meile, Schalterbeamte, Noldis
Kollegen in der Polizeistation Tösstal

Hans Beer, Noldis Chef, 60
Jimmy Egloff, 35, Forensiker,
Franz Notter, 58, Noldis ehemaliger Freund, sitzt im
Gefängnis

Anne, Mitschülerin von Pauli, 16

Bayj, der bayrische Gebirgsschweißhund, 7

1. WANDERER AUF DER BANK

Der Polizist liegt im Bett. Er schläft aber nicht, er ist tot. Über sein Gesicht kriecht eine Fliege, und auf dem Boden stehen fein säuberlich nebeneinander zwei nackte Füße. Nirgends ist ein Tropfen Blut zu sehen. Die Leiche wirkt mit ihren auf dem Bauch gefalteten Händen adrett und scheinbar unversehrt. Erst als der Arzt sie umdreht, entdeckt er die Todesursache. Der Mann ist erschossen worden, mit einem einzigen aufgesetzten Schuss in den Rücken.

An dieser Stelle kommt bereits Noldi, beziehungsweise Kantonspolizist Arnold Oberholzer, ins Spiel. Er hat Ferien, denn um diese Jahreszeit ist es in der Polizeistation Tösstal relativ ruhig. Die Leute haben sich vor der Hitze in die Badi geflüchtet oder irgendwo in den Schatten der Büsche am Flussufer.

Noldi und seine Frau sind vor einer Woche losgefahren. Mit dem Auto durch den Nationalpark, über den Ofenpass nach Mustair. Dort haben sie zum ersten Mal Station gemacht. Nach dem Mittagessen besuchten sie die Klosterkirche. Vor dem Hauptaltar haben sie einander mit dem Ellbogen angestoßen. Sie erinnerten sich, wie sie vor Jahren mit den Kindern hier gewesen sind. Ihre jüngere Tochter konnte sich nicht an dem Fresko sattsehen, welches den Tanz der Salome darstellt. Sie macht einen

Handstand vor Herodes, um ihm ihre Beine zu zeigen. Dafür verlangt sie den Kopf des Jochanaan. Das beeindruckte Felizitas nicht im Mindesten. Sie wollte nur so ein Kleid wie die Tänzerin, blau mit unten fünf Zipfeln.

Von Mustair fuhren Noldi und Meret weiter nach Meran. Die endlosen Obstplantagen rechts und links der Straße hatten schon Frucht angesetzt. Sie suchten ein kleines Hotel in der Altstadt. Dort im Zimmer fielen sie einander um den Hals. Sie fanden ihre ersten Ferien ganz ohne Kinder großartig und hatten gleichzeitig ein schlechtes Gewissen wegen ihrer Erleichterung. Sie mussten sich kein abwechslungsreiches Programm einfallen lassen, um ihre Brut bei Laune zu halten, sondern schliefen, so lange sie Lust hatten, schlenderten müßig die Promenade am Fluss entlang und saßen stundenlang im Kaffeehaus, musterten die anderen Spaziergänger und machten über alle und jeden boshafte Bemerkungen, die sie sich vor den Kindern nie erlaubt hätten.

Jetzt, am Tag nach der Rückkehr, geht Noldi mit seinen drei Enkeln auf dem Tössdamm spazieren. Dieser Damm wurde im vorigen Jahrhundert angelegt, um den Talgrund vor dem wilden und völlig unberechenbaren Fluss zu schützen. Auf der einen Seite des Weges fällt das Ufer steil zur Töss ab, auf der anderen geht es ebenso steil hinunter. Es ist ein schöner Tag im Juni, der Himmel blau, die Bäume grün. Auf den Wiesen hat der Hahnenfuß den Löwenzahn schon abgelöst. Der vierjährige Mark, Noldis erster Enkel, zerrt zum Zeitvertreib einen schweren Ast hinter sich her, den er am Weg gefunden hat. Die Zwillinge, Luis und Lena, sind knapp zwei. Sie kamen genau an dem Tag zur Welt, als Noldi um ein Haar erschossen worden wäre. Daran denkt er nicht gern, denn das Entsetzen steckt ihm nach wie vor in den Knochen. Lieber erinnert er sich, wie er mit Meret, seiner Frau, und seinem jüngsten Sohn in die Geburtsabteilung der Klinik Hirslanden gekommen ist.

Richard, der Schwiegersohn, war da, und die Männer schlugen einander besonders kräftig auf die Schultern, um nicht vor Rührung in Tränen auszubrechen. Dann stießen alle mit Champagner auf das glückliche Ereignis an. Sogar der damals 13-jährige Pauli bekam einen Schluck. Nur Verena, die Mutter der Neugeborenen, trank nichts. Sie war vor Erschöpfung eingeschlafen.

Die Geburt hatte sich hingezogen. Offenbar konnten sich die Zwillinge nicht einigen, wer zuerst an der Reihe wäre. Das Mädchen, ein strammes kleines Ding, setzte sich schließlich durch, dann kam ihr Bruder, auch er gesund und munter, aber eine Spur zarter als seine Schwester.

Sie lagen eng nebeneinander in ihrem Bettchen, und Noldi traf fast der Schlag, als er sich über sie beugte und ihm durch die nur halb geschlossenen Lider vier blinde Äuglein entgegenstarrten, blau wie die von jungen Katzen.

»Wie heißen sie«, fragte er seinen Schwiegersohn. »Habt ihr schon Namen für die beiden?«

»Oh ja«, antwortete anstelle ihres Mannes Verena, die eben wieder erwacht war. »Sie heißen Luis und Lena.«

Diese beiden mustert Noldi jetzt wohlgefällig und staunt einmal mehr, wie groß sie bereits geworden sind. Sie haben beide den Kopf voller Locken, das Erbteil ihrer Großmutter. Davon kann man im Moment nichts sehen, denn sie tragen zum Schutz vor der Sonne Hütchen mit Tüchern, die ihnen hinten über den Nacken hängen. Wie sie da auf dem Weg hin und her rennen, sehen sie aus wie geschäftige kleine Fremdenlegionäre. Dann entdeckt Mark auf einem Pfahl am Wegrand im hohen Gras versteckt eine schwarze sehr schmutzige, sehr unappetitliche Jacke. Jemand muss sie hier verloren oder widerrechtlich entsorgt haben. Sofort will der Junge seinen Ast gegen die neue Trophäe austauschen. Er ist fassungslos, als sein Großvater ihm das kategorisch verbietet. Da er bereits in das Alter kommt, in dem man für seine Wünsche kämpft, beginnt er zu argumentieren, und er argumentiert gut. Noldi muss seine ganze Überredungskunst aufbieten und gleichzeitig die Zwillinge in Schach halten, damit keines von ihnen in der Zwischenzeit abhanden kommt. Trotzdem ist er mit sich und der Welt zufrieden. Bis das Handy in seinem Hosensack brummt. Er fischt es heraus, schaut nicht auf die Nummer, weil er meint, es sei seine Frau. Es ist aber nicht Meret, sondern Hans Beer, Vorstand der Kantonspolizei Zürich in Winterthur.

»Chef«, sagt Noldi, »das ist gerade ganz ungünstig. Kann ich dich zurückrufen?«

»Wo bist du?«, fragt Beer.

»Ich muss die Zwillinge hüten«, antwortet Noldi. »Sie sind schlimmer als ein Sack voll Flöhe. Bin mit ihnen gerade auf dem Tössdamm. Muss höllisch aufpassen, dass mir keines ins Wasser oder auf der anderen Seite die Böschung hinunterfällt.«

»Mutig, mein Lieber«, kommentiert Beer mit einem Grinsen in der Stimme. Noldi hört es und registriert voll Unbehagen, dass es nur ganz schwach ist.

»Es handelt sich um einen Notfall«, sagt Beer auch schon. »Ich brauche dich in Winterthur.«

»Jetzt?«

»Ja. Sofort.«

Noldi sagt nichts mehr.

Sein Chef fragt: »Bist du noch da?«

»Eigentlich nicht«, erklärt Noldi frech, während er Luis, der sich gefährlich weit an den Rand des Weges wagt, hinten am Kragen packt.

»Also wir sehen uns. In einer halben Stunde bei mir im Büro«, sagt Beer und legt auf.

Noldi knurrt nur, aber er weiß, was ein Befehl ist. Auch wenn es ihm absolut nicht in den Kram passt, nimmt er die Kleinen fest an der Hand und ruft dem Größeren zu: »Komm, Mark, wir müssen zurück.«

Der Junge ist nicht begeistert, aber aus dem Ton seines Großvaters hört er, dass es keinen Sinn hätte zu protestieren. Bedauernd lässt er den Ast fallen und trabt hinter den anderen her. Noldi hat der Anruf von Beer nervös gemacht. Obwohl sie alte Freunde sind, kommt es selten vor, dass ihn der Chef während der Freizeit kontaktiert. Luis und Lena schwingen tapfer ihre Beinchen, um mit Noldi mitzuhalten. Doch sie haben Mühe, bis ihm in den Sinn kommt, sein Tempo zu mäßigen. Dann marschieren sie einträchtig alle vier über die Brücke, bleiben in der Mitte stehen, um die Töss zu begutachten. So viel Zeit muss sein, denkt Noldi grimmig, denn das machen sie jedes Mal, wenn sie hier vorbeikommen. Mark hängt sich an das Geländer. Der Wasserstand ist tief. Seit einer Weile hat es nicht mehr geregnet, und die Schneeschmelze in den Bergen ist längst vorüber. Noldi denkt an den zehnjährigen Jungen, den sie vor zwei Jahren tot aus der Töss geholt haben, und nimmt die Zwillinge fester an der Hand.

»Au«, sagt Lena, sie schlenkert mit dem Arm, um sich zu befreien, doch der Griff des Großvaters lockert sich nicht. Dann überqueren sie auf dem Fußgängerstreifen die stark befahrene Tösstalstrasse. Erst am Eingang zur Sunnematt, wo Oberholzers seit dreißig Jahren wohnen, lässt er die Kleinen frei. Sie laufen los, während Mark sich beim Großvater einhängt.

Noldis Haus steht an einer Seite der Einfahrt, auf der anderen die Garage unter einem großen Kastanienbaum. Der Platz dazwischen, bedeckt von feinem Kies, ist sauber gekehrt. Da war Noldi heute früh morgens bereits am Werk. Er hat einige der kleinen grünen Kastanien, die vom Baum gefallen sind, auf das Sims zum Kellerfenster gelegt. Die holt er jetzt und gibt sie Mark. Luis und Lena sind schon bei der Treppe, die zum Eingang führt, und rufen nach der Großmutter. Meret öffnet die Haustür. Sie ist eine hochgewachsene, kräftige, aber gut gebaute Frau. Auch nach vier Geburten hat sie ihre Beweglichkeit erhalten, und es gibt Momente, da wirkt sie immer noch wie ein Mädchen. Unlängst hat sie ihrem Mann gestanden, sie habe sich zum ersten Mal die Haare gefärbt, nachdem sie am Hinterkopf eine graue Stelle entdeckte. Noldi musste sich beschämt eingestehen, er hat davon nichts bemerkt. Für ihn altert seine Frau nicht, oder nur kaum. Aber vielleicht schaut er auch nicht genau hin. Das erhält ihn so jung, wie er sich fühlt.

Jetzt steht Meret in der Haustür und fragt sofort: »Noldi, ihr seid schon zurück. Ist etwas passiert?«

»Eigentlich nicht«, antwortet er, während er die Zwillinge mit einem Schubs an ihrem Hinterteil die drei Stufen zum Eingang hinauf befördert.

»Beer hat angerufen. Er will mich sehen.«

»Wieso das? Du hast doch bis Freitag frei. Dafür haben sie dir die Wochenendstreife aufgebrummt«, sagt Meret.

»Weiß der Teufel, was der Chef hat. Er war höchst sonderbar.«

Luis und Lena sind empört, dass sie wieder ins Haus sollen. Auch Mark schaut traurig, was bei ihm selten vorkommt. Der Großvater hat versprochen, ihm ein neues Spiel zu zeigen, und jetzt will er ihn schon sitzen lassen. Er ist ein unternehmungslustiger Junge mit einem ausgeprägten Bewegungsdrang, der nicht gern alleine spielt. Für ihn ist wichtig, dass immer etwas läuft.

Das Haus der Oberholzer wird im Inneren durch einen langen Gang in zwei Hälften geteilt. Die eine Seite nimmt fast zur Gänze die Stube ein, auf der anderen liegt die große Küche mit den Nebenräumen. Dorthin geht Meret nun mit Noldi und den Kindern. Sie holt einen riesigen Krug Limonade aus dem Kühlschrank, schenkt allen ein. Die Zwillinge sind sofort getröstet. Limonade bedeutet etwas Besonderes für sie, denn zu Hause bekommen sie nur Wasser. Sie halten die Becher fest mit ihren kleinen Händen umklammert, und für Momente hört man in der Küche keinen anderen Laut als ihr eifriges Schlürfen und Schlucken.

Noldi leert sein Glas in einem Zug, stellt es dann mit einem Seufzer auf den Tisch und sagt zu Meret: »Ich muss. Leider.«

Sie erkundigt sich resigniert: »Glaubst du, dass du zum

Abendessen zurück bist, wenn Verena und Richard kommen?«

»Keine Ahnung«, sagt ihr Mann. »Aber ich verspreche dir, ich beeile mich.«

Er küsst Meret, die Zwillinge müssen ihm die Hand geben, was sie nur sehr nebenbei tun. Mark hängt sich an seinen Arm. Er will mitkommen. Noldi fährt ihm über den Kopf. »Das geht leider nicht.«

Das tut ihm selbst am meisten leid, denn er hat absolut keine Lust, sich schon wieder von seinen Enkeln zu trennen. Er hat sie die ganze letzte Woche nicht gesehen und auch davor nicht zu häufig. Nachdem seine Ferien bereits bewilligt waren, erlebte der Polizeiposten Tösstal überraschend noch ein paar höchst betriebsame Tage. Es gab einen Aufstand wegen der Asylanten im Schwimmbad in Bauma, eine Einbruchsserie rumänischer Kriminaltouristen in Turbenthal. Die Polizei kennt sie bereits, kann ihnen jedoch nichts anhaben, weil sie minderjährig sind. Sie werden in Bussen am Morgen über die Grenze gekarrt, treiben ihr Unwesen in leer stehenden Ferienhäusern oder an bevölkerten Orten wie Fußgängerzonen, überfüllten Linienbussen und Bahnhöfen. Noldi ärgert sich jedes Mal, wenn er daran denkt. So auch jetzt, während er ins Auto steigt. Aber darum, überlegt er, wird es sich kaum handeln. Deswegen holt Beer ihn nicht aus dem Urlaub zurück. Da muss es schon einen gewaltigen Knall gegeben haben.

Er startet, biegt von der Sunnematt auf die Tösstalstrasse, am Bahnhof vorbei, holpert über die Geleise, fährt um die lange Rechtskurve, dann die Straße entlang, wo auf der einen Seite die Gärtnerei und neue Wohnblocks, auf der anderen einzelne hohe schmalbrüstige Häuschen stehen. Nach der 5oer-Zone gibt er Gas. Es ist zwar nur ein lächerlich kurzes Stück, das man schneller fahren darf, denn schon nach der Abzweigung zum Friedhof Kollbrunn kommt die nächste Beschränkung, und so geht es mehr oder weniger bis Winterthur. Noldi spekuliert während der Fahrt weiter daran herum, wieso, in aller Welt, sein Chef ihn unbedingt sehen will. Sie sind Freunde seit ihrer Militärzeit, und die Tatsache, dass Beer die Karriereleiter aufgestiegen, während Noldi einfacher Polizist geblieben ist, hat ihre Freundschaft nie getrübt. Doch seit der Umstrukturierung der Kantonspolizei im Raum Tösstal vor zwei Jahren haben sie dienstlich wenig miteinander zu tun. Die Einsatzpläne kommen jetzt direkt aus der Zentrale in Zürich, die in ihrem Computersystem jederzeit sehen können, wo die Streifenwagen sich gerade befinden.

»Also, Chef«, fragt Noldi, kaum dass er den Kopf durch die Tür gestreckt hat.

»Alfons Nievergelt ist ermordet worden«, sagt Beer ohne weitere Einleitung. »Du weißt, der Kollege aus Sternenberg, welcher bei der Zusammenlegung der Polizeiposten nicht in die neue Station Tösstal wollte.«

Noldi versucht, die Sache sportlich zu nehmen.

»Aber deshalb hat ihn keiner umgebracht.«

Der Chef lächelt flüchtig, wird dann gleich wieder ernst.

»Komm setz dich«, sagt er.

Polizist Oberholzer wirft sich in den Stuhl vor Beers Schreibtisch. Der Chef sucht nervös etwas in der Schublade. Das ist so ganz und gar nicht seine Art. Noldi beschleicht ein ungutes Gefühl. Trotzdem fragt er noch forsch: »Darum hast du mich kommen lassen? Für Sternenberg sind Wolfer und Rühle zuständig.«

Beer seufzt.

»Lass mich ausreden.«

Noldi grunzt ungeduldig, aber er ist still.

»Wolfer hat ermittelt, jetzt übernimmst du.«

»Hans, das ist nicht dein Ernst.«

»Nein, eine Anordnung aus Zürich.«

»Ja, aber Wolfer hat den Sternenberger viel besser gekannt als ich.«

»Eben.«

»Wieso?«

»Man hat Wolfer mit sofortiger Wirkung von dem Fall abgezogen.«

Noldi schaut seinen Chef und langjährigen Freund mit gerunzelter Stirn an.

»Nein«, sagt er.

»Doch.«

»Warum?«

»Du weißt, dass ich dir das eigentlich nicht sagen darf.«

»Aber du sagst es mir trotzdem.«

»Klar. Weil du sonst keine Ruhe gibst.«

»Also?«

»Die Direktion in Zürich hat einen Brief bekommen, in dem es heißt, Robert Wolfer habe sich im ›Club Relax‹ in Volketswil gratis bedienen lassen.«

»Das ist ein Ding«, sagt Noldi verdutzt.

»Drei Mal darfst du raten, von wem der Brief stammt.«

»Von Nievergelt.«

»Genau. Und jetzt ist er tot.«

Da sagt Noldi nichts mehr.

»Was denkst du?«, fragt Beer nun seinerseits.

»Wolfer ist einer aus unserem Team, und keiner hat bemerkt, dass mit ihm etwas schief läuft?«

»Erstens,« beginnt Beer, »handelt es sich nicht um ein Etablissement in eurem Revier, zweitens weiß man noch nicht, ob an der Sache etwas dran ist, und drittens ist das alles äußerst dubios. Nur, Nievergelt kann man nicht mehr fragen, der ist tot.«

»Ob wahr oder nicht, irgendetwas muss in jedem Fall faul sein.«

»Stimmt, und Wolfer hat somit ein Tatmotiv.«

»Nein, Hans«, sagt Noldi, »er ist Polizist ebenso wie Nievergelt.«

»Und du meinst, deshalb kann er den anderen nicht umbringen. Das sagst ausgerechnet du?«

Noldi geht sofort zu wie eine Auster. Über dieses Thema will er nicht reden. Auch mit Beer nicht.

Der weiß, was in seinem Freund vorgeht.

»Lass es gut sein«, sagt er ungewöhnlich sanft und wechselt das Thema.

»Dir ist nichts aufgefallen?«

»Nein, wie auch. Wenn er wirklich dort im Puff war, hat er das in seiner Freizeit erledigt. Und von seinem Privatleben weiß ich nichts«, sagt Noldi mürrisch. »Die aus Bauma bleiben eher unter sich.«

Schließlich fragt er: »Haben sie ihn suspendiert?«

»Nein, er ist weiter im Dienst. Sie haben ihn nur von dem Fall abgezogen. Da wäre er eindeutig befangen.«

Noldi hebt den Kopf, schaut Beer direkt an.

»Und ich? Was soll ich machen?«

»Ermitteln, lieber Noldi, ermitteln.«

»Warum ausgerechnet ich? Kann das nicht Rühle übernehmen? Er ist der zweite aus Bauma und kennt sich in Sternenberg viel besser aus.«

»Alle, sogar die in Zürich, sind sich einig, wenn jemand mit dieser brenzligen Situation zu Rande kommt, dann du. Du könntest es als Kompliment auffassen.«

»Danke für die Blumen. Ich verzichte gern, wenn man mich dafür in Ruhe meine Enkel hüten lässt.«

Beer überhört die despektierliche Bemerkung. Er sagt nur knapp: »Das ist eine Weisung von oben.«

Einen Augenblick schweigen sie, jeder in seine Gedanken versunken. Noldi betrachtet seinen Chef. Was er für ein Bubengesicht hat, denkt er. Das kommt nur zum Vorschein, wenn er verunsichert ist. Sonst schaut er drein wie ein General. Dann überlegt er, ob es eine Möglichkeit gibt, den undankbaren Job irgendwie loszuwerden. Leider ist er nicht so geschickt darin wie sein Sohn Pauli, dem es nie an einer Ausrede mangelt.

Bevor er noch eine zündende Idee hat, schiebt Beer das dünne Kuvert, welches er vor sich liegen hat, über den Tisch. Noldi öffnet es nur widerwillig, holt zwei Fotos heraus und fällt fast vom Sitz. Auf dem einen ist der tote Polizist zu sehen, wie er ausgestreckt auf dem Bett liegt, auf dem anderen zwei glatt abgeschnittene Füße. Bei ihrem Anblick dreht sich Noldi schier der Magen um. Nicht, dass er noch nie irgendwelche abgerissene Gliedmaßen gesehen hätte, aber diese hier wirken so sauber. Als wären sie aus Wachs, aus Plastik oder Stein. Ein Präparat für den medizinischen Anschauungsunterricht, ein Jux, vielleicht sogar Kunst. Alles nur nicht echt, wie sie da so unverbindlich neben dem Bett stehen. Um diese absurden Gedanken zu vertreiben, nimmt Noldi die restlichen Blätter aus dem Kuvert. Es handelt sich um den Report über den Tatbestand, verfasst von Wolfer, den Obduktionsbefund, den Bericht der Spurensicherung, sowie die Personalien des Toten. Er schaut die Unterlagen durch, aber mehr als ein paar Satzfetzen bleiben bei ihm nicht hängen.

»Seine Frau hat ihn gefunden«, sagt Beer, der ihn beobachtet.

»Das auch noch.«

»Ja. Sie steht unter Schock. Ich weiß nicht, ob Wolfer sie schon befragt hat. Er soll dir berichten, wie weit er bis jetzt gekommen ist. Dann weißt du, wo du weitermachen musst. Die Unterlagen kannst du mitnehmen.«

Er lehnt sich im Stuhl zurück.

»Noch etwas, das Detail mit den Füßen haben wir bis jetzt unter Verschluss gehalten. Davon kann also außer der Polizei und den Beteiligten niemand etwas wissen. Ich wünsche dir viel Erfolg, mein Lieber. Und halt mich auf dem Laufenden.«

Noldi nimmt das Kuvert, schiebt den Stuhl, auf dem er gesessen ist, ordentlich zurück, will eigentlich noch etwas sagen, überlegt es sich dann und geht.

Unterwegs zu seinem Auto denkt er, dass Beer ihn zweimal mit »mein Lieber« angeredet hat. Das kann nur bedeuten, er hält diese Mission für einen Schleudersitz. So ungefähr fühlt Noldi sich auch. Er hat keinen Schimmer, wo er beginnen soll. Er weiß nur, er kann jetzt nicht ins Büro, zu Wolfer, den sie von dem Fall abgezogen haben und mit dem er darüber reden muss. Aber nicht gleich. Er wird zuerst eine Strategie ausdenken, wie er dieses heikle Gespräch so schlau wie möglich einfädelt.

Gut, sagt er sich grimmig, dass Beer ihm nicht vorgeschrieben hat, was er als Erstes tun soll. So bleibt ihm wenigstens ein winziger Spielraum, und den wird er nutzen, indem er statt auf den Polizeiposten schnurstracks nach Sternenberg fährt.

Unterwegs überlegt Noldi, wann er das letzte Mal dort oben war. Einmal, es muss Jahre wenn nicht Jahrzehnte her sein, da hat er allein mit Meret einen Ausflug hinauf gemacht.

Sie sind mit dem Postauto bis zum »Sternen« gefahren, haben dort zu Mittag gegessen und wollten dann hinunter in die Tablat wandern. Es war ein klirrend kalter Wintertag, doch der Blick über das Tösstal, die durchsonnte Weite, die glitzernden Wälder und verschneiten Hochebenen ließen sie den Frost vergessen.

Nach dem Kaffee brachen sie auf. Leider stellte sich heraus, dass der Weg durch den Wald vollständig vereist war. Es handelte sich um nicht viel mehr als eine schmale Kerbe im Steilhang. Auf der einen Seite ging es steil bergan, auf der anderen ebenso steil bergab, und das Eis auf dem Pfad war spiegelglatt. Noldi wäre trotzdem, ohne viel zu überlegen, irgendwie nach unten gerutscht. Nur die sonst nicht zimperliche Meret weigerte sich. So krochen sie nach einer lebhaften Diskussion fast auf allen Vieren das kurze Stück Weg wieder zurück und wanderten Arm in Arm die Straße hinunter ins Tal. Auch wenn er es sich nicht anmerken ließ, war Noldi heilfroh, dass seine Frau ihn vor diesem unsinnigen Abenteuer bewahrt hatte.

Ein anderes Mal, erinnert er sich, hatten sie mit Vreni und Peter, ihren beiden älteren Kindern, im Hochsommer einen Ausflug nach Sternenberg gemacht. Noldi rechnet nach, wie alt die beiden damals waren, und kommt dabei zu dem verblüffenden Schluss, dass ihr Pauli zu diesem Zeitpunkt noch gar nicht geboren war. Innerlich grinsend muss er sich eingestehen, ein Leben ohne seinen pfiffigen Jüngsten wäre für ihn undenkbar.

Auch damals waren sie mit dem Bus nach Sternenberg gefahren, bei der Station Rossweid ausgestiegen und nach Bauma hinuntergewandert. Der Tag war sehr heiß, das Heu duftete auf den Wiesen, und an den Bäumen rührte sich kein Blatt. Sie hatten diese Route gewählt, weil sie durch eine Schlucht führt. Dort war die Luft feucht und frisch, die Sonnenstrahlen drangen nur gedämpft durch das leuchtend grüne Laubdach. Sie kamen am Hagheerenloch vorbei. Noldi erzählte den Kindern, dass dort früher Raubritter gehaust hätten. Peter, damals im Primarschulalter, zeigte großes Interesse an der Geschichte, und der Vater musste mit ihm unbedingt die Höhle inspizieren. Der Junge schleppte sogar eine Taschenlampe mit. Ihr dünner Strahl reichte bei Weitem nicht, das nasse niedrige Loch auszuleuchten. Meret, die gegen dieses Abenteuer protestiert hatte, blieb mit Vreni draußen auf einer Bank sitzen, hielt ungeduldig Wache, bis Mann und Sohn wieder heil ans Tageslicht kamen.

So ist es, das Tösstal, denkt Noldi, während er mit dem Auto Kurve um Kurve der gewundenen Straße nimmt, unten der Talgrund mit dem Fluss, in den Seitentälern der steile Anstieg zu Hochebenen und Kreten. Überall in den dicken grünen Falten der bewaldeten Hänge verborgen liegen Heiligtümer und Geheimnisse. Wer sich vor Verfolgung schützen wollte oder aus einem anderen Grund das Tageslicht scheute, fand hier Unterschlupf.

Da fällt ihm wieder ein, was ihn nach Sternenberg führt. Hinter diesem Mord steckt ebenfalls ein Geheimnis. Und ausgerechnet er soll es herausfinden. Was für eine Zumutung. Er ist nicht aus der Gegend. Daher sind seine Chancen, in einer so kleinen geschlossenen Gemeinschaft wie einem Bergdorf, überhaupt etwas zu erfahren, gleich Null. Das können sich nur die in Zürich ausdenken.

Dann ist er schon oben auf der Höhe, sieht die ersten Häuser der weit auseinander gezogenen Streusiedlung. Sternenberg ist kein Dorf, das sich um seine Kirche schart, es gibt keinen richtigen Kern. Wenn doch, dann ist das hier die Beiz, der »Sternen«, an dem er bald darauf vorbeikommt. Kurz entschlossen biegt er von der Straße ab. Da der Parkplatz besetzt ist, stellt er den Wagen nahe an die Hausmauer, damit er niemand den Weg versperrt. Er steigt aus, streckt sich, schaut sich um. Die Vorderfront des Gebäudes ist mit den für das Tösstal so typischen kleinen grauen Holzschindeln bedeckt, die wie Fischschuppen übereinander liegen. Sie schützen die Wand vor Schnee, Regen und Wind. Ein paar Stufen führen zum Eingang, rechts und links neben der Tür hängen Blumenampeln mit blühenden Geranien. Auf der klobigen Holzbank vor dem Haus sitzt ein Wanderer mit überschlagenen Beinen, Stock und Sonnenhut.

Weiter vorne sieht Noldi den Garten, die Tische unter gelben Sonnenschirmen sind mit Gästen besetzt, ein friedliches Bild. Doch nachdem er einen Platz gefunden und sich niedergelassen hat, stellt sich schnell heraus, so friedlich ist die Stimmung nicht. Bei diesen Gästen handelt es sich nicht um Einheimische, sondern um Ausflügler, Wanderer, Velo- und Motorradfahrer, Sensationslustige, die auf die eine oder andere Weise von einem Mord hier oben Wind bekommen haben.

Die Kellnerin hat alle Hände voll zu tun. Sie ist eine fast männlich wirkende Person mit einer kantigen schwarzen Brille im Gesicht. So gar nicht das, denkt Noldi, was man sich unter einer Serviertochter vorstellt. Obwohl er im Dienst normalerweise nicht trinkt, entscheidet er sich für ein Bier und ein Salamibrot. Die Ausnahme scheint ihm angemessen. Er lehnt sich zurück und richtet seine Aufmerksamkeit auf das Geschwätz rundherum. Am Tisch hinter ihm sitzen drei Frauen, die, das wird ihm schnell klar, in einer Sozialbehörde tätig sind. Sie diskutieren einen Fall, den eine von ihnen umständlich darlegt. Links neben Noldi sitzt ein einzelner Gast, eindeutig ein Velofahrer. Er ist schon ein älteres Semester, aber sorgfältig auf jugendlich zurecht gemacht mit glänzenden, blauen sehr eng anliegenden Hosen, die oberhalb der knochigen Knie enden. Auch er trinkt Bier und isst ein dick belegtes Brot, auf das er noch reichlich Mayonnaise schmiert. Als die Kellnerin ihm die zweite Stange hinstellt, spricht er sie auf den Polizistenmord an. Offensichtlich kennt sie den Gast und scheint nicht abgeneigt, ihm mitzuteilen, was sie weiß. Doch sie senkt ihre Stimme dabei so, dass Noldi nicht viel versteht. Erst als sie sagt, »und bei jeder Gemeindeversammlung hat er Mais gemacht«, wird sie unwillkürlich lauter. Aber mehr kommt bei Noldis Lauschangriff nicht heraus. Frustriert holt er das Kuvert aus dem Sack und liest Wolfers Bericht über die Auffindung der Leiche noch einmal. Es ist nicht viel, was da steht.

Der Tote, Alfons Nievergelt, 48, Polizist in Pfäffikon, wurde um 15.50 Uhr von Robert Wolfer aus der Polizeistation Tösstal im Schlafzimmer seines Hauses im Cholerholz 6 tot aufgefunden. Wolfer hatte einen Termin mit Nievergelt vereinbart. Als dieser nicht zum Treffen erschien, weder an der Dienststelle noch zu Hause telefonisch erreichbar war, vermutete er zunächst nichts Schlimmes. Nievergelt war für seine originelle Berufsauffassung bekannt. Außerdem wusste Wolfer, dass Nievergelts Frau eine Woche Urlaub machte und der 14-jährige Sohn im Ferienlager war. Dann meldete die Zentrale in Zürich um 15.30 Uhr dem Posten Turbenthal einen Notruf. Ein Wanderer habe angegeben, im Cholerholz sei ihm eine Frau in die Arme gelaufen, die unter Schock stehe. Als er sie zurück in ihr Haus begleitete, habe er dort eine Leiche gefunden.

Die Notrufzentrale wies den Mann an, vor Ort zu bleiben und nichts anzurühren. Die Polizeistation Tösstal verständigte daraufhin Robert Wolfer, der bereits in der Gegend war. Dieser begab sich sogleich zur angegebenen Adresse, traf dort den Zeugen und Claire Nievergelt an. Die Frau war nach wie vor nicht ansprechbar. Im Obergeschoss fand er den Toten, welchen er als Alfons Nievergelt identifizierte. Der Mann lag auf dem Bett, vollständig bekleidet. Die Todesursache war zunächst nicht erkennbar. Der Tote hatte eine kleine Rissquetschwunde an der linken Augenbraue. Es gab jedoch keine Anzeichen eines Kampfes. Auf dem Boden neben dem Bett standen seine abgetrennten Füße. Da unter diesen Bedingungen von einem mehr als dubiosen Todesfall auszugehen war, verständigte Wolfer statt dem Bezirksarzt sofort den Rechtsmediziner, Spurensicherung und Staatsanwalt. Dann bemühte er sich um die Frau, versuchte, sie zu einer Aussage zu bewegen, was ihm nicht gelang. Sie weigerte sich auch, ihren Platz am Bettrand zu verlassen. Erst als der Arzt ihr nach seinem Eintreffen eine Spritze verabreichte, ließ sie sich in die Stube führen, wo sie, vom Beruhigungsmittel sediert, auf dem Sofa wegdämmerte.

Der Zeuge, welcher die Polizei verständigt hatte, heißt Gustav Rebsamen, ist 83 Jahre alt, wohnhaft in Uster. Auf Wolfers Frage nach dem Grund seines Aufenthaltes im Cholerholz gab der Mann zu Protokoll, er habe eine Wanderung gemacht. Er behauptete, den Toten nicht zu kennen, änderte seine Aussage aber, als er dessen Namen erfuhr, und gab zu Protokoll, Nievergelt habe ihn vor Jahren wegen eines Hauskaufs kontaktiert. Der Handel sei nicht zustande gekommen. Er habe den Toten nicht erkannt, da er ihm nie persönlich begegnet sei.

Wolfer schien sich mit dieser Antwort begnügt zu haben. Sowohl die Frau des Toten als auch der Zeuge schieden für ihn als Verdächtige aus, da beide ein Alibi vorzuweisen hatten.

Ob Wolfer die Angaben überprüft hat, kann Noldi dem Protokoll nicht entnehmen. Er muss, denkt er, ihn bei nächster Gelegenheit danach fragen. Dass Rebsamen für Wolfer bei Gott auch kein Unbekannter ist, findet er erst später heraus. Als er im Garten des »Sternen« in Sternenberg den Bericht liest, ahnt er noch nichts von diesen Zusammenhängen. Er ärgert sich nur, dass er so dürftig abgefasst ist.

Eine Sache aber hat Wolfer mustergültig erledigt. Es gibt einen lückenlosen Bericht über das Alibi jedes einzelnen Beamten in der Polizeistation Pfäffikon. Es scheint, als wäre es Wolfer ein Anliegen gewesen, die Kollegen dort aus der Mordsache Nievergelt herauszuhalten. Das wird er, denkt Noldi, sich genauer anschauen, doch es ist nicht seine oberste Priorität.

Vorerst versucht er, so gut er kann, sich aus den Unterlagen ein Bild der Situation am Tatort zu machen. Es gelingt ihm nicht. Wolfer verliert kein Wort über seine ersten Eindrücke. Wie hat der Raum auf ihn gewirkt? War alles an Ort und Stelle? Wie lauteten die ersten Einschätzungen des Arztes? Woher hatte der Tote die Verletzung an der Augenbraue? Wo befanden sich Schuhe und Socken des Toten? Wie weit im Umkreis des Hauses hat die Spurensicherung gesucht? Wie hat Wolfer überhaupt festgestellt, woran Nievergelt gestorben ist? Wie hat die Ehefrau den Toten entdeckt? Wo war sie vorher? Wurde sie inzwischen vernommen? Wenn ja, was hat sie ausgesagt? Wo ist das Vernehmungsprotokoll?

Als Nächstes nimmt Noldi den Obduktionsbefund zur Hand. Dort steht, der Tote war bekleidet mit Arbeitshosen und einem Hemd. Die Totenstarre hatte sich bereits weitgehend wieder gelöst, die Totenflecken waren voll ausgebildet. Das bedeutet, der Eintritt des Todes musste mindestens 36 Stunden zurückliegen. Da der Raum relativ kühl war, hat der Verwesungsprozess noch nicht voll eingesetzt. Todesursache ist ein Schuss in den Rücken. Das Geschoss, welches zehn Zentimeter unter dem linken Schulterblatt in den Körper eingedrungen ist, hat das Herz durchschlagen. Ein Austritt konnte nicht gefunden werden. Bei der Tatwaffe handelt es sich möglicherweise um eine alte Schweizer Armeepistole, SIG, Kaliber 7,65, heute ein gesuchtes Sammlerstück. Sie wurde direkt aufgesetzt, der Schusskanal verläuft leicht von oben nach unten. Das deutet auf einen Täter hin, der größer als Nievergelt ist, oder, wie Noldi bei sich ergänzt, höher gestanden hat. Möglicherweise ist das Opfer gesessen oder gekniet. Es gibt keine Abwehrverletzungen. Er hat offensichtlich nicht mit der Bedrohung gerechnet. An seinem Hemd finden sich Schmauchspuren. Der Tatzeitpunkt ist, da er länger als 36 Stunden zurückliegt, nur schwer einzuschätzen. Es kann aber davon ausgegangen werden, dass der Tod in der Nacht des 25. eingetreten ist. An den Schnittstellen der Beine sind keine nennenswerten Blutungen aufgetreten, was bedeutet, die Füße wurden mit Sicherheit erst post mortem abgetrennt. Harzreste in den Wunden lassen auf eine Kettensäge als Werkzeug schließen. Humus an der Arbeitskleidung und im Haar sowie Sägespäne an Nievergelts Händen deuten darauf hin, dass er vor seiner Ermordung im Wald mit Holzarbeiten beschäftigt war. Man konnte jedoch weder in Haus, Garage oder im Auto des Toten eine Baumsäge sicherstellen, was vermuten lässt, dass der Täter Nievergelts eigenes Gerät benützt und dann verschwinden hat lassen. Der Tote weist eine Rissquetschwunde über der rechten Augenbraue auf. Die Schwellung ist nicht voll ausgebildet. Der Pathologe geht davon aus, dass Nievergelt nach dem Schuss einknickte, mit dem Gesicht an einer Kante aufschlug und dann erst zu Boden ging.

Diese Annahme untermauert auch der Bericht der Spurensicherung, welche sowohl am Spiegeltisch als auch auf dem Boden geringe Mengen von Blut sicherstellen konnte. Patronenhülse war keine vorhanden.

Auffindungsort der Leiche, das Schlafzimmer des Paares, ist identisch mit dem Tatort.

Jemandem die Füße abschneiden, das gibt eine rechte Sauerei, überlegt Noldi. Lieber hätte er das Thema gemieden, doch er sagt sich, er muss den Vorgang nachvollziehen, wenn er auch nur eine Ahnung bekommen will, was sich abgespielt hat. Laut Bericht wurden nur minimale Spuren von Knochen und Muskelfasern sichergestellt. Also hat der Täter eine Unterlage, wahrscheinlich eine Plane, verwendet. Auch diese Annahme stützt der Bericht, denn dort heißt es, das Blut am Spiegeltisch wie auch auf dem Boden sei verwischt. Da keine Plane gefunden wurde, hat der Täter sie mitgenommen, denkt Noldi. Oder kann er sie irgendwo auf dem Gelände eingebuddelt haben? Hätte er sie verbrannt, würde man das vermutlich schnell feststellen. Wahrscheinlich war er im Auto unterwegs. Obwohl das Haus abseits liegt, irgendwie musst du dort wieder weg. Und das eher schnell, wenn du einen umgebracht hast. Du hast eine Baumsäge, eine Pistole und die blutige Plane bei dir. Zu Fuß schleppst du das alles nicht so leicht davon. Irgendwie, denkt er, schaut das Ganze wie geplant aus, auch dann, wenn das Abschneiden der Füße eine spontane Aktion war, weil die Säge gerade dalag. Und die Plane? Wie passt die ins Bild? Stammt sie aus dem Haus? Oder hat der Täter sie mitgebracht? Aber wo liegt der Sinn dieser Aktion? War es Wut? Kaum. Passt einfach nicht. Hass? Schon eher. Oder was sonst?

Noldi trinkt einen Schluck von seinem Bier. Es schmeckt abgestanden und ist bereits warm. Geistesabwesend wischt er sich den Mund mit der Papierserviette ab und überlegt, dass es in puncto Reifenabdrücke vermutlich schlecht ausschaut. Es hat schon lange nicht mehr geregnet. Und andere Spuren? Er sucht im Bericht die Stelle mit den Fingerabdrücken. Nur die des Ermordeten und seiner Frau wurden im Schlafzimmer sichergestellt sowie einige wenige deutlich kleinere, die vermutlich von einem Kind stammen dürften, aber noch nicht identifiziert werden konnten.

Zur Sicherheit, heißt es weiter, wurden, trotzdem der Todeszeitpunkt bereits Tage zurück lag, bei den anwesenden Personen, Claire Nievergelt und Gusti Rebsamen, Schmauchtests vorgenommen, die beide negativ ausfielen.

Mutlos legt Noldi die Papiere wieder auf den Tisch. Von all dem weiß er nichts. Jetzt ist Nievergelt tot und in der Rechtsmedizin, der Tatort untersucht, die Obduktion abgeschlossen. Wolfer hat seinen Bericht geschrieben und er, Noldi, keine Gelegenheit mehr, erste Eindrücke zu sammeln. Er hat die Leiche nicht gesehen, was er auf jeden Fall nachholen muss. Nur um irgendein Bild zu erhalten, auch wenn es bereits weit davon entfernt ist, ursprünglich zu sein, denn der Polizist liegt bereits seit fünf Tagen auf Eis. Erfahrungsgemäß kein Zeitpunkt mehr, an welchem Tote noch viel verraten.

Der Bericht von Wolfer ist auffallend karg, beinahe schnoddrig. Möchte wissen, denkt Noldi, was der alles nicht geschrieben hat. Und warum nicht.

Er hat plötzlich genug von diesem Gastgarten, von seinem Bier und dem fettigen Brot auf dem Teller und den Fliegen, die immer zudringlicher werden. Er winkt der Kellnerin, legt ihr schweigend das Geld hin, will schon aufstehen. Dann überlegt er es sich doch anders.

»Haben Sie den ermordeten Polizisten gekannt?«, fragt er wie nebenbei.

Die Frau zuckt zusammen. Schon hofft er, sie werde etwas Interessantes zu erzählen haben, doch sie streicht nur die Münzen, die er ihr als Trinkgeld hingelegt hat, mit der Handkante vom Tisch, sagt: »Da oben kennt jeder jeden, aber das ist es auch schon.«

Damit packt sie den Teller sowie das Bierglas und verschwindet eilig in Richtung Gaststube.

Noldi seufzt. Er glaubt der Frau nicht, doch ihm fällt nichts ein, was sie zum Reden bringen würde. Sobald er sich als Polizist zu erkennen gibt, ist die Chance vertan, an Informationen zu kommen. Die Leute im Tösstal halten gegen Fremde zusammen, auch dann, wenn sie einander spinnefeind sind. Er überlegt, was er eigentlich hier oben erwartet hat. Er hat auf eine Inspiration gehofft, eine Spur, irgendetwas, mit dem er beginnen könnte. Bis jetzt hat er nicht viel in der Hand. Er muss etwas finden, aber wie, hat ihm keiner gesagt. Er kann es auf seine Art versuchen. Er verlässt den Gastgarten, geht zum Auto, vorbei an der Hausbank, die jetzt leer ist.

2. TATORT PUPPENHEIM

Noldi fährt die paar Meter zum Parkplatz beim Friedhof. Dort steigt er wieder aus. Verdrossen schaut er sich um. Er sieht keinen Menschen. Am Anschlagbrett der Bushaltestelle steht auch nicht mehr als das Datum der nächsten Papiersammlung.

Schließlich geht er zur Kirche. Sie ist ein kleiner weiß getünchter Bau mit einem Türmchen auf dem First. Der Eingang liegt offensichtlich an der Wetterseite, denn auch hier bedecken Holzschindeln die Wand bis unter das Dach. Vor der Kirche stehen zwei große Glocken auf dem Rasen, und über ihnen öffnet sich der Blick in die Landschaft. Riesige weiße Kumuluswolken türmen sich im Blau des Himmels. Noldi bleibt stehen und betrachtet das Bild. Dann reißt er sich von dem Anblick los, um in die Kirche zu gehen. Unter dem Vordach des Eingangs hängt hier, wie vor dem Gasthof, eine Ampel mit blühenden Geranien. Alles wirkt hell, freundlich und friedvoll. Noldi öffnet die Kirchentür, schreckt zurück. Der Raum wirkt nach der sommerlichen Helle draußen stockfinster. Die dunkelblauen Glasfenster verwandeln sogar das Sonnenlicht in Dämmerung. Während er sich umschaut, kaum die Bänke rechts und links vom Mittelgang erkennt, fragt er sich, wer für diese Finsternis verantwortlich zeichnet, der Pfarrer, die Kirchenpflege, der Künstler oder der Architekt. Da, denkt er, kommt kaum einer her, um Trost zu finden. Er heißt sich einen sentimentalen Idioten und ergreift die Flucht. Bei der Tür stößt er mit einer Frau zusammen. Sie ist ganz in Schwarz gekleidet, nur ihr weißes Gesicht leuchtet im Dunkeln wie ein Gespenst.

Noldi entschuldigt sich hastig. Dann dämmert ihm, wen er vor sich hat.

»Frau Nievergelt«, keucht er.

Sie zuckt zusammen.

»Frau Nievergelt«, wiederholt er.

Er ist ihr nicht öfter als ein- oder zweimal bei einem geselligen Abend der Kantonspolizei begegnet. Auch wenn er damals keinen Eindruck von ihr erhalten hat, reicht es für ein Wiedererkennen.

Er berührt sanft ihren Arm, und sie lässt widerspruchslos zu, dass er sie aus der Kirche führt. Draußen bei Tageslicht sieht er die Trauer in ihren Augen. Er stellt sich hastig vor, erklärt, er habe den Auftrag erhalten, den Mord an ihrem Mann aufzuklären. Sie schaut mit schmerzerfülltem Ausdruck ins Leere. Eine einzelne Träne rollt über ihre Wange und hinterlässt auf der schwarzen Bluse einen noch schwärzeren Fleck über ihrer Brust. Noldi fällt ein, dass er ihr nicht einmal sein Beileid ausgedrückt hat. Eilig holt er das Versäumnis nach.

Er kann nicht erkennen, ob sie jetzt weiß, wer er ist. Jedenfalls verlangt sie nicht, dass er sich ausweist. Sie schaut ihm nur kurz ins Gesicht und stellt dann überraschend sachlich fest: »Ich verstehe nicht, was Sie wollen. Den Fall hat doch Röbi Wolfer übernommen.«

Noldi verflucht sich und seinen Chef, weil er keine Ahnung hat, was er der Frau jetzt sagen soll. Wie viel darf sie wissen, was verschweigt man ihr besser?

Ziemlich lahm meint er schließlich, Wolfer habe noch mit einem anderen Fall zu tun, weshalb er bei diesen Ermittlungen einspringen müsse. Dann setzt er, um sie abzulenken, lebhaft hinzu:

»Darf ich Sie nach Hause bringen?«

Sie schüttelt den Kopf, deutet vage in Richtung Parkplatz. Noldi versteht, sie hat ihr Auto dort abgestellt. Er zögert, fragt dann: »Darf ich mitkommen?«

Sie nickt nur, und als er sie nach ihrer Adresse fragt, bemerkt sie kurz, sie fahre voraus. Noldi reißt ihr übertrieben weit die Autotür auf, beeilt sich, in seinen Wagen zu springen. Sie wartet an der Ausfahrt des Parkplatzes. Dann fährt sie vor ihm her ins Cholerholz, wo die Nievergelts wohnen.

In dieser abgelegenen Gegend war Noldi noch nie. Das Haus liegt direkt am Waldrand. Es ist stattlich, alt, aber mit einer neuen Tür aus rotem Holz versehen. Rot statt grün, denkt Noldi, eher ungewöhnlich für die Gegend. Er kann nicht erkennen, ob das Haus einmal Teil eines Landwirtschaftsbetriebes gewesen ist. Er sieht etwas weiter weg nur Schuppen und Garage, keine Stallungen. Neben dem Haus gibt es den im Tösstal üblichen Bauerngarten, über dessen Zaun sich eine Himbeerhecke rankt. Trotzdem alles sehr gepflegt erscheint, macht die Liegenschaft einen unbewohnten Eindruck.

Drinnen ist es ein Puppenheim, da ein Keramikkätzchen, da ein Schleifchen, dort ein Blümchen, auf der Kommode ein einziger verschnörkelter Silberrahmen mit Foto, alles liebevoll, doch nicht ohne Geschmack arrangiert. So ist auch die Frau, fast zu gepflegt im knielangen schwarzen Rock, der um ihre Beine spielt. Unter der engen schwarzen Seidenbluse mit Schlaufe am Hals kann Noldi ihren zarten, fast mageren Körper erkennen.

Claire deutet auf einen Stuhl.

»Bitte«, sagt sie.

Noldi setzt sich.

»Frau Nievergelt«, beginnt er, »laut Protokoll haben Sie Ihren toten Mann gefunden. Ist das korrekt?«

Sie nickt, worauf Noldi sofort wissen will: »Und wie haben Sie ihn gefunden?«

Er bemerkt gar nicht, dass er, wenig einfühlsam, gleich mit der Tür ins Haus fällt. Sie schaut ihn verstört an, schüttelt dann heftig den Kopf.

Ihm dämmert, er ist zu grob vorgegangen, und setzt seine Überredungskünste ein. Er beugt sich auf seinem Sitz nach vorn, ihr entgegen.

»Frau Nievergelt«,, sagt er mit gesenkter Stimme, »ich kann nachfühlen, wie Ihnen zu Mute ist. Aber bitte versuchen Sie, auch mich zu verstehen. Wir sollen den Mörder Ihres Mannes finden. Da muss ich leider solche Fragen stellen.«

Claire seufzt, wischt sich die Augen, reibt die Hände aneinander. Dann sagt sie unvermittelt. »Yannick, unser Sohn, ist gerade 14 geworden. Er hat sich zum Geburtstag einen Aufenthalt im Ferienlager gewünscht. Während er weg war, habe ich die Gelegenheit benützt, endlich einmal eine Fastenwoche in Weggis zu machen. Als ich zurückgekommen bin, war Alfons nicht da. Auf dem Revier sagten sie, er habe freigenommen. Ich habe es dann auf dem Handy probiert, das war ausgeschaltet. Das ist nichts Besonderes, denn wenn Alfons in den Wald geht, stellt er es meist ab. Daher bin ich zur großen Buche, die er vor einer Woche gefällt hat. Ich dachte, sicher will er das Holz aufarbeiten. Doch er war nicht dort. Da bin ich zurück ins Haus. Die Idee, er könnte im Schlafzimmer sein, ist mir gar nicht gekommen. Alfons geht untertags niemals dorthin. Er macht auch keinen Mittagsschlaf, nicht einmal zehn Minuten.«

Claire wirkt jetzt offen, spricht flüssig, doch bei allem, was sie sagt, bleiben ihre Augen seltsam trüb.

Vorsichtig erkundigt sich Noldi: »Und dann?«

»Bin ich mit meinem Koffer hinauf in den ersten Stock, um auszupacken. Dort habe ich ihn gefunden.«

»Ich weiß, es ist viel verlangt, aber erzählen Sie mir, wie Sie ihn gefunden haben?«, bittet Noldi.

»Nein. Das ist zu brutal.«

»Zeigen Sie mir wenigstens das Zimmer? Oder«, setzt er sofort hinzu, »wenn es Ihnen leichter fällt, sagen Sie mir nur, wo es ist.«

Claire mustert ihn, als wolle sie ihn taxieren, dann sagt sie fast geschäftsmäßig: »Also gut, wenn es unbedingt sein muss. Bringen wir es hinter uns.«

Sie steht auf, geht voraus in den Gang, die Treppe hinauf. Noldi folgt ihr. Die alten Holzstufen ächzen leise unter seinem Gewicht, das Geländer ist nicht ganz fest. Oben sieht er schon von Weitem den Polizeikleber an der Tür. Frau Nievergelt bleibt stehen und dreht sich zu ihm um.

»Die haben es versiegelt. Ich kann nicht einmal hinein, um Sachen aus dem Schrank zu holen.«

Noldi macht kurzen Prozess. Er durchtrennt das Siegel und betet im Stillen, dass er noch so einen Kleber im Auto hat, um ihn nach der Besichtigung zu erneuern. Dann wendet er sich an Claire.

»Wenn es für Sie leichter ist«, sagt er, »schaue ich mich allein um.«

Die Frau zögert, sagt aber dann energisch: »Nein, ich komme mit.«

Noldi stößt die Tür auf, und sie stehen beide im Zimmer. Das Erste, was ihm auffällt, es ist auch jetzt im Hochsommer erstaunlich kühl. Offensichtlich liegt es an der Schattseite des Hauses, der Wald, den man durch das Fenster sieht, hält die Hitze ab. Im Winter, denkt Noldi, muss das eine wahre Eisgrube sein.

»Ganz schön frisch hier«, sagt er.

Claire antwortet lebhaft: »Ja, meinem Mann war nie kalt. Der ist auch im Schnee hemdärmelig herumgelaufen.«

»Und Sie?«

»Ach«, sagt sie, »ich friere immer.«

Das geräumige Zimmer ist, im Gegensatz zur Stube, nüchtern eingerichtet. Das Ehebett, zwei Nachttische rechts und links, ein breiter Schrank aus hellem Holz, ein Spiegeltisch und davor das einzige verspielte Element in diesem Raum: ein zierlicher rosa Plüschhocker mit Rüschen.

Als Claire bemerkt, dass Noldi ihn verblüfft betrachtet, sagt sie: »Den hat mir mein Mann zum Einzug geschenkt.«

Noldi zeigt sich beeindruckt, dann schaut er weiter. Auf den Nachttischen liegen keine Bücher und auch sonst nichts. Die Glasplatten sind blank, nur kleine Deckchen ohne Spitzensaum liegen unter den Messinglampen mit weißen Schirmen.

Du lieber Himmel, denkt er, das ist nicht möglich. Was haben er und Meret dort für ein Chaos, all das Zeug, welches sie mit ins Schlafzimmer schleppen, das dann dort

Wochen, sogar Monate überdauert, weil sie sich nicht davon trennen können oder es vergessen. So wie dieser Raum aussieht, hätten ihn die Nievergelts höchstens zum Schlafen benützt. Das kann er fast nicht glauben. Ob hier jemand aufgeräumt hat? Aber wann?

»Haben Sie sauber gemacht, nachdem Sie Ihren Mann gefunden haben?«, fragt er, fürchtet im selben Moment, eine unverzeihliche Dummheit begangen zu haben. Jetzt, sagt er sich, wird die Frau zu schreien beginnen. Doch er hat sich geirrt. Sie bleibt ruhig.

»Wo denken Sie hin«, antwortet sie. »Ich habe einen solchen Schreck bekommen. Bin nur mehr aus dem Haus gerannt, Hilfe holen.« Verlegen setzt sie nach einer winzigen Pause hinzu: »An mehr kann ich mich nicht erinnern.«

Gut, denkt Noldi, wenn das wahr ist, dann muss vorher aufgeräumt worden sein. Aber dass dieses Zimmer normalerweise so aussieht, kann man ihm nicht einreden. Und nachdem die Polizei da war, wurde der Raum verschlossen. Das Siegel hat erst er vorhin aufgebrochen.

»Wie gut kennen Sie Robert Wolfer?«, fragt er aus einer plötzlichen Eingebung.

Claire reagiert eher gereizt. »Was hat das mit dem Tod meines Mannes zu tun?«

»Ich weiß nicht«, antwortet Noldi aufrichtig, »ist mir nur so in den Sinn gekommen. Und, kennen Sie ihn?«

Darauf Claire kurz angebunden: »Auf alle Fälle besser als Sie.«

Das ist es dann. Mehr hat sie anscheinend dazu nicht zu sagen.

Noldi lässt es im Moment dabei bewenden. Er will sich selbst erst über den Sinn seiner Frage klar werden.

Vermutlich, denkt er, hängt es damit zusammen, ob hier aufgeräumt worden ist, und wenn, wann. Könnte doch sein, dass Wolfer wegschaut, während Claire Ordnung macht. Wenn sie sich gut genug kennen. Aber wozu? Falls der Täter eine sichtbare Unordnung hinterlassen hat, wird es kaum in ihrem Interesse sein, sie zu beseitigen. Außer, denkt er, ohne dass er es verhindern kann, außer sie war es selbst. Ihn schaudert. Ob die Frau imstande ist, ihren Mann zu erschießen und ihm nachher noch die Füße abzusägen? Er wagt keine Antwort auf seine Frage, nicht hier in diesem Raum, dem Tatort, während die Witwe mit hängenden Armen bei der Tür steht. Besser, denkt er, er fährt mit seiner Bestandsaufnahme fort.

Auf dem Bett liegt nur die Matratze mit Leintuch. Kissen und Decke hat vermutlich die Spurensicherung mitgenommen. Langsam lässt er seine Augen weiter wandern. Da entdeckt er auf dem Fenstersims ein Modellauto, einen schnittigen kleinen Sportwagen. Claires Blick ist dem seinen gefolgt, prompt sagt sie: »Das habe ich ihm einmal geschenkt. So ein roter Porsche wäre sein Traum gewesen.«

Sie schluchzt auf, und Noldi sagt schnell: »Kommen Sie, wir gehen.«

Claire Nievergelt nickt, er nimmt sie am Ellbogen, führt sie behutsam aus dem Raum. Dann steigt er hinter ihr die Treppe hinunter. Sie geht schnell und sicher, man merkt, dass sie jede Stufe kennt.

»Danke, dass Sie mir das Zimmer gezeigt haben«, sagt er, als sie im Erdgeschoss angelangt sind.

Sie gehen zurück in die Stube, setzen sich auf dieselben Plätze wie vorher, und Noldi beginnt: »Sie erinnern sich vielleicht nicht, aber wir sind einander das eine oder andere Mal bei Veranstaltungen der Kantonspolizei Zürich begegnet. Leider habe ich Ihren Mann nie näher kennengelernt. Ich wäre deshalb froh, wenn Sie mir etwas über ihn erzählen.«

»Wozu?«, fragt sie zurück.

»Wie soll ich seinen Mörder finden, wenn ich nichts über ihn weiß.«

Für einen Moment wirken ihre Augen noch trüber als vorher. Wie beschlagenes Glas, denkt Noldi. Er fürchtet, dass ihre Bereitwilligkeit nun am Ende ist, doch dann erkundigt sie sich: »Was wollen Sie wissen?«

»Alles, was Sie mir erzählen.«

Sie sitzt da, schweigt, schaut vor sich hin, gibt sich dann doch einen Ruck.

»Mein Mann«, beginnt sie, als würde sie ein Referat halten, »ist ein alt eingesessener Sternenberger. Die werden immer weniger. Sie ziehen weg, weil es keine Arbeit gibt, die Steuern hoch sind und die Gemeinde tief verschuldet ist.«

»Der Name«, sagt Noldi, »ist aber nicht von hier.«

»Alfons hat einmal einen Vorfahren erwähnt, den es hierher verschlagen hat. Aber das ist schon ewig her, und ich weiß nicht mehr darüber. Er hat nie viel über seine Familie gesprochen.«

Die Nievergelts besaßen seit Generationen am Ende des Dorfes Richtung Tablat einen ansehnlichen Hof mit Weideland und viel Wald. Alfons wurde dort geboren Er wuchs bei seinen Eltern auf. Dann brannte die Mutter mit dem um einiges jüngeren Sohn des Nachbarn durch. Sein

Vater und er blieben allein zurück, sie bewirtschafteten gemeinsam den Hof. Alfons war gerade 14. Er hasste seine Mutter für das, was sie ihnen angetan hatte. Aber er verstand sich gut mit seinem Vater, und für den Jungen war es eine glückliche Zeit. Nach der Sekundarschule in Bauma kam er an die Landwirtschaftsschule »Strickhof« in Lindau bei Zürich. Er belegte Landwirtschaft und Betriebsunterhalt. Auf dem zweiten Fach hatte der Vater bestanden. Er sagte, was ein Bauer wissen müsse, könne auch er ihm beibringen, aber wie man seine Maschinen in Schuss halte, davon habe er zu wenig Ahnung. Es sei ein Fluch, von fremden Mechanikern abhängig zu sein. Das habe er oft genug erfahren. Ihm, Alfons, solle so etwas nicht passieren, wenn er nach der Lehre den Hof übernehme.

Doch dazu kam es dann nicht mehr. Da der Vater allein die Arbeit nicht bewältigen konnte, war klar, dass er in Abwesenheit des Sohnes eine Aushilfe brauchte. Er sagte, er wisse eine Person, die bereit wäre, einzuspringen. So konnte Alfons beruhigt mit der Ausbildung beginnen. Doch als er in den ersten Sommerferien nach Hause kam, war die Frau bereits schwanger und der alte Nievergelt fest entschlossen, sie noch vor der Geburt des Kindes zu heiraten. Darüber kam es zwischen Vater und Sohn zu einem heftigen Zerwürfnis.

»Alfons«, erzählt Claire, »hat den Hof nie mehr betreten, obwohl der Vater unbedingt wollte, dass er nach Abschluss der Lehre zurückkäme. Man muss dem alten Nievergelt lassen, er hat immer wieder versucht, sich mit Alfons auszusöhnen, aber der blieb stur. Bis dann der Vater so wütend wurde, dass er den Hof definitiv den anderen drei Söhnen überschrieb. Obwohl er selbst daran schuld war, hat mein Mann diesen Verlust nie ganz verwunden. Er behauptete immer, die zweite Frau, diese Hexe, hätte sich bei seinem Vater eingeschlichen und sich schwängern lassen. Sie ist eine Welsche genau wie ich. Ich sehe sie manchmal in der Kirche. Keine schöne Frau, aber immer gut gekleidet. Sie trägt auch jetzt im Alter noch teure Seidenstrümpfe. Der Vater ist inzwischen lange schon tot, und Alfons ging nicht einmal zu seiner Beerdigung.«

»Wieso ist Ihr Mann Polizist geworden?«

»Ich glaube, es war ein reiner Zufall. Was hätte er machen sollen? Er hatte eben die Landwirtschaftsschule abgeschlossen. Sein Vater wollte zwar, dass er zurückkäme, doch da saß die neue Frau auf dem Hof, hatte inzwischen schon zwei Kinder und war mit dem dritten schwanger. Und dass er sich anderswo verdingte, dazu war Alfons zu stolz.«

Noldi kommt eine Idee.

»Könnten seine Brüder etwas mit dem Mord zu tun haben?«

Claire schaut ihn überrascht an.

»Ich glaube kaum«, sagt sie zögernd.

»Hatte er Streit mit ihnen?«

»Nein, nie, er redete nur nicht mit ihnen. Warum fragen Sie?«

»Jemand muss es gewesen sein.«

Claire antwortet nicht. Sie scheint über etwas nachzudenken. Dann sagt sie: »Die Brüder haben ihn ausbezahlt, nachdem ihnen der Vater den Hof überschrieben hat. Mit dem Geld hat Alfons dieses Haus gekauft und zwei angrenzende Waldparzellen. Es war günstig zu haben, da der Eigentümer keine Nachkommen hatte und nicht wollte, dass es an die Gemeinde fiel. Mein Mann«, sagt sie plötzlich lebhafter, »hatte ein großes Hobby, das Holzen. So haben wir uns auch kennengelernt.«

Fast lächelt sie, doch dann verdunkelt sich erneut ihr Blick. Sie sagt: »Ich war damals Verkäuferin in der Landi Volketswil.«

»Wie das?«, fragt Noldi neugierig.

»Meine Mutter stammt aus Wila. Sie hat meinen Vater während eines Praktikums bei Nestlé in Vevey kennengelernt und ist geblieben. Er war dort Laborant in der Kaffee- und Teeforschungsabteilung. Ich bin in Vevey aufgewachsen und zur Schule gegangen. Doch meine Mutter wollte, dass ich ordentlich Deutsch lerne, wissen Sie. Nicht nur reden, sondern Orthografie und das ganze Drumherum. Mein Vater kann auch gut Deutsch. Er hat es von ihr gelernt, versteht alles, aber mit dem Schreiben hapert es. Meine Mutter hat das stets gestört. Deshalb hat sie mich in die Deutschschweiz geschickt. Der Schwager irgendeiner Cousine von ihr war Filialleiter der Landi Volketswil. Er hat mir den Job verschafft. Und gleich in meiner ersten Woche dort ist Alfons in den Laden gekommen. Ich weiß es noch, als wäre es gestern gewesen. Er brauchte eine neue Kettensäge. Ich sollte ihm das Benzin-Modell zeigen, das einzige, das wir im Sortiment führten. Er hat gleich gemerkt, was mit mir los ist, dass ich Angst vor der Maschine hatte. Ich konnte sie nicht einmal richtig halten. Er hat sie mir aus der Hand genommen. Dabei haben unsere Finger sich berührt.«

Die Frau verstummt. Noldi weiß auch nicht weiter. Er hat es plötzlich eilig, denn er will den toten Nievergelt sehen, bevor sich dieser noch weiter verabschiedet. Abrupt steht er auf.

»Ich muss jetzt«, sagt er und zögert sofort wieder, weil er nicht weiß, ob er sie allein lassen kann. Doch sie streckt ihm die Hand zum Abschied hin. Der Druck ist schlaff, die Finger sind klamm.

Noldi sagt: »Wir sehen uns.«

Im selben Atemzug findet er, das sei kein guter Abgang. Deshalb setzt er rasch hinzu: »Ich halte Sie selbstverständlich über die Ermittlungen auf dem Laufenden.«

Von Sternenberg fährt er direkt nach Zürich in die Rechtsmedizin. Er kennt den diensthabenden Pathologen nicht. Trotzdem holt dieser bereitwillig die Leiche aus dem Wandschrank und deckt sie ab.

Er sagt: »Sie haben ihn gerade noch erwischt. Er ist freigegeben. Eigentlich wollte ihn der Bestatter bereits abholen. Doch es ist ihm etwas dazwischengekommen.«

Noldi betrachtet den Toten eingehend, sogar mit einer gewissen Neugier. Ein erschossener Polizist ist im Tösstal doch eine Seltenheit.

Das Erste, was ihm in die Augen springt, sind die Füße, die unten auf der Bahre stehen. Er zwingt sich, sie genau anzuschauen, doch wie schon auf den Fotos hat er auch hier den Eindruck, sie könnten aus Marmor oder Plastik sein, blass, blutlos, sauber. Als Nächstes fällt ihm auf, wie plump sie sind, fast verkrümmt, als hätte der Mann zu enge Schuhe getragen. Die Hände dagegen wirken mit den spitzen Fingern zu zart für einen Holzfäller. Noldi wendet seine Aufmerksamkeit dem restlichen Körper zu. Nievergelt war schwarzhaarig, breit gebaut, ein gut aussehender Mann. Kein Sonnenanbeter, denkt er. Das Gesicht ist bleich, der Körper noch bleicher, sodass der rote Y-förmige Öffnungsschnitt wie ein Warnsignal leuchtet. Sogar die Wunde über der Augenbraue wirkt blass unter dem grellen Neonlicht, und an den Knien gibt es nur schwache Verfärbungen. Der Tote ist spärlich behaart. Waden und Unterarme kahl, auf der Brust sitzt eine schwarze Locke. Der Bartwuchs erscheint an Oberlippe und Kinn deutlich dichter als an den Wangen.

»Wollen Sie die Einschusswunde sehen?«, fragt der Pathologe mit einem gewissen Vorbehalt in der Stimme. Noldi nickt zuerst, dann bemerkt er die eingefallenen Nasenflügel, die schon leicht zusammenkleben. Auch wenn er sonst keine Zeichen von Verwesung erkennen kann, verzichtet er doch lieber darauf, die Leiche umzudrehen.

»Länger hätte er nicht liegen dürfen bei der Jahreszeit«, sagt der Pathologe, der Noldis Gedankengang scheinbar mühelos gefolgt ist.

»Ja, in dem Raum war es ziemlich kühl. Sonst sähe er schon anders aus,« stimmt Noldi ihm zu. Es schüttelt ihn bei der Vorstellung ebenso wie bei der Erinnerung an die kalte Atmosphäre in dem Schlafzimmer.

»Das Projektil«, sagt der Pathologe, »befindet sich bereits bei den anderen Beweisstücken.«

Noldi nickt, dann betrachtet er wieder die abweisenden, schwermütigen Züge des Toten, doch er kann ihnen nicht den geringsten Hinweis auf den Mörder entnehmen. Oder die Mörderin, denkt es in Noldi automatisch. Dann die nächste Überlegung: eine Frau und eine Armeepistole. Nicht sehr wahrscheinlich. Und wenn doch, was müsste das für eine Art weibliches Wesen sein? Das eigene süße Frauchen? Hatte Nievergelt eine Freundin, ein ganz anderes Kaliber? Viel eher deutet die Waffe aber auf einen Mann als Täter. Damit landen seine Gedanken wieder bei Wolfer, von dem man annehmen muss, dass er ein Motiv hat. Warum denunziert ihn Nievergelt gleich bei der Polizeidirektion? Warum redet er nicht zuerst mit dem Kollegen? Sie haben lange Zeit in derselben Polizeistation Dienst geleistet. Darüber wird er mit Wolfer reden müssen.

Er dankt dem Pathologen, der deckt den Toten wieder zu, und Noldi hat nach diesem Tag nur einen Wunsch: Er will nach Hause. Doch vorher gibt es noch etwas zu erledigen. Er muss mit dem Zeugen sprechen, der den Notruf abgesetzt hat. Je früher das passiert, denkt er, desto besser. Er sucht den Namen im Telefonbuch und gerät mit seinem Anruf in die Firma. Dort ist Rebsamen aber nicht. Die Sekretärin gibt ihm, nachdem er sich als Polizist vorgestellt hat, ohne Weiteres die Handynummer von ihrem Chef. Der ist sofort bereit, mit ihm zu reden.

»Wo sind Sie?«, fragt er.

»In Zürich«, antwortet Noldi.

»Ich auch. Ist es Ihnen recht, wenn wir uns hier treffen?«

Noldi ist einverstanden. »Und wo?«, fragt er.

»Kennen Sie sich in der Stadt aus?«

»Einigermaßen.«

»Und Sie sind mit dem Auto unterwegs?«

»Ja.«

»Dann fahren Sie in die Urania-Garage, gehen den Rennweg hinauf. Am oberen Ende rechts ist das Hotel ›Widder‹. Sie finden mich hinten im Garten.«

Das Hotel ist eine denkmalgeschützte Liegenschaft aus dem Mittelalter, die in den letzten Jahren aufwendig restauriert wurde. Jetzt, so hat Noldi gelesen, diene es der Stadtregierung zur Unterbringung offizieller Gäste. Eines der verschiedenen Gebäude ist im Besitz der »Zunft zum Widder«, daher hat das Hotel seinen Namen. Und im Inneren könne man noch Reste des alten Mauerwerks sehen.

Er durchquert die Hotellobby auf grauschwarzem Teppichboden und staunt nicht schlecht. Der Garten ist ein lang gezogener Innenhof, der auf der einen Seite von einer hohen Hecke, auf der anderen von einer leuchtend weißen Hauswand begrenzt wird. Ein schmaler Baum steht da, darüber sieht man im schrägen Anschnitt Dächer der Altstadt und den Himmel. Noldi entdeckt die grüne Figur eines Widders mit wunderbar geschwungenen Hörnern. Allerdings ist es kein kunstvoll zugeschnittener Buchsbaum, wie er zuerst gemeint hat, sondern Plastik. Dann hat er gleich noch einmal Grund zum Staunen. Unter einem großen weißen Sonnenschirm sitzt der Wanderer, den er erst zu Mittag auf der Bank vor der Beiz in Sternenberg gesehen hat. Er trägt noch dieselben Kleider, und auch der Stock fehlt nicht. Nur der Strohhut, wie ihn die Mäher auf dem Land tragen, ist einem eleganteren Modell gewichen.

»Kommen Sie, setzen Sie sich«, sagt er, als Noldi an den Tisch tritt. »Ich bin der Gusti Rebsamen, wie Sie bereits wissen.«

»Ja«, sagt Noldi, »und ich bin der Arnold Oberholzer, wie Sie ebenfalls bereits wissen.«

»Gut. Damit wäre das geklärt«, erwidert Rebsamen. »Wollen Sie mit mir zu Abend essen?«

Auch wenn er durchaus Lust hätte, verneint Noldi

und sagt, er bekäme zu Hause etwas. Immerhin will er den Mann verhören, da passt es nicht, wenn sie zusammen essen.

»Aber einen Apéro werden Sie sich doch genehmigen?«
Auch das lehnt Noldi dankend ab.

Er bestellt lediglich Kaffee und Mineral, während Rebsamen Campari mit viel Eis und Wasser extra verlangt.

Sobald der Kellner verschwunden ist, legt Noldi los.

»Sie haben Samstag, 28. Juni um 15.30 Uhr im Polizeiposten Turbenthal angerufen, weil Sie im Cholerholz die Leiche eines Mannes entdeckt haben. Ist das korrekt?«

»Ich habe lediglich einen Notruf abgesetzt«, präzisiert Rebsamen. »Die Zentrale hat die Meldung weitergeleitet, offenbar an einen Streifenwagen in der Nähe, denn der Beamte war in Null Komma Nichts zur Stelle.«

»Aha«, sagt Noldi, »und was haben Sie im Cholerholz gemacht?«

»Ich wandere gern. Ich bin allein, zu Hause hält mich nicht viel. Meine Firma funktioniert auch ohne mich. Ich habe nur fähige Leute im Team.«

»Sie sind gewandert, und was ist dann passiert?«

»Ich habe Schreien gehört.«

»Mitten im Wald?«

»Nicht ganz. Ich habe eine Abkürzung genommen und wollte zurück auf die Straße, die durch das Cholerholz zum ›Sunnebad‹ führt.«

»Und dann?«

»Habe ich mich in Bewegung gesetzt. Aber ich bin kein Schnellläufer.«

Rebsamen deutet auf den Stock, der am Tischrand lehnt.

»Wo ist Ihnen Frau Nievergelt begegnet?«

»Begegnet ist gut. Sie hat mich fast niedergerannt, so wie sie unterwegs war. Schreiend.«

»Aber was hat sie geschrien?«

»Nichts. Nur geschrien. Übrigens, für mich hat es sehr melodisch geklungen.«

Noldi schaut den Alten verblüfft an.

»Was meinen Sie damit?«

»Sie hat eine wunderbare Stimme.«

Mit dieser Bemerkung bringt Rebsamen den armen Noldi komplett aus dem Konzept.

»Und?«, fragt er lahm.

»Dann«, sagt Rebsamen, »habe ich versucht, sie zu beruhigen, was mir nicht gelungen ist. Ebenso wenig, wie herauszufinden, warum sie so trillert. Mein ganzes gutes Zureden hat gerade so viel gebracht, dass sie irgendetwas von ihrem Mann gefaselt hat. Damit ist sie verstummt. Restlos. Keinen Ton hat sie mehr von sich gegeben. Als hätte man ihr die Stimmbänder durchgeschnitten.«

Schon wieder staunt Noldi über diese Berichterstattung. Der, denkt er, hat eine kuriose Art, die Dinge zu betrachten. Aber er kann nicht leugnen, dass der Alte ihm gefällt.

Der Campari und Noldis Kaffee werden gebracht. Rebsamen verstummt, schüttet ein paar Tropfen Wasser in sein Glas, rührt um, mustert dabei sein Gegenüber unter den buschigen Augenbrauen heraus.

»Das war der relativ harmlose Teil der Übung«, fährt er schließlich fort. »Dann bin ich mit ihr die etwa 200 Meter bis zum Haus. Dort hat sie sich losgerissen, kehrte aber gleich nach den ersten paar Schritten wieder um. Ich wollte von ihr wissen, ob sie hier wohnt, keine Antwort. Ich habe gefragt, ob ich hineingehen soll, keine Antwort. Ging dann einfach zur Hintertür, die offenstand, habe geklopft, gerufen, bin endlich hinein. Drinnen habe ich mich in den Räumen umgesehen. Da war nichts. Als ich die Treppe in das obere Stockwerk hinauf steigen wollte, ist plötzlich die Frau an mir vorbei. Ich ihr nach. Oben blieb sie stehen, stocksteif, weiß wie die Wand. Ich habe die Tür aufgestoßen, und da lag sie, die Leiche. Dass es hier nichts mehr zu retten gab, war mir klar, als ich die Füße sah. Die Frau ist wie der Blitz an mir vorbei, hat sich auf den Bettrand gesetzt, und ich habe telefoniert. Den Rest kennen Sie. Ihr Kollege hat Sie sicher informiert. Sobald er da war, bin ich vors Haus und habe dort gewartet. Hat eine Weile gedauert, bis euer ganzer Tross eingetroffen ist.«

Rebsamen winkt dem Kellner und verlangt die Speisekarte.

»Warten Sie noch einen Moment«, bittet Noldi, »wie soll ich Sie befragen, wenn Sie essen.«

»Vielleicht essen Sie doch mit«, entgegnet Rebsamen, »dann geht es leichter.«

»Das kann ich nicht, ich bin im Dienst.«

Rebsamen schaut Noldi belustigt an, legt die Speisekarte beiseite.

»Und ein Verhör beim Essen ist im Reglement nicht vorgesehen.«

»Nein, ja, aber da ist noch etwas.«

Noldi erwidert den Blick des Alten. »Ich komme gerade von der Pathologie. Dort ist mir der Appetit vergangen.«

»Verstehe, die Füße«, nickt Rebsamen. »Im Übrigen bleibt nicht viel zu berichten. Ihr Kollege hat ein Protokoll verfasst. Ihm habe ich alles genauso geschildert wie jetzt Ihnen.«

»Sie haben ausgesagt, Nievergelt nicht zu kennen, und sich dann korrigiert.«

»Stimmt. Mir gehört die Firma ImmoTreu. Aber das wissen Sie bestimmt auch schon. Ich habe den Namen selbst erfunden. Kommt bei den Leuten gut an. Klingt so vertrauenswürdig.«

»Gratuliere.«

»Ja und dieser Nievergelt hat sich für eine Liegenschaft von uns interessiert. Der Kauf kam aber nicht zustande. Das habe ich Ihrem Kollegen ebenfalls berichtet. Den Kontakt haben meine Mitarbeiter abgewickelt. Ich hatte nie persönlich mit ihm zu tun.«

»Und Wolfer, den Kollegen«, fragt Noldi, »den kennen Sie auch nicht persönlich?«

»Ah, Ihr Herr Kollege«, erwidert Rebsamen gedehnt. Dann schnell: »Wo ist er überhaupt? Müsst ihr für ein Verhör nicht zu zweit sein?«

»Eigentlich«, stimmt Noldi zu. »Aber zur Zeit arbeitet er noch an einem anderen Fall.«

Hoffentlich reicht das als Erklärung, denkt er. Fehlte gerade, wenn Rebsamen jetzt anfinge, kompliziert zu tun. Wo er ihm eine noch viel heiklere Frage stellen muss. Auch wenn Wolfer dieses Problem offiziell schon abgehakt hat.

»Wo waren Sie am 25. Juni zwischen, sagen wir, acht Uhr und Mitternacht?«

Er bildet sich ein, der Alte muss plötzlich blinzeln, doch es ist vorbei, bevor er genauer hinschauen kann.

»Halten Sie mich für so blöd«, sagt Rebsamen, »dass ich an den Tatort zurückkehre, wenn ich diesen Menschen wirklich ermordet hätte?«

»War nicht meine Frage«, antwortet Noldi, dem die Sache nicht gefällt. »Ich wollte wissen, wo Sie zur Tatzeit gewesen sind.«

»Das habe ich Ihrem Kollegen schon erzählt.«

»Sagen Sie es mir trotzdem?«

Plötzlich wird Rebsamen lebhaft.

»Was stimmt zwischen Ihnen und Herrn Wolfer nicht? Da ist doch irgendetwas faul. Dass Sie sich jetzt hier einmischen.«

»Richtig. Es ist etwas faul. Nur leider kann ich Ihnen darüber keine Auskunft geben.«

Rebsamen nimmt die Speisekarte zur Hand, welche neben ihm auf dem Tisch liegt und verschwindet dahinter.

»Herr Rebsamen«, sagt Noldi, »sich so billig aus der Affäre zu ziehen, ist unter Ihrem Niveau.«

»Ich weiß, und es tut mir auch leid.«

Der Alte schaut Noldi prüfend an. Dann sagt er: »Ich versichere Ihnen, ich habe Nievergelt nicht umgebracht. Das müssen Sie mir glauben.«

»Ich bin Polizist, ich glaube an gar nichts.«

»Verstehe«, sagt Rebsamen, und Noldi hat den Eindruck, er ist erheitert. »Ich war mit dem Gemeindeschreiber, Herrn Stettler, beisammen. Es ging um ein paar Details beim Kauf vom ›Sunnebad‹.«

»Mitten in der Nacht ein dienstliches Gespräch«, sagt Noldi. »Interessant.«

»Wir haben ein Glas Wein getrunken.«

»Wo, im ›Sternen‹?«

»Nein, im ›Sunnebad‹.«

»Und das kann niemand bezeugen?«

Rebsamen schießt ihm einen scharfen Blick zu.

»Zweifeln Sie an meiner Aussage?«

»Ist eine Berufskrankheit, bei allem nach dem Haar in der Suppe zu suchen.«

Auch diese Antwort scheint Rebsamen zu gefallen. Er lächelt.

»Nein«, sagt er, »aber wir waren immerhin zu zweit.«

Noldis Ton wird beinahe herzlich.

»Vielen Dank«, sagt er, »ich bin froh, wenn es stimmt.«

»Wo ist da ein Grund zur Freude?«, will Rebsamen wissen.

»Zwei Leute weniger auf meiner Liste von Verdächtigen.«

Mit diesen Worten legt Noldi das Geld für seinen Kaffee auf den Tisch, wünscht dem Alten noch guten Appetit und macht sich auf diese Weise, wie er findet, elegant aus dem Staub.

Er geht durch die Halle, die große Glastür beim Eingang, die an dem milden Abend offen ist, und steht auf der Straße. Einen Augenblick hält er inne, schaut den Rennweg hinunter. Bis auf zwei teure Karossen vor dem Hotel ist er autofrei. Leute in leichten Kleidern und sommerlicher Stimmung, Kinder und Hunde bevölkern die Straße.

Während er sich in Bewegung setzt, sieht Noldi den Alten vor sich, wie er mit Hut und Stock auf der Hausbank vor dem ›Sternen‹ saß. Ein kurioser Aufzug für einen Immobilienhändler, aber eine gute Verkleidung, um sich unauffällig dort oben herumzutreiben. Wie wäre es, überlegt er grinsend, wenn der Alte hier und anderswo harmlos durch die Gegend wandert und nach stets geschlossenen Fensterläden an Häusern, an monatelang verriegelte Hütten Ausschau hält. Sobald er sicher ist, dass sie nicht regelmäßig bewohnt oder aufgesucht werden, schaut er im Katasterplan nach, wem sie gehören, und macht dem Besitzer ein Kaufangebot. Oben in Sternenberg herrscht großer Bedarf an Ferien- und Zweitwohnungen, ein lukratives Geschäft. Schlau, denkt Noldi, dieser Alte. Und vermutlich sieht er dabei auch das eine oder andere, das nicht zum Geschäft gehört. Aber wäre der Alte stark genug, überlegt er weiter, einen so kräftigen Mann wie Nievergelt zu erschießen und ihm die Füße abzusägen? Wohl kaum. Das heißt, wenn er es war, muss er einen Helfer gehabt haben. Und ohne dass er es verhindern kann, landen seine Gedanken wieder bei Wolfer. Könnte es sein, dass er und Rebsamen eine gemeinsame Leiche im Keller haben? Leiche, denkt Noldi, im wahrsten Sinn des Wortes, aber im ersten Stock, nicht im Keller. Er grinst, dann überlegt er weiter. Der Alte hat ihm auf seine Frage, ob er Wolfer persönlich kenne, keine Antwort gegeben. Schon merkwürdig. Scheint nicht so einfach, aus ihm etwas herauszubringen. Und genau das reizt ihn. Er nimmt sich vor, als Erstes den Hintergrund des Mannes zu recherchieren, vielleicht findet er etwas, wo er ansetzen kann. Aber das wird bis morgen warten müssen. Für heute hat er genug. Was für ein Wechselbad der Gefühle. Zuerst ahnungslos mit den Enkeln auf dem Tössdamm, dieser Frieden. Dann oben in Sternenberg die finstere Kirche, die schwarze Witwe, das seltsame Schlafzimmer, das nackte Bett. Dann in dem blutleeren Raum der Pathologie die fußlose bleiche Leiche von Nievergelt. Das hätte für einen Tag gereicht, auch ohne das seltsame Gespräch mit dem Alten samt seinem Strohhut in einem verborgenen Garten mitten in Zürich.

Sobald er im Auto sitzt, nimmt er sich vor, gleich am nächsten Morgen mit Wolfer zu reden. Es nützt nichts, wenn er das Gespräch, vor dem ihm graut, weiter hinausschiebt. Er braucht die Informationen und hofft, dass der Kollege trotz der misslichen Umstände kooperiert. Viel Zeit zu ermitteln hatte Wolfer nicht, gerade einmal drei Tage. Leider sind die entscheidend. Noch dazu wo Nievergelt bei der Entdeckung bereits drei Tage tot in seinem Bett gelegen ist. Jetzt kommt er, Noldi, nach sechs Tagen und soll es richten. Wie schafft er das?

Aufatmend biegt er gleich hinter Dettenried in die schmale Straße, die sich durch den Wald hinunter ins Tösstal schlängelt. Da und dort leuchtet zwischen den Baumstämmen die Ebene auf, vom späten Sonnenlicht in unirdisches Grün getaucht. Nach der kurzen Geraden zwischen den Feldern kommen Häuser und Gärten, der neue Fußballplatz und drei Straßenschwellen, die den Verkehr beruhigen sollen. So ein Unsinn, denkt Noldi, als er die letzte bei der Tobelbachbrücke überwunden hat, gibt doch nur mehr Lärm, wenn die Leute ständig bremsen und dann wieder Gas geben. Er biegt in die Neschwilerstrasse, fährt vorbei an der alten Zehntenscheune und der »Pfanni«, wie die Einheimischen die Metallwarenfabrik nennen, über die Tössbrücke und den Bahnübergang. Dann ist er endlich zu Hause. Meret kommt ihm an der Tür entgegen. Sie drückt ihn an sich, als hätte sie ihn eine Ewigkeit nicht mehr gesehen.

3. DAS WALDSTÜCK

Noldi und seine Frau sind in den letzten Jahren näher zusammengerückt. Jetzt ist es sie, die ihn umwirbt. Nachdem der Schuss Noldis Kopf nur durch Zufall verfehlt hat, ist Meret zum ersten Mal in ihrem Leben ängstlich geworden. Auf die Schreckensmeldung, die ihr Schwager, Jagdaufseher Hans Hablützel, am Telefon überbrachte, konnte sie noch erstaunlich gelassen reagieren. Grund dafür war der Anruf ein paar Minuten davor. Ihr Schwiegersohn Richard hatte mit nicht ganz sicherer Stimme die Geburt der voll Aufregung erwarteten Zwillinge gemeldet.

Nachträglich holte der Schreck Meret doch ein und ließ sie nie mehr ganz los. Sie war immer sicher gewesen, Noldi könne nichts passieren, jetzt sieht sie nur Gefahren, die überall um ihn lauern. Sie ist nicht mehr imstande, sich einfach zu freuen, dass er am Leben ist. Damit will sie, die Pragmatikerin, sich nicht abfinden, kämpft gegen die Schatten und ist meist auch erfolgreich. Trotzdem gibt es Momente, wo ihr vor Furcht fast das Herz stehen bleibt. Sie redet mit niemandem darüber, am allerwenigsten mit ihrem Mann.

Noldi meidet das Thema ebenfalls, obwohl es für ihn einfacher ist. Er sagt sich, hätte die Kugel ihn getroffen, wäre er jetzt tot und alles nicht mehr sein Problem. Dass Meret und die Kinder allein dastünden, beschäftigt ihn, aber der Respekt vor dem eigenen Tod überwiegt.

Die Kinder hatten auf den beinahe tödlichen Zwischenfall ganz verschieden reagiert. Verena hat die Nachricht zwar gehört, doch wirklich in ihr Bewusstsein gedrungen ist sie nie. Sie war verständlicherweise zu dieser Zeit voll und ganz von den neugeborenen Zwillingen in Anspruch genommen.

Peter gratulierte zum glücklichen Ausgang mit einer typisch amerikanischen Postkarte voll Glitter und Flitter, auf der, wenn man sie öffnete, ein Weihnachtsmann »Merry Christmas« sang. Und das im Herbst.

»Wo er die um diese Jahreszeit hernimmt«, rätselte Meret, während sie die Karte auf und zu machte.

»Die«, antwortete Noldi, »ist ihm von der letzten Weihnacht übrig geblieben.«

Felizitas drückte ihren Vater an sich, fast wie ihre Mutter es machte. Er hielt sie fest, schaute ihr in die Augen. Doch es dauerte lange, bis sich auf ihrem Gesicht ein zaghaftes Lächeln ausbreitete.

Noldi fand seine jüngere Tochter verändert. Sie schien ihm ernster geworden, härter sogar. Schuld daran war, seiner Meinung nach, Tashi, der Tibeter, in den sie sich verliebt hatte. Er verschwieg ihr, dass er Mönch war. Inzwischen hatte er das Kloster zwar verlassen und lebte in einem buddhistischen Zentrum in Zürich, doch Felizitas wollte nichts mehr von ihm wissen.

Am schwersten zu schaffen machte der Schuss auf Noldi dem jüngsten seiner Kinder. Für Pauli schien die Tatsache, dass er seinem Vater das Leben gerettet hatte, eine schwere Bürde.

»Und wenn ich nicht geschrien hätte?«, fragte er Noldi immer wieder.

»Dann wäre ich jetzt tot.«

Noldi sagte es mit einer gewissen Vorsicht und beobachtete seinen Jungen. Statt sich über die glückliche Fügung zu freuen, ließ der den Kopf hängen.

»Aber du hast geschrien. Warum eigentlich?«, fragte Noldi, um ihn auf andere Gedanken zu bringen.

»Der hat mir eins übergebraten. Aber nicht fest genug. Ich war gleich wieder bei Bewusstsein, sehe, wie der Kerl den Weg hinaufrennt. Wollte euch warnen.«

»Siehst du«, sagte darauf sein Vater. »Ich habe dich gehört und bin aufgesprungen. Du hast genau im richtigen Moment das Richtige getan. Was willst du mehr?«

»Ja aber …«, fing der Junge von Neuem an.

»Pauli«, unterbrach ihn sein Vater. »Es ist gut, es ist alles gut.«

Er nahm ihn an beiden Schultern, schaute ihn an und sah, er konnte das Entsetzen, das seinen Sohn noch immer gefangen hielt, nicht vertreiben.

»Die Kinder«, sagt Meret bedauernd, »sind schon weg. Mark wollte unbedingt auf dich warten, aber für die Kleinen wurde es zu spät. Deshalb hat Verena sie ins Auto gepackt und ist losgefahren. Sie lassen dich alle schön grüßen.«

Dann fragt sie sofort: »Was wollte Beer von dir?«

»Ach«, antwortet Noldi einsilbig, »er hat mir einen Fall aufgebrummt, bei dem nichts Gutes herauskommen kann.«

»So«, sagt sie, zieht ihn mit sich in die Küche. Auf dem Tisch, an dem sie jetzt essen, wenn sie allein sind, liegt eine Ansichtskarte. Noldi nimmt sie zur Hand und liest laut: »Die Mitternachtssonne ist wirklich so hell wie am Tag.«

»Von einer deiner Schülerinnen?«, fragt er.

Meret rückt ihm einen der beiden Stühle neben dem Tisch zurecht. »Nein«, sagt sie, »diese Ansichtskarte ist für unseren Sohn.«

Noldi nimmt sie erneut zur Hand.

»Richtig. Habe ich übersehen. Keine Unterschrift, nur ein Schnörkel. Muss jemand sein, den er gut kennt.«

»Ich glaube«, sagt Meret, »sie ist von Anne.«

»Anne?«

»Die Anne von den Lindeggers an der Neschwilerstrasse. Erinnere dich, das Mädchen eine Klasse über Pauli. Sie war sein erster Schwarm, weil sie beim Pokern mit ihrem Vater geschummelt hat. Ich habe zufällig im Volg aufgeschnappt, die seien ans Nordkap.«

»Und sie schickt ihm eine Ansichtskarte ohne Unterschrift?«

Noldi schaut seine Frau an.

»Glaubst du, da läuft etwas?«

»Sieht so aus.«

»Der Knabe fängt früh an.«

»Was meinst du, was wir gemacht hätten, wären wir einander früher begegnet?«

Noldi lacht. »Weiß ich genau. Ich hätte gewartet, bis du volljährig bist.«

Meret wirft den Topflappen nach ihm, Noldi fängt ihn in der Luft ab und fragt: »Wie wäre es mit einem Bier?«

»Sag zuerst«, entgegnet Meret, während sie zwei Gläser aus dem Schrank holt, »was ist das für ein Fall?«

Sie geht an den Kühlschrank, holt eine Flasche heraus und reicht sie ihm. Durstig wie er ist, setzt Noldi sie an und nimmt einen kräftigen Zug.

»Das tut gut«, sagt er aufatmend und wischt sich den Mund.

Dann schenkt er seiner Frau ein Glas ein.

»Beer«, beginnt er endlich, »hat seit der Umstrukturierung nicht mehr viel zu melden. Ehrlich gesagt, ich war überrascht, dass er mich so dringend nach Winterthur kommen hat lassen. Offensichtlich ist er denen in Zürich für die heiklen Aufgaben immer noch gut genug.«

»Welche heikle Aufgabe?«, fragt Meret mit einer Spur von Ungeduld. Es ist sonst nicht Noldis Art, lang herumzureden.

»In Sternenberg haben sie den Polizisten erschossen.«

Meret runzelt die Stirn.

»Dafür sind doch Wolfer und Rühle zuständig.«

»Der Ermordete hat knapp vor seinem Tod Wolfer wegen Bestechung denunziert.«

»Du lieber Himmel.«

»Deshalb haben sie ihn von dem Fall abgezogen, bis die Anschuldigungen geklärt sind.«

»Und du musst übernehmen. Warum nicht Rühle?«

»Das hat man mir nicht mitgeteilt. Vermutlich gilt er als befangen, weil er Wolfers Kollege ist.«

»Das bist du auch.«

»Was die Sache nur noch schlimmer macht.«

Auf dem Herd beginnt ein Pfannendeckel zu klappern. Das Geräusch bringt Noldi wieder zu sich. Er spürt, dass er hungrig ist, obwohl er angesichts der abgetrennten Füße gemeint hat, nie wieder einen Bissen hinunterzubringen.

»Was gibt es?«, fragt er hoffnungsvoll.

Meret mustert ihn. »Lenk jetzt nicht ab. Sag zuerst, was hat dir die Laune wirklich so vermiest?«

Noldi seufzt schon wieder.

»Der absolute Irrsinn. Man hat dem Toten die Füße abgesägt.«

Sie dreht sich zu ihm, den Pfannendeckel in der einen Hand, und schlägt die andere vor den Mund.

In dem Moment erscheint Pauli lautlos wie ein Geist. Das hat er sich angewöhnt, seit ihn sein Onkel mit auf die Pirsch nimmt.

Meret lässt ihre Hand sinken und sagt: »Kind, hast du mich erschreckt.«

Ihr Sohn reagiert nicht auf den Vorwurf, sondern wendet sich sofort an den Vater: »Ist er daran gestorben?«

»Woran?«, fragt Noldi, dessen Gedanken anderweitig beschäftigt waren.

»Dass man ihm die Füße abgesägt hat?«

»Nein«, erklärt Noldi, »er ist erschossen worden. In den Rücken.«

»Ein Blattschuss«, sagt Pauli erfreut und vollkommen herzlos.

»Aufgesetzt«, bemerkt Noldi, der nichts an der Ausdrucksweise seines Sohnes falsch findet.

Meret weist Pauli nicht zurecht, sondern bemüht ihr pädagogisches Geschick.

»Ob man bei einem Menschen auch von Blattschuss spricht?«, fragt sie.

»Warum nicht?« Pauli ist verdutzt.

»Ich weiß nicht«, erwidert seine Mutter zögernd.

»Das haben wir gleich«, meint der Junge fröhlich, holt sein Handy heraus.

»Ich rufe den Onkel an.«

»Was fällt dir ein, der schläft doch schon, wenn er morgen früh auf die Pirsch will«, protestiert Noldi.

Das sieht Pauli ein. Er versorgt sein Handy wieder. Dann entdeckt er die Ansichtskarte auf dem Tisch, schnappt sie sich, wird rot und verschwindet ohne ein weiteres Wort.

Nachdem ihr Sohn die Tür hinter sich geschlossen hat, fragt Meret: »Aber sag, Noldi, wer macht so etwas?«

»Wenn ich das wüsste«, antwortet ihr Mann, »hätte ich den Täter vermutlich schon.«

Am nächsten Morgen in der Polizeistation Tösstal wirft sich Noldi in seinen Schreibtischstuhl. Der gibt keinen Ton von sich, und der Polizist vermisst einmal mehr das alte Ungeheuer in seinem ehemaligen Büro, das jede seiner Bewegungen mit einem Ächzen kommentiert hat. Er konnte sich noch nicht recht an seinen neuen Arbeitsplatz gewöhnen, obwohl das Büro bereits seit einem Jahr in Betrieb ist. Die Umstrukturierung und Zusammenlegung der Posten von Bauma und Turbenthal zur Polizeistation Tösstal erfolgte erstaunlich rasch, nachdem die Raiffeisenbank Bichelsee der Kantonspolizei in ihrem Neubau ein äußerst günstiges Angebot unterbreitet hat. »Klar«, sagte Noldi zu seiner Frau, »sind die interessiert, uns im Haus zu haben. Das erspart ihnen die Kosten für einen privaten Sicherheitsdienst.«

Der neue Posten ist auf zwei Stockwerken untergebracht, umfasst Büros, Verhörräume, Umkleidekabinen, Duschen und WCs für Männer als auch für Frauen sowie eine fensterlose Ausnüchterungszelle. Es gibt sogar einen Schalter, wo hinter Panzerglas ein extra angestellter Beamter sitzt, um die geregelten Öffnungszeiten zu garantieren. Der neue Zuständigkeitsbereich umfasst die Gemeinden Zell, Schlatt, Wila, Wildberg, Turbenthal,

Bauma und Sternenberg. In der Berggemeinde gibt es schon lange keinen eigenen Polizisten mehr, denn dort oben, heißt es, passiere nie etwas.

Und jetzt, denkt Noldi, hat sich in dem kleinen Dorf ein Mord zugetragen, und ein Kollege steht unter dem Verdacht der Bestechlichkeit. Die hohen Gitterstäbe, welche die schmale Treppe in den ersten Stock an der offenen Seite sichern, erinnern ihn plötzlich an ein Gefängnis. Lift gibt es keinen.

Das zweite Büro gehört den beiden Kollegen, die für Bauma, Wila, Wildberg und Sternenberg zuständig sind. Noldi klopft nur kurz und betritt den Raum. Wolfer kramt gerade in seinem Schreibtisch. Als er Noldi sieht, steht er langsam auf und lässt die Arme hängen.

Er ist wie Nievergelt ein massiger Mann, nicht so groß wie der Tote, hat ein feistes Bauerngesicht und kleine tief liegende Augen. Alles in allem wirkt er trotz seiner derben Vitalität irgendwie angeschlagen. Dem ist etwas passiert, woran er schwer zu beißen hat, denkt Noldi. Und das ist bestimmt nicht die Denunziation von Nievergelt.

Knapp sagt er anstelle einer Begrüßung: »Du weißt, worum es geht.«

»Ja. Du willst gegen mich ermitteln.«

Noldi hört das Zögern, den Vorbehalt und den Groll in der Stimme des anderen. Einen Augenblick überlegt er, wie er diese schwierige Situation entschärfen könnte, doch es fällt ihm nichts ein. Stattdessen schießt auch in ihm Ärger hoch. Schon ist er versucht zu sagen, was kann ich dafür, wenn du Idiot Scheiße baust. Gleichzeitig wird ihm klar, dass er möglicherweise nicht ganz unschuldig ist. Sie sind ein Team. Da sollte kein Kollege abstürzen können, ohne dass die anderen es bemerken. Und zu allem Elend noch in Mordverdacht geraten.

»Tut mir leid, Wolfer«, sagt er deshalb ganz zivil, »sieh es so, ich ermittle nicht gegen dich, sondern für dich. Damit der Verdacht, du hättest etwas mit dem Mord an Nievergelt zu tun, so rasch wie möglich vom Tisch kommt. Die andere Sache, die mit dem Puff, geht mich nichts an.«

Da platzt Wolfer heraus: »Ich habe nichts getan. Das Schwein wollte mir nur was am Zeug flicken. Deshalb bringe ich ihn noch lange nicht um.«

»Das glaube ich auch nicht. Bleibt nur die Frage, warum hat dich Nievergelt denunziert. Ist doch das Hinterletzte unter Kollegen.«

»Weiß nicht«, brummt der andere muffig, und Noldi kann hören, dass er lügt.

Scharf sagt er: »Wenn du willst, dass ich auf deiner Seite bin, musst du mir schon reinen Wein einschenken. Vorläufig bist du der Einzige, der ein Motiv hat.«

»Ha«, sagt Wolfer drauf, »hast du eine Ahnung.«

»Dann setz mich ins Bild. Je schneller, desto besser.«

»Der Nievergelt, der war ein echter Streithahn.«

»Und weiter?«, fragt Noldi ungeduldig.

»Der hat Ärger mit allen gehabt. Und war bei Weitem nicht immer im Recht.«

»Zum Beispiel?«

Da lacht Wolfer auf. Es klingt unfroh, beinahe hämisch.

»Zum Beispiel streitet er seit Jahrzehnten mit dem Nachbarn um seinen Wald. Steht alles in den Akten.«

»Wolfer«, knurrt Noldi, dem der Kollege zunehmend auf die Nerven geht, »mach es nicht so spannend. Erzähl mir das Wesentliche. Wenn ich es genauer wissen will, kann ich immer noch in den Akten nachlesen.«

Der andere hat sich wieder an seinen Schreibtisch gesetzt und spielt mit dem Kugelschreiber. »Die Sache ist die«, holt er widerwillig aus, »Nievergelt hat im Cholerholz ein Grundstück mit einem Haus darauf gekauft. Dazu gehört direkt angrenzend eine Waldparzelle von über 60 Aaren. Und dann noch eine kleinere separate Parzelle mit etwas über 40 Aaren. Dazwischen schiebt sich ein Streifen Wald von knapp 20 Metern Breite. Der gehört einem anderen.«

»Und wem?« Noldi kann seine Ungeduld nur schwer im Zaum halten. Warum, denkt er, ziert sich der Gute dermaßen? Ich will ihm doch helfen.

»Dem Mülilüthi«, bequemt sich der andere endlich zu sagen.

»Mülilüthi«, fragt Noldi erstaunt. »Sag bloß, oben auf dem Berg hat es eine Mühle.«

»Nein, natürlich nicht«, antwortet Wolfer ungehalten. »Der heißt nur so. Und ein Grundstück von diesem Mülilüthi liegt zwischen den zwei Waldparzellen von Nievergelt. Das war dem ein Dorn im Auge. Jahrelang hat er versucht, den Waldstreifen in seinen Besitz zu bringen. Er hat alle Register gezogen, wollte kaufen, tauschen, sogar zu seinen Ungunsten. Er hat probiert, mit dem Gemeinderat, dem Förster und dem Forstamt des Kantons eine kleine Güterzusammenlegung zu erreichen. Aber der Lüthi ist genau so ein sturer Bock wie er. An ihm sind alle Versuche einer gütlichen Lösung gescheitert. Sie waren vor dem Friedensrichter, sie haben sich geprügelt. Ich bin ausgerückt, damit sie sich nicht die Schädel einschlagen. Wir haben beiden gut zugeredet, hat alles nichts gebracht. Seither marschiert der Lüthi nur mehr mit dem Gewehr in seinem Wald herum.«

»Interessant«, sagt Noldi, »aber wenn der Konflikt schon so alt ist, warum sollte er ausgerechnet jetzt so eskalieren, dass der Lüthi ihn erschießt.«

»Das kann ich dir sagen. Nievergelt hat einen Baum, die alte Grenzbuche, gefällt, die zur Hälfte auf Lüthis Waldstück stand. Das war für den zu viel.«

»Einverstanden. Aber warum ihm dann noch die Füße absägen? Hast du dafür auch eine Erklärung?«

»Nein«, brummt Wolfer. »Jetzt muss ich. Hab noch zu tun.« Damit packt er sein Zeug und will verschwinden.

»Stopp«, sagt Noldi, »ich brauche noch einige Informationen von dir. Was hast du schon alles unternommen wegen der Alibis? Hast du überprüft, wo dieser Müli- lüthi zum Tatzeitpunkt war?«

»Habe ich. Er war angeblich zu Haus und hat gesoffen.«

»Zeugen?«

»Keine. Er ist schon lange Witwer. Es gibt zwar eine Frauensperson, die ihm schlecht und recht den Haushalt macht. Was für eine Funktion sie genau hat, habe ich nicht herausgefunden. Jedenfalls wohnt sie auch dort, nur als Zeugin taugt sie nichts. Sie ist erstens nicht ganz richtig im Kopf und zweitens hat sie schon geschlafen.«

»Dann habe ich noch eine Frage: Wie hat das Schlaf- zimmer ausgesehen, als du Nievergelt dort gefunden hast? Waren die Nachttische abgeräumt?«

Wolfer schaut ihn an, als wäre er nicht ganz bei Trost.

»Du machst mir Spaß. Ich habe in dem Moment wirk- lich andere Sorgen gehabt als diese verdammten Nachttische. Lies den Bericht der Spurensicherung, wenn du das wissen willst. Dort steht alles. Und jetzt Tschüss.«

»Kollege«, sagt Noldi, »wir sind noch immer nicht fertig. Wo finde ich Nievergelts persönliche Sachen, Agenda und so weiter? Die wirst du sicher mitgenommen haben.«

Wolfer brummt etwas, bequemt sich aber, seine Schreibtischlade zu öffnen, und wirft endlich ein gepolstertes Kuvert über den Tisch.

»Das ist alles?«, fragt Noldi ungläubig.

»Tut mir leid«, erwidert Wolfer in einem Ton, der keinen Zweifel lässt, dass genau das Gegenteil der Fall ist.

Noldi reagiert nicht auf die Provokation. Er schaut die Unterlagen flüchtig durch.

»Kein Handy?«, erkundigt er sich dann.

Wolfer schüttelt den Kopf. »Ist nichts drauf.«

»Und die Verbindungsliste? Wo hast du die?«

»Schon abgearbeitet«, erklärt der andere. »Gibt nichts her.«

Immerhin, denkt Noldi, redet er mit mir und knurrt nicht nur. Aber die Ausbeute ist mehr als kläglich. Er stopft die Sachen zurück in das Kuvert und nimmt es an sich.

»Die Telefonliste«, sagt er, »hätte ich trotzdem gern. Kannst du sie suchen?«

Wolfer wühlt kurz in seinem Ablagekorb auf dem Tisch, zuckt dann mit den Achseln und ist nicht mehr zu halten. Noldi ruft ihm nach: »Legst du sie mir auf den Schreibtisch, wenn du sie gefunden hast?«

Ob der Kollege ihn noch gehört hat, kann er nicht feststellen, denn er bekommt keine Antwort mehr.

Er bleibt sitzen und denkt nach. Das Gespräch mit Wolfer hat eine ganz andere Richtung genommen. Von dessen eigener Motivation, Nievergelt nach dem Leben zu trachten, war keine Rede. Wenn Wolfer recht hat, wäre es ein Mord wegen Besitzstreitigkeiten gewesen. Ein geradezu klassisches Motiv auf dem Land. Doch Noldi glaubt nicht recht daran. Er fragt sich, was der Kollege unternommen hat, um das Alibi der Witwe zu überprüfen. Die Spurensicherung scheint die Schuhe des Toten noch nicht gefunden zu haben. Jedenfalls steht nichts davon in dem Bericht. Das Ehepaar Nievergelt hat einen Sohn. Was ist mit dem? Wo war er, wo ist er jetzt? Gibt es etwas über ihn im Polizeirapport?

Er nimmt sich das Kuvert vor, das ihm Wolfer überlassen hat. Der Inhalt ist völlig belanglos, ein paar Rechnungen, Dokumente, Pass und ID, Militärbüchlein, ein unbenützter Notizblock, nichts, das Aufschluss über Nievergelt und schon gar nicht über seinen Mörder geben würde. Als er den Notizblock noch einmal durchblättert, um sicher zu gehen, dass er tatsächlich unbenützt ist, fallen zwei gefaltete eng beschriebene Blätter heraus. Die Handschrift ist kindlich, schwer zu entziffern, aber so viel er auf den ersten Blick erkennen kann, geht es um eine Brücke. Was ihn stutzig macht, der Text ist auf dem Briefpapier der Klinik in Pfäfers geschrieben. Wieso? Was hat der Tote mit dieser psychiatrischen Einrichtung zu tun? Soviel Noldi weiß, werden dort in erster Linie suizidgefährdete Personen behandelt. War Nievergelt ein Selbstmord-Kandidat? Und wenn nicht er, wer dann aus seinem Umfeld? Auch in diesem Punkt muss er bei Wolfer nachhaken, wenn er das nächste Mal mit ihm spricht. Besser, sagt er sich, alle offenen Fragen zu notieren. Sonst bringt ihn der Kollege wieder aus dem Konzept.

Noldi beugt sich vor und sucht den Papierkorb. Dort fischt er nach irgendetwas für seine Notizen. Das Erste, was er in die Finger bekommt, ist ein zerknüllter Zettel. Er schaut ihn an, glättet ihn aus reiner Neugierde. Es handelt sich um eine Rechnung. Der Druck ist kaum lesbar, aber soviel er entziffern kann, ist sie vom »Sternen« in Sternenberg. Es scheint sich um ein Essen für zwei Personen mit einer erstaunlichen Menge Bier zu handeln. Was Noldi aber richtig elektrisiert, ist das Datum. Sie wurde am 25. Juni, um 20.34 Uhr ausgestellt. Irgendwann an diesem Abend wurde Alfons Nievergelt erschossen.

Noldi rast an seinen Schreibtisch zurück und durchsucht als Erstes die Dienstpläne im Netz. Wolfer ist an jenem Abend Streife gefahren. Mit Rühle, dem scheuen unscheinbaren Kollegen, von dem es heißt, dass er in seiner Freizeit Gedichte schreibt. Der Dienst dauerte laut Plan von 17 bis vier Uhr früh. Dann gibt es bis am Morgen keine Streife mehr. Sind die beiden abends in Sternenberg gemeinsam essen gegangen? Das wäre durchaus denkbar. Wenn sie so lange unterwegs sind, stehen ihnen auch Pausen zu. Hat Wolfer Rühle eingeladen? Er wird, denkt er, ihn am nächsten Morgen danach fragen, vor allem nach der Menge Bier. Vielleicht erinnert sich der Kollege an irgendeinen Vorfall in der fraglichen Nacht, den Dritte bestätigen können. Wäre es möglich, dass Wolfer während der Dienstzeit gegangen ist und auf Nievergelt geschossen hat? In den Rücken? Kann das sein, grübelt Noldi, schießt man einem Kollegen in den Rücken? Wäre ziemlich fies. Irgendwie traut er das Wolfer nicht zu. Den Mord eventuell, aber einen Schuss in den

Rücken, nein. Da kommt noch etwas hinzu: die abgesägten Füße. Die hat er bis jetzt erfolgreich ausgeblendet. Aber er würde sich mit ihnen befassen müssen. Man hat Nievergelt in den Rücken geschossen und ihm die Füße abgesäbelt. Laut Obduktionsbefund nach dem Tod. Dann hat man ihn auf das Bett gelegt. Das muss doch etwas zu bedeuten haben. Das kann Wolfer kaum während der Streife bewältigt haben. Wo wäre Rühle da gewesen? Hat er zum Kollegen gesagt: »Ich muss schnell weg. Was erledigen. Fahr du inzwischen allein.« Hat er gesagt, es ist ihm schlecht, oder sonst eine windige Ausrede erfunden? Die Beamten sind angehalten, wenn immer möglich, gemeinsam unterwegs zu sein. Nur im Notfall, wenn kein anderer verfügbar ist, muss einer allein fahren. Wäre es möglich, dass Rühle, falls sich Wolfer tatsächlich entfernt hat, nicht zwei und zwei zusammenzählt, als bekannt wird, dass Nievergelt in dieser Nacht ermordet worden ist?

In einem ersten Impuls will Noldi Wolfer, der inzwischen zurückgekommen ist, sofort mit dieser Rechnung konfrontieren. Dann denkt er, so etwas Blödes. Das bringt doch nichts. Was willst du mit dem zerknüllten Fetzen Papier bei dem da? Der kann dir alles erzählen. Er kehrt wieder um, setzt sich an den Schreibtisch. Gedeckt durch den Bildschirm, holt er die Rechnung aus dem Sack und mustert sie noch einmal gründlich. Es handelt sich eindeutig um einen Computerausdruck. Das ist gut, denkt er, so lässt sich leicht feststellen, von wem er stammt. Wenn er Glück hat, erinnert die Kellnerin sich noch, für wen sie war und vielleicht sogar an den zweiten Gast. Dann fällt ihm ein, er könnte sich bei Rühle erkundigen, was es mit dieser Rechnung auf sich hat, und was die beiden an jenem Abend auf Streife getrieben haben. Nur kann er dem Mann diese Fragen kaum vor Wolfer stellen. Er wird den Kollegen anrufen und ihn unter einem Vorwand aus seinem Büro locken. Da kommt ihm eine noch bessere Idee. Sie haben jetzt sogar eine Polizistin im Team, eine rassige junge Frau, sportlich durchtrainiert, ein guter Kumpel. Das vereinfacht manches und kompliziert anderes. Eines aber ist sicher, sie verhindert durch ihre Anwesenheit den Kasernenton, der sich gerne einschleicht, wo Männer unter sich sind. Vielleicht, denkt Noldi schlau, könnte sie das Telefonat für ihn übernehmen.

Höchst angetan von seinem Einfall schnellt er vom Sitz und ruft: »Hallo, Franca, hast du einen Moment?«

»Mhm«, kommt es abwesend hinter dem anderen Bildschirm hervor. Anscheinend ist die Kollegin gerade an einer Recherche. Oder sie spielt ein Computerspiel, denkt Noldi und grinst in sich hinein. »Wer gewinnt?«, fragt er boshaft.

»Was? Wer gewinnt? Spinnst du?«, sagt Franca, springt ebenfalls auf. »Du schließt wohl von dir auf andere.«

Peng, das sitzt. Noldi schaut verdutzt, dann sagt er: »Entschuldige. Ich schlage mich mit dem Fall Nievergelt herum und komme nicht weiter. Das macht mich muff.«

Franca scheint einigermaßen besänftigt. »Also«, sagt sie immer noch kurz angebunden, »was willst du?«

»Kannst du vielleicht den Kollegen Rühle anrufen und ihn unter einem Vorwand aus dem Büro locken? Ich muss mit ihm reden, will aber nicht, dass Wolfer misstrauisch wird. Ich habe so schon das Gefühl, bei dem guten Röbi von einem Fettnapf in den anderen zu treten. Er ist stockbeleidigt, dass man mir den Fall angehängt hat, obwohl ich bei Gott nichts dafür kann.«

»Kannst du nicht?«, fragt Franca, und Noldi sagt sich, auch sie glaubt, er habe sich darum gerissen. Er spart sich die Antwort, denkt nur mit leisem Bedauern, wie wenig er die neuen Kollegen eigentlich kennt, obwohl sie jetzt schon mehr als ein Jahr in ein und demselben Büro sitzen. Währenddessen hat Franca Werner Rühle erreicht und bittet ihn um Hilfe bei einer Routineüberprüfung. Den zurückhaltenden Mann scheint Francas Bitte zu schmeicheln, denn er steht gleich darauf in der Tür. Noldi fängt ihn ab und sagt: »Ich muss mit dir reden. Gehen wir hinaus, dort kannst du eine rauchen.«

Erst will Rühle ablehnen, doch als er einen Blick zu Franca wirft, die bedauernd mit den Achseln zuckt, begreift er, was gespielt wird. Ohne ein Wort geht er vor Noldi in den Durchgang, welcher die Haushälfte der Bank von der Polizeistation Tösstal trennt. Draußen zündet er sich hastig eine Zigarette an. Noldi lässt ihn ein paar Züge rauchen. Er weiß, das entspannt. Er selbst hat nie geraucht. Das heißt, beim Militär hatten sie alle dauernd einen Glimmstängel im Mund, und an geselligen Abenden hat er sich auch die eine oder andere Villiger Krumme angesteckt.

Rühle passt das Schweigen nicht. Er ist eindeutig nervös, zieht an seiner Zigarette, als wolle er sie fressen.

»Was ist?«, fragt er schließlich.

Noldi wartet noch eine Sekunde, hofft, den richtigen Ton zu treffen. Dann sagt er: »Du und Wolfer, ihr seid am 25. 6. abends Streife gefahren.«

»Ja.«

»Gab es irgendwelche Vorkommnisse, einen speziellen Einsatz?«

»Nicht, dass ich wüsste.«

»Ihr wart auch oben in Sternenberg?«

»Ja. Warum?«

»Ihr wart im ›Sternen‹?«

Jetzt wird Rühle vorsichtig. »Na und?«

Endlich lässt Noldi die Katze aus dem Sack. »Hat dich Wolfer zum Abendessen eingeladen?«

»Welches Abendessen«, tut Rühle begriffsstutzig. Er tötet seine kaum halb gerauchte Zigarette ab und versorgt die Kippe in einer Streichholzschachtel, die er aus dem Hosensack zieht. Dann versucht er, sich an Noldi vorbeizudrücken.

»Halt, nicht so eilig«, sagt Noldi. »Ich will wissen, ob Wolfer dich am 25.6. im ›Sternen‹ Sternenberg zum Abendessen eingeladen hat.«

Rühle bleibt stehen, schweigt ziemlich lange und erklärt dann: »Weiss ich nicht mehr.«

»Hat dich Wolfer schon so oft eingeladen, dass du nicht mehr weißt, wann und wo?«

»Nein, das nicht.«

»Mann, reiß dich zusammen. Es ist wichtig. In der Nacht ist Nievergelt erschossen worden.«

Darauf sagt Rühle scheinbar zusammenhanglos: »Vielleicht geht es um die Fusion.«

Er sucht Noldis Blick, wie um sich zu vergewissern, dass der andere verstanden hat.

Der begreift tatsächlich nicht sofort. Welche Fusion, fragt er sich verwirrt.

Rühle beobachtet ihn und fügt hinzu: »Falls du es nicht

gewusst hast, Nievergelt ist ein alteingesessener Sternenberger.«

Jetzt klingelt es endlich bei Noldi. Es geht um die Fusion der Gemeinden Sternenberg und Bauma. Klar, denkt er, den alteingesessenen Sternenbergern, den wenigen, die es noch gibt, ist die anstehende Fusion ein Dorn im Auge. Auch wenn sie wissen, dass ihnen nichts anderes übrig bleibt.

Während Noldi diese Information überdenkt, versucht Rühle leichtfüßig einen neuen Abgang. Diesmal hält Noldi ihn am Ärmel fest.

»Und du glaubst«, sagt er, »du glaubst, dass diese Fusion ein Mordmotiv darstellen könnte. Wenn ich mich recht erinnere, hat die Abstimmung über den Zusammenschluss der Gemeinden bereits stattgefunden und ist angenommen worden. Mit deutlichen Mehrheiten in beiden Gemeinden.«

Rühle nickt und fügt hinzu: »Wobei die Zustimmung bei den Sternenbergern sogar größer war als die in Bauma.«

Verständlich, denkt Noldi, die in Bauma fürchten sich vor dem Schuldenberg der anderen, denn oben schreiben sie chronisch rote Zahlen. Das war auch der Grund, warum der Kanton den beiden Gemeinden eine Fusion nahelegte. Bauma stieg allerdings erst auf den Deal ein, als der Kanton sich bereit erklärte, die kleine Berggemeinde zu entschulden.

»Ergibt doch alles keinen Sinn«, brummt Noldi, und Rühle zuckt mit den Schultern.

»Hab gedacht, ich sage es dir. Was du daraus machst, ist deine Sache.«

Worauf Noldi zwischen den Zähnen einen Dank herausquetscht und überlegt, vielleicht sollte er sich auch für Rühles Hintergrund interessieren. Nur um nichts zu übersehen. Und bevor der Kollege sich endgültig aus dem Staub macht, fragt er: »Jetzt sag, hat er dich eingeladen oder nicht?«

»Er hat mich noch nie eingeladen.«

Da er nach Rühles Aussage nicht viel schlauer ist, beschließt Noldi, in den »Sternen« zu fahren. Dort könnte er dann gleich etwas essen. Dann, denkt er, muss er nicht das aufwärmen, was Meret ihm in den Kühlschrank gestellt hat, denn sie ist, wie jetzt in den Sommerferien so oft, bei Verena und den Kindern in Zürich.

Doch vorher will er die Aussage der Madame überprüfen, was ihre Fastenwoche angeht. Und siehe da, die gute Frau lügt. Das hat er am Telefon schnell heraus. Die Betreiber des Kurhauses in Weggis sind gutgläubige Leute. Sie fragen nicht, warum er das wissen will, noch muss er sich irgendwie ausweisen. Sie teilen ihm sofort in einer gewissen Aufgeregtheit mit, Frau Nievergelt sei zwar angemeldet gewesen, habe sogar im Voraus bezahlt, sei jedoch nie bei ihnen erschienen.

Wo war sie dann? Das, denkt Noldi, wird er sie persönlich fragen.

Er verlässt seinen Schreibtisch, sagt am Schalter kurz Bescheid und geht. Das ist der Vorteil vom neuen Büro, es sitzt immer einer da. Früher musste er, wenn er während der Bürostunden weg wollte, für Notfälle einen Zettel mit seiner Handy-Nummer an die Tür hängen. War stets eine heikle Angelegenheit, halb illegal, auch wenn man auf dem alten Polizeiposten in erster Linie nur Verwaltungskram erledigen konnte.

Als er in Sternenberg vor dem Haus der Nievergelts ankommt, sieht er ein Auto mit dem Aufdruck einer Lokalzeitung in der Einfahrt stehen. Bis jetzt haben ihn die Medien noch in Ruhe gelassen. Möglich, denkt er, dass sie sich immer noch an Wolfer halten, was ihm nur recht sein kann. Auch scheint von dem makabren Detail mit den abgesägten Füßen noch nichts durchgesickert zu sein.

Er läutet an der Tür. Claire Nievergelt erscheint in Rekordzeit. Sie sieht munterer aus, als er sie bis jetzt erlebt hat.

»Die Zeitung ist da«, erklärt sie statt einer Begrüßung. »Ich weiß nicht, was ich sagen soll.«

»So wenig wie möglich. Schicken Sie die Leute weg, das ist das Beste. Und sagen Sie um Gottes willen nichts von Füßen. Ich warte solange, wenn Sie nichts dagegen haben.«

Er geht in den kleinen Gemüsegarten, der jetzt im Hochsommer schon Erntezeit hat. Neben den Stangenbohnen steht eine hohe Aluminiumleiter, und bei den Kartoffeln sind die ersten Reihen ausgegraben. Die Stechschaufel steckt am Ende des Beetes in der Erde. Noldi findet hinter den zwei Zeilen Zuckermais eine einfache hölzerne Bank, auf der er vom Haus nicht zu sehen ist. Er setzt sich und überdenkt, was er an diesem Tag alles erledigen will. Es dauert noch einige Zeit, bis er den anderen Wagen endlich abfahren hört.

»Sie waren gar nicht bei der Fastenkur in Weggis«, sagt Noldi, kaum hat ihn Claire in die Stube geführt.

»Stimmt«, gibt sie zu. »Ist das so schlimm?«

»Sie haben kein Alibi.«

»Oh doch«, erwidert sie triumphierend, »das habe ich.«

Noldi öffnet den Mund zur nächsten Frage, schließt ihn aber wieder, da in diesem Moment Claires Handy läutet. Sie nimmt das Gerät vom Tisch, schaut auf das Display, meldet sich dann mit neutraler Stimme: »Du, im Moment geht es nicht. Ich rufe dich zurück.«

Die Person am anderen Ende hat offenbar etwas einzuwenden, denn Frau Nievergelt winkt entschuldigend und entschwindet, das Gerät am Ohr, aus dem Raum.

Noldi benützt die Gelegenheit, schaut das Foto auf der Kommode näher an. Es zeigt tatsächlich Claire mit Mann und Sohn. Seiner Schätzung nach muss es ungefähr zehn Jahre alt sein, denn der jetzt 14-jährige Junge ist darauf noch ein Kind. Die Eltern stehen hinter ihm, Arm in Arm, halten je eine Hand auf den Schultern des Sohnes, und alle drei lachen in die Kamera. Das ist gut, denkt er, so etwas kann man immer brauchen. Er stimmt im Geist ein Loblied auf Handykameras an, schießt schnell ein Foto vom Foto. Gerade als er das Gerät wieder in den Hosensack steckt, kommt die Frau zurück. Sie stellt fest, dass er jetzt steht, und mustert ihn argwöhnisch. Noldi sagt mit Unschuldsmiene, er habe das Bild auf der Kommode bewundert. Sie, Claire, sei besonders gut getroffen und sehe heute keinen Tag älter aus, obwohl ihr Junge inzwischen doch schon 14 sei. Mit diesen Worten setzt er sich wieder auf seinen Platz und schlägt entspannt die Beine übereinander. Claire reagiert nicht auf sein etwas plumpes Kompliment. Fast atemlos sagt sie: »Ich gebe zu, die Sache mit der Fastenkur war eine Lüge. Aber irgendetwas musste ich zu Hause sagen.« Und nach einer winzigen Pause: »Nicht, dass es ein Problem gewesen wäre.«

»Das verstehe ich nicht«, sagt der Polizist.

»Meinem Mann ist es schon lange egal, was ich treibe.«

Noldi wartet und mustert die Frau. Sie trägt das üppige blonde Haar diesmal in der Mitte gescheitelt, rechts und links im Bogen über die Ohren gekämmt und am Hinterkopf locker zusammengebunden. Von dort hängt es ihr wie ein flauschiges Fell auf die Schultern. Mit ihren runden Wangen, den leicht nach außen hängenden Augenlidern schaut sie wie ein steinerner Grabengel aus.

»Verraten Sie mir Ihr Alibi«, fragt Noldi endlich.

»Ich bin mit meinem Freund ein paar Tage weg gewesen.«

»Wo?«

»In Weggis natürlich. In einem tollen Hotel. Weiß nur nicht mehr, wie es heißt. Da müssen Sie ihn fragen.«

»Verraten Sie mir auch seinen Namen?«

»Nico Oehninger«, sagt sie eine Spur zu schnell.

»Und wo finde ich ihn?«

Jetzt lacht sie fast. »Meist in Bauma. Er ist Eisenbähnler bei der Dampfbahn Zürcher Oberland. Mit der ist er verheiratet. Ich bin nur sein Seitensprung.«

Sie schürzt einen Moment lang die Lippen, was ihren Schmollmund noch verstärkt.

»Bis jetzt zumindest«, fährt sie fort. »Wir waren zum ersten Mal ein paar Tage zusammen.«

»Was macht der Herr sonst noch? Ich brauche seine Adresse«, verlangt Noldi.

»Liegenschaftenservice, Baumastrasse 6, Bäretswil«, gibt Claire bereitwillig Auskunft. »Sie finden ihn auch im Internet unter Oehninger Superservice.«

Den, denkt Noldi, nachdem er sich von der Witwe verabschiedet hat, wird er sich sofort ansehen, Mittagessen hin oder her. Nicht, dass er daran zweifelt, ob er die Aussage seiner Freundin bestätigt. Da geht es eher darum, das Alibi der beiden zu überprüfen. Zudem ist ein Liebhaber häufig auch ein potenzieller Verdächtiger.

Er steigt ins Auto und fährt nach Bäretswil. Es ist nicht weit. Auf dem Weg kommt er an dem alten Fabrikensemble im Neuthal vorbei, das links unterhalb der Straße liegt. Es ist eine der ältesten Spinnereien im Tösstal. Sie gehörte Adolf Guyer-Zeller, der sie von seinem Vater geerbt hatte. Um die Maschinen anzutreiben, baute der Mann ein ganzes Kanalsystem mit vielen kleinen Stauseen. Er zapfte jeden noch so mageren Bach an, speicherte über Nacht das Wasser, damit er tagsüber genügend Energie für seinen Betrieb zusammenbrachte. Wie es damals üblich war, wohnte er neben der Fabrik im Herrschaftshaus. Den dazugehörigen Park stattete er mit exotischen Tempeln und Tropfsteinhöhlen aus. Da er auch ein passionierter Reiter war, besaß er eine große Reithalle. Sie steht heute noch unter dem Viadukt, das Guyer-Zeller für sein erstes Bahnprojekt, die Uehriker-Bauma-Bahn, errichten ließ. Er war überhaupt ein großer Eisenbahnfan. Seine Begeisterung ging so weit, dass er bereits Ende des 19. Jahrhunderts eine Zahnradbahn aufs Jungfraujoch plante und tatsächlich auch baute. Für die Finanzierung dieses Abenteuers gründete er sogar seine eigene Bank.

Wie alle Spinnereien im Tösstal ist die Fabrik heute geschlossen. Sie beherbergt jetzt ein Textilmuseum, das Noldi und Meret mit den Kindern schon besuchten. Und im Sommer fährt über das Viadukt wieder die alte Dampfbahn, genau die, bei welcher sich nach Aussage von Claire ihr Liebhaber Nico Oehninger engagiert.

4. KEINE ALLERWELTSFRAU

Bäretswil ist ein Dorf, das wie die meisten Orte im Töss-tal mit der Textilindustrie aufgeblüht war und nach deren Niedergang wieder an Bedeutung eingebüßt hat. Bauma-strasse Nummer 6 ist ein Einfamilienhaus, zweistöckig, weiß getüncht mit blauen Fensterläden. Obwohl kein Neu-bau, wirkt es unfertig. Die Garage, die im rechten Winkel an dem Haus klebt, ist schlecht gemauert und unverputzt, sodass man die Ziegel und den dazwischen hervorquel-lenden Mörtel sieht. Ein Teil der Terrasse wird von einer schwarzen Plane abgedeckt. In großen Tontöpfen küm-mern verkrüppelte Nadelbäume. Schau, schau, Plastikplane, denkt Noldi. Interessant. Als man dem toten Nievergelt die Füße abgeschnitten hat, muss man eine Unterlage ver-wendet haben. Sonst wäre es nicht möglich, dass sie nur so wenig Spuren gefunden haben.

Er schaut sich um. Die Fensterläden sind geschlossen, auf der Straße kann er niemanden entdecken. Schnell holt er sein Taschenmesser aus dem Sack und säbelt am Rand ein Stück von der Plane ab. Wird nicht viel helfen, denkt er, ohne Ver gleichsmaterial, aber sicher ist sicher. Noch bevor er seine Beute samt dem Messer im Hosensack verschwinden lässt, geht das Tor zur Garage hoch, und ein Mann erscheint.

»Kann ich nur empfehlen, diese Plane. Sehr widerstands-fähig. Soll ich eine für Sie besorgen, Herr …?«

»Oberholzer, Kantonspolizei Zürich.« Noldi zückt sei-nen Ausweis.

»Und wer sind Sie?«

»Nico Oehninger.«

»Erfreut«, sagt Noldi. »Würden Sie mir bitte einige Fragen beantworten?«

»Ist das eine echte Vernehmung?«, erkundigt Oehninger sich.

»Nein«, antwortet der Polizist, »eher eine Befragung.«

»Dann brauche ich also keinen Anwalt«, stellt der andere spitzbübisch fest.

Du lieber Himmel, denkt Noldi, der freut sich sogar darauf, vernommen zu werden.

Der Mann ist Mitte 30, hat braune Haare, die sich über der Stirn lichten. Die tiefen Furchen um seinen Mund lassen auf ein schweres Leben schließen. Und er lispelt, wenn auch nur ganz leicht.

»Es geht um das Alibi von Frau Nievergelt«, beginnt Noldi. »Sie waren von Samstag 22. bis Samstag 28. Juni mit ihr zusammen?«

»Ja, wir waren eine Woche in Weggis«, verkündet Nico bereitwillig. »Im ›Central Am See‹. Tolles Hotel, kann ich nur empfehlen. Einzig das WLAN hat nicht funktioniert. War aber kein großer Schaden.«

Er lacht, schaut verschmitzt. »Claire und ich waren anderweitig beschäftigt.«

Noldi mustert den Mann, während er überlegt, wie er ihn aus der Fassung bringen könnte. Ihm fällt auf, dass seine Schuhe sehr alt und abgewetzt sind, und das Hemd, das er trägt, ist zu bunt.

Schließlich fragt er nach Nievergelt.

»Ja«, sagt Oehninger schon viel weniger begeistert, »den kenne ich. Habe für ihn gearbeitet, oben in Sternenberg.«

»Und wie war er so?«

Nico zuckt mit den Achseln. »Gut«, sagt er.

»Was heißt das?«

Oehninger wirkt zum ersten Mal ungehalten. Er überlegt eine Weile, dann sagt er: »Ich liebe Claire und ich will, dass sie mich heiratet. Was soll ich da groß über ihren Mann sagen.«

»Und Sie würden alles tun für diese Frau?«

»Ja.«

»Auch töten?«

Langsam sagt Nico: »Ja. Aber das hat schon ein anderer erledigt. Ich war es nicht.«

Noldi schaut ihn scharf an. Oehninger hält seinem Blick stand, auch wenn seine Augen einen seltsamen Ausdruck zeigen.

»Noch einmal zu Nievergelt. Irgendeinen Eindruck werden Sie bestimmt von ihm haben.«

»Weiß nicht. Hat nicht viel geredet. Immer nur das Nötigste.«

Damit verstummt Nico. Zweifelnd schaut er den Polizisten an. Der, denkt Noldi, ist nicht sicher, soll er seine Meinung sagen oder besser nicht. Und er hat eine eigene Meinung, das merkt man ihm an.

Da platzt Nico heraus: »Wenn Sie mich fragen, der Mann hat sich hängen lassen. Immer bleich und stumm. Das ist doch nichts für dieses Prachtweib.«

Damit klappt er den Mund verlegen wieder zu. Erheitert stellt Noldi fest, dass er jetzt nicht weiß, ob er womöglich zu viel gesagt hat.

»Und Sie sind der Richtige?«, fragt er.

»Sagt sie«, erwidert Nico wortkarg.

»Wie war das mit Weggis?«

»Ich habe sie überredet, endlich ein paar Tage mit mir zu verbringen. Nicht immer nur so schnell-schnell irgendwo. Und sie war einverstanden. Zum ersten Mal. Ging sonst nie, weil sie doch das Kind hat, den Yannick. Aber der war im Sommerlager. Die Gelegenheit habe ich benützt, das Hotel organisiert, und wir waren dort. Sie können gerne nachfragen. Es hat alles seine Richtigkeit.«

Jetzt ist er wieder auf sicherem Terrain. Er weiß, was er zu sagen hat, mustert den Polizisten wie ein Kind, das ein Gedicht aufsagt, eitel und eine Spur ängstlich, wie es ankommt. Den, denkt Noldi, knacke ich mit links. Doch er irrt. Nico hält allen Versuchen, ihn zu verwirren, eisern stand, und erledigt seine Aufgabe, ohne sich zu verplappern oder stecken zu bleiben.

Plötzlich schießt es Noldi durch den Kopf, mit dem hat einer geübt, lange und geduldig. Wenn er sich nicht täuscht, ist Nico eher schwer von Begriff. Aber wer hat sich die Mühe gemacht? Frau Nievergelt. Damit wird klar, das Alibi taugt nichts.

In diese Überlegungen hinein erkundigt sich Oehninger plötzlich: »Darf ich Sie auch etwas fragen, Herr Kommissar?«

Noldi horcht auf. Hoffnungsvoll denkt er, vielleicht kommt jetzt eine Gelegenheit, den Mann in einen Widerspruch zu verwickeln. Wenn er von sich aus mit etwas anfängt. Leider fragt Oehninger nur:

»Wieso haben Sie ein Stück von meiner Plane abgeschnitten?«

Er hat mich doch gesehen, fährt es Noldi durch den Kopf. Dann versucht er einen Frontalangriff: »Sie wissen sicher von Frau Nievergelt, dass man ihrem Mann die Füße abgesägt hat«, beginnt er. »Dazu muss man eine Unterlage verwendet haben, so etwas wie Ihre Plane da. Deshalb meine ich, ein Vergleich kann nicht schaden.«

Nico macht einen zierlichen Hüpfer. »Aber, Herr Kommissar«, sagt er, »meine Plane finden Sie dort ganz bestimmt nicht.«

Dann lacht er, laut und herzlich. Zu herzlich für Noldis Geschmack.

Er verabschiedet sich, denkt, vielleicht kann er wenigstens das Alibi des Herrn knacken.

Doch auch in diesem Punkt irrt der Polizist. Er ruft im Hotel »Central Am See« an und erfährt, Herr und Frau Oehninger seien in der Nacht des 25. Juni die ganze Zeit im Haus gewesen. Sie hätten auf dem Zimmer gespeist, Prosecco getrunken und es sehr lustig gehabt.

Mit dieser Auskunft will Noldi sich nicht zufrieden geben. Er überlegt einen Augenblick, dann öffnet er die Website von Oehninger Superservice. Wie erhofft, lächelt ihm als Erstes der Chef entgegen. Der Mann auf dem Foto ist gut getroffen, auch wenn die Falten im Gesicht leicht geglättet scheinen. Wie er liest, hat Nico die Firma erst vor zwei Jahren gegründet, nachdem er vorher bei verschiedenen Groß- und Kleinunternehmen tätig war. Das heißt im Klartext mehrere Stellenwechsel, dann möglicherweise arbeitslos. Hat schließlich, wie er schreibt, den Schritt in die Selbstständigkeit gewagt. Superservice, heißt es, steht für saubere und fachgerechte Arbeit, nur einen Ansprechpartner und Reinigung mit Herz und Seele, pünktlich, gründlich, zuverlässig. Nur ein Ansprechpartner bedeutet nichts anderes, denkt Noldi, als dass es sich um einen Einmannbetrieb handelt.

So weit, so gut, sagt sich der Polizist zufrieden, druckt das Foto, faltet es und steckt es in die Brieftasche. Er will damit nach Weggis. Nicht gerade der kürzeste Weg, aber er hat das Gefühl, es müsse unbedingt sein.

Er achtet während der Fahrt kaum auf die Landschaft. Stattdessen grübelt er über Oehninger nach. Der Sprachfehler, dieses leichte Lispeln, denkt er, könnte antrainiert sein. Würde gut passen, denn der ganze Mann hat etwas Affektiertes. Dabei ist er nicht eitel, nur sehr auf Wirkung bedacht. Für jemand wie ihn muss die schöne, eigenartige Claire wie ein Treffer in der Lotterie sein, denn mit einer Allerweltsfrau würde Nico sich nie und nimmer zufrieden geben. Kein Wunder, wenn er sie mit allen Mitteln für sich zu gewinnen sucht. Aber wie weit würde er wirklich gehen? Bis zu einem Mord?

Als Noldi bei Rapperswil über den Damm fährt, wird er plötzlich von der Erinnerung abgelenkt, wie er einmal mit Meret im Restaurant »Adler« in Hurden zu Mittag gegessen hat. Er rechnet nach, wie lange das her ist, kommt aber zu keinem exakten Ergebnis.

Nachdem Noldi sich geweigert hatte, Bauer zu werden, eine Lehre als Automechaniker vorzog, dann zur Polizei ging, haben Schwester und Schwager den väterlichen Hof übernommen und sich höchst erfolgreich der Rinderzucht verschrieben.

Die Einladung, erinnert sich Noldi, war als Geburtstagsgeschenk für seine Schwester gedacht, doch aus dem Essen zu viert wurde nichts. Als Meret und er schon gemütlich beim Apéro im schattigen Gastgarten saßen, rief Regula ihn auf dem Handy an. Sie musste im letzten

Moment absagen, denn es gab Schwierigkeiten mit einer kalbenden Kuh. So blieben sie zu zweit an dem Tisch unter den Kastanien sitzen. Es war ein wunderbarer nicht zu heißer Sommertag. Der See glitzerte in der Sonne, es roch nach Wasser, und es gab weder Fliegen noch Wespen, die beim Essen störten. Noldi und Meret waren miteinander allein ganz zufrieden. Vielleicht tranken sie ein Glas mehr als sonst. Jedenfalls wanderten sie irgendwann beschwingt wieder zur Bahnstation, vorbei an der kleinen Kapelle, auf deren Dach ein spitzer grüner Turm in den blauen Himmel stach. Bis der Zug kam, hatten sie noch ein paar Minuten Zeit. Meret konnte nicht aufhören, über das altmodische Wartehäuschen zu kichern, bekam den Schluckauf und küsste, als er überstanden war, ihren Mann so, dass der bei heiterhellem Tag die Sterne sah. Sonst gab es an dieser Station nur die Bahnhofsuhr zu sehen und ein einziges einsames Gleis am Fuß einer grünen Böschung.

Das Hotel »Central Am See« liegt tatsächlich direkt am Ufer des Vierwaldstättersees. Es ist ein behäbiges, nicht übermäßig großes Haus mit Giebel und Vordach. Als Noldi kommt, ist die Rezeption verwaist. Die Gäste scheinen an dem schönen Tag alle ausgeflogen zu sein. Er hat Mühe, jemanden zu finden, der ihm Auskunft geben kann, wer an jenem Abend für den Zimmerservice verantwortlich war. Dann dauert es eine weitere Weile und einiges Hin und Her, bis man den betreffenden Kellner aufgestöbert hat. Noldi sitzt unterdessen in einem Korbstuhl in der Lounge und wartet geduldig. Als der Mann endlich vor ihm steht, hält er ihm das Foto hin. Der andere schaut es lange und gründlich an, sagt dann zu Noldis Enttäuschung: »Es war nicht sehr hell im Zimmer, und ich habe auch nicht so wahnsinnig genau hingeschaut, der Herr war nackt. Aber ja, das ist er.«

Noldi zückt darauf sein Handy, sucht das etwas unscharfe Foto von Claire mit Familie.

»Und die Frau? War es die da?«

Der Mann beugt sich vor, nimmt das iPhone, dreht sich damit in den Schatten und schaut auf das Display.

Dann sagt er: »Ja, das ist Frau Oehninger. Aber hier ist sie um einiges jünger. War sie früher mit einem anderen verheiratet?«

»So ähnlich«, wimmelt Noldi den neugierigen Kerl ab. Dann fragt er zur Sicherheit noch einmal: »Und sie war mit Herrn Oehninger im Zimmer, als Sie das Dinner serviert haben?«

»Oh ja, ebenfalls nackt. Ich habe nur ganz kurz hingesehen. Sie wissen, die Diskretion. Und ich bin nicht bis ins Zimmer gekommen. Der Herr hat mir den Servicewagen an der Tür entrissen.«

»Haben Sie sich nicht gewundert, wie die sich aufführen?«, fragt Noldi neugierig.

Der Kellner lacht. »Da kennen Sie Russen nicht.«

Da Mittag schon fast vorbei ist, beschließt Noldi, gleich im Hotel eine Kleinigkeit zu essen. Vielleicht erfährt er dabei noch etwas Nützliches. Nach einem Blick auf die Speisekarte bestellt er einen gemischten Salat, zu dem es entweder zwei Schinkengipfel, Wähe oder Chnoblibrot gibt. Er schwankt kurz zwischen Schinkelgipfel und Wähe und entscheidet sich dann für Ersteres. Zu seinem nicht geringen Staunen stellt sich heraus, dass der Salat bestenfalls die Beilage zu den riesigen Schinkengipfel ist. Da sie so frisch, knusprig und noch dazu gut gefüllt sind, frisst er sie beide auf, lässt lieber den Salat stehen. Während er kaut und schluckt, denkt er, was zum Teufel ist da los?. Er kann sich mit der Aussage des Zimmerkellners nicht abfinden. Wenn das stimmt, was der Mann behauptet, muss er seine ganze Theorie über den Haufen werfen. Dann scheiden die Witwe und ihr Liebhaber als Täter definitiv aus. Bleiben ihm zwar noch eine Reihe Verdächtige, doch die haben alle kein echtes Mordmotiv, selbst wenn sie nicht gut auf Nievergelt zu sprechen waren. Hat er, Noldi, etwas übersehen, überhört, nicht richtig interpretiert? Irgendwo, sagt er sich grimmig, muss da ein Hase im Pfeffer liegen, nur wo? Was ist mit Eltern, Freunden, Verwandten und Bekannten? Kann doch nicht sein, dass Alfons, Claire und ihr Sohn in einer Art luftleerem Raum gelebt haben. Die Halbbrüder? Er nimmt sich vor, sie möglichst bald zu befragen. Und was ist mit Yannick, dem Sohn? Eventuell gibt es bei ihm etwas, das bis jetzt noch nicht zum Vorschein gekommen ist. Aber warum sollte der Junge seinen Vater töten? Dann sind da immer noch die Füße. Um sie abzusägen, braucht es eine gewisse Übung. Wut allein reicht dazu nicht. Das würde bedeuten, der Junge scheidet als Verdächtiger ebenfalls aus. Soll er es riskieren und Wolfer fragen, ob er Yannicks Alibi überprüft hat? Er wagt es, holt sein Handy hervor, wählt die Nummer der Polizeistation Tösstal, und siehe, der Kollege hat. Ohne Zähneknirschen meldet er, der Junge sei zur Tatzeit in Ascona gewesen, wo er sich immer noch befinde. Er habe mit dem Lagerleiter gesprochen. Wenn das stimmt, denkt Noldi, kann auch Yannick es nicht gewesen sein. Er seufzt schwer. Seine Nachforschungen haben ihm nichts gebracht, außer dass er sich überfressen hat. So bestellt er nur mehr Kaffee, trinkt ihn schwarz und vergisst über der Schwerarbeit des Denkens sogar, die übliche Menge Zucker hineinzuschaufeln.

Abends sind Oberholzers wieder einmal zu dritt. Auch Pauli ist schon zu Hause, schweigsam wie jetzt meistens, während Noldi über den Fall Nievergelt meckert.

»Du kannst dir nicht vorstellen«, sagt er zu Meret, »wie blöd ich mir vorkomme, hinter Wolfer her arbeiten zu müssen. Aber was bleibt mir übrig. Ich bin zu spät. Die Zeugen sind befragt und haben in der Zwischenzeit alles genau überdacht. Die kriegst du nicht mehr dazu, dass sie sich verplappern und etwas verraten, bei dem ich einhaken könnte.«

Meret lässt ihn reden, schenkt ihm ein Bier ein. Pauli bedient sich selbst mit einem Rivella. Ganz gegen seine Gewohnheit fragt er seinem Vater keine Löcher in den Bauch.

»Nievergelts Frau und ihr Liebhaber«, sagt Noldi missmutig, »sind aus dem Schneider. Die waren wirklich während der Zeit im Hotel ›Central‹ in Weggis. Ich bin extra hingefahren, weil ich ganz sicher gehen wollte. Wäre so einfach und auch logisch gewesen, wenn einer von beiden oder beide zusammen den Ehemann aus dem Weg geräumt hätten. Aber nichts da. Der Zimmerkellner hat Oehninger auf dem Foto einwandfrei erkannt, ebenso Claire, wenn die Beleuchtung in der Nacht auch nicht so gut war.«

»Logisch«, sagt Pauli, der es sich nicht länger verkneifen kann, »wenn er sie jeden Tag gesehen hat.«

Noldi schaut auf. »Du bist gut«, sagt er. »Aber selbst wenn du recht hast, und er nur glaubt, sie gesehen zu haben, weil sie sonst immer mit Oehninger zusammen war, wird mir das kaum weiter helfen. Ich müsste schon einen handfesten Beweis liefern, dass nicht sie sich in der Nacht in dem Zimmer aufgehalten hat.«

Das leuchtet Pauli ein. Beide, Vater und Sohn, überlegen hin und her, bis Noldi schließlich den Kopf schüttelt.

»Die beiden haben es, laut Aussage des Kellners, bei Prosecco und Kerzenlicht heftig getrieben. Oehninger ist so verschossen in Claire. Ich kann mir ehrlich nicht vorstellen, dass er sich zu einer anderen ins Bett legt.«

»Auch nicht, damit sie ein Alibi hat?«, fragt Pauli.

»Und sie geht und bringt ihren Mann um? Während er sich mit einer anderen vergnügt?«

»Rein theoretisch ist es möglich«, sagt Pauli, als wäre er ein Fachmann auf diesem Gebiet.

»Aber ziemlich unwahrscheinlich«, kontert Noldi, was sein Sohn zugeben muss.

Später im Bett sagt Meret lachend zu Noldi: »Ihr zwei habt gefachsimpelt wie alte Hasen. Und du hast nicht einmal bemerkt, dass du dich mit deinem Sohn wie mit einem Erwachsenen unterhältst.«

Noldi antwortet: »Habe ich immer schon.«

»Aber nicht über Bettgeschichten.«

»Stimmt«, sagt Noldi verdutzt.

Pauli ist ihr Jüngster, ein Nachzügler, und die Eltern fühlten sich seltsamerweise bei ihm unsicherer als bei ihren anderen Kindern, vielleicht weil sie selbst noch jünger waren und sich weniger Gedanken gemacht haben. Vielleicht aber auch, weil Pauli dank seiner älteren Geschwister ein ausgesprochen frühreifes Kind war. In der Familie Oberholzer geht es weder besonders prüde zu noch übertrieben freizügig. Als Noldi fand, er müsse mit seinem Sohn ein Wort von Mann zu Mann reden und sich leicht verlegen an das Thema herantastete, hörte Pauli ihm eine Weile zu, brach dann in Gelächter aus, bemerkte, das wisse er längst, er habe ältere Geschwister. Und dann wurde er doch ein wenig rot.

Da Noldi wegen seiner unerwarteten Reise nach Weggis noch nicht dazu gekommen ist, die gefundene Rechnung im Gasthof »Sternen« in Sternenberg zu präsentieren, will er das so rasch wie möglich nachholen. Er weiß zwar nicht, was er sich davon verspricht. Doch er hat es so dringend nötig, dass sich wenigstens eine Richtung abzeichnet, in die es sich lohnt, weiter zu ermitteln. Bis jetzt hat er nur einen Flop nach dem anderen kassiert.

Auch diesmal ist der Garten vom »Sternen« bumsvoll. Noldi sucht erst gar keinen Platz, sondern geht gleich in die Küche, wo die Chefin einen Teller nach dem anderen fertig garniert. Sie würdigt ihn keines Blickes. Deshalb fängt er die Serviererin ab, die er von seinem letzten Besuch kennt. Verständlicherweise hat auch sie keine Zeit. So geht er in die Gaststube, in der bis jetzt nur drei Tische besetzt sind, weil sich wegen des sommerlichen Wetters alles im Garten drängt. In der Mitte des Raumes ist eine lange Tafel für gut 20 Personen gedeckt. Noldi wählt einen Platz in der Fensterecke, von wo aus er zusehen kann, wie die Kellnerin ihre Bestellungen in den Computer tippt und Rechnungen ausdruckt. Wenn am Abend des 25. so ein Betrieb war, denkt er, wird sie sich kaum erinnern. Er studiert die Speisekarte und findet dort einen Fitnessteller mit paniertem Schweinsschnitzel. Fitnessteller, denkt er, das ist genau, was er nach dem Exzess mit den Schinkengipfeln vom Vortag braucht. Meret würde vermutlich die Stirn runzeln, aber Meret ist nicht da und er im Dienst. Er hat keine Ahnung, wie es um seinen Cholesterinspiegel steht. Ist ihm auch herzlich egal. In der Kantonspolizei Zürich wird gemunkelt, dass man einen regelmäßigen Gesundheitscheck für Polizisten einführen will, doch im Tösstal rennt man nicht dauernd zum Arzt. Beziehungsweise tun das nur jene, die sonst nichts zu tun haben. Er weiß Besseres, denkt er zufrieden, zum Beispiel diesen Fitnessteller zu bestellen, als die Kellnerin endlich an seinem Tisch steht. Er kann nicht erkennen, ob sie sich an ihn erinnert. Sie notiert die Bestellung, wischt mit dem Unterarm die feuchten Haare aus der Stirn und verschwindet, bevor er noch eine Frage stellen kann.

Während Noldi auf sein Essen wartet, füllt sich auch der Mitteltisch. Es handelt sich offensichtlich um eine Pensionistenrunde. Die Frauen tragen die Haare entweder in der für ihr Alter üblichen Dauerwellenfrisur oder aufgesteckt. Sie sind bieder gekleidet. Gerade dass die eine oder andere einen Schal locker um den Hals geschlungen hat. Die Männer in karierten Sommerhemden wirken lebhafter, lachen auch lauter. Einer von ihnen geht aufgeregt hin und her. Er ist klein, etwas steif im Kreuz und hat dichtes graues Haar, das aussieht, als hätte er eben mit den Händen darin gewühlt. Die Kellnerin erscheint, um die Bestellung für die Getränke aufzunehmen. Das löst eine langwierige, umständliche Diskussion darüber aus, wer was trinken will und ob eine Flasche Wein genügt. Anschließend nehmen alle um den Tisch ihre Unterhaltungen wieder auf. Während er auf sein Essen wartet, hört Noldi müßig den beiden Frauen zu, die ihm am nächsten sitzen. Sein Interesse wird aber schlagartig geweckt, als die beiden etwas von einem Polizistenmord tuscheln. Er spitzt die Ohren. Genau in dem Moment beginnt der kleine Grauhaarige, Blätter zu verteilen. Dann stellt er sich vor der versammelten Gesellschaft auf, zückt eine Stimmgabel, schlägt sie an. Ein, zwei halblaute Bemerkungen fallen noch, dann wird gesungen, ein albernes Lied über das Leben und die Liebe mit dem Refrain, alles wird gut, wenn die Leute nur singen. Oder so ähnlich. Genau kann Noldi es nicht verstehen. Anschließend sammelt der Mann seine Blätter wieder ein. Zu Noldi gesellen sich zwei schwitzende Ausflügler. Er hofft, die beiden Frauen würden ihr Gespräch über den ermordeten Polizisten fortsetzen, doch das scheint nicht der Fall zu sein. Er ärgert sich, weil er nicht weiß, von wem sie gesprochen haben. Von Nievergelt? Wahrscheinlich nicht. Andererseits, ganz so abwegig wäre es nicht hier in Sternenberg. Soll er die zwei fragen? Erst scheut er die Aufregung, die er unweigerlich verursachen würde. Dann sagt er sich, wenn schon, vielleicht erfährt er auf diese Weise irgendetwas. Und das Essen ist auch noch nicht da. Entschlossen wendet er sich an die Frauen.

»Entschuldigen Sie, wenn ich störe«, sagt er und schaut möglichst harmlos drein, »Sie haben vor Ihrem interessanten Lied von einem ermordeten Polizisten gesprochen. Wen haben Sie gemeint?«

Die eine der beiden fährt auf. »Wer sind Sie? Warum wollen Sie das wissen?«

»Ha!«, sagt die andere.

Noldi tritt die Flucht nach vorne an. »Ich bin Polizist«, verkündet er.

»Echt?«, sagen die beiden wie aus einem Mund. Und dann sofort: »Können wir Ihren Ausweis sehen?«

Oje, denkt Noldi, die wissen wie es geht.

Inzwischen ist die Tischrunde bereits aufmerksam geworden. Alle lauschen mit gestreckten Hälsen. Was bleibt dem armen Noldi übrig, als den neugierigen Tanten seinen Ausweis zu überreichen. Sie nehmen ihn fast ehrfürchtig entgegen, drehen ihn hin und her, betrachten ihn genau. Die, denkt Noldi resigniert, haben noch nie einen echten Polizeiausweis gesehen, lieben aber die Krimiserien in der Glotze. Da hat er sich ganz schön in die Nesseln gesetzt. Aber jetzt kann er nicht mehr zurück.

»Also«, sagt er noch einmal resolut, »von welchem Polizistenmord haben Sie gesprochen?«

Die mutigere von den beiden fragt kokett: »Müssen wir Ihnen das sagen?«

»Nein, musst du nicht«, mischt sich der Grauhaarige ein. Noldi reicht es jetzt.

»Doch, müssen Sie. Da es sich um eine Mordermittlung handelt«, erklärt er unwirsch.

Der Grauhaarige wendet sich zu ihm um. »Sie meinen Alfons Nievergelt?«

Noldi ist überrascht. »Kennen Sie ihn?«

»Ja. Er war mein Schüler. Ich habe hier in Sternenberg unterrichtet.«

Er schaut Noldi traurig an. »Jetzt bin ich Rentner.«

Schlagartig verliert der Polizist jegliches Interesse an den Frauen. Er schnappt sich seinen Ausweis und zerrt den Grauhaarigen aus dem Raum.

»Erzählen Sie«, fordert er ihn draußen auf.

»Was wollen Sie wissen?«

»Egal, alles, was Ihnen zu Nievergelt einfällt.«

»In der Primarschule«, beginnt der Lehrer nachdenklich, »war er nicht sehr kompliziert. Ein richtiger Bauernjunge, schlau, aber leicht zu durchschauen. Das änderte sich auch nicht grundlegend, nachdem Frau Nievergelt auf und davon ist. Allerdings gab es von dem Moment an einen wunden Punkt: seine Mutter. Auf dieses Thema durfte man ihn nicht ansprechen, sonst wurde er wild. Einen Klassenkameraden, der ihn damit aufziehen wollte, hat er grün und blau geschlagen. Obwohl er sonst kein Raufbold war.«

»Und später?«, fragt Noldi, der das alles zwar interessant, aber nicht sehr hilfreich findet.

»Später, als er an die Landwirtschaftsschule kam, habe ich ihn aus den Augen verloren.«

Der alte Lehrer wirkt bekümmert. »Dann hat sein Vater wieder geheiratet, und die neue Frau hat drei Kinder geboren. Ich habe gehört, Alfons sei nie mehr auf dem Hof gewesen.«

Das, denkt Noldi enttäuscht, weiß er alles schon von Claire. »Haben Sie später keinen Kontakt mehr mit ihm gehabt?«

»Kaum«, sagt der Grauhaarige, »erst in letzter Zeit habe ich ihn wieder öfter getroffen. Unten in Bauma.«

Noldi ist ungeduldig. Sein Essen steht vermutlich schon auf dem Tisch und wird kalt. Für nichts und wieder nichts. »Und?«, fragt er.

»Wir grüßen uns, sagen zwei, drei Worte.«

Der Polizist seufzt innerlich, während der alte Lehrer

fortfährt: »Das letzte Mal ist er stehen geblieben und hat zu mir aus heiterem Himmel gesagt, was für ein Glück er gehabt habe, dass ich sein Lehrer gewesen sei. Ich hielt das zuerst für bloße Freundlichkeit. Doch dann sagte er, sein Sohn, der Yannick, sei mit 14 noch ein großer Kindskopf, wofür der Lehrer kein Verständnis aufbringe. Deshalb weigere sich der Junge, in die Schule zu gehen. Es sei jeden Tag ein neues Drama, bis man ihn dazu bringe. Ich habe versucht, ihn zu beruhigen, das seien Phasen in diesem Alter, die gingen rasch wieder vorüber.«

Noldi fragt sich, worauf der Lehrer hinaus will. Da sagt er schon: »Alfons hat sich wirklich Sorgen gemacht. Doch sein Problem war weniger der Sohn als seine Frau. Er könne, erzählte er mir, kein Wort zu dem Jungen sagen, ohne dass sie sofort wie eine Glucke mit gespreizten Federn auf ihn losgehe.«

»Und?«, fragt Noldi jetzt durchaus interessiert, als der Alte nicht gleich weiterspricht.

»Ich habe ihm angeboten, wenn er wolle, einmal mit der Frau auf einen Kaffee bei mir vorbeizukommen. Vielleicht könnten wir darüber reden.«

»Wann war das?«, erkundigt sich Noldi.

»Keine Ahnung. Ist aber noch nicht lange her. Um ehrlich zu sein, ich habe nicht erwartet, dass er mein Angebot annehmen würde.«

Der alte Lehrer lässt den Kopf hängen. Schließlich meint er: »Aber das kann keinen Zusammenhang mit dem Mord haben.«

Noldi weiß es nicht, und das sagt er auch.

Inzwischen hat drinnen die Tischrunde mit dem Essen begonnen. Rufe nach dem Grauhaarigen werden laut.

Noldi dankt dem Mann und will ebenfalls essen. Leider ist sein Fitnessteller inzwischen wirklich kalt. Er macht sich trotzdem über sein Schnitzel her, beobachtet währenddessen, wie die Kellnerin hin und her flitzt. Wenn das so weiter geht, denkt er, kann er sie kaum nach der Rechnung fragen. Doch so langsam er auch kaut und schluckt, die Stube ist immer noch voll, als er den letzten Tropfen Espresso aus dem Tässchen schlürft. Es bleibt ihm nichts anderes übrig, als die Kellnerin zwischen Küche und Schank abzufangen.

»Sie«, schnauft die Ärmste, »das ist jetzt gar nicht gut. Sie sehen doch, was los ist.«

»Tut mir leid«, antwortet Noldi artig, »ich bin im Dienst und habe auch nicht den ganzen Tag Zeit.«

Er zückt seinen Ausweis und setzt hinzu: »Da es sich um Mord handelt …«

Er lässt den Satz unvollendet. Die Serviertochter seufzt.

»Nehmen Sie es als Pause«, sagt Noldi. »Tut Ihnen sicher ganz gut.«

Sie deutet auf die Schwingtür zum Gang. »Gehen wir da hinaus.«

Draußen zieht Noldi den zerknüllten Zettel hervor und hält ihn ihr unter die Nase.

»Erinnern Sie sich an diese Rechnung von Mittwoch, 25. Juni?«

Die Kellnerin wirft nur einen Blick darauf.

»Die ist nicht von mir.«

»Von wem dann«, fragt Noldi verdutzt.

»Von der Chefin. Die hat sie ausgestellt.«

»Schade«, sagt Noldi, »dann ist Ihre Verschnaufpause schon vorbei. Doch halt, erinnern Sie sich vielleicht doch an die Gäste an dem Abend? Nach der Rechnung müssen es zwei gewesen sein.«

Sie schaut den Zettel genauer an.

»Ich weiß es nicht mehr.«

»Kennen Sie Röbi Wolfer?«, wechselt Noldi plötzlich das Thema. »War er an diesem Abend da?«

»Oh ja, er ist drinnen gesessen, obwohl im Garten noch Platz war.«

»Er ist nicht allein gewesen?«

»Nein.«

»Wer war bei ihm?«

Noldi muss sich beherrschen, damit er die Frau nicht anfährt, sie solle sich nicht die Würmer aus der Nase ziehen lassen.

Darauf sagt sie, als hätte er laut gedacht: »Ich versuche, mich zu erinnern. Da war noch der zweite Polizist, so ein Schmaler, und der andere war der alte Mülilüthi.«

»Was«, sagt Noldi, »der Lüthi?«

Jetzt versteht er gar nichts mehr. Was wollte Wolfer von Bruno Lüthi? In der Nacht, als Nievergelt erschossen wurde?

»Sie haben nicht zufällig gehört, worüber sie geredet haben?«

»Nein. Bin immer nur zwischen Küche und Garten hin und her gerannt. Einmal hat der Lüthi laut gelacht und etwas von einem Schweinehund gesagt. Mehr habe ich nicht verstanden.«

Noldi dankt der Serviertochter und geht in die Küche zur Chefin. Er zeigt auch ihr die Rechnung.

»Ja«, sagt sie, »die habe ich ausgestellt. Ist etwas daran nicht in Ordnung?«

»Sagen Sie es mir«, bemerkt Noldi neugierig, wie sie darauf reagieren wird.

»Ich kann nichts sehen. Die Konsumation bestand aus zwei Mal Schweins Cordon Bleu mit Pommes sowie zehn Bier.«

»Wissen Sie, wie viele Gäste es waren?«

»Die zwei Polizisten und der Mülilüthi.«

»Und die haben zehn Bier getrunken?«

»Wenn es da steht.«

»Haben Sie die drei gesehen?«

»Flüchtig. War viel los.«

»Ist Ihnen etwas aufgefallen?«

»Nein. Ich habe auch nicht darauf geachtet. Konnte doch nicht wissen, dass sich jemand dafür interessiert.«

Und jetzt zu dir, Herr Wolfer, denkt Noldi und wirft sich ins Auto. Die Bewegung fällt nicht ganz so schwungvoll aus, wie er es gern hätte. Das panierte Schnitzel war groß, und wie gestern in Weggis ist für den Salat als Alibi nicht viel Platz geblieben. Noldi hat es gefreut, denn gesund kann er zu Hause leben, dafür sorgt Meret, seine Frau. Aber, denkt er mit einem Anflug von schlechtem Gewissen, eines ist sicher, er frisst in letzter Zeit zu viel.

In der Polizeistation Tösstal steigt er sofort in den ersten Stock. Dort sitzt Rühle allein im Büro.

Wolfer, erklärt er auf Noldis Frage, habe einen Anruf bekommen, dienstlich, und sei dann weg. Der Kollege am Schalter wisse sicher, worum es geht.

»Und du«, fragt Noldi. »Dir hat er nichts gesagt?«

»Ich war gerade auf dem Klo.«

Noldi kommentiert diese windige Ausrede nicht, sondern fragt: »Am 25. oben im Sternen warst du da auch die ganze Zeit auf dem Klo?«

Rühle schaut ihn ausdruckslos an.

»Nein«, sagt er.

»Also hast du gehört, was der Wolfer mit dem Lüthi verhandelt hat?«

Noldi wartet eine Weile, doch da Rühle schweigt, erkundigt er sich schließlich mit mühsam unterdrückter Ungeduld: »Sag, was treibst du eigentlich für ein Spiel?«

Auch darauf antwortet Rühle nicht.

»Wo warst du am 25. in der Nacht?«

Endlich bequemt sich der andere, den Mund aufzumachen.

»Auf Streife«, sagt er.

»Allein?«

»Ja.«

»Wo war Wolfer?«

»Er ist kurz ausgestiegen.«

»Das heißt, ihr habt beide kein Alibi.«

»Wenn du es so sehen willst.«

Noldi setzt sich auf den Besucherstuhl vor Wolfers Schreibtisch, dreht sich herum, damit er dem Kollegen ins Gesicht sieht. Er hat das Gefühl, der andere wäre jetzt reif, dass er mit ihm reden könnte. Wenn er es richtig anpackt.

»Rühle«, sagt er, »glaubst du, mir macht die blöde Fragerei Spaß? Noch dazu, wo kaum ein vernünftiges Wort von dir kommt.«

Er mustert den Mann, um zu sehen, ob das in dessen sturen Kopf geht. Dann fängt er von vorne an: »Also noch einmal, hast du gehört, was Wolfer mit dem Lüthi verhandelt hat?«

»Mehr oder weniger.«

Noldi horcht auf, lässt sich seine Erleichterung, dass der andere endlich auspackt, aber nicht anmerken.

»Erzähl«, sagt er schlicht.

»Die haben Witze gerissen über irgendwelche Leute, die ich nicht kenne. Ich bin nicht von da oben.«

»Das war alles?«, erkundigt sich Noldi ungläubig und denkt, das kann nicht sein. Der Wolfer zahlt dem Müli-lüthi ein Bier nach dem anderen, damit sie sich das Maul über irgendwelche Sternenberger zerreißen. Da stimmt etwas nicht.

»Und weiter?«, fragt er nahe am Verzweifeln. »Worüber haben sie noch geredet?«

»Über einen Wald.«

»Sie haben sich über einen Wald unterhalten?«

»Ja. Mehr weiß ich nicht.«

Jetzt wird Noldi nachdenklich. Von einem Wald war in dem Fall schon einmal die Rede. Und zwar von einem Wald, der dem Lüthi gehört und den Nievergelt unbedingt haben wollte.

Er beschließt, gleich nach dem Gespräch wieder nach Sternenberg zu fahren, in die Gemeindekanzlei, um dort den Katasterplan einzusehen. Vielleicht, denkt er, ist das eine heiße Spur. Aber was hat Wolfer mit dem Wald zu schaffen? Er stammt nicht aus Sternenberg, sondern aus Bauma.

»Hast du Nievergelt gekannt?«, fragt er Rühle schon im Aufstehen.

»Ja. Nein. Nicht wirklich.«

»Werner«, sagt Noldi genervt. »Was jetzt?«

Doch der schweigt wieder verstockt.

Wen hat Nievergelt sonst noch gegen sich aufgebracht?, denkt Noldi. Gehört der Kollege womöglich auch dazu? Dann sagt er: »Wenn du bei einer Befragung solche Antworten bekommst, was machst du?«

Der andere zuckt mit den Achseln. Noldi überlegt einen Moment, dann dämmert es ihm. Wie Kollegin Franca glaubt auch Rühle, er habe Wolfer aus dem Fall gedrängt. Am liebsten, sagt er sich resigniert, würde er den Bettel hinschmeißen. Diese irrigen oder vielleicht sogar böswilligen Unterstellungen sind kaum zu entkräften. Vor allem kann er keinem sagen, warum Wolfer von dem Fall abgezogen wurde. Bevor die Polizeidirektion den Verdacht nicht überprüft hat, darf niemand das wissen, offiziell nicht einmal er. Was die Sache nicht einfacher macht. Wehmütig erinnert er sich an sein altes Büro. Dort war er allein und musste sich nicht mit unwilligen misstrauischen Kollegen herumschlagen. Was haben sie gegen ihn? Er hat nie irgendjemand von ihnen etwas getan. Ist es nur der Altersunterschied? Oder steckt mehr dahinter?

Während er unter Rühles trotzigem Blick den Stuhl langsam zurück an den Tisch schiebt, denkt er krampfhaft nach, womit er den Widerstand des anderen vielleicht doch brechen könnte. Dann sagt er sich, da sei jeder Versuch zwecklos, würde nur die Atmosphäre noch mehr vergiften. So verlässt er das Büro ohne ein Wort und verkriecht sich hinter seinem Computer.

Nachdem er sich von dem Frust erholt hat, telefoniert er mit der Gemeindekanzlei in Sternenberg und kündigt seinen Besuch an. Eine Frau, vermutlich die Sekretärin, teilt ihm nach einer verdächtig langen Pause mit, Herr Stettler, der Gemeindeschreiber, sei derzeit nicht anwesend. Darauf vereinbart Noldi für den nächsten Tag einen Termin, um den Katasterplan einzusehen.

Weil ihm in seiner Verzweiflung nichts Besseres einfällt, lädt er noch einmal alle Arbeitspläne der Polizeistation Tösstal für den letzten Monat herunter, schaut sie durch, studiert, rechnet nach und vergleicht. Nichts. Als Nächstes nimmt er sich die Rapporte vor. Auch hier stimmt alles. Wolfer ist extrem schreibfaul. Franca dagegen hält sich höchst gewissenhaft an die Vorgaben und ist gut in den Formulierungen. Dann seine eigenen. Auch nicht gerade nobelpreisverdächtige Literatur. Wenn man so einen Bericht schreibt, sinniert er, wie viel hat der mit der Wirklichkeit noch zu tun. Egal ob man sich bemüht oder nicht. Er grunzt, nimmt sich ein weiteres Mal Wolfers Rapport über die Auffindung der Leiche von Alfons Nievergelt vor. Und da steht es, schwarz auf weiß. Wolfer hat mit Nievergelt einen Termin vereinbart. Eindeutig in der Dienstzeit. Komisch, denkt Noldi, er will ihn in der Dienstzeit treffen, aber über den Grund keine Silbe. Und zahlt ein paar Stunden, bevor der Kollege ermordet wird, dessen Todfeind ein Bier nach dem anderen. Hat Wolfer vor Schreck vergessen festzuhalten, warum er sich mit Nievergelt für Samstag, den 28. Juni, kurze Zeit vor Auffindung von dessen Leiche verabredet hat?

»Franca«, fragt er über den Tisch hinweg, »hast du eine Ahnung, warum Wolfer Nievergelt am 28. treffen wollte?«

Die Kollegin steht von ihrem Platz auf.

»Warum willst du das wissen?«, fragt sie. Noldi hört das Zögern in ihrer Stimme.

»Wenn sich das Treffen wirklich als dienstlich und zu

diesem Zeitpunkt belegen ließe, könnte das den Kollegen entlasten. Meinst du nicht?«

»Ja schon«, sagt sie unschlüssig.

»Komisch ist nur«, fährt Noldi fort, »dass Wolfer nicht schreibt, aus welchem Grund er ihn treffen wollte. Das gehört doch in den Rapport, wenn es in der Dienstzeit stattfindet. Besonders, wo er bald darauf zu Nievergelts Leiche gerufen wird.«

»Da musst du ihn schon selber fragen«, antwortet die Kollegin spröde.

Noldi seufzt.

»Franca, begreif doch, ich will nicht. Ich muss. Unser Chef in Winterthur verlangt von mir so schnell wie möglich Bericht. Er möchte seine Truppe von jedem Verdacht im Zusammenhang mit dem Mord an Nievergelt entlastet sehen. Gib zu, das kann man ihm kaum verübeln.«

Diesmal antwortet Franca nicht, sondern zieht vor, eine rauchen zu gehen.

Als Noldi Wolfer fragt, warum er Nievergelt an jenem Samstag treffen wollte, gibt sich der Kollege zu seiner Überraschung beinahe zuvorkommend.

»Hör zu, Oberholzer«, sagt er, »der Grund ist ein wenig heikel. Die Jugendanwaltschaft hat sich bei uns gemeldet. Es ging um seinen Sohn. Yannick hat Betonbrocken auf die Schienen der SBB gelegt, in Kollbrunn beim ehemaligen Areal der Firma Metzger.«

Noldi, meist mit dem Auto unterwegs, muss sich die Situation erst vergegenwärtigen, da die Bahnlinie dort weitab von der Tösstalstrasse verläuft.

»Ich wollte«, fährt Wolfer unterdessen fort, »Niever-

gelt die Sache mit der Jugendanwaltschaft schonend beibringen. Er hat alles Menschenmögliche versucht, um den
Vorfall unter dem Teppich zu halten. Verstehst du jetzt,
warum nichts im Rapport steht?«

Ungläubig fragt Noldi: »Du wolltest Nievergelt scho-
nen? Wieso das? Seid ihr so dick befreundet?«

Doch auch darauf hat Wolfer eine Antwort.

»Es geht um Yannick«, sagt er, »er ist kein unguter Junge.
Er ist 14. Ein dummes Alter. Meiner Meinung nach kein
Grund zur Aufregung. Es ist nichts passiert. Der Lokführer
hat das Hindernis bemerkt und konnte rechtzeitig bremsen.
Vielleicht hat es die Fahrgäste ein wenig durchgeschüttelt.
Aber das ist auch schon alles.«

Noldi hört ihn schweigend an. Für seinen Geschmack
redet der Kollege zu viel. Als der geendet hat, fragt er: »Und
ein Anruf von der Jugendanwaltschaft? An einem Samstag?«

»Hab dich nicht so. Hast du noch nie am Wochenende
gearbeitet?«

»Ich schon, aber eine Behörde? Das glaube ich nicht. Na
egal, der Anruf muss aufgezeichnet worden sein.«

Wolfer brummt etwas. Noldi ist nahe daran, aus der
Haut zu fahren. Der Kollege macht es ihm nicht leicht.

»Schauen wir einmal.«

»Spar dir die Mühe«, sagt Wolfer muffig, »ich habe
alles gelöscht. Wegen Nievergelt.«

Noldi schaut ihn fassungslos an.

»Dir ist aber schon klar, dass du damit keinerlei Beweis
für deine Behauptungen hast.«

»Na und, brauche ich auch nicht.«

»Röbi«, sagt Noldi, der sich selbst an Geduld übertrifft,
»du vergisst, dass Nievergelt dich denunziert hat. Du

behauptest, dabei handle es sich um eine blanke Gemeinheit. Was nur bedeuten kann, es gab Streit zwischen euch. Jetzt ist er tot, und du hast keine Beweise, die dich entlasten. Aber du hast ein Motiv.«

»Du glaubst wirklich, ich habe ihn umgebracht?«

»Ich glaube gar nichts, ich soll dich aus dem Schlamassel ziehen, in dem du steckst. Dazu brauche ich Beweise. So funktioniert das bei uns, und das weißt du genauso gut wie ich, du bist ebenfalls Polizist.«

Wolfer schweigt verbissen.

»Also«, sagt Noldi, »du hast nichts in der Hand. Gut. Warum wolltest du Nievergelt an diesem Samstag wirklich treffen? Oder hast du bereits gewusst, dass er tot ist, und du wolltest seine Leiche ganz offiziell entdecken?«

»Bist du wahnsinnig?«, schreit Wolfer.

»Das heißt noch nicht, du hast ihn umgebracht.«

»Aber ich habe ihn gar nicht gefunden. Das war Rebsamen, wie du weißt.«

»Er ist dir nur zuvorgekommen. Du warst deiner eigenen Aussage nach auf dem Weg nach Sternenberg. Und, behauptet der Alte, du seist blitzartig zur Stelle gewesen.«

Wolfer sagt erschöpft: »Hör auf, du verrennst dich da in was.«

Damit will er sich absetzen.

»Tut mir leid, Kollege«, sagt Noldi, »aber ich habe noch etwas, das du mir erklären musst.«

Wolfer schaut ihn ungnädig an, und Noldi hält ihm die Rechnung vom Restaurant »Sternen« unter die Nase. Da wird der andere gleich so wortkarg wie gewohnt. Gerade dass er den Mund öffnet, um die Frage herauszuquetschen: »Was ist das?«

»Schau doch.«

Misstrauisch beäugt er den Zettel. »Eine Rechnung vom ›Sternen‹ in Sternenberg. Na und?«

»Schau das Datum an.«

»Die ist nicht von mir.«

»Röbi«, sagt Noldi, »das bringt nichts. Ich habe sie in deinem Papierkorb gefunden.«

Wolfer fährt zurück, als hätte er sich verbrannt.

»Du bespitzelst mich.«

Nur jetzt ruhig bleiben, ermahnt sich Noldi und sagt geduldig: »Ich habe ein Stück Papier gesucht, um etwas zu notieren, nachdem du mir Hals über Kopf davon bist.«

»Das soll ich dir glauben?«

»Deine Sache. Aber jetzt sag, was hast du an dem Abend im Sternen gemacht?«

Wolfer beharrt verbohrt darauf, die Rechnung sei nicht von ihm.

»Gut«, gibt Noldi nach, »gehen wir davon aus, dass es nicht deine ist. Dann kann es sich nur um ein Beweisstück handeln. Und was hat ein Beweisstück in deinem Papierkorb zu suchen?«

Wolfer sieht ein, er hat sich in die Klemme manövriert.

»Also«, knurrt er, »wir waren essen.«

»Du und der Rühle? Während der Streife?«

»Ja.«

»Steht aber nichts davon in deinem Bericht.«

»Na klar. Habe nicht gut schreiben können: *kurze Pause eingelegt*. Warum auch nicht. Ist nichts Ungesetzliches. War ohnehin nichts los dort oben.«

»Außer dass ein Polizist erschossen worden ist.«

»Was hat das damit zu tun?«

»Das weiß ich nicht, aber vielleicht erklärst du es mir.«

»Nichts«, sagt Wolfer.

Noldi fängt innerlich an zu kochen. Trotzdem sagt er ruhig: »Mir geht es noch um etwas anderes.«

»Und zwar?«, fragt Wolfer.

»Dass du im ›Sternen‹ dem Mülilüthi ein Bier nach dem anderen bezahlst.«

»Was ist daran so Besonderes?«

»Wolfer«, sagt Noldi jetzt schon mit einem leise grollenden Unterton, »stell dich nicht blöder, als du bist. Du triffst den alten Lüthi, und ein paar Stunden später ist Nievergelt tot. In diesem Zusammenhang ist alles besonders.«

»Ich weiß nicht, was du willst, lies meinen Bericht.«

»Entspricht der den Tatsachen?«

»Du zweifelst mein Protokoll an?«

»Ja, und zwar mit gutem Grund. Was du da schreibst, ist löchrig wie ein Emmentaler Käse.«

Wolfer will auffahren, überlegt es sich aber dann.

»Und außerdem quetschst du hinter meinem Rücken die Leute aus.«

Noldi holt tief Luft und sagt: »Hör zu, Wolfer, ich tue nur, was in einem derartigen Fall üblich ist. Ich recherchiere. Warum, weißt du genau. Die Kollegen wissen das leider nicht. Die halten das für meinen Privatspaß und werfen mir Prügel zwischen die Füße, wo sie können. So kommen wir nie weiter, und diese üble Stimmung im Büro wird zum Dauerzustand. Deshalb schlage ich dir vor, du teilst den Kollegen mit, warum ich diese elende Untersuchung führen muss. Die Alternative ist, dass ich bei Beer beantrage, einen Ermittler aus Zürich anzufordern. Wenn dir das lieber ist.«

»Mach, was du willst«, knurrt der andere.

5. GOLDENER SHERIFFSTERN

Im Gegensatz zu Wolfer, der Noldi gegenüber prinzi-
piell mauert, zeigt sich Mülilüthi durchaus gesprächsbe-
reit, als der Polizist am nächsten Morgen unangemeldet
vor seiner Tür steht.

Noldi hat das Haus sofort gefunden. Es steht direkt
an der Hauptstraße. Als er auf dem kleinen Vorplatz aus
dem Auto steigt, erscheint der Alte unter der Tür. Er hält
eine Hand zum Schutz gegen die Sonne über die Augen
und schaut dem Besucher entgegen. Glücklicherweise gibt
es keinen Hund, der knurrend und kläffend angesprun-
gen kommt.

Lüthi ist eine knorrige Gestalt, klein, fast schmächtig,
aber wie er sich vor dem Besucher aufbaut und ihm angriffs-
lustig in die Augen schaut, merkt dieser schnell, dass man
ihn besser ernst nimmt. Er hat etwas von einem mageren
Kampfhahn an sich. Andererseits wird Noldi klar, warum
Lüthi sich dem vierschrötigen Nievergelt gegenüber nicht
auf seine Körperkräfte verließ, sondern lieber mit dem
Gewehr im Wald herumrannte. Er zeigt seinen Ausweis,
worauf der Alte ihn zögernd ins Haus lässt. Dort herrscht
eine heillose Unordnung. Direkt bei der Haustür führt
eine steile Treppe ins Obergeschoss. Über die ersten Stufen ergießt sich ein Berg Schmutzwäsche, auf dem es sich
eine Katze gemütlich macht. Die Stube ist vollgestopft mit
allem nur erdenklichen Kram. Was Noldi aber am meisten
stört, ist der unappetitliche Spucknapf in einer Ecke. Müli-

lüthi fegt einen Stapel Zeitungen beiseite, um Platz auf der Sitzbank zu machen. Dann fragt er: »Schnaps?«

Als Noldi mit der Begründung verneint, er sei im Dienst, lautet Lüthis Kommentar: »Kannst du dir sparen, ich habe den Nievergelt nicht auf dem Gewissen.«

»Ich weiß«, sagt Noldi und weiß es in diesem Moment wirklich. Wäre es der Lüthi gewesen, denkt er, dann hätte er von vorn auf den Mann gezielt und abgedrückt. Ob er sich nachher gestellt hätte, ist eine andere Frage. Noldi zweifelt an der Loyalität des Alten dem Gesetz gegenüber, aber er würde niemals jemand in den Rücken schießen. So einer ist er nicht.

»Also, was willst du dann von mir?«

»Es geht um den Abend vom 25. Juni. Da waren Sie mit Wolfer im ›Sternen‹.«

»Nicht mit ihm. Habe ihn dort getroffen.«

»Zufällig?«

»Mehr oder weniger.«

»Und er hat Ihnen gleich ein Bier nach dem anderen bezahlt?«

»Sein Problem, nicht meines.«

»Einverstanden. Aber was wollte er von Ihnen?«

Da verzieht sich Lüthis faltiges Gesicht vor Vergnügen, er beginnt zu lachen, was aber sofort in einen Hustenanfall übergeht. Er stemmt sich vom Stuhl hoch, geht zum Spucknapf. Darauf hebt ein Würgen an, dass es Noldi schier den Magen kehrt.

Als er endlich fertig ist, sich die Lippen gewischt hat, dreht der Alte sich zu Noldi um, sagt schwer atmend und mit vor Anstrengung rauer Kehle: »Meinen Wald wollte er kaufen, meinen Wald.«

Noldi versteht nicht.

»Den Spickel dort beim Nievergelt«, setzt Lüthi ungeduldig hinzu, als er merkt, dass dem Polizisten kein Licht aufgeht.

»Und«, fragt Noldi, »waren Sie einverstanden?«

»Du spinnst«, erklärt ihm Lüthi. »Hätte ich niemals, im Traum nicht. Obwohl er mir einen rechten Preis dafür geboten hat.«

»Hat er Ihnen auch gesagt, wozu er ausgerechnet diesen Wald will?«

»Hat er nicht. Braucht er auch nicht. Da in Sternenberg pfeift es jeder Vogel vom Baum, dass der Wolfer und der Nievergelt sich nicht leiden können.«

»Wissen Sie auch, warum?«

»Soll ein Weibsbild dahinterstecken. Oder die Fusion. Weiß nicht.«

»Und jetzt, Lüthi, nur der Vollständigkeit halber: Wo waren Sie in der Mordnacht?«

»Ihr könnt es nicht lassen«, konstatiert Lüthi schon wieder belustigt. Noldi fürchtet ein weiteres Gelächter und die Folgen davon, doch der Alte sagt nur nebenbei: »Ich war da, daheim, hab mir noch einen genehmigt. War genau das Richtige mit dem Bier als Unterlage, das der Wolfer gezahlt hat.«

»Kann das jemand bezeugen? Sie wohnen doch nicht allein.«

»Nein, ja, nein.«

»Was jetzt«, fragt Noldi. »Ja oder nein?«

Doch da ist der Mülilüthi gleich nicht mehr so mitteilsam. Noldi denkt, besser, ihn nicht zu drängen. Er beschließt, sich auf der Gemeinde nach der Mitbewohnerin zu erkundigen, von der Wolfer gesprochen hat, und wechselt elegant das Thema.

»Mein Kollege behauptet, Sie hätten erst kürzlich eine Auseinandersetzung mit Nievergelt gehabt?«

»Stimmt. Der Saukerl hat vor ein paar Tagen die schönste Buche in meinem Wald gefällt. Ein Prachtstück von einem Baum, über 100 Jahre alt.«

»Wie kann er das?«

»Naja, sie ist auf der Grenze gestanden, aber mehr bei mir. Nur ein paar Äste sind zu ihm hinüber gegangen. Verstehst du, dass mich das sternhagelverrückt gemacht hat? Keinen Verstand im Hirn, keinen Blick für einen guten Baum, dieser Idiot. Aber ich sage dir, ich habe ihn trotzdem nicht umgebracht.«

Noldi verabschiedet sich. Die Mitbewohnerin bekommt er nicht zu Gesicht. Als er die Stube verlässt, rumort es irgendwo über ihm. Beim Auto dreht er sich noch einmal um und sieht jemanden an einem Fenster im oberen Geschoss, doch wegen der schmutzigen Scheiben kann er nicht viel erkennen.

Er fährt die paar 100 Meter weiter und landet pünktlich bei der Gemeindekanzlei. Leider glänzt der Herr Gemeindeschreiber auch heute durch Abwesenheit. Eine ältere unscheinbare Frau empfängt ihn und entschuldigt ihren Chef.

»Wissen Sie«, erklärt sie wortreich, »die Fusion, die gibt Arbeit. Herr Stettler hat unbedingt zum Straßenverkehrsamt nach Zürich müssen.«

»Ich bin angemeldet, das hätte er mir auch früher sagen können«, bemerkt Noldi.

»Ja selbstverständlich, Herr Stettler bedauert sehr, aber es war dringend.«

Sie bittet Noldi in einen großen hellen Raum, der nach frischer Farbe riecht. Bereitwillig legt sie ihm den gewünschten Katasterplan vor. Doch Noldi kann ihm nichts Neues entnehmen. Die Besitzverhältnisse sind so, wie Wolfer sie beschrieben hat. Das Grundstück von Lüthi ist wirklich ein dummer Spickel im Wald von Nievergelt. Die Frau kann ihm auch nicht mehr dazu erzählen, denn sie kommt aus Wila und ist erst seit einem Jahr da oben im Amt.

»Wann ist Herr Stettler wieder hier?«, fragt er.

»Das ist schwer zu sagen. Tut mir leid.«

Noldi findet es seltsam. Wieso verschwindet der Gemeindeschreiber, wenn er doch mit ihm in einer dienstlichen Sache verabredet ist. Er fragt die Frau, ob sie die Hausangestellte kennt, die bei Bruno Lüthi lebt.

»Leider nein.«

Klar, denkt er, die sitzt hier ihre Dienststunden ab, dann verschwindet sie ins Tal. Mehr interessiert sie gar nicht, noch dazu wo die Gemeindekanzlei wegen der Fusion schon bald nach Bauma verlegt wird, und sie wahrscheinlich ihren Job verliert.

Noldi schaut sich im Raum um. Er ist sichtlich frisch renoviert. Der Täfer glänzt, die Lampen waren bestimmt nicht billig. Die riesige Tischplatte, auf welcher der Katasterplan liegt, ist aus massivem Naturholz. Eigentlich schade, denkt er, um eine so schöne Gemeindekanzlei.

»Werden Sie nach der Fusion übernommen?«, erkundigt er sich bei der Frau.

»Nein, leider, sie haben mir schon gekündigt«, antwortet sie und lässt den Kopf hängen.

Aha, denkt er, da muss er gar nicht fragen, ob sie etwas anderes in Aussicht hat. Wenn er ihr Alter richtig einschätzt, wird es für sie nicht leicht, einen neuen Job zu finden, da sie schon bald das Pensionsalter erreicht haben dürfte.

Die Frau wischt mit der Hand über den Tisch.

»Ich habe mich damit abgefunden, dass ich viel Zeit haben werde, mit dem Hund spazieren zu gehen.«

Noldi schaut sie mitleidig an, wie sie da steht in ihrem ein wenig verdrückten engen Jupe, der knapp über den Knien endet, der billigen Bluse, dem hellbraunen Haar, das schon länger keinen Coiffeur mehr gesehen hat. Er weiß nicht recht, was er sagen soll, deshalb legt er stattdessen den Katasterplan zusammen.

Sofort sagt die Frau: »Lassen Sie nur, das müssen Sie nicht.«

Sie will ihm den Plan aus der Hand nehmen, doch Noldi antwortet: »Gut, machen wir es gemeinsam.«

Sie nickt, und einträchtig falten sie den großen Bogen Falz für Falz, bis er wieder in die Hülle passt.

»Können Sie mir jemanden nennen, der Herrn Lüthi näher kennt?«, fragt er bei der Arbeit.

Die Frau muss auch in diesem Punkt passen.

»Aber«, sagt sie, »gehen Sie in den ›Sternen‹. Dort kann man Ihnen bestimmt weiterhelfen.«

Wird in diesem Fall zur Gewohnheit, denkt Noldi, als er das Auto auf dem Parkplatz vor dem »Sternen« abstellt. Es ist wieder bald Mittagszeit. Diesmal ist die Hausbank leer. Er geht gleich in die Küche, wo die Wirtin wie immer mit roten Backen hin und her läuft. Er fängt sie ab, sagt: »Nur einen Augenblick«, und trägt ihr sein Anliegen vor.

»Fragen Sie meinen Vater«, keucht sie und ist schon wieder weg. Die Serviertochter erklärt im Vorbeiflitzen, sie erwarteten einen Reisebus mit 50 Personen zum Essen, daher die Hektik.

»Gut«, sagt Noldi, »ich bin eigentlich auf der Suche nach dem Sternenwirt. Wo finde ich ihn?«

Die Kellnerin deutet hinter das Haus. Noldi folgt ihrer Weisung und kommt in den Teil des Gartens, der nicht für Gäste bestimmt ist. Dort sitzt tatsächlich ein korpulenter Mann mit Glatze auf einer Bank im Schatten der Pergola. Es ist ein idyllischer Ort. In der Rabatte an der Hauswand blühen Tagetes, die ihren unverkennbaren Geruch verbreiten, Ringelblumen und Rittersporn, und auf den Weinblättern sitzen dicke goldene Schmeißfliegen. Vor dem Wirt steht ein Kaffeehaustisch mit gusseisernem Fuß. Aus dem Eiskühler ragt der Hals einer Karaffe, daneben ein Glas, in dem sich gerade noch ein Schluck Rosé befindet.

Noldi geht zu ihm hin, stellt sich vor, zeigt seinen Ausweis und fragt: »Haben Sie ein paar Minuten für mich?«

Gleichzeitig denkt er, dass es mit ein paar Minuten nicht getan ist, aber das kann der Wirt, welcher hier sichtlich den Tag genießt, nicht ahnen.

Der Mann schaut schläfrig zu ihm hoch. Dann sagt er ein wenig lebhafter: »Klar«, und deutet auf den Platz neben sich. »Setzen Sie sich, Herr Inspektor. Als Rentner ist man immer froh um Gesellschaft. Und man hat immer Zeit.«

Noldi erwidert lachend: »Und der berühmte Rentnerstress? Aber ist das nicht ein wenig früh für Sie?«

»Ach«, sagt der Wirt, »bis voriges Jahr war ich im Gemeinderat. Da hatte ich zu wenig Zeit für die Beiz.

Meine Tochter, ebenfalls gelernte Köchin, ist für mich eingesprungen, und sie hat es gut gemacht. Jetzt will sie nicht mehr aufgeben, doch mit mir zusammenarbeiten will sie erst recht nicht. Also habe ich gedacht, gönne ich mir ein schönes Leben und schaue zu, wie sie den Laden schmeißt. Das kann sie. Aber Sie sind sicher dienstlich hier. Der Mord an Nievergelt?«

»Ja«, sagt Noldi. »Ich führe die Ermittlungen.«

»Gratuliere.«

»Wünschen Sie mir besser Beileid. Es ist ein vertrackter Fall.«

»Wie kann ich helfen? Trinken Sie ein Glas mit mir?«

Noldi überlegt einen Augenblick, dann ist der Durst größer als das Pflichtbewusstsein. Er nickt, und während der Wirt ein zweites Glas auf den Tisch zaubert, sagt er:

»Sternenberg ist zu weit vom Tösstal weg. Ich kenne niemanden hier im Dorf, das macht meinen Job so schwierig. Nievergelt bin ich nur ein paar Mal bei Veranstaltungen der Kantonspolizei begegnet. Das reicht nicht, um einen Mann richtig einzuschätzen. Haben Sie ihn besser gekannt?«

»Es ist seltsam. Ich kannte seinen Vater und dessen zweite Familie. Auch mit den Halbbrüdern, die jetzt auf dem Hof sitzen, habe ich mehr Kontakt. Alfons dagegen war in der Gemeinde nicht präsent. Hängt auch damit zusammen, dass er nicht hier gearbeitet hat. Erst als es um die Fusion ging, wurde er aktiv, beziehungsweise aggressiv. Sonst weiß ich nicht viel mehr über ihn als Geschwätz.«

»Geschwätz ist immer gut«, sagt Noldi und hebt sein Glas.

Sie prosten einander zu, Noldi nimmt einen Schluck. Der Wein ist hervorragend, kühl, mit einem fruchtigen

Aroma. Er schmeckt ihm so gut, dass er gleich einen zweiten Schluck riskiert. Erst dann fragt er: »Seine Ehe, wie war die? Gab es Streit?«

»Nicht, dass ich wüsste. Aber vielleicht war Alfons keiner, mit dem man streiten konnte.«

»Kennen Sie Claire Nievergelt?«

»Sie kommt aus dem Welschland«, sagt der Wirt, »und sie ist die Frau des Polizisten. Man kennt sie, man grüßt, aber das ist es auch schon. An Gemeindeaktivitäten hat auch sie sich nie beteiligt.«

Während Noldi seine nächste Frage überlegt, korrigiert sich der andere: »Nein, falsch. Sie singt im Kirchenchor und hat eine schöne Stimme. Sie geht regelmäßig zum Gottesdienst, meist allein. Nievergelt hat sie selten begleitet, und auch der Junge nicht. Sie ist freundlich, redet mit allen, aber engere Kontakte gibt es meines Wissens keine.«

Noldi schüttelt den Kopf. »Ich begreife das nicht. Nievergelt ist doch Sternenberger. Und seine Halbbrüder leben hier.«

»Möglicherweise ist das der wunde Punkt. Ich glaube, er konnte denen nie verzeihen, dass er den Hof an sie verloren hat.«

»Auch nicht, obwohl sie ihn anständig ausbezahlt haben?«

»Nein. Und vielleicht grollt er deshalb insgeheim allen Sternenbergern.«

»Warum zieht er dann ausgerechnet hierher?«

Der andere zuckt mit den Achseln, worauf Noldi fragt:

»Die Halbbrüder, wie sind die?«

»Ah, das sind drei junge Hunde, wild, ungehobelt, aber nicht bösartig«, beginnt der Wirt. »Sie leben alle mit ihren

Frauen und Kindern und der Mutter zusammen auf dem Hof. Der ist zwar zu klein für alle Familien, aber sie wissen sich zu helfen. Der Älteste, Ueli, betreibt nebenbei einen schwungvollen Handel mit Gebrauchtwagen, unter der Hand, versteht sich. Und der Jüngste, Köbi, verdingt sich als Hufschmied bei den Leuten weitum. Er gilt als sehr begehrt, obwohl er ein rauer Geselle ist, denn er kann es gut mit Pferden. Vor allem die Hobbyreiter schwören auf ihn. Die Brüder haben noch ein Haus in den Hof gestellt. Dort lebt er mit der Frau und drei Kindern. Zu dem Bauerngewerbe gehört viel Wald. Um den kümmert sich Sepp, der Mittlere. Er hat einen Schredder angeschafft und verkauft die Holzschnitzel. So kommen die drei bestens über die Runden. Es geht nicht besonders zahm bei ihnen zu, aber sie vertragen sich. Wenn Sie mich fragen, die Mutter hat die Söhne samt ihren Familien fest im Griff.«

»Wie haben sich die drei Alfons gegenüber verhalten?«

»Anständig. Auch er war anständig mit ihnen, aber mehr nicht. Gerade dass sie gegrüßt haben, wenn sie einander begegnet sind. Falls es engere familiäre Kontakte gegeben hätte, wäre das im Dorf sicher nicht unbemerkt geblieben. Bei den Kindern schaut es anders aus.«

»Was heißt das?«

»Die kennen einander von der Schule. Spielen werden sie kaum zusammen, der Altersunterschied zwischen Yannick und den Cousins ist doch beträchtlich.«

Er schenkt ungefragt auch Noldi nach. Der fügt sich in sein angenehmes Schicksal, nimmt das Glas.

»Glauben Sie«, fragt er und trinkt einen Schluck, »die Brüder haben etwas mit dem Mord zu tun?«

»Warum sollten sie? Und warum jetzt?«

»Vielleicht wegen der Fusion.«

»Da hätten sie ihn früher umbringen müssen. Aber auch dann …«

Der Wirt kratzt sich am Kopf, sagt: »Überhaupt, ein Mord wegen der Fusion? Das kann ich mir nicht vorstellen. Die Sternenberger wissen ganz genau, der Zusammenschluss ist ihre einzige Chance, aus den roten Zahlen zu kommen. Wir da oben haben keine anderen Perspektiven, auch wenn das einigen von uns nicht genehm ist.«

»Vor allem Nievergelt nicht, soviel ich gehört habe.«

»Ja. Aber er war ein Fantast, hat von einem eigenen Polizeiposten in Sternenberg geträumt. Den hat es früher tatsächlich gegeben. Das war im 19. Jahrhundert. Da forderte der Pfarrer vom Kanton einen Polizisten an, weil er seiner Schäfchen nicht mehr Herr wurde. Er fand sie sittenlos und kriminell. Der Posten existierte dann eine Weile, bis er wieder aufgehoben wurde. Zeitweise waren sogar zwei Beamte im Einsatz. Nievergelt hat sich vermutlich schon mit einem goldenen Sheriffstern auf der Brust gesehen, Cowboystiefel und Sporen an den Füßen.«

»Woher wissen Sie das?«, fragt Noldi neugierig.

»Hat er selbst herumerzählt.«

»Frau Nievergelt ist der Meinung, ihr Mann hätte für sein Leben gern einen Hof bewirtschaftet.«

»Ah ja, meint sie das? Dazu kann ich leider nichts sagen.«

Noldi denkt eine Weile über die widersprüchlichen Aussagen nach, fragt sich, was Nievergelt wirklich wollte. Und ob es eine Rolle in Bezug auf den Mord spielt. Womit er wieder beim Thema wäre.

»Übrigens, ist Ihnen etwas aufgefallen in der Nacht vom 25. Juni? Hat man Nievergelt abends holzen gehört? So eine Motorsäge macht doch Lärm.«

Der Wirt überlegt, schüttelt schließlich den Kopf.

»Selbst wenn man sie gehört hätte. Das wäre nur typisch Nievergelt gewesen. Jeder im Dorf hätte gedacht, jetzt sägt er wieder, mitten in der Nacht, der verrückte Hobby-Holzer. War auch etwas, das den Mülilüthi zur Weißglut getrieben hat.«

Mit einem halben Lachen setzt er hinzu: »Vielleicht hat es der Nievergelt gerade deshalb gemacht.«

Noldi bedenkt auch diese Aussage. Dann sagt er: »Aber einen Schuss würde man hören.«

»Nicht unbedingt. Das Grundstück vom Nievergelt liegt unterhalb des Hügelkamms, von dort hört man kaum etwas.«

»Aha«, sagt Noldi.

»Außerdem hätte jeder garantiert an Wilderer gedacht. Die treiben angeblich hier in den Wäldern ihr Unwesen.«

Noldi schaut ein wenig ratlos vor sich hin. Er hat das Gefühl, so kommt er nicht weiter. Wenigstens ist der Wein gut, denkt er. Dann versucht er es mit einer anderen Frage: »Und Yannick? Kennen Sie den Jungen?«

»Yannick«, sagt der Wirt, »ein unbeschriebenes Blatt. Unauffällig, wohlerzogen, eher schüchtern.«

Er trinkt einen Schluck, schmeckt dem Aroma nach, Noldi schaut ihm zu, hat schon auf der Zunge, nach Wolfer zu fragen. Dann verkneift er es sich doch. Der Mann ist Polizist in dem Dorf, und er ist nicht suspendiert. Da hält man sich mit Fragen dieser Art besser zurück. Stattdessen sagt er: »Und Bruno Lüthi?«

»Ach«, antwortet heiter der Wirt, »der ist kein unbeschriebenes Blatt.«

»Schon allein der Name«, meint Noldi, »ist kurios.
Wo es auf dem Berg weit und breit keine Mühle gibt.«

»Natürlich nicht. Sein Vater war Mühlenbesitzer.
Unten in Saland. Der Bruno hat herauf nach Sternenberg geheiratet. Die einzige Tochter eines der reichsten
Bauern in der Gemeinde. Der Name Mülilüthi ist ihm
geblieben. Seine Frau erbte den großen landwirtschaftli-
chen Betrieb mit viel Wald. Lüthi hat den Hof nie selbst
bewirtschaftet, sondern von Anfang an einen Pächter
gehabt. Er wurde früh Witwer, hat sein Leben lang nur
privatisiert, vom Erbe seiner Frau gelebt, vom Pachtzins
und vom Wald. Früher hat die Holzwirtschaft gut ren-
tiert, heute leider nicht mehr, denn die Lohnkosten steigen, die Holzpreise sinken. Vermutlich fiel nach dem Tod
seines Vaters in Saland noch einiges für ihn ab. In jüngeren
Jahren war er ein sehr aufgeschlossener Kerl, hat sich lebhaft für das Zeitgeschehen interessiert. Er fuhr gern Ski,
kaufte als Erster ein Snowboard, obwohl er nicht mehr
der Jüngste war. Das war damals für Sternenberg geradezu revolutionär. Doch er brachte nicht nur das Snowboard in die Gemeinde. Ihn faszinierten auch Fahrzeuge
aller Art. Er hat sich so ein Motorrad mit vier Rädern
angeschafft, kaum war es auf dem Markt.«

»Ein Quad?«, wirft Noldi ungläubig ein.

»Ja genau, ein Quad, so heißen die Dinger«, sagt der
Wirt, »eine verrückte Maschine. Mit ihr ist er durch das
Dorf gebraust, und alle haben geflucht über ihn. Aber
er hatte auch ein echtes Sammlerstück, eine alte Motosacoche.«

»Das darf nicht wahr sein. Eine Motosacoche?« Noldi schnappt nach Luft. Er hat diese Rarität von Motorrad ein einziges Mal im Museum gesehen.

»Doch. Der Mülilüthi hatte sie jahrelang unten im Keller stehen. Und eines Tages war sie weg. Gestohlen. Er wurde vor Wut fast verrückt, hat die Polizei eingeschaltet, die aus Bauma. Sternenberg hatte damals längst keinen eigenen Posten mehr. Das Motorrad ist nie wieder aufgetaucht, und seither steht er mit der Polizei auf Kriegsfuß.«

»Besonders mit Nievergelt«, wirft Noldi ein. »Mit dem hat er sich jahrelang gestritten.«

»Deshalb ermordet er ihn doch nicht.«

»Das muss ich erst beweisen.«

»Verstehe«, sagt der Wirt.

Da kommt Noldi noch ein Gedanke.

»Ist der Mülilüthi ein Fusionsgegner oder -befürworter?«

Der andere schaut ihn verwundert an. »Ein Befürworter natürlich. Noch dazu einer mit guten Argumenten. An einer Gemeindeversammlung hat er allen vorgerechnet, um wie viel weniger Steuern sie bei einer Fusion zu zahlen hätten. Damit hat er viele Zweifler überzeugt.«

»Aber nicht Nievergelt«, sagt Noldi.

»Nein, den bestimmt nicht«, gibt der Wirt mit einem halb verschlucktem Lachen zu. »Für den war die Fusion ein rotes Tuch.«

Er macht eine Pause, trinkt, dann sagt er: »Der Nievergelt war ein Seltsamer. Aus dem wurde niemand schlau.«

»Lüthi hat es geschafft, sich jahrelang mit ihm zu streiten.«

»Das war etwas anderes. Da ging es um den Wald.

Bruno betreibt die Waldbewirtschaftung absolut professionell, voll technisiert, und das schon seit einer Zeit, da haben andere noch die Axt geschwungen. Er war der Erste, der mit Kettensägen, Seilwinden und Hebekränen gearbeitet hat.«

Macht ihn verdächtig, notiert Noldi im Geist.

»Der Nievergelt dagegen war ein Hobby-Holzer. Bei ihm war das alles nur Spaß.«

»Ja und?«

»Dafür hat der Mülilüthi kein Verständnis.«

»Deshalb ein solcher Zwist?«

»Ich glaube«, sagt der Wirt nachdenklich, »es war eine Art Ritterspiel. Wie im Mittelalter.«

Noldi schaut seinen Gesprächspartner ungläubig an.

»Aber sie haben sich geprügelt.«

»Wenn es wahr ist. Meiner Meinung nach ist der Mülilüthi viel zu schlau, sich mit einem so viel stärkeren Kerl einzulassen. Seine Kampfeslust ist mehr Imponiergehabe. Und Nievergelt hat sich jahrelang bemüht, Lüthis Parzelle auf regulärem Weg zu bekommen.«

Noldi denkt bei sich, da erzählt Wolfer etwas anderes. Hat vielleicht doch er Nievergelt auf dem Gewissen? Wusste er von dessen Brief an die Polizeidirektion? Und selbst wenn, das reicht nicht für einen Mord. Da muss etwas anderes dahinterstecken. Aber was?

»An sich«, fährt der Wirt inzwischen fort, »wäre es für Lüthi kein Problem gewesen, Nievergelt diese Parzelle abzutreten. Er hätte sie ihm sogar schenken können. Heutzutage bringt der Wald nicht mehr viel ein. Und Geld braucht er keines. Er ist begütert genug. Allerdings ist er im Alter ein sturer Bock geworden. Und geizig. Er gönnt sich nichts mehr außer seinen Stumpen. Auf die muss er in der Zwischenzeit auch verzichten. Seine Lunge macht nicht mehr mit.«

Deshalb, denkt Noldi, der Spucknapf, und es dreht ihm wieder fast den Magen um. Da hilft nur ein weiterer Schluck. Doch der Wein ist warm geworden, und unter der Pergola staut sich die Hitze. Er hält die Hand über das Glas, als der Wirt ihm nachschenken will. Der sagt: »Ist das Ihr Ernst?«

Noldi nickt, worauf der andere bedauernd die Karaffe schwenkt, sich selbst nachgießt und sie wieder ins Eis steckt. Dann fährt er fort:

»Das Döggeli muss unten in Bauma im ›Böndler‹, dem Alters- und Pflegeheim, schaffen, weil er zu geizig ist, sie recht zu bezahlen. Dafür kommt er unter der Woche in den ›Sternen‹ zum Mittagessen.«

»Das Döggeli, ist das die Frauensperson, die bei ihm im Haus wohnt?«, will Noldi wissen.

»Ja.«

»Warum Döggeli?«

»Sie haben sie nicht gesehen?«

»Nein.«

»Aha. Sie ist geistig behindert und mehr breit als hoch. Deshalb nennen sie alle im Dorf nur so.«

Der Wirt nimmt wieder einen Schluck. »Ursprünglich stand auf dem Hof vom Lüthi noch eine große Scheune. Dann kam der Kanton und wollte die Straße verbreitern. Der Mülilüthi legte sich jahrelang quer. Ich«, sagt der Wirt, »war damals im Gemeinderat. In dieser Funktion musste ich ihn unzählige Male besuchen und ihm gut zureden. Alles umsonst. Bis der Kanton drohte, ihn zu enteignen. Dann verkaufte er den ganzen Hof mit Umschwung und behielt nur das Haus, in dem er jetzt wohnt, sowie den gesamten Waldbesitz.

Zu meiner Zeit lebte der Gute allein in einem grauenhaften Chaos. Das können Sie sich nicht vorstellen. Die Stube war ein Saustall, die Fenster schmutzig, die Vorhänge dreckige Fetzen. Und der Mülilüthi hat die Sammelwut. Sogar die leeren Milchpackungen hebt er auf, und die stinken. Erst seit er das Döggeli hat, ist es besser geworden, auch wenn sie nicht gerade der Putzteufel in Person ist. Wie die beiden sonst zueinander stehen, weiß ich nicht. Jedenfalls beträgt der Altersunterschied mindestens 30 Jahre.«

Der Wirt schaut Noldi an, ob er mit diesen Auskünften zufrieden ist. Der deutet den Blick richtig und sagt: »Leider bin ich noch nicht fertig.«

Doch bevor er seine nächste Frage loswerden kann, gellt es aus der Küche: »Papi! Papi!« Die junge Wirtin streckt für einen Augenblick den Kopf aus der Tür. Ihr Gesicht ist rot wie eine reife Tomate, und das Haar steht ihr wirr um den Kopf.

»Du musst kommen«, sagt sie atemlos. »Mit dem Voressen stimmt etwas nicht. Es ist noch zäh, und der Bus steht in einer Viertelstunde vor der Tür. Eine Katastrophe.«

Mit diesem Aufschrei verschwindet sie wieder.

»Ich bin schon da«, ruft der Wirt und wendet sich halb bedauernd, halb befriedigt an Noldi.

»Wenigstens als Nothelfer taugt man noch. Wie Sie sehen, muss ich mich jetzt verabschieden. Aber kommen Sie morgen wieder. Dann können wir weiter reden.«

»Gern«, sagt Noldi lächelnd, wünscht dem Nothelfer viel Glück, steht dann vor dem Haus und überlegt, was er jetzt tun soll. Er könnte auf einen Sprung bei den Halbbrüdern vorbeischauen. Leider ist es gleich Essenszeit, kein sehr passender Moment für einen Besuch. Hat aber, denkt er, den Vorteil, dass sich alle um den Futtertrog versammeln.

Als Noldi auf dem Hof der Brüder Nievergelt aus dem Auto steigt, wird er beinahe von einem anderen Wagen niedergewalzt, der mit einem Affenzahn um die Ecke schießt. Der Fahrer reagiert erstaunlich schnell. Er reißt das Lenkrad herum, fängt das schlingernde Fahrzeug sofort wieder ab, hält an und steigt aus. Lachend sagt er: »Mann, das war knapp. Was machen Sie da?«

Er ist ein kräftiger Kerl, mit seinem dickem kurzem Hals und rundem Kopf ein echter Schwingertyp. Seine Gesichtsfarbe ist rot, die der Augen wässrig blau.

Jung, denkt Noldi, Mitte 20. Und er stellt eine gewisse Ähnlichkeit mit dem toten Polizisten fest. Nur eines ist komplett anders. Während bei Alfons Nievergelt, wie er ihn auf der Bahre im Institut für Gerichtsmedizin gesehen hat, die dunklen Haare glatt am Schädel lagen, sind sie bei diesem Bruder blond, dünn und gekraust.

»Was wollen Sie?«, fragt der Mann.

Darauf stellt Noldi eine Gegenfrage.

»Mit wem habe ich das Vergnügen?«, erkundigt er sich höflich.

»Ich bin der Nievergelt Sepp«, sagt der andere. »Und wer sind Sie?«

Noldi hält ihm seinen Polizeiausweis unter die Nase.

»Sie kommen wegen Alfons. Wir haben davon gehört. Den hat einer abgemurkst. Und was wollen Sie von uns?«

Da der Polizist auf diese Frage im Moment selbst keine Antwort weiß, geht er aufs Ganze.

»War das einer von Ihnen?«

Sepp schaut ihn verständnislos an, dann lacht er los. Gleich darauf verfinstert sich sein Gesicht wieder.

»Was erlauben Sie sich«, grollt er.

»Nichts«, antwortet Noldi. »Das ist eine polizeiliche Ermittlung.«

»Aber ich kenne Sie nicht. Sie gehören nicht hierher. Unser Polizist ist Röbi Wolfer.«

»Stimmt«, gibt Noldi zu. »Der ist im Moment verhindert.«

»Verhindert. Soso. Hat er Mist gebaut?«

»Trauen Sie ihm das zu?«

»Kann jedem passieren.«

Noldi wechselt das Thema.

»Wenn ich Sie recht verstehe, haben Sie nichts mit dem Mord zu tun.«

»Darauf können Sie Gift nehmen«, antwortet der andere protzig.

»Keiner von uns. Wir haben jede Menge, wie heißt das, Aliblis.«

»Alibis«, korrigiert Noldi.

Sepp beachtet ihn nicht. Er fährt fort: »Wenn Sie die alle auseinandernehmen wollen, haben Sie zu tun. Am besten, Sie lassen es. Wir waren es wirklich nicht. Warum sollten wir auch. Uns hat Alfons nie etwas getan. Im Gegenteil, er hat gemeint, wir hätten ihm etwas getan. Einfach dadurch, dass wir auf der Welt sind. Und unser Vater uns den Hof überschrieben hat und nicht ihm. Aber dafür können wir nichts.«

Jetzt, da er ins Reden gekommen ist, besinnt sich Sepp, dass er den Besuch besser in die Stube bitten sollte. Er deutet auf die halb offene Haustür. Noldi folgt ihm in eine enge Schleuse, wo ein Haufen stark nach Stall riechender Kleider an der Wand hängt. Da und dort kickt Sepp etwas beiseite, um dem Gast Platz zu schaffen, und einmal schleudert er blitzartig ein Arbeitsgewand auf die Schuhablage, das einzige Möbel in dem Schlauch. In der Sekunde, bevor das Kleidungsstück fällt, realisiert Noldi, dass dort etwas liegt, doch es geht zu schnell, als dass er sehen könnte, was es ist. Dann sind sie bereits in der großen sauberen Wohnküche. Hier steht ein riesiger runder Tisch beim Fenster, an den Wänden hängen Bilder von Autos, daneben auch solche von Kühen. Wie bei seiner Schwester und dem Schwager in Langenhard, denkt Noldi. In der hinteren Ecke des Raumes steht ein zweiter fast ebenso großer, aber niedriger Kindertisch. Auf beiden liegen rot-weiß karierte Tischdecken, und die Vorhänge sind aus demselben Stoff.

»Sitzen Sie«, sagt Sepp, rückt einen Stuhl zurecht, bietet Noldi aber nichts zu trinken an. Er selbst lässt sich drei Plätze entfernt von Noldi nieder und erklärt, Alfons sei damals bereits bei der Polizei gewesen, und ihre Mutter habe immer zum Vater gesagt: »Was willst du, der braucht den Hof gar nicht, der ist jetzt etwas Besseres. Er redet ja nicht einmal mehr mit dir.« Das habe der Vater schließlich eingesehen und den jüngeren Söhnen den Hof überschrieben.

»Aber wir«, sagt Sepp, »sind dem Alfons nichts schuldig geblieben. Wir haben ihn ausbezahlt. Sogar mehr als das Pflichtteil. Trotzdem hat er nichts von uns wissen wollen. Nicht einmal geredet hat er mit uns. In all den Jahren ist er kein einziges Mal auf unseren Hof gekommen oder hat uns zu sich eingeladen. Seine Frau, die Claire, hat manchmal nach der Kirche ein paar Worte mit uns gewechselt, aber nur, wenn er nicht dabei war.«

In dem Moment kommt Noldi in den Sinn, was er vorhin in der Schleuse gesehen hat. Er schnellt hoch.

»Gut«, sagt er, »wenn das so ist, gehe ich wieder.«

Sepp schaut misstrauisch, will sich ebenfalls erheben, doch Noldi drückt ihn auf den Sitz zurück. »Bleiben Sie nur«, sagt er, »ich finde allein hinaus.« Und ist in der Schleuse verschwunden. Mit einem einzigen Griff holt er dort unter dem Kittel eine alte Armeepistole hervor.

»Na, wer sagt es denn«, brummt er und riecht am Lauf. Tatsächlich ist aus der Waffe vor Kurzem geschossen worden.

Da steht auch schon der Sepp hinter ihm.

»Was machen Sie da?«

»Ich stelle Beweismittel sicher.«

»Geben Sie her. Das ist die Armeepistole von unserem Vater. Die geht Sie nichts an.«

Noldi dreht sich so, dass er mit dem Oberarm die ausgestreckte Hand des anderen abwehrt. Er reißt sein Taschentuch aus dem Hosensack, kontrolliert als Erstes, ob die Waffe geladen ist, und sichert sie. Dann fragt er Sepp: »Haben Sie einen Plastiksack?«

»Geht es Ihnen noch?« schreit der andere. »Die nehmen Sie nicht mit.«

»Tut mir leid«, sagt Noldi ungerührt, »hier handelt es sich um Mord. Jemand hat Ihren Bruder mit einer Pistole in den Rücken geschossen. Und das Kaliber stimmt.«

»Na und, gibt jede Menge davon.«

»Aber die hier wurde erst kürzlich abgefeuert. Passt doch, oder?«

»Ich habe auf Krähen geschossen. Die werden immer frecher und verwüsten uns den ganzen Garten.«

»Oder auf Ihren Bruder«, sagt Noldi.

»Halbbruder«, korrigiert Sepp automatisch.

»Das macht Sie umso verdächtiger.«

»Mich?«, fragt Sepp erstaunt. »Warum mich?«

»Sie alle drei«, räumt Noldi bereitwillig ein.

»Aber es gibt keinen Grund.«

»Vielleicht«, sagt Noldi, »hat Alfons etwas mit einer Ihrer Frauen angefangen.«

Er ist selbst verblüfft über die Idee.

Sepps feistes Gesicht verfärbt sich, zuerst wird es blass, dann feuerrot. Man sieht ihm an, diese Möglichkeit hat er noch nie in Betracht gezogen.

»Glauben Sie das wirklich?«, fragt er fast wie ein Kind.

Er war es nicht, denkt Noldi, aber vielleicht einer der Brüder?

»Möglich«, antwortet er vage. Dann entsteht eine kleine Pause. Sie schweigen beide, bis Sepp mit einem treuherzigen Blick das Thema wechselt.

»Ich war wirklich im Garten und habe eine Krähe geschossen, eine junge. Die Alten erwischt man nicht, die sind zu schlau. Kommen Sie, ich kann sie Ihnen zeigen. Ich habe sie zur Abschreckung aufgehängt.«

Er führt Noldi hinter das Haus. Dort liegt ein großer eingezäunter Garten, wo zwischen den Gemüsebeeten an einer Stange tatsächlich ein schwarzer Vogel mit gespreizten Flügeln baumelt, der einen schwachen aber eindeutigen Geruch nach Aas verbreitet.

Von dem Verdacht, eine der Frauen könnte mit dem Halbbruder fremdgegangen sein, ist nicht mehr die Rede. Entweder hat Sepp es verdrängt, oder er lenkt bewusst ab. Während Noldi überlegt, ob er noch einmal auf die Sache zurückkommen soll, nimmt die Geschichte eine ganz andere Wendung.

Sepp sagt: »Sie können das Vieh gern mitnehmen. Aber die Waffe bleibt da.«

»Das geht nicht«, erwidert der Polizist, »ich muss die Pistole leider mitnehmen. Sie kommt in die Kriminaltechnik. Die finden schnell heraus, was damit los ist, und wenn es stimmt, was Sie sagen, haben Sie das gute Stück in Null Komma Nichts zurück.«

Das scheint Sepp nicht zu trösten. Im Gegenteil, er wird sichtlich nervös, steigt von einem Fuß auf den anderen.

»Bitte«, quetscht er endlich heraus, »gehen wir doch wieder hinein.« Mit diesen Worten hält er einladend die Tür auf. Drinnen setzt Noldi sich auf denselben Stuhl wie vorher.

»Also?«, fragt er.

Bevor er antwortet, bietet Sepp ihm diesmal, um gute Stimmung bemüht, einen Schnaps an.

»Danke nein«, sagt Noldi, »ich bin im Dienst.«

Dann kommt der andere mit einem Bier. Auch das lehnt Noldi ab. »Aber ein Kaffee wäre gut«, sagt er.

Sepp beeilt sich, das Gewünschte auf den Tisch zu stellen. Es ist eine lauwarme Brühe aus der Thermoskanne. Noldi schüttet viel Zucker hinein, rührt um und schaut Sepp erwartungsvoll an. Der lässt sich diesmal direkt neben ihm nieder, und zwar so, dass er Noldi ins

Gesicht sehen kann. Er sei, beginnt er schließlich, ein Waffennarr und habe das eine oder andere gute Stück in seinem Schrank. Nur eine alte Armeepistole habe ihm gefehlt. Darüber habe er sich besonders deshalb gekränkt, weil der Vater so eine Waffe besessen, sie aber dem ältesten Sohn Alfons überlassen hat. Dann habe er gehört, in Zürich auf dem Kanzlei-Flohmarkt an der Langstrasse gebe es immer mehr zwielichtige Gestalten, die alles verkauften, was verboten sei.

»Dort haben Sie sich eine alte Schweizer Militärpistole beschafft«, sagt Noldi, und der andere nickt.

Der Polizist verzichtet darauf, den stinkenden Vogel einzupacken. Stattdessen will er die Brüder sehen. Sepp Nievergelt wirft die Hände in die Luft. Wie, fragt er, solle er wissen, wo die sich gerade herumtreiben.

»Es ist Mittagszeit«, antwortet Noldi. »Essen Sie nicht alle zusammen?«

Das stellt sich als falsche Annahme heraus.

»Aber Sie haben ein Handy?«, fragt Noldi.

»Ja«, sagt der andere verdutzt.

»Und Ihre Brüder auch?«

»Ja«, wiederholt der Sepp.

»Na also, dann bestellen Sie beide gleich hierher. Je schneller Sie machen, desto schneller ist der Spuk vorbei.«

So einfach, wie Noldi sich das vorgestellt hat, ist es dann doch nicht, und es dauert, bis Ueli und Köbi vor ihm stehen, der eine schwerer und älter als Sepp, der dritte im Vergleich zu den beiden ein sehniger, sehr lebhafter Jüngling. Alle drei sind nette Kerle, vermutlich nicht sehr klug, aber tüchtig. Sie schauen ihn treuherzig an, und wie zu erwarten geben sie sich gegenseitig ein Alibi. Weil es so schön gewesen sei, sagen sie, seien sie abends noch unter der Linde im Hof gesessen und hätten ein Glas Wein getrunken.

»Kann das jemand bestätigen?«, fragt er.

»Klar«, sagen sie, »wir alle. Und die Frauen sind auch dabei gewesen.«

»Und unsere Mutter«, setzt Ueli, der Älteste, hinzu.

Was die vier, denkt Noldi, pflichtschuldig bestätigen werden. Für einen Moment erwägt er, sie ebenfalls zu befragen. Er ist neugierig auf die Frauen. Aber, sagt er sich, wenn sie nicht ganz dumm sind, wird er alt und grau, bis es ihm gelingt, zumindest eine von ihnen in Widersprüche zu verwickeln. Er gibt auf. Wenn es sein muss, was Gott verhüten möge, kann er dieser Spur immer noch nachgehen. Im Moment scheint sie ihm nicht sehr vielversprechend. Was sich schlagartig ändern würde, sollte sich bei der ballistischen Untersuchung herausstellen, dass diese Pistole wirklich die Tatwaffe ist.

6. LETZTE ROSEN

Doch das Ergebnis der ballistischen Untersuchung ist negativ. Diese Information geht direkt an Noldi, der zu diesem Zeitpunkt nach wie vor die Untersuchung im Fall Nievergelt leitet. Den Rest der Geschichte erfährt er erst später von Franca, und er ist kurios genug, um wahr zu sein. Mit dem Mord in Sternenberg hat die Waffe scheinbar nichts zu tun. Etwas bleibt Noldi jedoch von dem Gespräch mit Sepp im Gedächtnis, und zwar, dass der alte Nievergelt seine Armeepistole an den ältesten Sohn weitergegeben hat. Deshalb holt er noch einmal den Bericht der Spurensicherung hervor. Dort steht nur, dass die Tatwaffe eine Pistole Kaliber 7,65 ist. Möglicherweise, denkt Noldi, handelt es sich dabei um eine Armeepistole. Doch weder sie noch die Kettensäge, mit welcher dem Toten die Füße abgetrennt wurden, konnten sichergestellt werden. Er fragt sich, wie gründlich wurde gesucht? Wo überall? Wolfer hat bei dem ganzen Fall in unverständlicher Weise geschlampt oder bewusst nicht hingeschaut. Einmal mehr rätselt er, was der Mann zu verbergen hat. Und wie er, Noldi, das herausfinden könnte. Er muss noch einmal mit dem alten Rebsamen reden. Vielleicht kann der Licht in die Angelegenheit bringen. Beim ersten Gespräch hat er sich fast ausschließlich für Claire und die Auffindung der Leiche interessiert und nicht gefragt, was der Alte sonst noch bemerkt hat. So einer wie der, denkt er, sieht alles, nur sieht man ihm das nicht an. Und wie kriegt man ihn dazu, dass er mit seinem Wissen herausrückt? Noldi stellt sich das nicht ganz einfach vor.

Und so ist es auch. Er telefoniert mit der »ImmoTreu«. Von der freundlichen Sekretärin erfährt er, der Chef sei im »Sunnebad«. Dort, sagt sie, warte er auf einen Handwerker.

Noldi packt die Gelegenheit am Schopf, meldet sich erst gar nicht telefonisch an, sondern fährt sofort los nach Sternenberg und dort die schmale Straße hinauf zum »Sunnebad«. Er stellt sein Auto neben das von Rebsamen in den kargen Schatten einiger schlaffer Büsche, steigt aus und schaut sich um. In der Einfahrt steht eine Abbruchmulde gefüllt mit Schutt und Steinen. Das »Sunnebad« selbst ist ein Gebäudekomplex aus mehreren Häusern. Das größte von ihnen ein Riegelhaus mit braunen Balken in blendend weißem Mauerwerk. Gegenüber befindet sich tiefer ein ebenerdiger lang gestreckter Bau. Neben den drei Türen je eine Wandlaterne. Neugierig umrundet ihn Noldi und entdeckt an der Vorderfront unter jedem Fenster ein Garagentor, woraus er schließt, dass es sich um eine Art Motel handelt. Weiter abseits, direkt am Rand des dahinter beginnenden Waldes steht ein alter Holzschopf. Während alle Häuser sich in gutem Zustand befinden, die Wände frisch getüncht, das Fachwerk sauber gestrichen, scheint dieser am Zusammenbrechen. Auch der Garten, durch den er auf der Suche nach Rebsamen kommt, wirkt verwahrlost. Die Rosenstöcke sind dürr, nur da und dort blühen in den Beeten unverdrossen blaue und weiße Glockenblumen.

Der Alte sitzt wie immer mit Hut, das Kinn auf den Stock gestützt, an einem großen runden Steintisch im Schatten.

Als Noldi zu ihm tritt, richtet er sich ein wenig mühsam auf.

»Herr Oberholzer, was machen Sie da?«, fragt er freundlich, wenn auch leicht verwundert. Und dann: »Was kann ich diesmal für Sie tun?«

»Wenn ich das so genau wüsste«, gibt Noldi freimütig zu. »Ich glaube, ich habe Ihnen das letzte Mal nicht die richtigen Fragen gestellt.«

»Ah«, macht der andere. »Wie kommen Sie darauf?«

»Sie wissen sehr viel mehr, als Sie mir gesagt haben.«

»Das hoffe ich doch«, erwidert der Alte lächelnd, »nur was macht Sie so sicher, dass ich Ihnen das auch mitteilen will?«

»Herr Rebsamen«, sagt Noldi, »ich brauche Ihre Hilfe. Ich musste diesen Fall nachträglich übernehmen, weil, naja, jedenfalls nicht freiwillig. Und ich komme nicht voran.«

Interessanterweise erkundigt sich Rebsamen nicht nach dem Grund, den Noldi gerade verschluckt hat. Er sitzt still da, das Kinn wieder auf den Stock gestützt, und hört zu.

»Ich muss irgendetwas übersehen haben«, fährt Noldi fort. »Ich weiß nur nicht, was.«

Endlich sagt der Alte: »Und was wollen Sie konkret von mir?«

»Sie haben den Ermordeten nicht erkannt. Haben Sie ihn nicht genauer angeschaut?«

»Nein. Ich habe mir Sorgen um die Frau gemacht. Bei ihm hat man gleich gesehen, dass da nichts mehr zu retten ist. Aber sie, sie wirkte so versteinert, wie sie dort auf dem Bettrand saß. Ich habe nur gedacht, wie bringe ich sie von dem Toten weg.«

»Hat sie wirklich nichts mehr gesagt?«

»Keinen Ton.«

»Und sie hat auch nichts getan?«

»Sie hat sich überhaupt nicht gerührt. Wie Lots Frau aus der Bibel, die zur Salzsäule erstarrt ist.«

»Die hat etwas gesehen, was sie hat erstarren lassen. Kann das Claire Nievergelt auch passiert sein?«

»Die Leiche ihres Mannes.«

Oder, denkt Noldi, was sonst. Aber es kommt ihm kein Geistesblitz.

»Haben Sie den Toten angefasst?«

»Nein. Wozu? Ich habe die Füße gesehen. Das hat mir gereicht.«

»Hat die Frau ihren Mann berührt?«

»Während ich dort war, nicht. Was sie gemacht hat, bevor sie aus dem Haus und mir in die Arme gerannt ist, entzieht sich meiner Kenntnis.«

»Ist Ihnen in dem Zimmer etwas aufgefallen? War es aufgeräumt, unordentlich, sonst irgendetwas?«

»Auf dem Fensterbrett stand ein kleines rotes Modellauto. Das weiß ich noch.«

Der Alte schweigt eine Weile, dann setzt er hinzu: »Und in der Ecke lag ein zerknüllter Putzlappen.«

»Sie sind ein guter Beobachter.«

»Sparen Sie es sich, mir Honig ums Maul zu schmieren.«

»Fiele mir nicht im Traum ein.«

Noldi lacht. Er hat wieder den Eindruck, es sei ihm gelungen, eine winzige Kerbe in die freundliche Fassade des anderen zu schlagen, und beschließt, einen Schuss ins Blaue abzugeben.

»Kennen Sie Robert Wolfer?«

In dem Moment, noch bevor Noldi seine Frage ausgesprochen hat, bekommt Rebsamen einen Hustenanfall. Es schüttelt ihn so heftig, dass er mit dem Kinn vom Stockknauf rutscht und an die steinerne Tischkante schlägt. Er beginnt heftig zu bluten. Noldi springt hin, richtet den Alten wieder auf und versucht mit seinem Taschentuch, die Blutung zu stillen.

»Lassen Sie nur«, keucht Rebsamen, sobald er wieder zu Atem gekommen ist, »das hat nichts zu bedeuten. Mein Blut ist verdünnt.«

»Ich hole Ihnen ein Glas Wasser«, bietet Noldi an, »wenn Sie mir sagen, wo ich eines finde.«

Rebsamen erholt sich erstaunlich schnell und sagt: »Da haben Sie den Schlüssel. Im Haupthaus ist gleich beim Eingang ein Kühlschrank. Dort finden Sie Mineralwasser. Und Bier. Lassen Sie das Wasser und bringen Sie uns zwei Flaschen Bier.«

Noldi ist froh, dass er etwas für den Alten tun kann. Und gegen ein gutes kühles Bier hat er nach dem Schrecken auch nichts einzuwenden.

Er findet den Eingang, der Schlüssel passt, den Kühlschrank findet er auch und darin das Bier. Er ist in Rekordzeit wieder zurück. Rebsamen sitzt am Tisch, sein Kinn blutet immer noch. Er hält die Hand mit dem Taschentuch, welches Noldi ihm gegeben hat, auf die Wunde und schaut ihn schräg von unten an.

»Tut mir leid, dass ich Ihnen nicht schon früher etwas angeboten habe«, sagt er zerknirscht, »und dass ich jetzt ein solches Drama veranstalte. Tut mir wirklich leid.«

»Ist schon in Ordnung«, wehrt Noldi ab. »Kann ich

Ihr Kinn einmal sehen? Ich glaube, ich habe ein Pflaster eingesteckt.«

»Das wäre großartig«, sagt der Alte fügsam.

Noldi fühlt sich in die Zeit zurückversetzt, als Meret und er immer die halbe Hausapotheke dabei hatten, wenn sie mit ihrer Brut unterwegs waren. Jetzt durchwühlt er alle Hosensäcke und wird fündig. Das Pflaster ist nicht mehr taufrisch, doch für den Zweck genügt es. Damit verarztet Noldi kunstgerecht die Wunde, die zwar nur winzig ist, aber nach wie vor blutet.

»Ich danke Ihnen viel Mal«, sagt Rebsamen.

Noldi galant: »Bitte, bitte. Gern geschehen«, und meint es auch so.

»Darauf trinken wir ein Bier.«

Noldi öffnet die Flaschen mit dem Bieröffner an seinem Taschenmesser. Dann prostet Rebsamen ihm ein wenig zittrig zu. »So ist das mit dem Alter«, sagt er nach dem ersten Schluck und einem tiefen Seufzer, »das Blut ist dünn, die Haut wird brüchig.«

»Und der Husten«, erkundigt sich Noldi voll Mitgefühl, »woher haben Sie den?«

»Das sind nur die Bronchien. Dabei habe ich nie geraucht. Außer im Militärdienst.«

»Wie ich«, sagt Noldi überrascht und erfreut über die Gemeinsamkeit. »Wo waren Sie eingeteilt?«

Rebsamen darauf: »Ich war Wachtmeister bei der Infanterie.«

»Ah«, macht Noldi, »da haben Sie gut Schießen gelernt.«

Der Alte schaut ihn an und lacht. »Ziehen Sie keine falschen Schlüsse daraus.«

In dem Moment fährt ein Auto vor, und gleich darauf erscheint der Handwerker in kurzen Hosen, Turnschuhen und blauem Polohemd. Er ist grauhaarig, trägt einen goldenen Ohrstecker sowie ein schweres goldenes Amulett um den Hals. Seine Zähne sind für sein Alter zu weiß, und er schwitzt.

Da erlebt Noldi plötzlich einen ganz anderen Rebsamen. Der Alte richtet sich auf, schmettert einen Gruß, erteilt seine Anweisungen präzis und absolut schnörkellos, dass dem Polizist der Mund offen bleibt. Der Handwerker dagegen, so leger er aufgetreten ist, nimmt beinahe Achtungsstellung an. Man sieht, er kennt Rebsamen und ist diese Art von Befehlsausgabe gewöhnt.

Potz, denkt Noldi auf dem Weg zum Auto, der Alte, der kann es.

Abends im Bett erzählt er Meret des Langen und Breiten von seiner Begegnung mit Rebsamen und dem kleinen blutigen Zwischenfall.

Seine Frau streichelt seine Wange: »Du bist gut. Und du hast ihn wirklich nicht noch einmal nach Wolfer gefragt?«

»Nein, hab ich vergessen«, antwortet Noldi unbekümmert, »aber macht nichts, ich frage ihn das nächste Mal.«

Meret schweigt eine Weile, dann erkundigt sie sich:

»Dieser Hustenanfall. Ist er dir nicht komisch vorgekommen? Genau im richtigen Moment.«

»Dafür kann er doch nichts«, protestiert Noldi.

»Nein, vermutlich nicht«, stimmt Meret ihm zu, und nach einer Weile sagt sie: »Aber Kinder können das.«

»Was?«

»Dass etwas genau dann passiert, wenn sie in Bedrängnis geraten. Erinnere dich, unsere waren Meister darin, besonders der liebe Pauli.«

»Ja, nur«, sagt Noldi, »Rebsamen ist kein Kind mehr.«

»Vielleicht bald wieder«, gibt Meret zurück.

Noldi dämmert, was sie ihm sagen will, und es passt ihm ganz und gar nicht. Er empfindet beinahe eine persönliche Kränkung bei dem Gedanken, er könnte dem Alten auf den Leim gegangen sein. Gleichzeitig muss er sich eingestehen, ganz von der Hand zu weisen ist es nicht. Nur, wie hätte Rebsamen wissen können, dass er über dem Zwischenfall seine Frage vergisst? Wenn er sie noch einmal gestellt hätte, was wäre dann passiert? Bedeutet das, Rebsamen kennt Wolfer? Aber warum steht dann nichts davon im Protokoll? Warum sollte Wolfer es verschwiegen haben? Ist doch kein Verbrechen, wenn man einander kennt. Aber festgehalten hätte es werden müssen. Und angenommen, es ist so, steckt der verdammte Alte doch tiefer in dem Fall, als er bisher gemeint hat?

Unruhig beginnt Noldi, auf dem Leintuch hin und her zu rutschen. Seine Stimmung schwankt zwischen Ärger auf Meret, weil sie davon angefangen hat, auf Rebsamen und auf sich selbst. So ein Anfängerfehler, denkt er verdrossen, darf ihm einfach nicht passieren.

»Aber das Blut«, sagt er schließlich halb zerknirscht, halb aufmüpfig, »das war echt.«

Da erlebt er eine Überraschung. Seine Frau, die ihm normalerweise geduldig zuhört, fährt ihn an: »Mir reicht es jetzt. Hör endlich auf mit deinen Spintisierereien.«

Meret hält es nicht mehr länger aus. Sie war den ganzen Abend schon beinahe am Platzen vor Aufregung. Nur Noldi, in seinem Fall versunken, hat nichts bemerkt.

Immer wieder hat sie den Versuch unternommen, ihre Neuigkeit wirkungsvoll an den Mann zu bringen, doch nie schien ihr der Moment richtig zu sein. Jetzt, bevor der verdatterte Noldi noch fragen kann, was in sie gefahren sei, platzt sie heraus: »Peter hat telefoniert.«

»Ja und?«, sagt Noldi und versteht noch weniger. Das ist früher schon vorgekommen, wenn auch eher selten. Warum regt Meret sich diesmal so darüber auf?

Da sagt sie schon: »Er will uns besuchen kommen.«

Noldi schnellt im Bett hoch. Er glaubt, nicht recht gehört zu haben. »Ist nicht wahr«, sagt er halb erschrocken halb beglückt.

Sie haben ihren Sohn schon seit drei Jahren nicht mehr gesehen. Und sie beide, sowohl Meret als auch er, hatten, als der Junge größer war, Mühe, an ihn heranzukommen. Nicht, dass er sich verweigert hätte. Im Gegenteil, während er in Zürich die Banklehre machte, erzählte er bereitwillig von seinen Aussichten und Erfolgen im Beruf. Es ging ihm gut, er verdiente recht. Er schien Freunde zu haben, auch wenn er keinen nach Hause brachte. Vor allem Noldi bereitete Kopfzerbrechen, dass nie von einer Freundin die Rede war. In mancher stillen Stunde rätselten er und Meret, ob er womöglich eine Beziehung zu einer verheirateten Frau hätte und deshalb nicht darüber reden konnte. Dann ließ er sich nach Amerika versetzen. Von dort schrieb er fleißig Ansichtskarten, aus denen sie genauso wenig schlau über sein Leben wurden wie aus seinen mündlichen Berichten.

»Und halt dich fest«, fängt Meret noch einmal an.

Noldi stützt sich auf den Ellbogen. Im Schein der Straßenlaterne vor dem Fenster kann er gerade das Weiß in den Augen seiner Frau erkennen.

»Was?«

»Er bringt seine Freundin mit.«

Noldi ist sprachlos. Dann fällt ihm in der Aufregung nichts anderes ein als der Lieblingsspruch seiner Tochter Felizitas.

»Botz Heiterefahne«, sagt er.

»Genau«, erwidert Meret, »sie heißt Cheryl.«

Bis zum nächsten Morgen hat Noldi sich von der Überraschung soweit erholt, dass er die Arbeit am Fall Nievergelt wieder in Angriff nehmen kann. Im ersten Schuss will er Rebsamen sofort noch einmal die Frage nach Wolfer stellen, beschließt aber dann, dieses Vorhaben aufzuschieben. Falls der Alte ihm tatsächlich Sand in die Augen gestreut hat, muss er sich erst etwas überlegen, um nicht noch einmal hereinzufallen. So fährt er nach Sternenberg und landet wieder im Garten des Restaurants, wo der Wirt schon am frühen Vormittag unter der Pergola sitzt. Das Wetter ist schön, aber die verzauberte Stimmung vom Vortag will sich nicht mehr einstellen.

»Danke nein«, sagt Noldi, als der Mann mit dem Glas winkt, »ich bin im Dienst.«

»Das waren Sie gestern auch.«

»Stimmt«, gibt Noldi zu. »Aber heute habe ich noch einiges vor, wozu ich einen klaren Kopf brauche.«

»Nur einen Schluck«, versucht der Wirt es noch einmal. »Allein zu trinken ist nicht halb so schön wie in guter Gesellschaft.«

Noldi schüttelt den Kopf, der Wirt stellt bedauernd

die Karaffe zurück in den Kühler. Die Eiswürfel klirren, und ein Lichtreflex zittert über das Weinlaub. Noldi dreht sich nach der Ursache um. Es ist ein Sonnenstrahl in der gefüllten Gießkanne, die an der Hauswand steht.

»Und das Voressen«, will er wissen, »war es wirklich zäh, oder haben Sie es gerettet?«

»So halbwegs«, antwortet der Wirt. »Zumindest gab es keine Reklamationen.«

»Wie haben Sie es gemacht?«

»Das sage ich Ihnen nicht«, lacht der andere. »Aber hören Sie, ich habe über unser Gespräch gestern nachgedacht. Wenn es bei dem Mord wirklich um den Wald gegangen wäre, müsste es umgekehrt sein.«

»Wie meinen Sie das?«, fragt Noldi interessiert.

»Dann müsste Nievergelt den Mülilüthi umgebracht haben.«

»Fakt ist aber«, erwidert Noldi, »der Lüthi lebt, und der Nievergelt ist tot. Den Mord kann ich zur Not noch verstehen. Aber da ist noch ein Detail. Vielleicht fällt Ihnen dazu etwas ein. Eigentlich darf ich Ihnen das nicht erzählen. Sie müssen es für sich behalten.«

»Klar«, sagt der Wirt.

»Man hat dem Toten beide Füße abgeschnitten.«

Der andere lässt vor Schreck fast sein Weinglas fallen. »Ach«, sagt er.

Noldi beugt sich vor. »Sie wissen etwas darüber?«

Es dauert eine Weile, bis sich der Wirt soweit gefangen hat, dass er Noldis Frage beantworten kann.

»Ist noch gar nicht lange her«, beginnt er, »wir hatten eine Sitzung im Gemeinderat, eine unerfreuliche Sitzung. Es ging einmal mehr um die Fusion. Unseren Leuten, auch den Befürwortern, hatte es langsam gedämmert, der Name Sternenberg würde verschwinden, nicht nur aus dem Telefonbuch, auch sonst. Wir würden zu Bauma gehören.«

»Eigentlich schade«, sagt Noldi, »Sternenberg ist ein so schöner Ortsname.«

»Ja, das finden wir Sternenberger auch«, stimmt der Wirt ihm zu. »Aber mehr als die Ortstafel wird uns nicht bleiben. Außerdem können wir unser Gemeindewappen nicht behalten. Sie kennen die Wappen von Sternenberg und Bauma?«, unterbricht er sich mit einem Blick auf Noldi.

»Ja«, sagt der, »Bauma hat eine Tanne, Sternenberg einen Berg und darüber einen Stern.«

»Genau«, bestätigt der Wirt. »Deshalb hatten wir vorgeschlagen, unseren Stern auf die Spitze des Tannenbaums im Wappen von Bauma zu setzen. Das wäre eine glückliche Lösung gewesen, doch die da unten wollten davon nichts wissen. Trotz der bereits beschlossenen Fusion gab es einen Aufstand im Dorf. Wir mussten uns überlegen, was wir unternehmen wollten. Keiner hatte eine Idee, wie wir unseren Stern doch noch auf die Tanne von Bauma bringen könnten. Alle waren gereizt, es kam zu einer gehässigen Streiterei, die beinahe in eine Prügelei ausartete. Der Gemeindepräsident brach die Sitzung schleunigst ab. Um die Gemüter zu beruhigen, lud er alle auf ein Bier in den ›Sternen‹ ein. Sie kennen das, meist passt man im Frust nicht auf, wie viel man trinkt. Zu allem Übel erschien auch noch der Nievergelt, für den natürlich die Sache mit dem Wappen Wasser auf seine Mühlen war. Kaum dass er sich gesetzt hatte, begann er wie immer, gegen die Fusion und den Gemeinderat zu wettern. Dummerweise ließen wir uns in eine Diskussion mit ihm ein. Dann dauerte es nicht mehr lange, bis Nievergelt, der die Stimmung richtig deutete, für alle Schnaps bestellte. Darauf kam der Gemeindeschreiber an die Reihe. Er schmiss die nächste Runde und so ging es weiter, bis wir alle sternhagelvoll waren. Auf dem Heimweg brüllte Nievergelt in einem fort, er werde gegen diese Fusion kämpfen, solange ihn seine Füße tragen.«

»Ah, daher kommt das«, sagt Noldi perplex.

»Genau, das war ein Resultat des Gemeindebesäufnisses, aber nicht das einzige. Der Gemeindeschreiber hat in seinem Rausch unterwegs alle Akten ausgestreut, der Posthalter konnte am nächsten Tag keine Briefe vertragen, und im ›Sternen‹ gab es nichts zu essen, weil ich im Bett lag und nur sterben wollte.«

»Heiliger Strohsack.«

»Das können Sie laut sagen. Es war tagelang das Thema Nummer eins im Dorf, und der blöde Spruch von Nievergelt machte weit herum die Runde.«

»Also weiß hier jeder davon.«

»Nicht nur hier. In Bauma unten auch.«

»Trotzdem«, sagt Noldi stur, »trotzdem macht die Sache keinen Sinn. Wenn es vor der Abstimmung passiert wäre. Dann vielleicht. Aber so?«

»Möglicherweise«, gibt der Wirt zu bedenken, »hat da jemand eine falsche Fährte gelegt.«

Was der Wirt erzählt hat, geht Noldi so im Kopf herum, dass er beinahe die Abdankung von Nievergelt vergisst. Sie findet an diesem Nachmittag statt. Er wird selbstverständlich hingehen. Das muss er als Polizeikollege, zudem sie für ihn eine wichtige Gelegenheit ist, sich ein Bild vom Umfeld des Toten zu machen. Doch wenn er, wie es seine Absicht ist, vorher auf den Friedhof will, reicht die Zeit nicht, dass er noch nach Hause fährt. Er ruft Meret an und sagt, er schaffe es leider nicht zum Mittagessen. Seine Frau ist nicht begeistert.

»Meinetwegen«, sagt sie, »aber beklage dich nie wieder, wenn du dich in Zukunft selbst verpflegen musst.«

Dass seine Frau seit drei Jahren wieder unterrichtet und Noldi an manchen Tagen in ein leeres Haus kam, hat anfangs bei ihm fast eine depressive Verstimmung ausgelöst, doch ihr hat es gut getan. Nachdem die Kinder groß waren, schien es für sie fast wie ein neues Leben. So sehr es Noldi gekränkt hat, dass nicht er diese Verjüngung bewirkte, so sehr freute er sich doch darüber. Inzwischen ist er gewöhnt, an zwei Tagen der Woche selbst für sich zu sorgen. Häufig kochen auch er und Pauli miteinander, nicht immer das reinste Vergnügen für den Vater, denn sein Sohn ist als Koch äußerst kreativ. Jetzt hat Pauli die Schule abgeschlossen, und es sind Ferien. Seine Frau ist da, wenn er nach Hause kommt. Oft wuseln auch die Enkel durch das Haus. Also hat er keinen Grund, sich zu beklagen.

Noldi schickt Meret einen Kuss durchs Telefon. Dann geht er eilig auf den kleinen Friedhof von Sternenberg. Er liegt direkt um das Gotteshaus, hat zwei Eingänge, einen vom Parkplatz und einen neben der Kirche. Es gibt ein Feld mit Urnengräbern, auf der freien Rasenfläche wachsen Bäume, unter denen Bänke stehen. Noldi schaut sich um. Das Terrain lässt sich mühelos überblicken, kein Mensch ist hier. Er geht durch die Reihen und hält nach einer offenen Grube Ausschau. Die einzige, die er entdeckt, befindet sich beim Gemeinschaftsgrab nahe der Kirche. Schaudernd fragt er sich, ob das sein kann, dass Claire Nievergelt ihren Mann dort beisetzen lässt. Für ihn ist der Platz günstig, denn er kann hinter den Sträuchern ungesehen die Trauergemeinschaft beobachten. Da ihm noch ein wenig Zeit bleibt, setzt er sich auf eine Bank im Schatten und denkt über die Behauptung nach, dass ein Mörder stets dem Sarg des Opfers folgt.

Als sich dann das Friedhofsgatter beim Parkplatz öffnet, bleibt Noldi fast die Luft weg. Es gibt einen einzigen Menschen, der dem Friedhofsgärtner mit der Urne folgt: die Witwe. Sie ist in Schwarz, ohne Hut und hat das blonde Haar streng hochgesteckt. Mehr denn je sieht sie wie ein Marmorengel aus. Sie trägt einen Strauß blutroter Rosen in der Hand. Tatsächlich hält der kleine Zug am Gemeinschaftsgrab. Der Friedhofsgärtner versenkt die Urne mit einem Greifer in der Erde, während Claire unbeweglich daneben steht. Dann beugt sie sich vor und legt feierlich die Rosen über die Öffnung.

Noldi verlässt kopfschüttelnd den Friedhof. Er kommt gerade recht, den Einmarsch des Polizeiaufgebotes in die Kirche zu verfolgen. Von Winterthur ist Beer gekommen, von Pfäffikon das ganze Korps, von Turbenthal sind nur er, Wolfer und Franca anwesend. Rühle und der Schalterbeamte glänzen durch Abwesenheit. Insgesamt sind weniger Leute da, als Noldi erwartet hat. Auch jetzt fehlt der Sohn des Toten. Die Witwe kommt, setzt sich allein in die erste Bankreihe. Sie ist sehr bleich, aber gefasst. Etwas weiter hinten bemerkt er Oehninger, der unruhig auf seinem Sitz hin und her wetzt. Immer wieder reckt er den Hals, um einen Blick auf die einsame schwarze Gestalt ganz vorne zu erhaschen. In der vierten Reihe drängen sich die Halbbrüder mit ihren Frauen und Kindern. Sie sitzen ruhig da, halten die Köpfe gesenkt und schauen sich kein einziges Mal um. Den alten Rebsamen kann Noldi nirgends entdecken.

Offenbar hat die Nachricht von dem Mord nicht nur Sternenberger in die Kirche gelockt. Ein Fernsehteam, bestehend aus Kameramann und Reporter, ist erschienen und schleicht vor Beginn der Zeremonie betont unauffällig durch den Raum. Auch Leute mit Fotoapparaten im Anschlag kann Noldi ausmachen. Als der Pfarrer kommt, erhebt sich Claire halb von ihrem Sitz. Er geht zu ihr hin, sie flüstert ihm etwas zu, worauf der Mann sich an das Kamerateam wendet und sie halblaut zum Verlassen der Kirche auffordert. Das gibt eine Unterbrechung, in der die Leute die Hälse recken, um nichts vom Geschehen zu verpassen. Dann beginnt die Abdankung. Sie dauert nicht lange und ist kühl. Der Pfarrer geht auf die näheren Umstände von Nievergelts Tod nicht ein. Er verliest einen kargen Lebenslauf, die Orgel spielt, je zwei Strophen eines Kirchenliedes werden zu Anfang und Ende der Zeremonie gesungen.

Als Claire am Schluss die Kirche verlässt, treten die drei Halbbrüder mit ihren Frauen aus der Bank und schütteln ihr verlegen die Hand. Noldi kann nicht hören, was sie sagen.

Draußen auf dem Platz fängt ihn sein Chef ab. Beer will wissen, wie weit er mit den Ermittlungen ist.

»Nirgendwo«, erwidert Noldi ungnädig. »Ich habe gerade erst angefangen.«

»Und die alten Fälle«, fragt Beer, »hast du dir die angeschaut?«

Noldi verrührt die Hände. »Chef, was glaubst du, ich komme schon mit den aktuellen Kandidaten nicht zurecht.«

»Das verstehe ich nicht.«

»Sie sind alle verdächtig, der Wolfer, der Lüthi, die Frau und ihr Liebhaber, der Sohn, der nicht vorhanden ist, und so fort und so weiter. Aber keiner hat in meinen Augen ein ausreichendes Tatmotiv.«

»Davon rede ich. Kümmere dich um die alten Fälle.«

»Welche alten Fälle?«

»Leute, die Nievergelt in den Knast gebracht hat und die jetzt wieder auf freiem Fuß sind.«

Noldi wundert sich. »Hat Nievergelt je mit Schwerverbrechern zu tun gehabt?«

»Man kann nie ausschließen, dass ein Gauner sich rächen will.«

»Aber doch nicht mit Mord, wenn man ein paar Monate wegen Betrugs oder einer Rauferei sitzt.«

Beer bleibt stur. »Alles schon vorgekommen.«

»Tut mir leid, Chef«, sagt Noldi, dem der Geduldsfaden reißt, »ich kann dir nicht folgen. Und ich muss weg. Ich will die Brüder Nievergelt abfangen, bevor sie verschwinden.«

Während er nach ihnen auf dem Kirchplatz Ausschau hält, denkt Noldi, nie hat er vom Chef einen solchen Schwachsinn gehört. Er schreibt es dem Umstand zu, dass einer seiner Beamten unter dem Verdacht der Bestechung und vielleicht sogar unter Mordverdacht steht. An so etwas hat einer wie Beer schwer zu beißen. Vielleicht ist ihm deshalb jede noch so lächerliche Idee recht, wenn nur ein anderer die Tat begangen haben könnte.

Er sieht die Brüder Nievergelt nirgends mehr. Sie sind ihm während des Gesprächs mit Beer samt ihren Frauen durch die Lappen gegangen. Auch die anderen Leute haben sich schnell zerstreut. Leidmahl gibt es scheinbar keines. Zumindest wurde in der Kirche nichts verkündet. Möglich, denkt Noldi, dass die Witwe einigen Leuten eine separate Karte der Todesanzeige beigelegt hat. Er überlegt, wo ein solcher Anlass in Sternenberg stattfindet. Außer dem »Sternen« fällt ihm nichts ein. Ob er dort vorbeischauen soll? Wäre interessant zu sehen, wer von den Dorfbewohnern Claire Nievergelt so nahe steht, dass er eine Einladung erhalten hat. Verwandte des Paares außer den drei Halbbrüdern konnte er in der Kirche keine ausmachen.

Er geht tatsächlich in den »Sternen«, schlendert durch die heute ausnahmsweise halb leeren Räume, doch die Trauergesellschaft kann er nirgends entdecken. Er fragt die Serviererin nach dem Leidmahl. Sie beugt den Oberkörper zurück, als wäre er ihr zu nahe getreten, mustert ihn, sagt: »Bei uns sicher nicht. Probieren Sie es im ›Alten Steinshof‹.«

Noldi dankt ihr mit einer galanten Verbeugung und will sich auf den Weg machen.

Um in den »Alten Steinshof« zu gelangen, der weiter in Richtung Tablat an der Straße liegt, muss er das Auto nehmen. Auf dem Parkplatz vor dem Friedhof trifft er einen Kollegen aus Winterthur, der ebenfalls bei der Abdankung war. Da sie einander schon lange nicht mehr gesehen haben, beschließen sie, gemeinsam etwas zu trinken. Das kommt Noldi gerade recht. Er schlägt dazu den »Alten Steinshof« vor, so fängt er zwei Fliegen mit einer Klappe. Er kann einen Schwatz mit dem Kollegen halten und dabei unauffällig die Trauergesellschaft beobachten. Leider stellt sich das als Trugschluss heraus, denn das Leidmahl findet hinten im »Säli« statt.

Während sie auf ihren Kaffee warten, erzählt ihm der Bekannte, dass Beer seit Neuestem eine Freundin habe.

»Ist nicht wahr. Erzähl!«, sagt Noldi.

»Eine Töfffahrerin.«

»Ah, daher weht der Wind«, meint Noldi grinsend. »Jetzt wird mir klar, warum der Chef plötzlich so ein glühender Motorradfan geworden ist. Was der mir vorgeschwärmt hat von seiner Maschine. Fragt sich nur, wen er damit meint?«

Beide lachen gutmütig und rühren in ihrem Kaffee.

Aus dem Saal erscheint Sepp Nievergelt, schaut sich nach der Kellnerin um.

»Entschuldige«, sagt Noldi, »bin gleich wieder da.« Er springt auf, geht zu dem Mann hin, packt ihn am Ärmel. Sepp reißt sich los und will in den Saal zurück, doch so leicht schüttelt man Noldi nicht ab. Er folgt ihm auf den Fersen, und als der andere die Tür zum Saal öffnet, wirft er an ihm vorbei einen Blick auf ein rechtes Panoptikum. Die Trauergesellschaft ist um einen viel zu großen Tisch verteilt. Claire sitzt an der einen Seite mit dem Rücken zur Tür, rechts und links von ihr machen sich die Halbbrüder mit ihren Familien breit. Ans obere Ende haben sie den Pfarrer platziert, neben ihm die Mutter Nievergelt, den Gemeindeschreiber und den Sigrist. Einige Männer, von denen Noldi annimmt, es handle sich um Kollegen des Verstorbenen aus der Polizeistation Pfäffikon, bilden am unteren Ende eine kleine Gruppe für sich. Die Witwe selbst wirkt ziemlich isoliert, obwohl ihr gegenüber auf der anderen Seite des Tisches Robert Wolfer sitzt. Sobald sein Blick sich mit dem von Noldi kreuzt, dreht er schnell den Kopf weg.

Schau, schau, denkt Noldi, den hat sie eingeladen und sonst keinen von uns, nicht einmal Beer.

Dann glaubt er, nicht recht zu sehen. Da sitzt jemand am Tisch, mit dem er absolut nicht gerechnet hat. Es ist der gute alte Mülilüthi, Erzfeind des Ermordeten. Im Gegensatz zu Wolfer zeigt sich, als er Noldi bemerkt, auf seinem Gesicht ein breites Grinsen.

Dann knallt Sepp die Tür von innen zu. Noldi kehrt an seinen Tisch zurück und stellt konsterniert fest, dass der ganze Spuk keine fünf Minuten gedauert hat. Er setzt sich, der Kaffee ist noch warm. Er trinkt einen Schluck, sagt dann: »Spannend, wer sich da alles um die Witwe versammelt.«

Der Kollege fragt: »Du bist am Fall Nievergelt?«

»Ja«, sagt Noldi, »hast du ihn gut gekannt?«

»Wir sind ab und zu Streife gefahren.«

»Und?«

»Nichts. Ich bin mit ihm ausgekommen.«

»Habt ihr jemals«, erkundigt sich Noldi, »mit Schwerverbrechern zu tun gehabt?«

»Auf Streife? Das glaubst du doch selbst nicht.«

»Nein. Aber sag, irgendeinen Eindruck musst du von ihm haben. Wie war er?«

»Ganz anständig. Aber merkwürdig. An den bist du nicht herangekommen.«

Noldi weiß nicht mehr, was fragen. Etwas probiert er noch: »Habt ihr euch nie privat getroffen, seid nie miteinander eins ziehen gegangen?«

»Nein«, antwortet der andere zögernd, »daran kann ich mich nicht erinnern. Ist auch schon länger her.«

Das bringt nichts, sagt sich Noldi. Entweder will der Kollege nicht, oder er hat wirklich nichts zu berichten. Seltsam. Aber er, Noldi, braucht endlich etwas Substanzielles. Da kommt ihm plötzlich Beer in den Sinn mit seinen alten Fällen. Das ist es, denkt er. Er wird sich an den Chef persönlich halten. Warum hat er ihn nicht gleich darauf festgenagelt? Aber das holt er nach. Sofort. Und auf der Stelle. Bei dieser Gelegenheit kann er gleich Hans wegen der neuen Freundin auf den Zahn fühlen.

»Ich muss wieder«, sagt er etwas vage zum Kollegen, bezahlt für beide und verabschiedet sich. Kaum hat er den »Alten Steinshof« verlassen ruft er in Winterthur an.

»Hans«, sagt er, »kann ich vorbeikommen? Ich muss mit dir reden.«

Beer scheint nicht erbaut von diesem Wunsch.

»Muss das sein?«, erkundigt er sich. »Hättest du das nicht gleich in Sternenberg erledigen können?«

»Hätte ich«, sagt Noldi, »aber da hast du mich mit deinen alten Fällen aus dem Konzept gebracht.«

Darauf antwortet Beer nicht.

»Also was ist«, drängt Noldi, »hast du eine halbe Stunde?«

Der Chef seufzt vernehmlich. »Eigentlich wollte ich bald gehen. Wann kannst du da sein?«

Noldi rechnet. Von Sternenberg ins Tal hinunter und dann der Feierabendverkehr.

»Eine knappe Stunde wird es wohl dauern«, meint er zögernd.

Prompt lautet die Antwort: »Das ist mir zu spät. Komm morgen in der Früh«, und zack, hat Beer aufgelegt.

Na warte, denkt Noldi, so lässt er sich nicht abfertigen und legt einen Kavalierstart hin.

Er schafft es in etwas mehr als einer halben Stunde. Eine Straße vor dem Polizeirevier stellt er schmunzelnd Blaulicht und Sirene wieder ab. Er muss zugeben, er hat die Fahrt genossen. Er rast in den ersten Stock in Beers Büro. Der räumt gerade seinen Schreibtisch auf und schaut nicht schlecht, als Noldi vor ihm steht.

»Wie hast du das geschafft?«, fragt er wenig intelligent.

»Einsatz«, antwortet Noldi grinsend. »Kann doch meinen Chef nicht warten lassen.«

Jetzt muss auch Beer grinsen. Das Einvernehmen ist wieder hergestellt. Er lehnt sich in seinem Sitz zurück und faltet die Hände über dem Bauch. »Schieß los, Noldi«, sagt er, »was ist so wichtig, dass du auf der Stelle mit mir reden musst?«

»Deine alten Fälle«, antwortet Noldi. »Da du so darauf herumreitest, musst du etwas Konkretes im Sinn haben.«

»Vergiss es«, erwidert der Chef. »War eine Schnapsidee von mir.«

Noldi schaut ihn verdattert an. Es ist nicht Beers Art, einen Fehler so unverblümt einzugestehen. Nicht, dass er über Gebühr rechthaberisch wäre, aber er würde es auf jeden Fall anders formulieren. Kurz überlegt Noldi, ob es sich um eine Finte handeln könnte. Da fährt Beer fort: »Ich habe mich erinnert, dass Nievergelt einmal dabei war, als ich einen verhaften musste. Handelte sich um einen Totschläger der übelsten Art.«

»Und?«, fragt Noldi gebannt.

»Er hat ihm auf meine Anweisung Handschellen angelegt, und das war es dann.«

»Wie heißt der Kerl? Ich bohre da einmal nach«, sagt Noldi wild entschlossen.

»Schon passiert. Ich habe mich erkundigt. Der Mann lebt seit zwei Jahren nicht mehr. Kaum ist er aus dem Knast gekommen, hat er sich aufgehängt.«

»Irgendwer, der ihn rächen will?«

»Glaube ich nicht. Wenn er noch Familie gehabt hätte, wären die eher froh gewesen, ihn los zu sein.«

Die beiden Männer schweigen. Nach einer Weile erkundigt sich Noldi: »Wie gut hast du Nievergelt gekannt?«

»Nicht gut«, antwortet Beer, »eigentlich überhaupt nicht. Wieso willst du das wissen?«

»Liegt doch auf der Hand. Du hast mir diesen Fall aufgebrummt, und wenn ich ihn lösen soll, brauche ich so viel Informationen wie nur irgend möglich. Von Wolfer ist nichts zu erwarten. Der ist beleidigt und mauert, dass es eine wahre Freude ist.«

»Beleidigt bist du auch.«

»Weil ich den Fall auf der Haube habe. Das ist ein Unterschied.«

»Aber nur ein kleiner«, konstatiert Beer trocken.

»Mir ist nicht nach Witzen zumute. Sag endlich, was weißt du über Nievergelt?«

Beer setzt sich seitlich an den Schreibtisch, dass er die Beine übereinander schlagen kann. Nachdenklich beginnt er: »In der oberen Etage hat man immer wieder diskutiert, ob er für den Polizeidienst geeignet sei. Es war die Rede davon, der Mann sei depressiv, was laut Psychologen definitiv nicht zutraf.«

Beer verstummt. Noldi wartet, dann fragt er: »Und seine Beziehung zu Wolfer?«

»Sie haben eine Zeit lang zusammen Dienst gemacht. Dann ist der eine in die Polizeistation Tösstal übernommen worden, der andere hat sich nach Pfäffikon versetzen lassen. Da geht schon einmal eine Freundschaft auseinander.«

»Möglich«, stimmt Noldi ihm zu. Flüchtig kommt ihm sein Freund Franz Notter in den Sinn, doch er verdrängt den Gedanken sofort wieder.

Zu seiner Überraschung fährt Beer dann fort: »Es hat auch immer wieder geheißen, Nievergelt sei unberechenbar, ein Desperado. Doch obwohl seine Berufsauffassung, sagen wir, unkonventionell war, hat er sich nie etwas zuschulden kommen lassen. Ganz im Gegensatz zu seinem Sohn. Der Junge, der ist ein sauberes Früchtchen.«

Noldi horcht auf.

»Was ist mit ihm?«

»Wo soll ich anfangen? Am harmlosesten sind noch die Sprayereien. Er ist ziemlich dilettantisch vorgegangen, hat einfach geschmiert. Und ist jedes Mal erwischt worden, weil er Farbe an Fingern und Kleidung hatte. Es kam nie zu einer Anzeige, man hat Nievergelt verständigt. Der ist blitzschnell erschienen, hat sein Söhnchen abgeholt und den Schaden beglichen. Aber dann fing der Junge an, mit Feuer zu spielen. Er hat in einem alten Schuppen auf dem Bahnhofsgelände Winterthur gezündelt. So schlau war er, dass er es nicht im Revier seines Vaters gemacht hat. Auch da ist er erwischt worden. Ein Eisenbähnler hat den Rauch bemerkt und die Feuerwehr gerufen. Diesmal haben die Kollegen ihn mit aufs Revier genommen, ein Protokoll geschrieben, dann war er wieder draußen. Er ist minderjährig. Die letzte Heldentat, von der ich weiß, ist, dass er in Kollbrunn, beim Metzger-Areal, Betonteile auf die Schienen gelegt hat.«

»Davon habe ich gehört«, sagt Noldi.

»Ja? Dann weißt du, das ist eine Sache, die man nicht einfach unter den Teppich kehrt, obwohl Nievergelt sicher alles unternommen hat, genau das zu tun. Auch wenn der Lokführer das Hindernis zum Glück bemerkt hat und den Zug rechtzeitig anhalten konnte, gab es diesmal eine Anzeige wegen Sachbeschädigung und Gefährdung der öffentlichen Sicherheit. Und wenn der Junge so weitermacht, stehen die Chancen gut, dass er bald einmal im Knast landet.«

»Das war alles letztes Jahr?«, fragt Noldi.

»So ungefähr.«

»Er muss ganz schön verzweifelt sein.«

»Wie meinst du das?«

Beer schaut Noldi über den Tisch fragend an.

»Er hat sich jedes Mal erwischen lassen.«

»Stimmt. Aber warum? Haben sich seine Eltern zu wenig um ihn gekümmert? Der Vater hat doch alles für ihn getan.«

»Vielleicht, weil die Mutter fremdgeht.«

Beer horcht auf.

»Ah ja? Das wäre eine Erklärung.«

»Jetzt haben sie ihn in ein Sommerlager gesteckt, und Frau Nievergelt hat ihn nicht einmal zur Abdankung nach Hause geholt. Wenn du mich fragst, stimmt da einiges nicht.«

»Dann weiß er womöglich noch gar nicht, dass sein Vater tot ist?«

»Außer, er hat ihn umgebracht«, antwortet Noldi.

»Das meinst du jetzt nicht im Ernst?«

»Nein. Nur bin ich noch nicht sicher, wie viel sein Alibi wert ist.«

Allein der Gedanke, dass ein 14-Jähriger seinen Vater töten könnte, lässt den Gesprächsfaden plötzlich reißen. Stumm sitzen sie da. Endlich sagt Noldi: »Wolfer behauptet, der Grund für sein Treffen mit Nievergelt an dem Tag, als er den Toten gefunden hat, sei ein Telefon der Jugendanwaltschaft wegen Yannick in der Polizeistation Tösstal gewesen. Und das wollte er dem Vater persönlich mitteilen.«

Beer schaut irritiert auf.

»Ist etwas?«, fragt Noldi, worauf sein Chef jedoch abwinkt.

»Du glaubst nicht, dass es diesen Anruf gegeben hat?«

»Nein.«

»Ich auch nicht«, sagt Noldi, »schon gar nicht an einem Samstag.«

Zum Abschied erkundigt er sich scheinheilig: »Wie geht es deinem Töff?«

Doch der Chef durchschaut ihn. »Geschenkt«, sagt er.

Noldi ist versucht, ihn direkt auf die neue Freundin anzusprechen, lässt es aus Vorsicht aber bleiben. Er denkt, vielleicht wartet Beer nur darauf, damit er ihm sagen kann, dass ihn das nichts angeht. Diesen Gefallen wird er ihm nicht erweisen. Deshalb verabschiedet er sich artig und wünscht seinem Chef eine gute Nacht.

7. ZWEI ALTE BALLERKNABEN

Am nächsten Tag läutet Noldi wieder an Claires Tür. Kaum hat sie ihm geöffnet, fragt er: »Warum haben Sie Ihren Mann im Gemeinschaftsgrab beisetzen lassen?«

»Das war so mit ihm ausgemacht«, sagt Claire, »bereits seit Jahren. Aber wenn Sie schon da sind«, fügt sie hinzu, als er noch immer vor der Tür steht, »wollen Sie nicht hereinkommen?«

Noldi folgt ihr ins Haus. »Was hat Wolfer beim Leidmahl zu suchen gehabt?«, will er als Nächstes wissen.

»Alfons und er waren mehr als nur Kollegen.«

»Und dann erst noch der Mülilüthi?«

»Hören Sie«, sagt Claire, »auf die Idee mit dem Leidmahl sind die Brüder von Alfons gekommen. Die haben es organisiert.«

»Aber Ihr Sohn, der war nicht dabei.«

»Nein.«

»Wo ist er?«, bohrt Noldi weiter. »Immer noch im Sommerlager?«

»Ja«, antwortet sie schnell.

»Sie haben ihn wirklich nicht nach Hause geholt?«, erkundigt er sich ungläubig.

»Nein.«

»Nicht einmal zur Beerdigung seines Vaters?«

»Haben Sie ihn dort gesehen?«, fragt sie schnippisch.

»Eben nicht«, antwortet Noldi wahrheitsgemäß.

»Wozu? Ob er daran teilnimmt oder nicht, ändert

nichts an den Tatsachen. Und dass sein Vater tot ist, erfährt er noch früh genug.«

Noldi ist entrüstet. Dann wird er nachdenklich. Seine eigene Familie kommt ihm in den Sinn. Bei ihnen, denkt er, würden alle blitzartig noch enger zusammenrücken. Was wäre das für ein Fall? Dass ihn einer umbringt? Vor zwei Jahren war es fast soweit. Doch seine Frau hat erst davon erfahren, als er sicher war, mit dem Leben davon gekommen zu sein. Wie hätte sie entschieden, wäre die Nachricht eine andere gewesen? Vielleicht, sagt er sich plötzlich, ist das gar keine so dumme Idee, den Jungen seine Ferien genießen zu lassen, so lange es geht.

»Wie war sein Verhältnis zum Vater?«, fragt er versöhnlicher.

Claire antwortet diesmal nicht sofort. Sie überlegt, dann sagt sie langsam: »Sie waren einander sehr nahe und auch wieder nicht.«

»Das verstehe ich nicht.«

»Ich auch nicht.«

Noldi wechselt das Thema.

»In welchem Ferienlager ist Ihr Sohn?«

»In Ascona.«

»Geben Sie mir seine Handy-Nummer«, bittet er.

»Er hat keines«, antwortet sie darauf.

Noldi schaut sie ungläubig an. »Das gibt es nicht.«

»Doch, Alfons war der Ansicht, es sei zu früh. Yannick sei noch so ein Kindskopf. Er erlaubte dem Jungen aber, sein eigenes Handy zu benutzen. Nur das hat er ihm nicht mitgegeben.«

Noldi ist fast sicher, dass sie lügt, kann es im Moment aber nicht beweisen.

»Dann«, sagt er, »brauche ich Adresse und Telefonnummer vom Sommerlager.«

Das Verhalten der Frau auf seine Frage dünkt ihn merkwürdig. Offensichtlich will sie nicht damit herausrücken. Sie sagt: »Die muss ich erst suchen und gebe sie Ihnen telefonisch durch. Dann halte ich Sie jetzt nicht auf.«

Noldi denkt, das wäre für eine Mutter äußerst ungewöhnlich, wenn sie die Telefonnummer nicht parat hätte. Deshalb wehrt er ab und sagt gutmütig: »Suchen Sie nur. Ich warte gern.«

Er kann ihr ansehen, wie wenig ihr das passt. Mit einer unwilligen Bewegung erhebt sie sich und verschwindet im Nebenzimmer. Noldi hört sie dort rumoren. Lautlos schleicht er an die halb offene Türe und beobachtet, wie sie wahllos eine Schublade nach der anderen auf und zu macht. Wozu das?, fragt er sich und kehrt an seinen Platz zurück. Während er wartet, stellt er fest, dass zu dem Familienfoto auf der Kommode, das er schon kennt, ein neues mit einer schwarzen Schleife um den Rahmen hinzugekommen ist. Es zeigt Nievergelt am Fuß eines Baumes sitzend, den Rücken an den mächtigen Stamm gelehnt. Er trägt schwarze enge Hosen, Stiefel und das Hemd aufgeknöpft, sodass man die schwarze Brustlocke sieht. Sein melancholischer Blick geht ins Leere. Noldi ist von dem Bild peinlich berührt. Ein schöner Mann, denkt er und fragt sich, was ihn daran stört. Es ist ihm zu intim und gleichzeitig zu exhibitionistisch.

Claire kommt und streckt ihm einen Flyer entgegen, auf dem das Sommerlager angepriesen wird. Er betrachtet ihn flüchtig und fragt dann: »Darf ich ihn behalten?«

Sie nickt.

»Und Sie sind sicher, dass er wirklich dort ist?«
»Klar, wo soll er sonst sein?«

Das genau ist die Frage, wie sich herausstellt. Noldi telefoniert noch bevor er abfährt, damit Claire ihm nicht zuvorkommt. Tatsächlich ertönt in der »Casa Moscia« nur das Besetztzeichen. Er muss sich in Geduld üben, bis er endlich den Leiter des Lagers, einen gewissen Willi Inderbitzin, am Draht hat. Doch der will nicht mit der Sprache heraus. Er gebe keine Auskünfte am Telefon, teilt er Noldi patzig mit. Zu sagen, er sei von der Polizei, das könne schließlich jeder.

Noldi nimmt ihm den Wind aus den Segeln, indem er ihn für seine Umsicht lobt und ihm vorschlägt, die Polizeistation Tösstal anzurufen. »Dann«, sagt er, »können Sie sich dort vergewissern, dass ich tatsächlich Polizist bin.«

Sobald er im Büro angekommen ist, hängt er sich ans Telefon. Er benützt den Festnetzanschluss. Wieder dauert es endlos, bis jemand sich meldet. Fast meint er, Herr Inderbitzin würde sich drücken. Dann hat er den Mann am Draht. Der sagt, das sei jetzt ganz ungünstig, er habe keine Zeit, sei mitten in einer Besprechung. Noldi lässt sich nicht abwimmeln. Es gehe um Yannick Nievergelt. Je schneller er zurückrufe, desto eher wäre die Angelegenheit erledigt. Auch das dauert, Noldi wartet und überlegt, wie er sich diesen Menschen vorstellen müsse und wie er am besten an ihn herankäme. Endlich läutet es. Franca meldet sich. Sie sagt mit ihrer freundlich professionellen Stimme: »Polizeistation Tösstal.« Leider ist es ein Fehlalarm. Einer aus Turbenthal ruft an, um eine Anzeige aufzugeben, weil er seinen Hund verloren hat. Franca schneidet eine Grimasse in Noldis Richtung und nimmt die Personalien von Hund und Besitzer auf. Dann dauert es eine weitere Viertelstunde, bis Ascona in der Leitung ist. Wieder meldet sich Franca. Diesmal gibt sie den Anruf gleich weiter.

Noldi schießt sofort seine Frage nach dem Verbleib von Yannick Nievergelt ab. Herr Inderbitzin erklärt leicht beleidigt, selbstverständlich sei der Junge in der »Casa Moscia«. Aber Noldi riecht sofort, dass etwas nicht stimmt.

»Kann ich ihn sprechen?«, fragt er.

»Das ist im Moment leider nicht möglich. Die Kinder sind alle im Strandbad.«

»Hat Yannick kein Handy?«

»Oh doch, selbstverständlich. Wer von den Jugendlichen hat heutzutage keines?«

Inderbitzin macht eine kleine Pause, wartet auf Noldis Zustimmung. Als diese ausbleibt, fährt er bedauernd fort, aber Yannick könne seines im Moment nicht finden. Das habe er ihm heute Morgen gemeldet. Offenbar habe er es verlegt.

Noldi flucht, aber im Grunde ist er nicht sonderlich überrascht.

»Ich will die Nummer trotzdem«, sagt er, »vielleicht hat er es in der Zwischenzeit gefunden.«

»Glaube ich nicht, aber bitte. Ich gebe sie Ihnen gleich.«

»Herr Inderbitzin, ich möchte wissen, was es mit Yannick für ein Problem gibt«, fragt Noldi, dem die Geduld ausgeht. »Sie halten sich so auffallend bedeckt.«

»Oh nein, das stimmt nicht. Da haben Sie einen ganz falschen Eindruck. Yannick ist ein bezaubernder Junge.

Alle mögen ihn gern. Und er hat hier rasch Freunde gefunden.«

Ah, denkt Noldi, da liegt der Hund begraben.

»Was heißt das im Klartext?«, fragt er.

Inderbitzin holt weit aus. In der Nachbarschaft, beginnt er, gebe es ein sehr wohlhabendes Ehepaar mit zwei Söhnen, 15 und 16 Jahre alt. Die hätten an Yannick einen Narren gefressen. Und er seinerseits bete die beiden an. Es seien zwei hochintelligente, exzellent erzogene Knaben, vielleicht ein wenig zu sehr sich selbst überlassen. Der Vater sei vielbeschäftigter Bänker aus den oberen Etagen, die Mutter habe sich mit Leib und Seele der Wohltätigkeit verschrieben.

Inderbitzin lacht Beifall heischend. »Sie wissen schon, hier ein Kränzchen, da ein Tänzchen und Bankette, bei denen man zu einem guten Zweck ordentlich Geld ablegen muss. Ascona ist dafür ein gutes Pflaster. Viele ältere und alte Leute mit viel bis sehr viel Geld, die hier leben und sich langweilen. Nur den Hund auf der Piazza spazierenführen, ist auf Dauer nicht befriedigend. Das Ehepaar erweist sich selbst als sehr großzügig. Sie unterstützen unter anderem auch unsere ›Casa Moscia‹. Deshalb muss ich ein wenig vorsichtig sein. Sie verstehen?«

»Ich verstehe gar nichts. Ich will nur wissen, ob Yannick die ganze Zeit im Lager war.«

»Mehr oder weniger«, antwortet Inderbitzin, und seine Stimme klingt belegt.

»Was heißt das?«, will Noldi sofort wissen.

Der Junge sei, setzt Inderbitzin umständlich an, häufig bei den Nachbarn.

»Na großartig«, knurrt Noldi, »das machen Sie richtig gut. Wie oft? Wie lange? Stunden, Tage?«

»Das ist nicht so, wie Sie meinen«, wiegelt der Lagerleiter ab. Dann räuspert er sich und sagt, er wisse immer, wo der Junge sei.

Unbeeindruckt bohrt Noldi weiter: »Bleibt Yannick dort auch über Nacht?«

Jetzt wird Inderbitzin lebhaft. Selbst wenn die Eltern nicht immer anwesend seien, beteuert er, die Familie verfüge über genügend Personal, das sich um die Jungen kümmere.

»Gratuliere«, sagt Noldi schneidend. »Sie überlassen Ihre Sorgfaltspflicht irgendwelchen Dienstboten. Wie praktisch.«

Inderbitzin schweigt.

Noldi denkt, er muss sich zurückhalten, damit er den Mann nicht zu hart anfasst. Sonst würde er nichts mehr aus ihm herausbekommen.

»Gibt es noch etwas«, erkundigt er sich in die Stille am anderen Ende der Leitung, »das ich wissen sollte?«

»Nein«, erklärt der Lagerleiter verstockt.

»Kann es sein«, fragt Noldi vorsichtig, »dass Yannick in der Zeit um den 25. Juni zufällig gerade nicht im Lager war?«

Überraschenderweise ist Inderbitzin diesmal bereit zu antworten. Er hüstelt, sagt dann, die Familie sei mit den Buben nach Mailand gefahren. Es war das Geburtstagsgeschenk für den jüngeren der Brüder, und sein Wunsch sei gewesen, dass Yannick mitkomme.

»Und Sie haben Yannicks Eltern nicht gefragt, ob sie damit einverstanden sind?«, fragt Noldi fassungslos.

»Was denken Sie«, tönt es aus dem Hörer. Der Lagerleiter ist entrüstet. Selbstverständlich habe er sofort Kontakt mit Herrn Nievergelt aufgenommen. Er hatte nichts dagegen.

»Und mit den Eltern der beiden Jungen haben Sie auch Rücksprache gehalten?«

Doch das hat, wie sich herausstellt, der diskrete Herr Lagerleiter versäumt. Er telefonierte einige Male, ohne jemanden zu erreichen, und ließ es dann dabei bewenden.

»Auf gut Deutsch heißt das«, sagt Noldi unwirsch, »Sie wissen nicht, wo Yannick zu der Zeit wirklich war. Sie nehmen nur an, er und die Jungen sind mit deren Eltern tatsächlich nach Mailand gefahren.«

Inderbitzin schweigt.

Noldi rechnet blitzschnell nach und kommt zu dem Schluss, rein theoretisch wäre es möglich, dass Yannick Nievergelt seinen Vater getötet hätte. Eben will er zu einem längeren unfreundlichen Redeschwall ansetzen, da erscheint Wolfer in der Tür. Noldi verabschiedet sich im Blitztempo vom Lagerleiter, sagt, »Herr Inderbitzin, Sie hören von mir«, und wirft den Hörer auf die Basisstation. Dann stürzt er sich auf den Kollegen.

»Stopp. Ich muss mit dir reden.«

Der andere bleibt stehen, schaut irritiert.

»Erstens«, legt Noldi los, »warum wolltest du dem Mülilüthi den Wald abkaufen?«

»So, wollte ich das?«

Der Mann hat ihm bis jetzt eine Menge Unsinn erzählt. Und er, Noldi, ist geladen. Doch er verzieht keine Miene.

»Wolltest du nicht? Gut. Dann meine zweite Frage: Gibt es ein Protokoll von der Prügelei zwischen ihm und Nievergelt?«

»Woher«, antwortet Wolfer schnippisch, »ich werde doch nicht einen Kollegen belasten.«

Noldi bleibt eiskalt. »Wer hat die Schlägerei gemeldet?«

»Nachbarn eben.«

»Dieser Anruf muss aufgezeichnet worden sein.«

»Keine Ahnung. Ich glaube nicht.«

»Also«, stellt Noldi sachlich fest, »die Schlägerei hat nie stattgefunden.«

»Wenn du meinst.«

»Warum machst du das?«

»Das geht dich nichts an.«

Noldi seufzt. »Da ich in einem Mordfall ermittle, geht mich alles an. Das weißt du genau. Und bis jetzt versuche ich vergeblich, dich aus der Schusslinie zu nehmen. Auch das weißt du. Warum kommst du mir nicht entgegen?«

Da knickt Wolfer plötzlich ein. »Ich kann nicht. Tut mir leid. Das hat nichts mit dir zu tun.«

Für einen Augenblick hat Noldi das Gefühl, der andere ist den Tränen nahe. Er erschrickt.

»So schlimm?«, fragt er, ohne viel zu überlegen.

»Ja«, sagt Wolfer, »und nein, ich will nicht darüber reden.«

Damit geht er, und Noldi hat nicht den Mut, ihn aufzuhalten. Er bleibt wie angewachsen stehen. Erst als ihm bewusst wird, dass Franca ihn beobachtet, kehrt er eilig an seinen Schreibtisch zurück, öffnet ein neues Dokument im Computer und beginnt wahllos zu schreiben, was ihm gerade einfällt.

Die Witwe Nievergelt, notiert er, war in der Mordnacht mit ihrem Liebhaber, Nico Oehninger, im Hotel »Central« in Weggis. Das bestätigt der dortige Zimmerservice. Yannick Nievergelt, der 14-jährige Sohn, war im Sommerlager, aber da ist etwas nicht klar. Kann es sein, dass der Junge nicht mit dem reichen Ehepaar und deren

Söhnen nach Mailand gefahren ist? War er womöglich zu der Zeit in Sternenberg beim Vater? Und wenn ja, was ist dort passiert? Dann gibt es noch den Bruno Lüthi, von dem er anfangs gemeint hat, er könne der Täter sein. Doch der war es sicher nicht. Selbst wenn sein Alibi äußerst dünn ist. Bleiben als Verdächtige immer noch Kollege Wolfer, den Nievergelt bei der Polizeidirektion angeschwärzt hat, und der ein seltsames Spiel mit ihm, Noldi, treibt. Ein paar Stunden vor Nievergelts Tod wollte er dem Mülilüthi den Wald abkaufen, um den dieser und der tote Polizist sich einen jahrelangen Krieg geliefert haben. Wobei, merkt Noldi an, der Sternenwirt von einem Ritterspiel spricht. Dann hat Wolfer den Streifenwagen verlassen. Das heißt, Rühle war offenbar allein und hat somit ebenfalls kein Alibi. Auch wenn Noldi bei ihm bis jetzt kein Motiv ausmachen kann. Er war während dieser Zeit nachweislich in der Nähe des Tatorts. Weiter sind da die Halbbrüder Nievergelt, deren Alibis noch nicht einwandfrei feststehen. Und, am Rande, der alte Gusti Rebsamen, der Immobilienmakler.

Alles unsichere Kandidaten, überlegt Noldi, als er auf den Bildschirm schaut, aber wer von ihnen ist der Mörder? Wie findet er das heraus? Und was muss er noch alles unternehmen? Er hängt eine Liste von Dingen an, die noch abzuklären sind. Als Erstes, sagt er sich, muss er herausfinden, was Kollegen Wolfer so furchtbar drückt. Dann hat er mit Rebsamen noch ein Wörtchen zu reden, um zu klären, warum der ihn aufs Glatteis geführt hat. Auch den Brüdern Nievergelt wird er einen weiteren Besuch abstatten. Und vor allem muss er Yannick auftreiben. Womöglich weiß der mehr über den Mord an seinem Vater, als sie alle annehmen. Hektisch gräbt er das Chaos auf seinem Schreibtisch um, was völlig unnötig ist, denn der Zettel mit Yannicks Handynummer liegt direkt vor seiner Nase. Er schreibt sie zur Sicherheit auf die Liste, druckt das Dokument aus. Dann verlässt er die Polizeistation, um nach Hause zu fahren. Schon im Auto wählt er die Nummer von Yannicks Handy, doch da heißt es nur: »Bitte rufen Sie später an.«

Trotzdem er sich geschworen hat, einen Abend lang nicht an den Fall zu denken, beginnt Noldi, noch bevor Meret das Essen auf den Tisch stellt: »Was mir nicht aus dem Kopf geht, ist der Schuss in den Rücken. Aufgesetzt. Wer tut so etwas?«

Meret nimmt eine Gabel voll von der frischen Rösti, kaut, schluckt, salzt ein wenig nach. Dann erst sagt sie: »Jemand, der schwach ist, Angst hat, zu feige ist, der sich nicht ernst genommen fühlt.«

Noldi meint: »Das würde eher auf eine Affekthandlung deuten. Andererseits hat dieser Jemand eine Pistole zur Hand. Was auf Absicht oder sogar Planung schließen lässt.«

Meret antwortet nicht. Geistesabwesend füllt sie seinen Teller und stellt ihn auf den Tisch. Sie legt den Löffel ab, ohne sich selbst zu schöpfen.

»Es kann auch heißen«, sagt sie, »ich lass dich nicht gehen.«

Noldi schaut sie scharf an.

»Das ist ein interessanter Gedanke. Aber *wer* lässt ihn nicht gehen?«

»Ich tippe auf eine Frau«, antwortet sie, »seine eigene.«

»Das wäre zu schön, nur sie hat erstens einen Freund und zweitens ein bombensicheres Alibi. Ich bin schon dagegen angerannt, nichts zu machen. Sie war mit dem Liebhaber in einem Hotel in Weggis. Ich habe dort angerufen, bin dann, um ganz sicher zu gehen, sogar mit Fotos von ihr und diesem Oehninger hingefahren, und sie haben die beiden einwandfrei erkannt. Außerdem«, fährt er nach einer Pause fort, »sind da noch die abgesägten Füße. Wie passen die ins Bild?«

Meret seufzt. »Das ist so pervers, dazu fällt mir nichts ein.«

»Der Wirt vom ›Sternen‹ hat mir erzählt«, sagt Noldi, »Nievergelt soll im Suff herumgebrüllt haben, er werde gegen die Fusion von Sternenberg mit Bauma kämpfen, solange ihn seine Füße tragen.«

»Also etwas Politisches?«

»Das ist bis jetzt der einzige Hinweis, den ich erhalten habe. Aber es passt nicht zusammen.«

»Gibt es in Sternenberg Leute, die unter allen Umständen für die Fusion sind?«

»Klar«, antwortet Noldi, »sogar die Mehrheit.«

»Und in Bauma«, sagt Meret, »da schaut es anders aus?«

»Die waren wesentlich zurückhaltender. Aber auch dort gab es eine Mehrheit dafür. Also wozu soll das gut sein, einen Gegner umzubringen, der bereits verloren hat? Und ihm außerdem die Füße abzuschneiden?«

Er nimmt seine Gabel und macht sich entschlossen über das Essen her, während Meret noch immer nachdenklich auf ihren leeren Teller schaut.

Noldi hat die erbeutete Waffe von Sepp Nievergelt gleich selbst ins Labor nach Winterthur gebracht. Bei dieser Gelegenheit ist er kurz bei seinem Chef hineingeschneit, nur um ihm zu sagen, dass es nichts Neues gebe. Außer eben dieser alten Armeepistole. Der Chef hat Druck gemacht, und das Ergebnis der ballistischen Untersuchung liegt, als Noldi am nächsten Morgen ins Büro kommt, bereits auf seinem Schreibtisch. Er reißt das Kuvert mit den Fingern auf. Falls er gehofft hat, die Tatwaffe gefunden zu haben, wird er enttäuscht. Es steht eindeutig fest, diese Pistole ist es nicht.

Also zurück auf Feld eins, denkt Noldi. Während er sich mutlos einmal mehr den Kopf zerbricht, wo die Waffe sein könnte, mit der Nievergelt erschossen wurde, und wer sie vom Tatort verschwinden hat lassen, gibt es eine Überraschung für ihn, einen kleinen Lichtblick, auch wenn der ihm nicht weiterhilft.

Franca meldet sich und sagt: »Du wolltest doch wissen, woher die alte Armeepistole stammt.«

Eigentlich ist Noldi es herzlich egal, jetzt da sich herausgestellt hat, dass die Pistole nichts mit seinem Fall zu tun hat. Aber er will Franca die Freude nicht verderben. Sonst, denkt er, darf er sich nicht wundern, wenn die Kollegin ihn nicht leiden kann.

Er steht auf, geht zu ihr an den Schreibtisch. »Hast du den Besitzer tatsächlich so schnell ermitteln können? Gratuliere.«

Erwartungsvoll schaut er sie an.

Franca genießt seine Aufmerksamkeit. »Das«, beginnt sie lebhaft, »war wirklich kein Kunststück. Bei einer alten Armeewaffe kannst du den ursprünglichen Halter leicht feststellen. In diesem Fall handelt es sich um einen passionierten Jäger aus Berg am Irchel mit einem Schrank voller Waffen. Er hat seine Armeepistole nach dem Ausscheiden aus dem Militär behalten.«

Als der Mann altershalber mit der Jagd aufhörte, war es ihm mit den vielen Waffen nicht mehr wohl. Jeder Handwerker, der ins Haus kam, konnte sehen, was da vorhanden war. Deshalb entschloss er sich schweren Herzens, seinen Waffenschrank zu räumen. Das fiel ihm bei Gott nicht leicht, denn die Jagd hatte lange Zeit einen wichtigen Teil seines Lebens dargestellt. Trotzdem fuhr er mit seinen Gewehren eines Tages zu einem Händler, der Waffen aller Art in Kommission nahm. Nur die alte Armeepistole, dachte er, könnte er seinem Freund, einem Waffennarren, schenken. Er verabredete sich mit ihm zu diesem Zweck im Restaurant ›Frohsinn‹ in Eidberg. Bevor er losfuhr, steckte er die Pistole in einen Plastiksack.

Es war Frühsommer, der Tag schön und warm genug, dass sie im Freien sitzen konnten. Sie tranken jeder ein Glas Weißwein zum Apéro, und der Freund bewunderte verliebt die Pistole. Dann wickelte er das gute alte Stück wieder in den Sack und legte sie neben sich auf den Tisch. Beide aßen das Rindsfilet mit Pommes Duchesse, welches ihnen die Wirtin empfohlen hatte. Dazu tranken sie ein, zwei Gläser vom roten Hauswein. Nach dem Espresso verabschiedete sich der Jäger und fuhr wieder nach Hause.

Den Rest der Geschichte erfuhr er erst durch einen Anruf seines aufgeregten Freundes. Dieser ging kurz in die Schank, weil der Kellner mit der Rechnung auf sich warten ließ. Dort bezahlte er, suchte noch rasch die Toilette auf, und als er an den Tisch zurückkehrte, war der Plastiksack weg. Erst wollte der aufgebrachte Waffennarr einen großen Wirbel veranstalten, die Polizei verständigen, erinnerte sich jedoch gerade noch rechtzeitig, dass die Sache nicht ganz legal war. Er versuchte auf eigene Faust, den Plastiksack wieder aufzutreiben, stöberte in dem Restaurant herum, fragte Kellner und Wirtin, aber verständlicherweise hatte niemand irgendetwas gesehen.

»Das,« schließt Franca, »hat mir der alte Jäger am Telefon erzählt. Über den weiteren Weg der Pistole können wir nur spekulieren. Aber da sie relativ bald auf dem Kanzleiflohmarkt auftauchte, ist es nicht schwer, sich zusammenzureimen, wie es gelaufen ist.«

»Stimmt«, sagt Noldi, »und du glaubst ihm?«

»Du nicht?« Franca schaut ihn fragend an.

»Doch. Die Geschichte ist so kurios, dass sie nur wahr sein kann.«

»Ja«, bemerkt Franca, »die Hellsten sind die beiden alten Knaben gerade nicht.«

Noldi nickt grinsend und sagt nach einer kurzen Pause: »Sieht so aus, als hätte Sepp tatsächlich im Garten auf Krähen geschossen.«

»Außer er hat jemand anderen umgelegt«, ergänzt Franca.

»Gott sei vor«, sagt Noldi in gespieltem Entsetzen. »Mir genügt ein Fall Nievergelt.«

»In dem du jetzt zumindest einen Verdächtigen weniger hast.«

Plötzlich ist ihr Ton wieder schnippisch, und sie verschwindet hinter ihrem Bildschirm. Obwohl es sich dabei nicht nur um die räumliche Distanz handelt, ist Noldi froh, dass sie sich ganz kollegial unterhalten konnten. Vielleicht, denkt er, hat Wolfer endlich die Situation geklärt. Wäre schön, wenn wieder Normalität in der Polizeistation Tösstal einkehrte.

Nach Dienstschluss steigt Noldi ins Auto und fährt das kurze Stück von der Tösstalstrasse in die St. Gallerstrasse, wo Schwager Hablützel wohnt. Hans und Betti haben die Familie Oberholzer zum Abendessen eingeladen. Nachdem die Meldung von Peters Besuch die Runde gemacht hat, ist die Aufregung beträchtlich. Die beiden Schwestern wollen das Fest besprechen, das Meret für die Ankunft des beinahe verlorenen Sohnes plant. Nach dem Essen sitzt Pauli bei seinem Onkel auf dem Sofa, und zwischen ihnen sitzt der Hund. Hablützel klopft ihm den Rücken.

»Morgen«, sagt er, »gehen Bayj und ich auf die Jagd.«

»Kann ich mit?«, kommt es von Pauli wie aus der Pistole geschossen.

Hablützel hat die Frage erwartet.

»Geht diesmal nicht«, sagt er, »ich fahre nach Sternenberg.«

»Was machst du in Sternenberg?« Pauli ist erstaunt, denn Hablützels Revier liegt auf dem Schnurberg.

»Der Jagdaufseher dort oben hat mich eingeladen.«

»Woher kennst du den?«, erkundigt sich der Neffe. Er krault Bayj hinter den Ohren.

Hablützel schmunzelt in sich hinein. Der Junge muss alles immer genau wissen.

»Die Jäger vom Zürcher Oberland kennen einander alle. Wir treffen uns immer wieder auf Gemeinschaftsjagden. Und gestern hat der Kollege telefoniert. Er sagte, in seinem Revier gebe es einen grauenhaften Kümmerling. Der müsse weg.«

»Aber die Jagd ist noch gar nicht offen.«

»Doch«, antwortet Hablützel, »der Sommerbock ist ab 1. Juni frei.«

»Warum schießt er ihn nicht selbst?«

»Er sagt, er könne den Kerl einfach nicht erwischen.«

»Ja und?«

»Er meint, er sei so lange hinter ihm her. Der kenne ihn bereits am Geruch. Er will ihn unbedingt aus dem Verkehr ziehen, bevor im August die Brunft beginnt.«

»Warum?«

»Der Bock hat eine Anomalie im Geweih. An einer Seite einen Spieß, an der anderen ein Gebilde, fast wie ein Korkenzieher.«

»Und die soll nicht weitervererbt werden?«

»Genau. Du bist gut, junger Mann.«

»Lass, Onkel,« sagt Pauli mitleidig. »Das lernt heute jedes Kind.«

Er lacht und dann bettelt er: »Kann ich nicht doch mit, mich kennt der Bock bestimmt nicht.«

Hablützel lässt sich dummerweise aufs Argumentieren ein. »Hör mal, ich muss um drei Uhr morgens los. Und du hast Schule.«

Wieder lacht Pauli. Es klingt fast mitleidig. »Erstens sind Ferien, zweitens gehe ich nicht mehr in die Schule.«

Hans könnte sich in den Hintern beißen. So etwas. Jetzt denkt der Junge sicher, dass sein Onkel alt und vergesslich wird. Vielleicht hat er sogar recht.

Um den ungünstigen Eindruck so schnell wie möglich

zu verwischen, sagt er: »Weißt du was, wenn die Jagd im Herbst offen ist, nehme ich dich mit.«

»Oh ja?« Paulis Ton ist fragend, als wäre er nicht recht überzeugt. Deshalb fährt Hablützel schnell fort: »Ich bringe dir auch das Schießen bei. Dann kannst du gleich mit 18 zur Jagdprüfung antreten.«

Der Neffe wirft ihm einen nachdenklichen Blick zu. Dann schüttelt er den Kopf. »Das eher nicht. Ich will auf niemanden schießen.«

»Aber du willst Polizist werden. Da musst du schießen können und vielleicht sogar jemanden töten.«

»Ich will niemanden töten.«

Darauf weiß Hablützel im Moment nichts zu sagen. Pauli lächelt verschmitzt und bettelt: »Aber morgen erzählst du mir alles klitzeklein?«

Das verspricht Hablützel, erleichtert, so glimpflich davongekommen zu sein. Womit er nicht rechnet, ist, wie schnell er dieses Versprechen wird einlösen müssen.

8. KÜMMERLING

Hablützel kommt am nächsten Tag erst spät zurück. Er ist mitten in der Nacht aufgestanden, musste nach der Jagd gebührend mit dem Kollegen auf den Abschuss anstoßen. Sie kamen ins Schwatzen, hatten es von den Wilderern, die anscheinend wieder in der Gegend am Werk seien. Der Kollege erzählt, er habe erst kürzlich einen einzelnen Schuss gehört. Relativ früh am Abend. Das ist eher unüblich. Denn die Wilderer kommen normalerweise nachts in ihren Autos, zünden mit den Scheinwerfern über die Wiesen. Wenn sie die Augen von einem Wild rot aufleuchten sehen, drücken sie ab und sind, bis man vor Ort anlangt, längst wieder weg. Meist über die Kantonsgrenze.

Hans blieb noch zum Mittagessen. Als er dann endlich zu Hause eintrifft, ist er rechtschaffen müde von der Jagd, vom Alkohol am Vormittag, dem reichlichen Essen und überhaupt. Er will nur eines: seine wohlverdiente Ruhe. Betti, die ihn kennt, hat ihm schon das Sofa hergerichtet, die Fußmatte am unteren Ende, damit er die Schuhe nicht ausziehen muss, das Kopfkissen oben auf der Armlehne. Doch den neugierigen Neffen kann sie nicht aufhalten. Pauli begrüßt seinen Freund Bayj ausnahmsweise nur kurz und fällt sogleich über den Onkel her. Der ist nicht erbaut von der Störung, doch was bleibt ihm anderes übrig. Versprochen ist versprochen. Der Junge zwängt sich entschlossen neben ihn und den Hund auf das Sofa, und Hans fügt sich in sein Schicksal.

Er berichtet, wie er am Morgen noch vor der Dämmerung nach Sternenberg gefahren ist. Auf der Straße war kein Verkehr und der Himmel noch finster. Sein Kollege erwartete ihn bereits vor dem hell erleuchteten Haus. Nach einer kurzen Begrüßung fuhren die beiden zum Cholderhaldentobel, einem Teil des Reviers von Sternenberg, den Hablützel noch nicht kannte.

»Wo ist das Cholderhaldentobel?«, will Pauli wissen.

Hablützel seufzt. »Ich zeig es dir später auf der Karte.« Dann fährt er fort: »Wir sind dort hochgekrochen. War ein ziemlicher Stotz. So ist es in Sternenberg. Entweder du musst steil hinauf oder hinunter. Und es war noch nicht richtig hell. Dann sind wir zu einem Waldstück gekommen. Der Kollege hat mir die allgemeine Richtung gezeigt, wo der Bock für gewöhnlich austritt.«

»Was heißt ›allgemeine Richtung‹?«, fragt Pauli.

Hablützel muss lachen. Er findet langsam Gefallen daran, seinem neugierigen Zuhörer die Geschichte zu erzählen.

»Er hat einfach mit der Hand gedeutet, wohin ich mich halten sollte.«

»Und dann?«

»Hat er mir Weidmannsheil gewünscht und ist gegangen.«

»Ihr habt doch nur ein Auto gehabt?«

»Ja, meines.«

Wie ist er zurückgekommen?«

»Na zu Fuß. Er hat einen Kontrollgang durchs Revier gemacht, und ich bin in der angegebenen Richtung vorgerückt.«

»Was war mit deinem Gewehr? Wann hast du es geladen?«

»Gleich beim Aussteigen. Aber jetzt unterbrich mich nicht ständig. Lass mich erzählen. Sonst erfährst du nie, wie es gegangen ist.«

Pauli klappt den Mund, den er schon für die nächste Frage geöffnet hat, gehorsam wieder zu und ist still.

»Also, ich habe mein Gewehr geladen und Bayj an die kurze Leine genommen. So sind wir los. Nach 200 Metern kam eine offene kleine Waldwiese. Sie war leer. Ich bin mit dem Hund unter den Bäumen geblieben, denn mein Kollege hat mich noch einmal gewarnt, dass der Bock ein heimtückisches Vieh sei. Deshalb habe ich eine gute Deckung gesucht. Du weißt, wie es geht. Immer gegen die Windrichtung, damit das Wild nicht deine Witterung aufnehmen kann. Der Bayj und ich sind dann dort gelegen, haben gewartet. Sicher eine halbe Stunde ist nichts passiert. Inzwischen ist es hell geworden. Ich denke schon, ich habe den Bock verpasst. Dann ist er doch erschienen, links von mir im dichten Gestrüpp am Waldrand. Er hat nach allen Seiten gesichert, schließlich ist er ausgetreten und ganz still auf der Wiese gestanden.«

»Hat er wirklich so ein komisches Geweih gehabt?«, kann Pauli sich nicht verkneifen zu fragen.

»Ja, genau wie es der Kollege beschrieben hat. Auf der rechten Seite einen Spieß, auf der Linken den Korkenzieher.«

»Und deshalb hat er sterben müssen?«

Hablützel zögert ein wenig. Schließlich sagt er diplomatisch: »Du weißt, wie es ist. Als Jäger bemüht man sich um einen möglichst gesunden kräftigen Wildbestand im Revier.«

Pauli kommentiert diese Antwort nicht, sondern fragt:

»Wie weit war er weg?«

»Was werden es gewesen sein, 100 Meter vielleicht.«

»Hast du geschossen?«

»Aber sicher. Die Entfernung war ideal.«

»Und du hast getroffen?«

»Solltest du eigentlich wissen. Wie üblich, ein saube-
rer Blattschuss«, meint Hablützel nicht eben bescheiden.

»Und dann?«

»Habe ich, wie es Brauch ist, zehn Minuten gewartet.
Musste Bayj beruhigen, damit er nicht vor Freude auf-
jault. Ich habe von der Wettertanne, unter der ich gelegen
bin, einen kleinen Zweig abgebrochen. Der Hund war so
aufgeregt, dass er mich an der Leine regelrecht zu dem
toten Bock geschleppt hat. Ich habe dem Tier den Bruch
auf die Schusswunde gelegt, mein Jagdhorn genommen
und ihm zu Ehren den ›Rehtod‹ geblasen.«

Pauli schaut seinen Onkel an, durchaus nicht ohne
Bewunderung, wie es Hablützel scheint. Das tut ihm in
der Seele gut.

»Du hast dein Jagdhorn dabeigehabt?«

»Ich habe es immer mit, wenn ich auf die Jagd gehe.«

»Was ist dann passiert?«

»Nicht mehr viel. Ich habe das Tier aufgebrochen, Bayj
hat seine Belohnung bekommen.«

»Wofür? Er hat den Bock doch nicht suchen müssen.«

»Trotzdem. Er war dabei.«

Hablützel erzählt gleich weiter, damit Pauli ihm nicht
noch mehr Löcher in den Bauch fragt. Er habe sich, sagt
er, den Bock über die Schulter geworfen und den Rück-
weg angetreten.

»Das war alles?« Sein Neffe scheint enttäuscht.

Hablützel denkt nach, was er dem Jungen erzählen könnte. Da fällt ihm noch eine Kleinigkeit ein. »Fast«, sagt er, »hätte es mich auf den Sack gehauen mit dem schweren Tier auf dem Rücken.«

»Wieso?«

»Bayj hat mir einen Schuh vor die Füße geschleppt.«

»Einen Schuh?«, fragt der Junge und spitzt die Ohren.

»Ja. Einen Männerschuh. Aber mehr darfst du mich nicht fragen. Er war schon stark zerbissen.«

Pauli kommt sofort der Tote in den Sinn, dem man die Füße abgeschnitten hat. Gleichzeitig fällt ihm aber auch ein, dass sein Vater gesagt hat, das sei streng geheim.

»Einen Schuh«, wiederholt er deshalb nur, »wie komisch.«

An diesem Abend sitzen Noldi und seine Frau wieder einmal allein auf der Terrasse. Es ist still geworden um die beiden, seit Felizitas in Freiburg studiert und Pauli ihnen aus dem Weg geht. Zum Glück treibt er sich nicht irgendwo herum, sondern verbringt die meiste Zeit bei Onkel und Tante in Turbenthal, wo er mit Bayj, dem Hund, zusammensteckt. Wenn er zurückkommt, taucht er entweder gleich ab in sein Zimmer oder in die Küche, schlingt dort stehend hinunter, was ihm seine Mutter warm gestellt hat. Noldi wollte schon wiederholt ein Machtwort sprechen, doch Meret hielt ihn jedes Mal zurück. Auch jetzt fängt er wieder an, das gehe so nicht weiter. Er als Vater wünsche, dass sein minderjähriger Sohn zum Abendessen erscheine.

Seine Frau erwidert: »Lass ihn, er ist beleidigt wegen der Lehre, zu der wir ihn, wie er meint, zwingen wollen.«

Noldi fährt auf.

»Was heißt zwingen?«

»So empfindet er es.«

»Ja aber«, beginnt Noldi wieder, »wenn er zur Polizei will …« Er beendet den Satz nicht, sondern springt auf. Fast hätte er in seinem Ärger den Grill vergessen. Er hat ihn heute Abend angeworfen, obwohl sich das für sie beide kaum lohnt. Jetzt holt er eilig die St. Galler Bratwürste vom Feuer, bevor sie anbrennen. Zusammen mit den gegrillten Tomaten legt er sie auf die vorgewärmten Teller. Meret schaufelt Gemüse und Kartoffel dazu.

»Stopp, nicht so viel«, protestiert Noldi halbherzig.

Sie sagt diplomatisch: »Wie du meinst. Aber dann muss ich den Rest wegwerfen.«

Noldi seufzt. Seine Frau weiß genau, dass er als Kind dazu erzogen wurde, kein Essen verkommen zu lassen. Er denkt, wenn Meret nicht aufhört zu kochen, als hätte sie immer noch eine Familie durchzufüttern, wird er sich demnächst in ein Fass verwandeln.

»Unser Sohn Pauli«, sagt sie, nachdem sie sich wieder zu ihm an den Tisch gesetzt hat, »ist gerade in einer schwierigen Phase. Da feiern sie ihn bei der Kantonspolizei Winterthur fast wie eine Berühmtheit. Er hat bereits mit elf eine Leiche entdeckt und mit 13 einen Mörder gestellt. Trotzdem wollen sie für ihn keine Ausnahme machen und ihn jetzt schon ins Polizeikorps aufnehmen. Gib zu, das ist für einen 15-Jährigen schwer zu verstehen.«

In diesem Punkt stimmt Noldi seiner Frau zu. Er ist stolz auf seinen Sohn, auch wenn er immer noch nicht begreift, wie aus dem kleinen vernünftigen Jungen ein so sperriger Jugendlicher werden konnte.

»Verstehst du«, sagt Meret in seine Gedanken. »Es kränkt ihn. Er bildet sich ein, er sei denen bei der Polizei nicht gut genug.«

»Das ist Unsinn. Die Kollegen sind alle begeistert von ihm. Bis auf den Hubacher. Der hält nichts von unseren Erziehungsmethoden.«

Meret lacht. »Pauli war immer besser als unsere Erziehungsmethoden.«

Darauf antwortet Noldi vorsichtshalber nicht, auch wenn er ihre Meinung teilt.

»Falls er nach der Lehre immer noch zur Polizei will, darf er auf keinen Fall in Winterthur anfangen«, sagt er nach einer Weile. »Er muss zu einer Einheit, wo ihn keiner kennt. Sonst lernt er nichts.«

»Das heißt«, meint Meret bekümmert, »weit weg von uns. Wie Felizitas.«

Sie steht auf, stellt die Teller zusammen und trägt sie in die Küche. Noldi lehnt die Klappstühle gegen die Hauswand, dann folgt er seiner Frau und schließt die Terrassentür. Sobald die Sonne weg ist, wird es rasch kühl. Er schaltet den Fernseher ein. Gemeinsam schauen sie beide die Nachrichten und den Wetterbericht an. Den Voraussagen zufolge bleibt es auch die nächsten Tage trocken und heiß.

Noldi nimmt sich die Lokalmeldungen im Landboten vor. Der »Tößthaler«, die Regionalzeitung, erscheint nur jeden zweiten Tag. Meret liest ein Buch. Diesen Luxus gönnt sie sich in den Ferien, denn unter dem Schuljahr ist sie meist zu müde. Heute kann sie sich auf die Geschichte nur schlecht konzentrieren. Immer wieder denkt sie an die bevorstehende Ankunft ihres älteren Sohnes, fragt sich, wie es sein wird, ihn wieder im Haus zu haben.

Noch dazu bringt er eine Freundin mit, von der sie bis jetzt nicht mehr wissen, als dass sie Cheryl heißt.

»Glaubst du, sie ist Amerikanerin?«, fragt sie laut.

Noldi schaut nur kurz von seiner Zeitung auf. Ihm ist sofort klar, wovon sie spricht.

»Vermutlich.«

»Womöglich kennt er sie noch nicht lange«, erwidert sie.

»Na und.«

Meret wirft ihrem Mann einen Blick zu. »Ich weiß. Ich hätte dir, wärst du mir nicht zuvor gekommen, bei unserem dritten Treffen bereits einen Heiratsantrag gemacht.«

»Das stimmt nicht«, kontert Noldi, »es war schon das vierte Mal.«

»Nein, das dritte.«

»Pass auf«, sagt er und beginnt zu zählen: »Das erste Mal haben wir uns auf der Frühlingsfahrt ins Tessin gesehen.«

»Bei unserem ersten Date«, fährt Meret fort, »hast du mich mit der Rechnung sitzen lassen.«

»Weil ich zu einem Einsatz musste.«

»Von mir aus. Aber das zählt nicht. Hat mich nur Geld gekostet.«

Noldi lacht. »Einverstanden. Als Nächstes sind wir zum Sonnenuntergang auf den Schauenberg. Und am Tag darauf war es soweit.«

»Also beim dritten Mal.«

»Gut, du hast recht.«

»Glaubst du, es ist etwas Ernstes?«

»Was? Zwischen uns?«

»So blöd. Zwischen den beiden.«

»Keine Ahnung. Warten wir es ab.«

Noldi bleibt wortkarg, obwohl er die Zeitung beiseite gelegt hat.

»Mich beschäftigt das«, sagt seine Frau, »dich nicht?«

»Weniger. Hab genug anderes am Hals.«

Meret schaut ihn prüfend an. »Nievergelt?«

»Und Wolfer. Ich werde nicht schlau aus ihm.«

Dann schweigen die beiden wieder. Noldi vertieft sich erneut in die Zeitung, und sie liest in ihrem Buch, bis es Schlafenszeit ist.

Noldi und Meret gehen immer gemeinsam zu Bett. Das haben sie in all den Jahren ihrer Ehe so gehalten und nie einen Grund gesehen, es zu ändern. Als die Kinder noch klein waren, blieb die Zeit vor dem Einschlafen oft die einzige Gelegenheit, miteinander zu reden. Jetzt müssten sie sich dazu nicht mehr in ihr Schlafzimmer zurückziehen, sondern könnten ihre Geheimnisse laut schreiend im Flur austauschen. Niemand würde sie hören, denn das Haus ist leer. Aber sie freuen sich jeden Tag auf Neue, ins Bett zu kommen. Trotzdem trödeln sie noch herum. Es fällt ihnen schwer schlafen zu gehen, bevor ihr Jüngster zu Hause ist. Wenn er auch eher mürrisch ist, wollen sie ihm wenigstens Gute Nacht sagen. Küssen dürfen sie ihn schon lange nicht mehr. Darauf reagiert er, wenn nicht direkt abweisend, so doch dermaßen verlegen, dass sie es lieber sein lassen.

Diesmal allerdings kommt Pauli schnurstracks in die Stube gerast und überfällt seinen Vater mit der Nachricht, der Onkel sei oben in Sternenberg auf der Jagd über einen Schuh gestolpert.

Auch Noldi ist elektrisiert, denn bis jetzt haben sie vergeblich nach den Schuhen des toten Nievergelt gesucht.

Deshalb fahren Pauli und Hablützel auf Wunsch des Polizisten mit dem Hund schon am nächsten Morgen nach Sternenberg. Sie suchen die Stelle, finden den Schuh, der immer noch genau dort liegt, wohin Hablützel ihn gekickt hat. Und Bayj bringt ihnen nach kurzer Zeit auch den zweiten. Stolz auf ihre kriminalistische Leistung liefern die drei dann das Paar Schuhe bei Noldi in der Polizeistation ab. Der fährt darauf höchst persönlich nach Winterthur.

Im Labor steht zu seiner Freude Jimmy Egloff, der Kollege, mit dem er sich am besten versteht. Jimmy ist sein Spitzname, weil er in jüngeren Jahren einmal in einem Charleston Tanzwettbewerb einen Preis gewonnen hat. Er ist ein Mann in mittlerem Alter, hochgewachsen, durchtrainiert, Forensiker mit Leib und Seele. Bevor er zur Spurensicherung kam, war er wie Noldi jahrelang Stationierter, erst in Marthalen dann in Fällanden. Das verbindet, und er hat ihm schon den einen oder anderen Gefallen erwiesen.

»Was«, sagt Noldi hoch erfreut, »ich habe geglaubt, du brätst am Strand von Castiglione in der Sonne.«

»Schön wär's.« Jimmy kommt ihm lachend entgegen. Er ist braungebrannt, und seine kurzen drahtigen Haare sind blond geworden.

»Und du? Was ist mit dir?«

Er schaut Noldi prüfend an. »Du bist nicht gekommen, dich nach meinen Ferien zu erkundigen.«

»Nein«, gibt Noldi zu, »ich habe ein ganz anderes Problem.«

»Schieß los.«

Das ist eine der Eigenschaften, die Noldi an Jimmy Egloff so schätzt. Die Schnörkellosigkeit, mit der er zur Sache kommt. Er deponiert die Tragtasche mit dem kostbaren Inhalt auf dem Tisch.

Jimmy schaut neugierig in den Sack, ohne etwas zu berühren. »Arbeitsschuhe Größe 46«, stellt er fest. »Was ist mit ihnen?«

»Ich weiß es nicht«, sagt Noldi. »Ich hoffe, du findest es heraus.«

Jimmy schaut ihn fragend an.

»Hast du schon vom Fall Nievergelt gehört? Und vor allem was?«

»Dass einer den Kollegen umgebracht hat und dass du ermittelst.«

»Muss ich. Leider. Und man hat den armen Teufel nicht nur umgebracht, sondern ihm auch noch die Füße abgesägt.«

»Davon habe ich ebenfalls läuten gehört.«

»Interessant«, bemerkt Noldi. »Von wem? Eigentlich ist dieses Detail unter Verschluss.«

»Kann mich nicht erinnern«, antwortet Jimmy kurz.

Noldi weiß, er wird den Informanten nicht preisgeben. Deshalb fährt er fort, ohne das Thema weiter zu verfolgen: »Die Beweislage ist lausig. Man hat weder Tatwaffe noch Säge gefunden. Jetzt hat der Hund meines Schwagers auf der Jagd nicht allzu weit von Nievergelts Haus entfernt dieses Paar Schuhe aufgespürt.«

»Und du willst wissen, ob sie dem Toten gehören.«

»Sie würden zu der Arbeitshose passen, die er getragen hat.«

»Was dir aber noch viel lieber wäre, sind ein paar schöne Fingerabdrücke vom Täter.«

»Du sagst es.«

»Ich gebe mir Mühe«, verspricht Jimmy gutmütig, »nur garantieren kann ich nichts.«

»Noch etwas …«

»Ich weiß, du brauchst es gleich.«

»Ja, wenn die Schuhe von Nievergelt sind, müsste noch einmal ein Suchtrupp nach Sternenberg. So schnell wie möglich. Dann liegt vielleicht auch die Tatwaffe dort irgendwo in der Umgebung.«

»Ist klar, aber den Sonntag musst du mir wenigstens geben. Wie du weißt, wartet nach den Ferien immer ein Haufen Arbeit.«

Genau an diesem Sonntag hat Noldi einen schweren Gang vor sich. Franz Notter, sein ehemaliger Freund aus Zeiten der Polizeischule, welcher jetzt im Gefängnis sitzt, bittet um seinen Besuch. Noldi will zuerst nicht hingehen, überwindet sich dann doch. Meret, die sieht, wie schwer es ihm fällt, bietet ihm an, ihn zu begleiten und irgendwo in einem Café zu warten. Das lehnt Noldi ab. Diesen Weg, denkt er, muss er schon allein gehen.

Er fährt nach Regensdorf, wo Notter nach seiner Verurteilung in der Haftanstalt Pöschwies einsitzt.

Im Besuchertrakt kommt Franz dann durch die Tür. Seine Gestalt ist hager wie immer, das Gesicht bleich, der Kopf rasiert, die Schultern hängen. Er scheint längst nicht so verlegen wie Noldi. Der kann ihn nur mit Mühe ansehen, so zuwider ist ihm der Mann, der fast ein Leben lang sein Freund war. Doch mit dieser Freundschaft ist es endgültig vorbei. Franz hat sie sich verscherzt, und er weiß es. Trotzdem versucht er, so zu tun, als wäre nichts geschehen. Er geht freudig auf Noldi zu, streckt ihm schon von Weitem die Hand entgegen, zieht sie aber zurück, als er merkt, dass der andere nicht daran denkt, den Gruß zu erwidern. Dann setzt er sich an den Tisch, und sie schweigen. Der Vertrauensbruch steht unüberwindlich zwischen ihnen. Doch Noldi würde sich eher die Zunge abbeißen, als auch nur ein Wort darüber zu verlieren. Er fürchtet, er würde sonst anfangen zu schreien, zu fluchen, Franz zu beschimpfen, und am Ende würden sie sich prügeln. Da hält er lieber den Mund. Es ist Franz, der endlich fragt: »Wie geht es dir?«

»Spar dir den Mist«, antwortet Noldi eiskalt. »Sag, was du willst. Dann verschwinde ich wieder.«

»Warum ich um deinen Besuch gebeten habe? Ich möchte dir mein Motorrad schenken.«

»Nein.« Noldi fährt entsetzt hoch. Wenn er das geahnt hätte, wäre er nicht gekommen.

»Sei nicht kindisch. Die Maschine kann doch nichts dafür.«

»Von dir will ich nichts geschenkt«, entgegnet Noldi heftig. Dann überlegt er fieberhaft und sagt endlich: »Aber weißt du was, ich kaufe sie dir ab. Du wirst das Geld gut brauchen können.«

Er wartet, wie Franz auf diese Beleidigung reagiert, doch der sagt nur: »Oh ja, vielen Dank, das ist für die Kinder.«

Seine Hoffnung, Noldi würde sich erweichen lassen und doch mit ihm reden, erfüllt sich nicht, denn der antwortet nur: »Deshalb hast du mich nicht kommen lassen.«

Dann schweigen sie wieder.

»Ich gebe dir die Montur dazu«, hebt Notter von

Neuem an. »Ich glaube nicht, dass ich für die noch jemals eine Verwendung haben werde.«

»Kaum«, antwortet Noldi.

Franz schaut ihn von der Seite an.

»Du kannst mir nicht verzeihen«, sagt er dann mutlos.

»Nein. Nein. Und ich kann dich nicht verstehen.«

»Ich mich auch nicht.«

Jetzt ist es Noldi, der den anderen ansieht. »Du bist ein Idiot.«

»Aber kein Verbrecher.«

»So siehst du es.«

»Und du?«

»Spielt das eine Rolle?«

Im selben Moment merkt Noldi, er ist im Begriff, sich auf eine Diskussion einzulassen. So eine lebenslange Freundschaft, denkt er erbost, tötet nicht einmal ein Schuss.

Prompt sagt Notter: »Für mich spielt es sehr wohl eine Rolle, was du über mich denkst.«

»Das«, sagt Noldi giftig, »hättest du dir früher überlegen müssen.«

»Ich weiß«, sagt der andere.

Dann wieder Noldi: »Also kommen wir zum Geschäftlichen. Wo steht die Maschine, und wie viel verlangst du überhaupt für sie?«

»Gib mir, was du willst.«

»Solche Deals schätze ich nicht. Nenn deinen Preis.«

Diesen Betrag bringt Noldi noch am selben Tag Notters geschiedener Frau vorbei. Er hat sich mit der Eheliebsten von Franz nie besonders gut verstanden. Deshalb fällt der Besuch nur kurz aus. Immerhin erfährt Noldi von ihr, dass sie Franz jeden Monat einmal im Knast besucht und hin und wieder auch Sohn und Tochter mitnimmt. Noldi staunt über ihren Sinneswandel. Denn nach der Scheidung haben die beiden sich endlos um das Sorgerecht für die Kinder gestritten, und die Frau war nicht unschuldig daran, dass Franz immer öfter zur Flasche griff, was dann zur Katastrophe führte. Als Noldi sie darauf anspricht, erwidert sie ihm, sie hätte nichts gegen Franz, er sei ein armer Kerl und jetzt dort gelandet, wo er hingehöre. Wieso sollte sie ihn nicht besuchen? Er habe sonst niemand außer ihr und den Kindern. Noldi findet diese Sicht der Dinge kurios, verkneift sich aber jede Bemerkung. Bei sich denkt er, was wohl aus der Freundin geworden ist, mit der Franz in Kanada ein neues Leben beginnen wollte. Aber das fragt er die geschiedene Frau besser nicht. Es geht ihn auch nichts an.

Sie führt ihn in die Garage, wo der Töff seit Notters Verhaftung vor zwei Jahren steht. Er erinnert sich, als Franz ihm freudestrahlend erzählt hat, er könne günstig eine ausrangierte Polizeimaschine übernehmen. Er war immer schon ein Motorradfreak.

Noldi holt das Gefährt heraus. Es handelt sich nicht mehr um das alte Modell, sondern um eine BMW Jahrgang 2001, in Schwarz, eine schnittige, hoch elegante Maschine. Probeweise drückt er auf den Anlasser. Zu seiner Überraschung springt der Motor nach einigem guten Zureden an, und Noldi fährt vorsichtig eine Proberunde in der Straße, wo Notters Haus steht. Dafür, dass die Maschine so lange eingelagert war, funktioniert sie zu gut. Die Batterie ist zwar schwach, aber ansonsten intakt, und auch Treibstoff ist im Tank. Da muss die Exfrau oder ihr Liebhaber, sofern sie einen hat, hin und wieder damit gefahren sein. Auch egal, denkt Noldi, verabschiedet sich und macht sich auf den Weg. Er hat sein Auto im Hof der Polizei abgestellt, fährt jetzt mit dem Motorrad. Es ist ein sonderbares Gefühl, wieder im Sattel zu sitzen. Das hat er seit der Zeit, als er bei der Autobahnpolizei Streife gefahren ist, nie mehr gemacht. Anfangs ist er sehr vorsichtig, aber die Vertrautheit stellt sich schneller ein, als er es für möglich gehalten hat. Sobald er die 50er-Zone von Winterthur hinter sich hat, dreht er probehalber ein wenig auf und nimmt den Seemer Buck mit Bravour. Das Wetter ist warm, der Fahrtwind, der ihm um die Ohren weht, lau, und das Vibrieren des schweren Motors zwischen seinen Schenkeln verursacht ihm plötzlich fast so etwas wie ein Glücksgefühl. Unten, vor Sennhof, legt er sich mit Genuss in die Linkskurve, ruft sich aber gleich zur Vernunft.

Eigentlich wollte er das Motorrad sofort wieder verkaufen, doch als er in die Sunnematt einbiegt, hat er seine Meinung fast schon geändert. Und als jetzt Meret aus dem Haus gelaufen kommt und hellauf begeistert gleich hinter ihm auf den Sitz springt, entschließt er sich, die Maschine zu behalten, Wut auf den Freund hin oder her. Er fährt sofort los. Seine Frau hält ihre Arme um seinen Bauch geschlungen, und er kann ihre Wärme spüren.

Bevor sie Noldi kennenlernte, hatte sie einen Freund, mit dem sie öfter auf einer schweren Maschine unterwegs war, und sie schwärmt heute noch davon. Ob die Freundschaft über das Motorradfahren hinausgegangen ist, hat Noldi nie herausgefunden. Er hat es auch nicht versucht. Für ihn spielt es keine Rolle. Nicht, dass er bei dem Gedanken, Meret könnte diesen anderen geliebt haben, keinen Stich von Eifersucht verspürte. Aber, sagt er sich vernünftig, jetzt ist sie so lange mit ihm verheiratet, sie liebt ihn und er sie, sie haben vier Kinder und drei Enkel. Da lohnen sich solche Hirngespinste eindeutig nicht mehr.

Sie fahren die scharfen Kurven nach Langenhard hinauf. Noldi ohne Helm, was verboten ist, aber er hat ihn zur Sicherheit seiner Frau über den Kopf gestülpt.

Oben auf der Hochebene liegen rechts und links der Straße die goldgelben Stoppelfelder. Das Korn ist schon geerntet. Sie schneiden es jetzt früher als in seiner Jugend, denkt Noldi. Und dass er nach dem Willen seines Vaters Bauer hätte werden sollen. Sie kommen an dem kleinen Haus mit Turm und Glocke vorbei, wo er die Schulbank gedrückt hat. Rechter Hand liegt der Hof seiner Eltern, den jetzt seine Schwester Regula und ihr Mann bewirtschaften. Weiter oben biegt er kurzerhand zum 1. August-Festplatz ab. Dort ist eigentlich Fahrverbot, doch Noldi hat plötzlich das Bedürfnis, etwas Verrücktes zu tun. Oben hält er und stellt den Motor ab. Hinter ihm klettert Meret von der Maschine. Dabei hält sie sich an seiner Schulter fest. In weniger als einem Monat, denkt Noldi, werden sie hier oben wieder den ersten August feiern. Diesmal hat er die Aufgabe, den Kinderumzug vom Schulhaus herauf zu begleiten. Die Kleinen tragen Lampions und die Fackeln, mit denen dann der Holzstoß entzündet wird. Das Feuerwerk findet wegen Waldbrandgefahr unten auf einer Wiese statt. Noldi nimmt Meret in den Arm, und sie schauen über das Tösstal. Der Himmel ist blau und klar, und am Horizont türmt sich, wie jetzt meistens bei dem schönen Wetter, eine weiße scharf umrissene Kumuluswolke. Ein paar Wanderer rasten im Schatten am Waldrand. Kinder schwirren kreischend über die Wiese, irgendwo kläfft ein Hund.

Schon früh am Montagmorgen telefoniert Noldi mit Jimmy Egloff, der eine Sonderschicht eingelegt und die Ergebnisse für ihn parat hat. Er teilt ihm mit, dass es sich tatsächlich um die Schuhe des Ermordeten handelt.

»Und? Andere Spuren?«, fragt Noldi mit angehaltenem Atem.

»Fehlanzeige. Kein Blut, keine Fingerabdrücke. Nichts. Ein Reinigungsprofi, wenn du mich fragst.«

Noldi schaut verdutzt. Dann sagt er langsam: »Du hast recht, und ich wüsste sogar den passenden Mann dazu, doch er hat ein Alibi.«

»Du Armer«, sagt Jimmy mitfühlend und lacht. Noldi dankt ihm trotzdem, verspricht ihm demnächst ein Bier und setzt dann Himmel und Hölle in Bewegung, so schnell wie möglich noch einmal die Spurensicherung nach Sternenberg zu bekommen.

Beer ist nicht begeistert. Zweifelnd fragt er: »Muss das wirklich sein?«

Noldi erwidert diplomatisch, falls dem Chef an Ergebnissen gelegen sei, müsse es sein, denn bis jetzt tappten sie immer noch im Dunkeln. Widerwillig genehmigt Beer den Antrag.

So fahren Noldi, Pauli und Hablützel mit Bayj am frühen Nachmittag nach Sternenberg. Kurz nach ihnen trifft auch die Spurensicherung vor dem Haus der Nievergelts ein. Die Männer begrüßen einander, Bayj beschnüffelt sehr dezent ihre Beine, findet aber an Gerüchen nichts, was ihm gefällt. Enttäuscht zieht er sich wieder zu Pauli zurück. Claire zeigt sich nicht. Nur ihr bleiches Gesicht schwebt wie ein Schemen hinter einem Fenster vorbei.

Dann führen Pauli und Hablützel die Männer an die Stelle, wo Bayj die Schuhe gefunden hat. Ihr Auftrag ist es, die Gegend in einem größeren Umkreis nach der Tatwaffe abzusuchen. Es ist ein harter Job, denn das Gelände ist steil und unwegsam.

Noldi versucht zu rekonstruieren, wie die Schuhe an den Ort gelangt sein könnten, wo der Hund sie aufgestöbert hat.

»Möglich«, sagt einer der Männer, »dass die Füchse sie verschleppt haben.«

»Nicht vom Tatort«, erwidert Noldi, »der ist im Haus. Jemand muss sie von dort mitgenommen und verloren oder weggeworfen haben.«

Stellt sich die Frage, wo könnte die Person gestanden haben. Warum hat er nur die Schuhe weggeworfen? Oder sind auch Socken, Tatwaffe, die Säge hier irgendwo gelandet?

Der Suchtrupp grast die Fundstelle der Schuhe ab, nichts. Dann klettern sie wieder den Hang hinauf. Sie finden eine Stelle am Waldrand, nahe der Straße, wo in letzter Zeit ein Auto gestanden ist. Nur wer sagt, das Auto hat etwas mit dem Mord zu tun? Hier sind in der schönen Jahreszeit ständig Wanderer, Spaziergänger und Hündeler unterwegs. Vor allem unter Letzteren könnte einer gewesen sein, der mit dem Hund hierher gefahren ist, das Tier hinaus gelassen hat, damit es sein Geschäft verrichtet, während der Herr gemütlich im Auto die Zeitung liest. Trotzdem untersuchen sie den Platz akribisch genau. Doch nicht einmal Bayj, der für seine Spürnase berühmt ist, kann etwas finden.

»Wäre es denkbar«, fragt Noldi seinen Schwager, »dass ein Hund die Schuhe gefunden, seinem Herrn gebracht hat, der sie dann wegwirft?«

»Klar«, meint Hablützel, »doch wird er kaum beide Schuhe apportieren.«

»Vielleicht«, hält Pauli dagegen, »ist er so dressiert. Wenn er zum Beispiel seinem Herren immer die Hausschuhe bringt.«

Überrascht schaut Hablützel seinen Neffen an. »Genau«, sagt er.

Währenddessen verfolgt Noldi eine andere Idee. »Und wie wäre es«, fragt er, »wenn der Täter sein Auto hier im Wald versteckt, nach dem Mord mit der Waffe, der Säge und den Schuhen hierher unterwegs ist, um sie anderswo verschwinden zu lassen, und die Schuhe in der Eile verliert?«

»Dann wären sie aber ziemlich weit von dort entfernt, wo der Hund sie gefunden hat«, gibt einer vom Suchtrupp zu bedenken.

»Stimmt«, sagt Noldi entmutigt.

Schließlich stehen sie alle ein wenig ratlos herum. Da fällt einem der Männer etwas aus der Hand und kollert über den Abhang. Pauli, der eifrig bei der Suche geholfen hat, will sofort nach. Der Mann sagt: »Lass, es ist nichts.«

Doch der Junge ist schon unterwegs. Er muss ziemlich weit hinunter, denn der Stein kollert, holpert und springt munter talwärts. Dann hören sie Pauli unten aufjauchzen.

So finden sie mehr durch Zufall eine Motorsäge mit total verbogenem Blatt, ihre einzige Trophäe bei der ganzen

Aktion. Die eigentliche Tatwaffe, den Revolver, können sie trotz größter Bemühungen nicht auftreiben. Aber vielleicht, denkt Noldi hoffnungsvoll, handelt es sich wenigstens um die Säge, mit welcher Nievergelt die Füße abgetrennt worden sind. Er bezweifelt das zwar, denn das Werkzeug sieht so aus, als wäre es schon länger im Freien gelegen. Eventuell, hofft er, kann das Labor trotzdem Spuren von Blut dran entdecken, vielleicht sogar das Blut von Nievergelt.

Noldi würde nach dem unbefriedigenden Ergebnis der Suche am liebsten Feierabend machen, doch erst muss er dem Chef Bericht erstatten.

Als sie einander in Beers Büro gegenüber sitzen, meldet er, sie hätten eine Motorsäge im Tobel gefunden. Dass er nicht glaubt, es könne das gesuchte Tatwerkzeug sein, behält er vorläufig für sich. Beer kommentiert die magere Ausbeute nicht weiter, sondern erkundigt sich: »Und was ist mit der Pistole? Weiß man da schon etwas?«

»Du meinst die Armeepistole, die ich bei Sepp Nievergelt gefunden habe?«, sagt Noldi, eifrig bestrebt, von dem Umstand abzulenken, dass die Suche in Sternenberg ein völliger Flopp war.

»Klar«, erwidert Beer anzüglich. »Eine andere hast du doch nicht.«

Noldi lacht. »Ah das«, sagt er, »hat mit dem Fall nichts zu tun. Aber es ist eine gute Story. Willst du sie hören?«

Beer nickt und meint, was bliebe ihm anderes übrig, da Noldi ihm offensichtlich nichts Besseres zu berichten habe. Darauf beeilt sich Polizist Oberholzer, die Geschichte von den beiden alten Herren und der Pistole im Plastiksack so humorvoll wie möglich darzubringen.

Wenn er sich davon allerdings eine günstigere Wetterlage beim Chef versprochen hat, wird er enttäuscht. Beer quittiert die Schnurre nur mit einem kurzen Schnauben und sagt dann: »Wenigstens kannst du Sepp Nievergelt von deiner Liste der Verdächtigen streichen.«

Düster wegen des Misserfolges seiner Darbietung gibt Noldi zurück: »Um ehrlich zu sein, dieser Herr war nie mein Topfavorit als Mörder.«

»Fragt sich einmal mehr, wer war es dann? Was glaubst du?«, erkundigt sich Beer, der sehr wohl merkt, dass er den Freund verstimmt hat.

»Keine Ahnung.«

»Doch, du hast einen Verdacht.«

»Also gut«, sagt Noldi. »Meret hat gemeint, der Schuss in den Rücken könnte heißen: ›Ich lasse dich nicht gehen‹. Dann deutet alles auf eine Täterin.«

Beer fragt interessiert: »Das hat sie gesagt?«

»Ja.«

»Kluge Frau. Wenn du sie nicht hättest.«

Noldi horcht auf. Es ist das erste Mal, dass Beer sich in dieser Weise äußert. Bis jetzt war klar, er hat eine Schwäche für Felizitas. Meret nahm er als gegeben hin. Vielleicht, denkt Noldi, ist doch etwas dran an dem Gerücht, dass er seit Neuestem eine Freundin hat.

Beer kehrt zum Fall zurück. »Also doch seine eigene Frau?«, fragt er.

»Wäre zu einfach. Sie hat einen Freund und ein Alibi. An dem ist nicht zu rütteln. Außerdem trauert sie aufrichtig um ihren Mann. Das kann nicht gespielt sein.«

»Vielleicht hat er eine Freundin?«

»Bis jetzt habe ich keine gefunden.«

»Na«, sagt der Chef, »kann ja noch werden. Und was ist mit dem Sohn?«

»Das«, seufzt Noldi, »ist auch so ein Kapitel. Die Mutter behauptet fest und steif, er sei im Sommerlager. Mir hat der Lagerleiter unter Sträuben erzählt, der Junge habe sich mit den Söhnen eines reichen Ehepaares in der Nachbarschaft angefreundet und gehe im Lager aus und ein, wie es ihm beliebt. Also scheint der Mann nie zu wissen, wo Yannick sich aufhält. Er hätte, nach dem momentanen Stand der Dinge, sogar die Gelegenheit zur Tat gehabt. Er ist 14. Ich kann mir zur Not vorstellen, dass er Nievergelt erschießt, aber dass er ihm nachher die Füße abschneidet, glaube ich einfach nicht. Außerdem sollen Vater und Sohn sich gut verstanden haben.«

»Warum ist er dann verschwunden?«

»Wenn er wirklich verschwunden ist.«

»Was weiß Wolfer darüber?«, fragt Beer.

»Das«, antwortet Noldi, »wüsste ich auch gern.« Dann fasst er sich ein Herz. »Hans«, sagt er, »könntest nicht du einmal Wolfer in die Mangel nehmen?«

Er sieht, dass Beer zögert. Deshalb doppelt er nach: »Das bist du mir schuldig, nachdem du mir den Fall aufgebrummt hast.«

»Du weißt, das war nicht ich, sondern die in Zürich.«

»Du bist hier immer noch der Chef.«

Beer seufzt.

»Wolfers Fall ist in Zürich bei der Polizeidirektion hängig. Da habe ich nichts zu melden.«

»Aber du kannst mir sicher ein paar Interna über den Kollegen erzählen. Irgendetwas stimmt mit ihm nicht.«

»Ich weiß über ihn nicht mehr, als dass er jahrelang mit

Nievergelt in der Polizeistation Bauma Dienst geleistet hat. Und hat sich ebenfalls nie etwas zuschulden kommen lassen.«

»Das ist alles?«, fragt Noldi ungläubig. Er versteht seinen Chef nicht, und zum ersten Mal in den langen Jahren ihrer Zusammenarbeit glaubt er ihm nicht. Da Beer keine Anstalten trifft, dem, was er gesagt hat, etwas hinzuzufügen, steht er auf und geht. Gerade dass er, bevor er durch die Tür ist, einen Gruß herausquetscht.

9. KRISTALLSCHALE

Spät in der Nacht, als Meret das Licht schon gelöscht hat, rückt er näher an sie heran und packt endlich aus, was ihm die letzten Tage schon schwer auf der Seele liegt.

»Ich muss mir was überlegen wegen meinem Job«, sagt er.

Meret rückt ein wenig von ihm ab und richtet sich auf.

»Wieso das?«, fragt sie beunruhigt.

»Wegen der Kollegen. Die mögen mich nicht.«

»Aber Noldi.«

»Na ja, nicht besonders«, relativiert ihr Mann. »Sie denken, ich habe Wolfer aus dem Fall Nievergelt gedrängt.«

»Warum das?«

»Sie glauben, ich sei scharf darauf, ihn selbst zu lösen.«

»Das ist nicht wahr.«

»Oh doch. Bis zu einem gewissen Maß verstehe ich sie sogar. Ich kann keinem sagen, wieso die Polizeidirektion Wolfer von dem Fall abgezogen hat. Bevor sich der Verdacht gegen ihn nicht erhärtet und sie ihn suspendieren, weiß offiziell nicht einmal ich, worum es geht. Kein Wunder also, dass die Kollegen mir unlautere Motive unterstellen.«

»Das bildest du dir ein.«

Er reagiert nicht auf ihren Einwand. »Sie sollten mich besser kennen«, sagt er düster. »Und dann mein Freund Beer. Sogar der lässt mich hängen.«

Jetzt reicht es Meret. Sie dreht sich um und zündet die Nachttischlampe wieder an.

»Noldi«, sagt sie, »du siehst Gespenster.«

»Oh nein.«

»Was ist mit Beer?«, insistiert seine Frau.

»Ich habe ihn um Informationen über Wolfer gebeten, aber er hat gesagt, da der Fall in Zürich hängig sei, wären ihm die Hände gebunden.«

»Wahrscheinlich«, wirft Meret ein, »ist das so.«

»Aber er ist mein Freund«, schmollt Noldi. »Was zählt mehr, Freundschaft oder Dienst?«

»Vielleicht ist es nicht immer so einfach.«

»Und warum nicht, bitte?«, ereifert sich Noldi. »Ich habe ihm schon oft die Kastanien aus dem Feuer geholt. Ohne zu fragen, was es mich kostet. Und er? Er ist nicht einmal bereit, mir ein paar vertrauliche Informationen zu liefern? Da stimmt doch etwas nicht.«

An diesem Punkt ist Meret mit ihrer Weisheit am Ende. Im Stillen muss sie ihrem Mann Recht geben. Während sie noch überlegt, was sie sagen soll, redet Noldi schon weiter.

»Wenn es nicht anders geht, lasse ich mich versetzen. Ich bin einfach nicht geschaffen für die Teamarbeit und zu alt, es noch zu lernen.«

Jetzt reicht es Meret.

»Du musst nicht gleich das Kind mit dem Bad ausschütten. Bloß weil es nicht so läuft, wie du gerne möchtest.«

»Es läuft nicht nur nicht so, wie ich gerne möchte. Es läuft überhaupt nicht«, ereifert sich Noldi. »Der Wolfer mauert, der Rühle lügt, Franca weicht mir aus, sogar mein Freund Beer lässt mich hängen, und alle warten darauf, dass ich einen Fehler mache. Dabei kann ich wirklich nichts dafür. Ich habe mich heftig genug gewehrt, diesen Fall zu übernehmen.«

Meret schaut ihm ins Gesicht.

»Noldi«, sagt sie energisch, »hör jetzt sofort auf. Das ist nicht zum Aushalten.«

Normalerweise genügt eine solche Bemerkung, dass ihr Mann seinen Verstand wieder in Betrieb nimmt. Diesmal antwortet er nur giftig: »Bitte, dann sag du mir, was ich tun soll.«

»Erzähl, was du bis jetzt in dem Fall unternommen hast. Das hat dich schon oft weitergebracht.«

Noldi weiß, sie hat recht, doch er hat noch nicht genug Dampf abgelassen.

»Ich könnte mich ins Untersuchungsgefängnis Winterthur versetzen lassen. Das ist ein ruhiger Job.«

Meret packt ihren Mann mit beiden Händen an den Schultern und schüttelt ihn.

»Du alte Jammertante. Wenn du nicht sofort aufhörst …«

»Na, was passiert dann?«, fragt Noldi ungnädig.

»Dann, dann …«, Meret sucht fieberhaft nach einer möglichst drastischen Drohung, doch es fällt ihr nichts ein. Die Sicherheit, mit der sie früher bei ihm immer den richtigen Ton getroffen hat, ist ihr auf unerklärliche Weise abhanden gekommen.

»Ach, ich weiß nicht«, sagt sie, jetzt ebenfalls mürrisch, löscht wieder das Licht und springt aus dem Bett, um wie immer vor dem Einschlafen das Fenster aufzureißen.

Dort angekommen, weicht sie zurück.

»Noldi«, sagt sie fast flüsternd, »komm.«

Ihr Mann in seiner Katerstimmung kriecht eher unwillig aus dem Bett, schleicht zum Fenster. Doch als er sieht, was seine Frau gemeint hat, vergisst sogar er sein Elend.

Vor ihnen steht, groß, rund und leuchtend, der Vollmond. Die Umrisse der Tannen heben sich gestochen scharf vom helleren Himmel ab. Jetzt packt Noldi seine Frau an den Schultern. Nicht um sie zu schütteln, sondern um ihr, wie schon so oft in ihrer langen Ehe, einen ungestümen Vollmondkuss zu geben.

Wieder steht der Polizist vor Claires Tür. Seine Stimmung ist trotz des versöhnlichen Zwischenspiels in der Nacht noch immer düster. Er hat sich am Morgen im Büro einmal mehr den Kopf zerbrochen, was er machen könnte, um den Fall voranzubringen, und einmal mehr ist er gescheitert. So bleibt ihm nicht viel anderes übrig, als sein Glück erneut bei der Witwe zu versuchen. Vielleicht, denkt er, findet er wenigstens heraus, wo ihr Sohn sich aufhält.

Claire öffnet ihm, wie immer in Schwarz und sehr bleich. Sie scheint geweint zu haben. Trotzdem reagiert sie sofort wütend, als er sie vorsichtig nach Yannick fragt. Ihre Reaktion macht ihn sofort hellhörig.

»Unterstehen Sie sich«, faucht sie. »Lassen Sie endlich meinen Sohn in Ruhe. Er geht Sie nichts an.«

»Da ich in der Mordsache Ihres Mannes ermittle, geht mich alles an«, schnauzt er.

»So ein Quatsch.«

Sie dreht sich um, ohne ihn noch eines Blickes zu würdigen, und geht ins Haus. Noldi folgt ihr auf den Fersen. Die Stimmung ist so mies, wie sie nur sein kann.

»Ich will jetzt wissen, was mit ihm los ist«, verlangt er kategorisch.

Claire kneift die Lippen zusammen. Im Zimmer angekommen, bietet sie ihm diesmal keinen Platz an, sondern beginnt, sinnlos Gegenstände auf dem Tisch hin und her zu schieben.

»Machen Sie sich keine Sorgen um ihn?«, fragt er neugierig. Doch auch diese Frage kann die Situation nicht entspannen.

Claire beantwortet sie nicht, sondern rückt eine schwere Früchteschale aus Bleikristall zurecht. Da reicht es Noldi. Barsch sagt er: »Oder wollen Sie ihn decken, weil er nach dem Mord an seinem Vater auf der Flucht ist?«

Die Frau wird noch bleicher, als sie schon ist.

»Yannick liebt seinen Vater«, sagt sie plötzlich mit tonloser Stimme.

»Möglich«, räumt Noldi ein. »Aber das würde ich gerne von ihm selbst hören. Fest steht, er war zum Zeitpunkt, als Ihr Mann getötet wurde, nicht in Ascona. Das hat der Lagerleiter bestätigt. Und solange wir nicht wissen, ob Yannick ein Alibi für die Tatzeit hat, gilt er als Verdächtiger. Schließlich hat er schon einiges auf dem Kerbholz. Deshalb werde ich Ihren Sohn, wenn Sie mir nicht sagen, wo ich ihn finden kann, zur Fahndung ausschreiben.«

Das ist für Claire zu viel.

»Verschwinden Sie«, kreischt sie, greift nach der Kristallschale und schleudert sie in Noldis Richtung. Der reißt gerade noch den Kopf weg. Das schwere Stück streift ihn nur, bevor es gegen die Wand prallt und zu Boden fällt.

Noldi setzt sich auf den nächsten Stuhl.

»Sind Sie wahnsinnig?«, fragt er lahm.

Claire scheint selbst erschrocken über das, was sie getan hat. Sie bricht in Tränen aus.

»Tut mir leid«, stammelt sie.

Noldi tut die Frau in dem Moment auch leid. Er denkt, vielleicht hat er sie zu hart angefasst. Sie scheint sehr an ihrem Jungen zu hängen.

»Schon gut«, brummt er, »reden wir von etwas anderem.«

Sie schaut ihn fragend aus feuchten Augen an.

»Ich kann mir noch immer kein Bild von Ihrem Mann machen«, beginnt er vorsichtig nach einer Verschnaufpause, die sie beide brauchen, um wieder zu Atem zu kommen. »Wie war er?«

»Faszinierend, aber schwierig«, antwortet Claire.

Eine Woche, nachdem Claire und Nievergelt einander in der Landi Volketswil begegnet waren, rief er sie an, sagte, er würde sie gern treffen. Sie verabredeten sich in einem nahen Lokal. Dort saßen sie an der Bar. Nievergelt faselte etwas von Pferderennen. Von Rassepferden und dass die Begegnung mit ihr für ihn wie der Hauptgewinn bei einer Wette auf den Außenseiter sei. Claire war fasziniert. Sie verstand nichts von Pferden, aber so etwas hatte noch kein Mann zu ihr gesagt. Nievergelt brachte sie nach Hause, küsste sie zum Abschied auf die Wange und verschwand, ohne ein neues Treffen zu vereinbaren. Diesmal meldete er sich aber bereits nach zwei für Claire sehr langen Tagen wieder. Er sagte, er sei in Zürich im Hotel »Goldenes Schwert«. Ob sie kommen wolle.

Claire hatte damals etwas mit dem Lagerleiter der Landi Volketswil am Laufen. Als Alfons telefonierte, waren sie gerade hinten im Magazin. Sie ließ den Mann sozusagen mit offenem Hosenladen stehen, sagte nur, »tut mir leid, ich muss weg«, rannte auf den Zug. Wenn Claire liebte, war sie hemmungslos. Und diesen Alfons Nievergelt liebte sie seit der ersten Begegnung. Sie erschien im Hotel »Zum Goldenen Schwert«, fragte zitternd vor Aufregung nach ihm. Er kam, nahm sie an der Hand und führte sie in sein Zimmer. Dort zog er sie aus, schlief mit ihr ohne großen Kommentar. Er war aufmerksam und rücksichtsvoll, doch die alles verzehrende Leidenschaft, auf die Claire gehofft hatte, stellte sich nicht ein. Relativ bald nachher stieg er aus dem Bett, sagte, er habe leider noch zu tun.

Claire fuhr leicht benommen nach Volketswil zurück und begann aufs Neue zu warten, bis er eines Abends spät bei ihr läutete. Sie öffnete, er stand in der Tür, eine Hand an den Rahmen gestützt, ein Bein vor das andere gestellt und lächelte. Diesmal war alles ganz anders. Sie gerieten beide völlig außer sich, fielen voreinander auf die Knie und ritten dann in ihrer Raserei das alte Sofa zu Schanden. Als sie wieder zu Atem gekommen waren, sagte Nievergelt, er würde ihr gern sein Haus zeigen. Wenn sie wolle, könnte sie bei ihm einziehen.

Claire war im siebenten Himmel, der sich aber rasch verdunkelte. Von einem Umzug war nicht mehr die Rede. Nievergelt kam und verschwand wie eine Erscheinung. Claire verzweifelte fast, hielt aber still aus Angst, ihn zu verlieren. Als sie ihn doch eines Tages fragte, wann sie zu ihm ziehen sollte, tat er so, als wisse er von nichts. Dann bestellte er sie bei einem seiner nächsten nächtlichen Anrufe zu einer Adresse in Volketswil. Selbstverständlich rannte sie hin. Es war ein schäbiges Einfamilienhaus, das abseits in einem Garten stand. Er führte sie in ein dunkles Zimmer. Dort lag auf dem Bett ein Schlafsack, in den sie beide krochen. Claire war verstört. Sie hatte sich den ersten Besuch bei ihm anders vorgestellt. Und dann war Nievergelt verschwunden. Sie hatte inzwischen seine Telefonnummer, doch die, hieß es plötzlich, sei ungültig. Sie rannte zu dem Haus, in dem sie mit Alfons in der Nacht gewesen war. Es wirkte völlig unbewohnt. An der Tür gab es kein Namensschild, und auf ihr wiederholtes Klingeln passierte nichts. Sie trieb sich bestimmt eine Stunde in dem verwahrlosten Garten herum, beobachtete die Fenster. Als sie endlich ging, war sie am Boden zerstört. In der darauf folgenden Nacht hatte sie einen Traum. Sie sah ihren Geliebten totenbleich und blutig vor sich. Und er sagte: »Auch du hast mich nicht retten können.« Claire erwachte in Schweiß gebadet. Sie sprang aus dem Bett, fuhr in die Kleider und holte die Leiter aus dem Keller. Sie war überzeugt, Nievergelt sei in Gefahr, und sie müsse ihm zu Hilfe kommen. Wild entschlossen schleppte sie ihre Leiter durch die leeren Straßen. Bei dem Haus angekommen, wollte sie diese eben anlegen, um durch ein Fenster zu schauen. Da zündete ein Lichtstrahl in ihr Gesicht, und eine Stimme sagte: »Na Fräulein, das würde ich schön bleiben lassen. Sonst kommt die Polizei.«

Mit diesen Worten trat ein Mann aus dem tiefschwarzen Schatten eines Baumes und kam näher. Claire wich zurück.

»Hoppla, nicht so eilig«, sagte er.

Sie machte noch einen Schritt nach hinten und wäre fast rücklings über die Leiter gefallen, hätte er sie nicht mit einem blitzschnellen Griff davor bewahrt.

»Aber, aber, Fräulein«, sagte er, »ein wenig nett müssen Sie schon zu mir sein, damit ich Sie ziehen lasse.«

Claire schnappte nach Luft. Halb tot vor Angst und Wut kreischte sie: »Du besoffener Idiot, für wen hältst du dich.«

Der Mann wieherte vor Lachen, spannte seine Hand um ihren Arm. Angst und Verzweiflung spornten Claire zu einer Meisterleistung an, die sie sonst bei bestem Willen nicht zustande gebracht hätte. In einer einzigen Bewegung riss sie sich los, machte eine Drehung, sprang über das untere Ende der Leiter und stieß sie gleichzeitig um. Sie fiel dem Mann auf den Fuß. Er jaulte, nicht so sehr vor Schmerz, sondern eher aus Verblüffung. Das Überraschungsmoment reichte Claire. Sie rannte los und rannte, bis sie völlig außer Atem hinter ihrer Haustür in die Knie ging.

Ein paar Tage später erschien Nievergelt und sagte kopfschüttelnd: »Du bist ein ungeheures Weib.«

Wie ein Blitz traf Claire die Erkenntnis, was sich abgespielt hatte. Und es war absolut unerträglich. Alfons war im Haus gewesen, hatte mitbekommen, was passierte, und keinen Finger für sie gerührt. Sie wurde so wütend, wie noch nie in ihrem Leben. Mit einer Stimme süß, dass sie hätte töten können, sagte sie zu ihm: »Du bist entweder ein Schwein oder ein armes Schwein.«

Alfons lachte, küsste sie und fuhr mit ihr nach Sternenberg, wo er ihr endlich sein Haus zeigte. Er fragte: »Wann willst du einziehen?«

Claire hatte Oberwasser und nützte die Gelegenheit. »Erst«, sagte sie, »nach der Hochzeit.«

»So mutig«, sagt Claire zu Noldi, »war ich vorher nie. Aber er hat mich tatsächlich geheiratet. Es war eine wunderbare Hochzeit, ganz intim, nur wir zwei und die Trauzeugen. Wir sind zu viert im Oldtimer zur Kirche gefahren.«

Sie schaut ihn an, lächelt. Noldi fragt, mehr aus Höflichkeit: »Wo haben Sie geheiratet?«

»In der Kirche Illnau«, antwortet Claire.

»Ah ja«, sagt Noldi. »Und das Haus in Volketswil?«

»Gehörte einem Freund, für den er es ein paar Tage hüten musste, weil der in den Ferien war.«

Noldi interessiert etwas ganz anderes, weiß aber nicht recht, wie die Frau reagieren wird. Er hat bei der Erwähnung von Pferderennen die Ohren gespitzt und erkundigt sich jetzt vorsichtig: »War Ihr Mann ein Spieler?«

Die Frage holt Claire jäh in die Gegenwart zurück. Das Strahlen auf ihrem Gesicht erlischt. Für einen Moment wirkt sie verwirrt. Dann sagt sie unwirsch: »Nein. Alfons hat weder gespielt noch war er je auf einer Pferderennbahn. Das hat er sich nur ausgedacht, um mir zu imponieren.«

Bei der Erinnerung daran schluchzt sie auf und wischt sich mit dem Handrücken über Nase und Wangen.

Womit Noldis Hoffnung auf eine heiße Spur schon wieder erlischt. Deshalb fragt er, um den Gesprächsfaden nicht abreißen zu lassen: »Was, würden Sie sagen, war Ihr Mann für ein Mensch?«

Er beobachtet sie, sieht zu seinem Staunen ihre Augen für eine Sekunde blitzen. Dann senken sich die schweren Lider, und sie sagt mit forcierter Inbrunst: »Er war ein so guter Mensch. Niemand hätte einen Grund, ihn umzubringen.«

Noldi hält dagegen: »Das hat einer anders gesehen. Was glauben Sie, wer es war?«

Jetzt ist Claire auf der Hut. Sie schweigt, spielt mit ihren Fingern.

»Ihr Freund zum Beispiel?«, versucht es Noldi. »Oder Sie?«

Claire bleibt ruhig. Sie schaut ihn an, hält seinem Blick stand, ohne zu blinzeln.

Noldi läuft es kalt über den Rücken.

Sie war es, denkt er. Oder doch nicht?

Endlich senkt sie den Blick und sagt wie nebenbei: »Vielleicht sollten Sie Röbi Wolfer diese Frage stellen.«

Noldi horcht auf. »Warum?«

Er sieht sofort, sie spekuliert auf seine Neugier. Ob sie von Nico ablenken will, von sich selbst?

»Er und Alfons waren früher einmal mehr als nur Kollegen.«

»Waren?«

Noldi ist bemüht, ihr die richtigen Stichwörter zu liefern. Er sagt sich, womit immer sie herausrückt, ihm kann es recht sein. Doch was sie erzählt, haut ihn dann doch um.

»Sie waren Freunde«, beginnt Claire, »aber zum Schluss haben sie einander gehasst.«

Sie wartet ab, wie das Gesagte auf Noldi wirkt. Er reagiert nicht, deshalb fährt sie fort.

»Alfons«, sagt sie, »war manchmal völlig unberechenbar. Er hat immer wieder Sachen gemacht, von denen er selbst nicht wusste, warum.«

Sie unterbricht sich, sucht nervös nach dem Taschentuch, putzt sich die Nase und tupft vorsichtig, um nicht die Wimperntusche zu verschmieren, ihre Augen ab.

»Wenn man ihn gefragt hat, zuckte er nur mit den Achseln. Er wurde nicht einmal wütend, aber geantwortet hat er nicht. Ich habe immer Verständnis dafür aufgebracht. Aber dann kam die Geschichte mit Liz. Sie war Wolfers Freundin, und er war völlig verrückt nach ihr. Ich weiß nicht, was er an der Frau gefunden hat. Er hat sie ein paar Mal zu uns mitgebracht. Sie war unscheinbar, blond, eher ungepflegt. Sportlehrerin am Gymi Wetzikon. Und mit ihr hat Alfons geschlafen. Dabei hat er sie nicht einmal attraktiv gefunden. Er sollte sie nach Hause fahren, als Wolfer unerwartet zu einem Einsatz gerufen wurde. Sie hatten eine Panne, mussten auf den Touring-Club warten. Da sind sie gleich ab über die Straße, in die Büsche. Und Liz, diese Kuh, hat es Wolfer sofort gesteckt. Für ihn war es eine Tragödie. Er ist fast wahnsinnig geworden. Er hat mit ihr Schluss gemacht, wollte sich mit Alfons prügeln, doch der sagte, er schlägt sich nicht mit einem Freund.

Liz ist aus der gemeinsamen Wohnung ausgezogen. Röbi hielt es aber ohne sie nicht aus. Sie versöhnten sich wieder, was auch nicht funktionierte. Liz fing an zu trinken, ist im Suff die Kellertreppe hinuntergefallen und hat sich den Hals gebrochen. Von dem Moment an waren mein Mann und Wolfer Todfeinde. Alfons behauptete fest und steif, Röbi habe sie gestoßen. Das erzählte er auch überall herum. Wolfer dagegen hat ihm die Schuld an ihrem Tod gegeben.«

Claire musterte Noldi. »Sie können mir ruhig glauben«, sagt sie. »Alfons hat es mir selbst erzählt. Er hat sich weder etwas darauf eingebildet noch hat er sich geschämt. Er hat es einfach getan.«

Nach einer Pause setzt sie nachdenklich hinzu: »Liz war nicht besonders hell im Kopf.«

Wenn die Frau einen Unfall gehabt hat, denkt Noldi,

muss ein Protokoll existieren. Er wird es ausgraben und überall nachbohren, bis er weiß, was an der Geschichte dran ist. Denn bis jetzt hat Claire nur eines getan, sie hat Wolfer belastet. Noldi hofft zu Gott, dass der Mann ein hieb- und stichfestes Alibi für den Unfall seiner Freundin hat.

»Verstehen Sie jetzt«, unterbricht Claire seine Überlegungen, »was ich meine, wenn ich sage, er hat solche Sachen gemacht, ohne sich um andere zu kümmern?«

Noldi gefällt der Verlauf, den dieses Gespräch nimmt, ganz und gar nicht. Misstrauisch erkundigt er sich: »Frau Nievergelt, warum erzählen Sie mir das? Es liefert Ihnen ein ebenso gutes Motiv für den Mord an Ihrem Mann.«

»Ich habe Alfons geliebt«, sagt sie ergreifend schlicht, doch Noldi traut diesem welken Engel weniger denn je über den Weg.

Er fragt: »Und wie hat diese Liz mit vollem Namen geheißen?«

Darauf lässt Claire noch eine kleine Bombe platzen.

»Lisa Rebsamen. Sie hat sich selbst aber immer nur Liz genannt. Ihr Vater ist der bekannte Immobilienmakler Gusti Rebsamen.«

Noldi traut seinen Ohren nicht.

»Der die Leiche Ihres Mannes gefunden hat?«

»Ja«, antwortet sie, und Noldi hat einmal mehr den Eindruck, das ganze Gespräch sei sorgfältig von ihr inszeniert.

Robert Wolfer stammt aus Wald im Zürcher Oberland. Die Gemeinde liegt genau genommen nicht mehr im Tösstal, sondern im Tal der Jona, die in den Zürichsee fließt.

Auf Grund seines Wasserreichtums war der Ort zur Zeit der Industrialisierung Mittelpunkt der Textilindustrie in dieser Region. Großvater Wolfer arbeitete in einem der Spinnereibetriebe. Der Vater war das einzige Kind und sollte etwas Besseres werden. Für ein Studium reichte es nicht, aber er konnte eine Ausbildung zum Bibliothekar absolvieren. Damit stieg er in den damals noch bescheidenen Mittelstand des Ortes auf. Er heiratete eine Krankenschwester. Trotz heftiger Bemühungen bekamen sie nur einen Sohn, Robert. Als Kind war er ein fester kleiner Knollen, entsprechend schlagkräftig im Schulalter, wenn auch nie ein echter Raufbold. Später entwickelte er sich zu einem vierschrötigen, nicht sehr großen Mann mit einem schwierigen Temperament. Schon als Halbwüchsiger fühlte er sich in dem gepflegten Haushalt seiner Eltern nicht wohl. Was die finanzielle Situation anlangte, hätte er studieren können, doch er wollte nicht. Er brauchte eine körperliche Betätigung. Deshalb setzte er ohne besonderes Zartgefühl gegen die hochfliegenden Pläne seiner Erzeuger durch, dass er eine Zimmermannslehre machen konnte. Nach dem Militärdienst, in dem er zum Motorfahrer ausgebildet wurde, arbeitete er ein Jahr in seinem Beruf. Dann hatte er die Nase voll und meldete sich bei der Polizei. Damit versöhnte er seine Eltern einigermaßen, denen ein Polizist in der Familie bei Weitem lieber war als ein gewöhnlicher Zimmermann. Er wurde bald nach Bauma versetzt, zog dorthin und mied seine Familie, weil ihm vor allem die Mutter mit ihren ewigen Klagen, warum er nicht heirate und ihnen Enkelkinder schenke, auf die Nerven ging. Er hatte häufig Affären, seine derbe Art schien bei vielen Frauen Anklang zu finden. Doch er war äußerst launenhaft, was die Vernünftigeren unter ihnen früher oder später in die Flucht schlug. Die ganz Dummen, die sich alles gefallen ließen, schickte er selbst in die Wüste. So blieb er Junggeselle, bis er Liz Rebsamen traf.

Als Noldi, zurück von Sternenberg, den Kollegen auf seine Beziehung zu eben dieser Dame anspricht, nimmt Wolfer ihn vorne am Hemd. »Ein Wort noch und ich drehe dir den Hals um.«

Noldi ist völlig von den Socken. Mitleid schießt in ihm hoch. Der Mann ist todunglücklich, aber unschuldig, davon ist er in diesem Augenblick felsenfest überzeugt. Er glaubt auch nicht daran, dass Wolfer seine Drohung wahr machen würde. Und einschüchtern kann man ihn auf diese Weise erst recht nicht. Vor allem fühlt er sich jetzt mehr denn je verpflichtet, Wolfer zu entlasten.

»Röbi«, sagt er deshalb sanft, »wo warst du, als Liz die Treppe hinuntergefallen ist?«

Der andere fletscht nur die Zähne, gibt ihm einen unsanften Stoß vor die Brust und geht.

Noldi zieht sein Hemd wieder glatt, setzt sich an den Schreibtisch, telefoniert, nimmt alle interkantonalen Hürden wie ein Weltmeister und hat tatsächlich in Rekordzeit das Unfallprotokoll Lisa Rebsamen von der Kantonspolizei Waadt auf dem Bildschirm.

Die Sache war am 25. Juni genau fünf Jahre her. Der Tag, an dem Nievergelt umgebracht wurde, denkt Noldi erschrocken.

Die Frau, steht da, befand sich zum Zeitpunkt ihres Treppensturzes allein in einem Haus in Mollie Margot.

Gefunden hat sie der Briefträger, der einen eingeschriebenen Brief für sie hatte. Liz lag am Fuß der Kellertreppe, und ihr Körper war bereits ausgekühlt. Offensichtlich wollte sie Wäsche in die Waschküche bringen, hatte einen Plastikkorb bei sich, und ihr Alkoholpegel war beträchtlich. Weder Eingangstür noch Hinterausgang am anderen Ende des Flurs waren verschlossen, doch im ganzen Haus fanden sich keine Spuren außer denen von Liz. Damit konnte der Verdacht auf Fremdverschulden nicht erhärtet werden, und es wurde auf Unfalltod erkannt. Von Wolfer ist nicht die Rede.

Noldi kaut gedankenverloren an seinem Bleistift, zermartert sich das Hirn, wie er zu weiteren Informationen in der Sache kommen könnte. Der Unfall hat sich im Kanton Waadt abgespielt. Wen kennt er dort? Zu seiner großen Überraschung ist es dann die Kollegin auf der Polizeistation Tösstal, die Licht in die Sache bringt. Franca ist mit Lisa Rebsamen in die Schule gegangen.

»Mit der, die tödlich verunglückt ist?«, versichert sich Noldi.

»Ja«, sagt Franca. Dann schaut sie ihn an. »Wieso fragst du? Woher weißt du das?«

»Die Witwe Nievergelt hat es mir erzählt.«

Auf diese Weise kommt die ganze Geschichte auf den Tisch.

Gusti Rebsamen war wie Wolfer Junggeselle. Eine späte Liebschaft mit einer jüngeren Frau bescherte ihm eine Tochter. Als sie geboren wurde, war er 48, die Mutter 35. Obwohl überglücklich, konnte er sich nicht aufraffen, seine Geliebte zu ehelichen. Er nahm die Vaterschaft an, sorgte finanziell für die beiden. Er richtete ihnen eine Wohnung in der Nähe seiner Firma in Uster ein, damit er sie auch während der Arbeit zwischendurch besuchen konnte. Bald wurde es ihm zur Gewohnheit, täglich bei ihnen vorbeizuschauen. Daraus entstand mit der Zeit so etwas wie ein echtes Familienleben. Er war vernarrt in seine kleine Tochter. Manchmal, wenn er nach solchen Besuchen allein in seinem leeren Haus saß, spielte er mit dem Gedanken an eine Heirat, damit das Kind in geordnete Verhältnisse kam. Doch die Verhältnisse waren auch so geordnet, und er beließ es dabei. Mit 50 erkrankte die Frau an Lungenkrebs. Sie hatte Zeit ihres Lebens geraucht. Tag für Tag saß Rebsamen an ihrem Bett, hielt ihre Hand, harrte treu bei ihr aus, bis sie, längst nicht mehr bei Bewusstsein, ihren letzten Atemzug tat. Und er wunderte sich, wie fremd sie ihm war, im Gegensatz zu ihrer Tochter. Mit ihr war er bald unzertrennlich. Er hatte sie schon vor dem Tod der Mutter zu sich genommen und die Adoption in die Wege geleitet. Lisa war damals 15. Sie entwickelte sich zu einer jungen Frau mit blankem Gesicht und blonden Haaren, nicht übertrieben intelligent, dafür aber mit ausgeprägtem Bewegungsdrang. Sie war eine gute Läuferin, eine noch bessere Turnerin und wollte unbedingt Sport studieren. Obwohl Rebsamen insgeheim gehofft hatte, sie würde in seine Firma eintreten, stand es außer Frage, dass er ihr diesen Wunsch erfüllte. Als Lehrerin war sie beliebt. Ihre knappe, leicht schnoddrige Art kam vor allem bei ihren halbwüchsigen Schülern gut an. Für Männer zeigte sie zur heimlichen Freude des Vaters wenig Interesse. Als sie Robert Wolfer kennenlernte, ging sie immerhin gegen die 30.

Dass sie sich trafen, war purer Zufall. Wolfer, bei der Polizei zuständig für Bauma und Sternenberg, half freiwillig im Ordnungsdienst beim Pfäffikersee-Lauf, an welchem Lisa teilnahm. Keiner der beiden hätte nachträglich sagen können, womit er sie für sich gewann. Er war nicht der erste Mann in ihrem Leben. Die Jungfräulichkeit hatte sie bereits in einer Partynacht mit viel Alkohol auf der Ladefläche eines Transporters verloren, ohne dass sie nachträglich Bedauern darüber empfand. Sie fühlte sich eher so, als wäre damit ein Tagesordnungspunkt abgehakt. Ebenso unsentimental fing sie das Verhältnis mit Wolfer an. Sie hatten sich in einem Tanzlokal getroffen, und er bearbeitete sie unermüdlich, die Nacht mit ihm zu verbringen. Endlich stand sie auf und sagte vor allen anderen: »Also los. Nur damit du es gleich weißt, heute geht nichts, ich habe die Mens.«

Wolfer war fasziniert. Eine solche Frau war ihm noch nie untergekommen. Er ließ sich von ihr abführen wie ein Tanzbär. Mit der Zeit fand auch Liz Gefallen an ihm. Sie wurde nie romantisch, dafür fotografierte sie ihn nackt mit allem, was er zu bieten hatte, und schleppte das Foto in ihrem Portemonnaie herum. Das schmeichelte ihm. Er wollte unbedingt mit ihr leben. Sie überlegte sich die Sache und war dann zu seiner Überraschung einverstanden.

Rebsamen blieb dem Freund seiner Tochter gegenüber stets distanziert. Er legte Lisa keinen Stein in den Weg, als sie ihm mitteilte, sie würde sich mit Wolfer zusammentun. Er organisierte den Umzug, schenkte den beiden eine teure Stereoanlage, war aber in deren Wohnung in Bauma ein seltener Gast. Wenn Lisa ihn sehen wollte, kam sie zu ihm. Sie besuchte ihn häufig, sie trafen sich zum Essen, und manchmal, wenn Wolfer am Wochenende Dienst hatte, machten Vater und Tochter lange Wanderungen. Rebsamen verlor nie ein Wort darüber, wie es für ihn war, wieder allein zu hausen, und Lisa fragte nicht. Solche Feinheiten lagen nicht in ihrem Naturell. Ebenso wenig lag es ihr, den Zwischenfall bei der Autopanne zu verschweigen. Als Wolfer die Sache unerwartet tragisch nahm und die Beziehung beendete, zog sie kommentarlos wieder bei ihrem Vater ein.

»Soviel ich gehört habe«, berichtet Franca, »hat sich Liz aber auch mit dem Vater verkracht, deshalb ist sie nach Mollie Margot gezogen, wo er ein Haus besaß. Von dort hat sie eines Tages telefoniert und gefragt, ob wir uns nicht sehen könnten. Ehrlich gesagt, ich habe mich gewundert, dass sie mich anruft, obwohl wir uns aus den Augen verloren haben. Doch ich war neugierig und zufällig hatte ich am nächsten Tag frei. So bin ich hingefahren.«

Sie seien in der Küche gesessen, hätten Bier getrunken. Während sie, Franca, noch beim ersten gewesen sei, habe Liz schon das zweite aus dem Kühlschrank geholt und dazu eine Schnapsflasche.

»Und«, drängt Noldi, »was hat sie erzählt?«

»Nichts. Wir haben von alten Zeiten geredet. Als ich sie fragte, was sie hier im Welschland mache, hat sie gelacht und gesagt: Ferien.«

»Im Juni?«, erkundigt sich Noldi.

»Stimmt«, sagt Franca, »ist mir gar nicht aufgefallen. Schule war damals für uns noch kein Thema. Unsere Kleine wurde erst zwei.«

Noldi stutzt, er hätte es wissen müssen. Franca ist verheiratet und hat eine Tochter. Ist ihm entfallen, stellt er beschämt fest. Schnell sagt er: »Du lieber Himmel, dann ist sie inzwischen schon sieben.«

Franca nickt nur. Ihr ist es nicht recht, dass sie davon angefangen hat. Dieser Mensch, denkt sie, bringt einen leicht dazu, dass man mehr redet, als einem gut tut.

Sie beeilt sich, von dem Thema abzulenken, daher fährt sie fort: »Eines ist mir komisch vorgekommen: Als ich aufs WC gegangen bin, stand im Bad eine Wickelkommode. Ich bin zurück in die Küche und habe gefragt, ›kriegst du ein Kind?‹ Doch Liz antwortete nur, das Möbel sei schon im Haus gewesen.«

»Wie hat sie ausgesehen?«, will Noldi wissen.

»Gut«, meint Franca nachdenklich. »Dafür dass sie getrunken hat, überraschend gut. Vielleicht ein wenig fester als früher, aber schwanger war sie definitiv nicht. Das hätte ich erkannt.«

Noldi überlegt, was er noch wissen möchte, da kommt Franca ihm zuvor.

»Weißt du, was sie beim Abschied gesagt hat?«, fragt sie. Er schüttelt den Kopf.

»Sie hat gesagt, sie habe den Mann ihres Lebens verloren.«

»Und dann?«, will Noldi wissen.

»Bin ich gegangen. Das Nächste, was ich gehört habe, war, dass sie tödlich verunglückt sei.«

Einen Moment lang ist Noldi versucht, sie zu fragen, ob sie es für möglich hält, dass Wolfer die Freundin die Treppe hinuntergestoßen habe, dann sagt er nur: »Wen, glaubst du, hat sie gemeint? Nievergelt oder Wolfer?«

Franca schaut ihn an. »Ich weiß nicht«, antwortet sie unsicher, »Nievergelt.«

Und nach einer Pause: »Wenn du mich fragst, sie hat sich umgebracht.«

»Wie kommst du darauf?«

»Hättest du sie gesehen, wie sie mich zur Tür begleitet hat, aufrecht und ohne zu schwanken, wüsstest du, die fällt auch im Suff nicht gleich die Treppe hinunter.«

Noldi dankt der Kollegin und kümmert sich als Nächstes um Wolfers Alibi für den Tag, an dem Liz umgekommen ist. Das erweist sich als schwierig, denn nach fünf Jahren kann er keine Dienstpläne mehr heranziehen. Er wird, denkt Noldi mit einem gewissen Unbehagen, Wolfer selbst fragen müssen. Leider ist auch sein Alibi für die Nacht von Nievergelts Tod nicht über jeden Zweifel erhaben. Rühle war eine Zeit lang allein im Streifenwagen unterwegs. Und er benimmt sich seltsam genug, dass man auf den Gedanken kommen könne, er decke jemand. Möglicherweise sich selbst. Ob Wolfer auf Nievergelt geschossen hat? Kann das sein, überlegt Noldi zum hundertsten Mal. Es war genau der Jahrestag von Lisa Rebsamens Tod. Das ist gar nicht gut, denkt er. Aber schießt er Nievergelt deshalb von hinten über den Haufen? Das traut er Wolfer nicht zu. Den Mord ja, wie die Dinge jetzt liegen. Doch da sind auch noch die abgesägten Füße. Man hat Nievergelt in den Rücken geschossen und ihm die Füße abgesägt. Laut Obduktionsbefund erst post mortem. Anschließend hat man den Toten sorgfältig auf sein Bett gelegt. Das hat doch etwas zu bedeuten. Aber was? Verzweifelt denkt er, er muss noch einmal ganz von vorne anfangen.

Sein Auftrag lautet, Nievergelts Mörder zu finden. Also sollte er sich noch einmal die Alibis aller Beteiligten vornehmen. Verdammt. Da hat ihn die Witwe mit der Story über ihren Gatten und diese Liz ganz schön aus dem Konzept gebracht. Statt seine Arbeit zu tun, versucht er, Wolfer im Fall Lisa Rebsamen zu entlasten. Schwer daneben, Herr Polizist, sagt er sich zähneknirschend. Trotzdem, irgendwie ist auch diese Sache heiß. Vielleicht besteht doch ein Zusammenhang zwischen den beiden Fällen. So wie Kollege Wolfer sich benimmt. Aber es gibt noch eine Figur in dem Spiel, Gusti Rebsamen, den Vater der toten Liz. Er hat Nievergelts Leiche gefunden und davon, dass er und Wolfer alte Bekannte sind, steht weder etwas im Protokoll noch hat es Rebsamen erwähnt. Wieso nicht? Hat Wolfer es aus eigenem Interesse verschwiegen, oder wollte Rebsamen nicht, dass ihre Verbindung erwähnt wird? Wäre von beiden recht kurzsichtig, und vor allem wozu? Vielleicht hat der Alte Rachegelüste, wenn er in Nievergelt den Schuldigen für den Tod seiner Tochter sieht? Ganz auszuschließen ist das nicht. Froh um eine Ablenkung gibt Noldi im Internet die Immobilienfirma ein, verirrt sich zunächst in den Angeboten, welche er auf der Website findet. Was da alles zu haben ist, vom Hühnerstall bis zum Häuserblock als Renditeobjekt. Dann reißt er sich los und sucht unter »Über uns« nach Fotos. Er hat keine Ahnung, was er sich davon verspricht, im Moment fällt ihm nur nichts Besseres ein. Verbissen klickt er sich durch die Abbildungen der Angestellten. Könnte ja sein, denkt er, dass er auf einen Namen stößt, der im Zuge seiner Ermittlungen aufgetaucht ist. Vielleicht hofft er auf ein Wunder. Aber die Gesichter sagen ihm nichts, und die Firmengeschichte gibt ebenfalls nichts her. Schließlich kehrt er zu Rebsamens Foto zurück. Und genau in diesem Moment, als er das arglose Lächeln des alten Mannes sieht, der nicht ganz so arglos ist, hängt es Noldi aus. Er hat genug. Er will nicht mehr. Weder gegen den Kollegen ermitteln noch die miese Stimmung im Büro ertragen oder sich von diesem Immobilienhai an der Nase herumführen lassen. Keiner kann das von ihm verlangen, auch der Chef nicht.

Er stellt gewissenhaft den Computer ab und fährt nach Winterthur. Dort geht er schnurstracks zu Beer und sagt, er wolle von diesem Fall abgezogen werden. Er redet nicht von Wolfers Drohungen. Da würde er sich vorkommen wie ein Schulkind, das ein anderes verpetzt. Er redet auch nicht über den Fall Liz Rebsamen, welcher Wolfer zusätzlich zur Denunziation belastet. Auf der Fahrt nach Winterthur hat er sich eine andere Argumentationslinie zurechtgelegt. An die hält er sich. Möglicherweise trägt er ein wenig dick auf.

Er sagt zu Beer: »Das hat keinen Sinn, Hans. So komme ich nicht weiter. Die in der Station Tösstal schneiden mich. Du bist auch nicht sehr hilfreich in diesem Fall. Und an eine Zusammenarbeit mit Wolfer ist ohnehin nicht zu denken.«

»Langsam, langsam«, erwidert Beer, doch Noldi ist so in Fahrt, dass er nicht auf ihn hört.

»Ich verstehe ihn ja. Solange keiner weiß, warum er von dem Fall abgezogen worden ist, schaut es wirklich aus, als hätte ich mir die Sache unter den Nagel gerissen. Das Ganze ist doch idiotisch. Sollen die aus Zürich einen schicken, der sich die Zähne ausbeißt.«

Er würde noch lange weiter lamentieren, doch Beer sagt in scharfem Ton: »Stopp. Hör auf zu jammern. Ich habe gute Neuigkeiten für dich.«

Noldi zieht ein schiefes Gesicht. Man sieht ihm an, was er von den guten Neuigkeiten seines Chefs hält. Der sagt ein wenig schadenfroh, die Polizeidirektion in Zürich habe herausgefunden, dass es sich bei Nievergelts Brief um böswillige Verleumdung handle. »Das heißt«, schließt er, »du bist den Fall los. Von jetzt an ermittelt Wolfer wieder.«

Noldi schaut verdutzt. Diese Wendung passt ihm auch nicht. Ihm wäre lieber gewesen, Beer hätte einen Außenstehenden angefordert.

Der Chef scheint sein Unbehagen nicht wahrzunehmen, oder wenn doch, übergeht er es und sagt freundlich: »Als Täter kommt er ja jetzt nicht mehr infrage.«

Darauf antwortet Noldi giftig: »Da wäre ich mir nicht so sicher. Wolfer hat kein Alibi.«

»Ah ja?«, macht Beer nur mit hochgezogenen Augenbrauen, und setzt dann zu Noldis noch größerem Ärger hinzu: »Na und, wenn auch. Du bist den Fall los. Das ist es doch, was du wolltest. Oder?«

Was kann der arme Noldi Oberholzer darauf antworten, nachdem er dem Chef erst vor ein paar Minuten die Ohren vollgejammert hat. Nichts kann er sagen, nur das bringt er auch nicht fertig. So steht er auf, verabschiedet sich, dreht sich an der Tür doch noch einmal um.

»Bleibt nur die Frage, warum Nievergelt den Wolfer verleumdet hat.«

Sagt es und ist endgültig draußen.

Beer lächelt leise, er kann sich lebhaft vorstellen, was sein alter Freund unternehmen wird. Unter Garantie, denkt er, wird Noldi heimlich weiter ermitteln. Und er, sein Chef, ist nicht unglücklich darüber.

10. ZIRKUSABENTEUER

Doch als Noldi nach Hause kommt, gibt es eine große Aufregung, über die er den Fall Nievergelt komplett vergisst. Hablützel ruft an, ob Bayj bei ihnen sei. So kommt heraus, dass Pauli und der Hund weg sind. Spurlos verschwunden. Hans und Betti erscheinen in Rekordzeit zu einer Krisensitzung. Sie versuchen es zuerst mit Paulis Handy, doch das ist ausgeschaltet. Dann telefonieren sie wie wild herum, rufen jeden an, der ihnen in den Sinn kommt, und fragen nach dem Jungen. Als ihnen niemand mehr einfällt, den sie noch fragen könnten, erinnert sich Meret an Anne. Sie sucht sofort die Nummer der Familie heraus und ruft an. Sobald Annes Vater sich meldet, entschuldigt sie sich vielmals, es sei ihr gar nicht recht. Aber Anne ist ihre letzte Hoffnung. Der Mann holt seine Tochter ans Telefon. Das Mädchen gibt sich zugeknöpft.

Meret fragt: »Anne, weißt du, wo Pauli ist?«

»Nein«, antwortet diese, aber es klingt wenig überzeugend.

»Du und Pauli, ihr seid doch befreundet?«, probiert Meret es anders herum.

Anne überlegt, dann sagt sie zögernd: »Ja.«

»Du weißt, wo er ist, und hast versprochen, nichts zu sagen?«

Das Mädchen schweigt.

»Anne, wir machen uns Sorgen um ihn. Würdest du doch auch, wenn du nicht wüsstest, wo er ist. Wir lassen ihn bestimmt in Ruhe, wir wollen nur sicher sein, dass es ihm gut geht.«

Anne sagt noch immer nichts.

»Er hat dir bestimmt eine SMS geschickt«, bohrt Meret.

»Nein.«

Jetzt weiß Meret nicht mehr weiter. Sie ist nahe daran, aufzugeben. Da sagt Anne, der endlich dämmert, wie verzweifelt Paulis Mutter ist:

»Er hat auf WhatsApp ein Foto geschickt, von sich und Bayj und im Hintergrund ist so etwas wie ein Zirkuszelt.«

Diese Nachricht schlägt bei Paulis Familie wie eine Bombe ein.

»Vielleicht«, sagt Noldi hoffnungsvoll, »der ›Circolino Pipistrello‹.«

Und Hans knurrt: »Deshalb hat er Bayj all den Unsinn beigebracht.« Dann brechen sie in Gelächter aus. Vermutlich sind es das Nachlassen der Spannung und der Hoffnungsschimmer am Horizont.

Der »Circolino Pipistrello« ist ein kleiner Zirkus, der seit Jahren sein Winterquartier in Rikon hat, und bei dem sich die beiden jüngeren Oberholzer-Kinder immer gern herumtrieben. Einmal, erinnern sich die Eltern, haben Pauli und Felizitas sogar am Mitmachzirkus teilgenommen, der unter dem Motto angeboten wird »Zirkus machen können alle Menschen«. Im Sommer tingelt er mit seinem Programm durch die Schweiz.

Noldi schaut sofort auf dem Tourneeplan nach und findet heraus, dass der »Circolino Pipistrello« für eine Woche in Lyss im Bernbiet gastiert.

»Den Ort«, sagt Meret, die nicht weiß, ob sie lachen

oder weinen soll, »hat Pauli ausgesucht, weil er möglichst weit von uns weg wollte.«

Die Wogen gehen hoch, Noldi würde am liebsten sofort ins Auto springen, um den abtrünnigen Sohn nach Hause zu holen. Meret stimmt ihm zu, Hans findet ebenfalls drastische Maßnahmen für angebracht. Nur Betti wiegelt ab. Sie ist in der ganzen Aufregung die Einzige, die den Kopf oben behält, denn sogar ihre praktisch veranlagte Schwester ist ins Zittern gekommen.

Betti versucht, in den anderen Verständnis für ihren Neffen zu wecken.

»Was wollt ihr«, sagt sie, »Pauli ist ein vernünftiger Junge, außerdem ist der Hund bei ihm.«

Viel Glück hat sie mit ihren Argumenten nicht. Immerhin erreicht sie nach langer heftiger Diskussion, dass man den nächsten Tag abwarten will.

Es wird eine schlaflose Nacht für Meret und Noldi. Doch zum Glück ist ihre Leidenszeit kurz, denn schon am Morgen ruft Pauli an.

Anne hat mit ihm gechattet, sie schrieb, wenn er sich nicht melde, drehe seine Mutter durch.

»Na und«, tippte Pauli herzlos zurück, doch Anne ließ ihm das nicht durchgehen.

»Kannst du nicht machen.«

»Warum nicht? Sie nervt und mein Vater auch«, beharrte er.

»Du machst sie verrückt.«

»Und du? Mache ich dich auch verrückt?«, versuchte Pauli abzulenken.

»Bestimmt nicht.«

»Schade«, meinte er, »fände es schön, wenn du verrückt wärst nach mir.«

»Eingebildeter Affe«, schrieb Anne zurück und ging vom Netz.

Als Meret ihren Sohn jetzt in der Leitung hat, teilt er ihr mit, er und Bayj hätten beim Zirkus ein Engagement bekommen. Was er alles nicht sagt, ist, dass er sich verspekuliert hat, dass man nicht von einem richtigen Engagement reden kann, dass es keine tolle Nummer mit Bayj geben wird, von der er sich so viel versprochen hat, und auch nicht, dass es sich um eine Projektwoche in der Heilpädagogischen Schule handelt, also nicht ganz der Zirkus ist, von dem er geträumt hat.

»Ich hoffe«, fügt er erwachsen hinzu, »ihr habt nichts dagegen.«

Meret denkt, seine Stimme klingt nicht ängstlich, aber besorgt, und sie hört auch den aufmüpfigen Unterton, den er schon als Kind gehabt hat, wenn es etwas zu beichten gab. So antwortet sie sachlich, das ginge in Ordnung, nur müsse er unbedingt den Onkel fragen wegen Bayj. Es sei sein Hund, er brauche ihn sicher für die Jagd.

Und genau das ist es, womit Hans sofort anfängt, als Pauli sich bei ihm meldet.

»Wie stellst du dir das vor?«, poltert er. »Was glaubst du eigentlich? Dass ich den Hund zu deinem Vergnügen halte?«

»Nein, Onkel«, antwortet Pauli zahm. »Es ist doch nur für die paar Tage.«

Hablützel schnaubt, und Betti, die neben ihm steht, das Ohr ebenfalls am Hörer, stößt ihn in die Seite. Hans kann sich denken, was sie von ihm will. Früher hätte ihn ihre Einmischung erst recht auf die Palme gebracht, doch mit den Jahren ist er milde geworden. Er weiß es selbst und schreibt es dem Alter zu. In dem Moment sagt Pauli ziemlich kleinlaut: »Bitte, Onkel.«

Es trifft Hans ins Herz. Dass sein Lieblingsneffe ihn bittet.

»Also gut«, knurrt er, »du bringst den Hund am Sonntag gesund und frisch gebadet zurück. Ist das klar?«

»Ja, Onkel«, sagt Pauli hörbar erleichtert. »Versprochen.«

Wenigstens das, denkt er, ist gut gegangen. Sonst kam alles anders, als er sich vorgestellt hat.

Ausgerechnet als Pauli und Bayj in Lyss aus dem Zug stiegen, ging eine lange Schönwetterperiode zu Ende. Es begann zu regnen. Genauer gesagt, es regnete nicht, es schüttete wie aus 100 Kannen, und als sie beim Zirkus ankamen, waren sie bis auf die Haut durchnässt. Um das Zelt herrschte lebhaftes Treiben. Kinder und Halbwüchsige liefen herum, schleppten Bänke und anderes Zeug, schoben Kabelrollen vor sich her, riefen einander nicht immer verständliche Sätze zu. Niemand nahm Notiz von den zwei tropfnassen Gestalten, die ratlos am Rand der Wiese standen. Bayj schüttelte sich und spritzte Pauli dabei kräftig an. Der Hund war in denkbar schlechter Stimmung. Er schätzte Zugfahrten nicht, saß lieber im Auto und am liebsten auf dem Beifahrersitz. Diese ganze Unternehmung hier war ihm nicht geheuer.

Pauli irrte mit ihm auf dem Gelände umher, und es dauerte eine Weile, bis er jemanden fand, der bereit war, sich ihre Nummer anzusehen. Ein junger Mann namens

Nando, scheinbar der Direktor, lotste sie endlich in einen zugigen, aber wenigstens trockenen Winkel des Zirkuszeltes, wo er sie warten ließ. Pauli rekapitulierte im Kopf noch einmal ihren Auftritt.

»Denk daran«, sagte er zu Bayj, »das muss alles sitzen. Dir ist hoffentlich klar, es hängt von dir ab, ob er uns engagieren wird oder nicht.«

Der Hund kläffte kurz zum Zeichen, dass er verstanden hatte.

Pauli war nicht ganz beruhigt, aber er strich Bayj über den Kopf, sprach ihm und vor allem sich selbst Mut zu. »Wir schaffen es«, sagte er.

Wenn, dachte er besorgt, die im Zirkus ihn nicht nehmen, ist er mit seinem Latein am Ende. Dann müsste er wieder nach Hause, und diese Heimkehr malt er sich lieber nicht aus.

Bayj schaute ihn fragend an. Er war viel zu schlau, um nicht zu merken, dass etwas nicht stimmte. Er war schon öfter mehr oder weniger illegal mit Pauli unterwegs. An sich störten Bayj solche Kleinigkeiten nicht, er hatte immer Lust auf ein Abenteuer. Aber diesmal fühlte sich alles anders an, und der Junge wirkte so verbissen. Das war er von seinem Freund nicht gewöhnt.

Endlich kam der Mann zurück. Bayj zeigte seine Kunststücke, widerwillig zwar und ohne jeglichen Charme, aber er patzte kein einziges Mal. Er balancierte einen Ball auf der Nase, begrüßte auf Paulis Geheiß den Direktor mit Pfotenschlag, ging auf zwei Beinen, legte einen Überschlag hin und zeigte sogar eine Art Levade, indem er die Hinterbeine elegant in die Luft warf. Doch Nando runzelte nur die Stirn. Er schien nicht begeistert, schwieg eine Weile, dann sagte er plötzlich zu Pauli: »Das mit dem Hund wird nichts. Aber wenn du willst, kannst du die Säuli-Nummer übernehmen. Der Xaver ist gestern ausgefallen. Wir hatten einen Unfall mit dem Traktor, und er ist verletzt, wie schwer, weiß noch niemand. Eine Katastrophe. Du müsstest sofort anfangen zu trainieren. Eine große Kunst ist es nicht.«

Pauli hielt seinen Auftritt mit Bayj für absolute Spitzenklasse. Irritiert dachte er, warum will der Kerl uns nicht. Aber er konnte auch nicht zurück. Er wollte keine Lehre machen müssen, weder Informatik noch sonst irgendetwas, das ihm seine Eltern in leuchtenden Farben ausmalten. Er wollte zur Polizei und der jüngste Polizist der Schweiz werden. Sollten sie ihm dort beibringen, was er für den Job brauchte. Er schaute Bayj fragend an, doch sein Freund drehte demonstrativ den Kopf weg. Er setzte sich auf den Boden und kratzte sich geflissentlich mit der Hinterpfote am Hals.

»Gut, ich mache es«, sagte Pauli. »Aber der Hund bleibt bei mir.«

»Meinetwegen«, grunzte der andere. »Bis spätestens Samstag musst du die Nummer drauf haben. Dann ist die Vorstellung. Fang am besten gleich an. Wohnen kannst du vorläufig in dem Wagen von Xaver. Der liegt im Spital. Wenn er zurückkommt, sehen wir weiter.«

Es ist kein Zuckerschlecken, dieses Zirkusleben. Pauli redet sich ein, er fände es rasend interessant, aber in Wirklichkeit ist es nur öd. Vielleicht, denkt er, wäre es bei schönem Wetter besser, nur ganz überzeugt ist er davon nicht. Er schaut zu, wie die Zirkusleute mit den Schülern aus der Heilpädagogischen Schule arbeiten. Die Abklärungen, wer was kann und tun möchte, sind schon vorüber. Jetzt geht es bereits ans Einüben der einzelnen Nummern. Die Kinder, auch die schwerer behinderten, überbieten sich selbst, und Pauli ist wider Willen beeindruckt von ihrem Einsatz.

Bayj dagegen gefällt das alles nicht. Er vermisst sein Zuhause bei den Hablützels, auch wenn er tagsüber in den Zwinger muss. Sein Hundehaus dort ist wunderbar bequem, und er liebt es, mit seinem Herrn jeden Morgen schon vor der Dämmerung durch den Wald zu streifen. Die Luft ist frisch, voll verführerischer Düfte, kein Vergleich zu dem Gestank hier. Und die Ferkel, mit denen sein Freund trainieren soll, darf er auch nicht jagen. Als Erstes muss Pauli sie aus dem Morast fischen, denn sie scheinen die Einzigen, denen es dort gefällt. Insgesamt sind es acht Stück, äußerst lebhaft und wenig angetan von der Dressur. Er jagt jedem Einzelnen nach, fällt selbst in den Dreck und sieht bald nicht besser aus als sie. Hat er endlich alle eingefangen, werden sie geduscht und abgerieben, bis sie wieder schön rosarot sind.

»Das«, sagt Direktor Nando, »ist eine gute Methode zum Kennenlernen. So gewöhnen sie sich schneller an dich.«

Kaum hat Pauli sie gesäubert, rasen sie bereits wieder herum. Da sie sich jetzt auf festem Boden bewegen, schleudern sie mit ihren kleinen Hufen quiekend in die Kurven, bis das Training beginnt.

Wie Pauli schaut auch Bayj, sonst ein sehr ordentlicher Hund, nicht mehr gepflegt aus. Sein Fell ist nass, verklebt, und er riecht heftig.

Mit ihm muss Pauli den winzigen Wohnwagen teilen,

den Nando ihm zugewiesen hat. Es gibt dort drinnen ein schmales Campingbett mit einer Matratze, einen kleinen Tisch, eine Kiste, die gleichzeitig als Bank und als Stauraum dient, einen Stuhl, ein Wandkästchen mit ein wenig Geschirr darin.

Am nächsten Morgen schüttet es immer noch wie aus Eimern. Wenigstens zum Essen kommen sie an die Wärme, denn die Zirkusleute werden gemeinsam mit den Kindern in der Schulküche abgefüttert. Auch das ist kein reines Vergnügen für Pauli und den Hund. Es gibt Geschrei, umgefallene Becher, verkleckerte Tische, Teller mit Speisen landen auf den Boden. Dann weint wieder ein Kind. Besonders Bayj muss einiges aushalten. Alle haben ihn ins Herz geschlossen, überschütten ihn mit ihrer klebrigen Zärtlichkeit. Er lässt es über sich ergehen und verhält sich mustergültig, obwohl er insgeheim denkt, die schwierigste Nachsuche sei ein Genuss dagegen. Er sehnt sich mehr denn je nach dem kühlen Morgengrauen, der Stille im Wald, den ersten Vogelstimmen, wenn er und sein Herr durch das Revier streifen. Das sind andere Laute als das Kreischen dieser rabiaten kleinen Wesen, wenn sie über ihn herfallen, ihn küssen, streicheln, ihm liebevoll Leckerbissen zustecken, die er verabscheut. Manchmal schaut er in einem solchen Moment vorwurfsvoll zu Pauli, doch der leidet unter den überschwänglichen Freundschaftsbezeugungen der Kinder genauso wie der Hund.

Der Junge ist mehr als einmal versucht, zum Direktor zu gehen und zu sagen, da der seine Nummer nicht wolle, würden sie beide jetzt auf der Stelle wieder verschwinden. Sehr zu Bayjs Leidwesen bleibt er doch, denn allen Widrigkeiten zum Trotz ist es eine intensive Zeit für den Pauli. Er lernt ein rechtes Spektrum an körperlichen und geistigen Spielarten kennen, welche die Natur hervorbringt. Ein schweres Stück Arbeit für einen 15-Jährigen, damit klar zu kommen. So liegt Pauli auch nach den anstrengenden Tagen wach auf dem schmalen Bett im Wohnwagen und fürchtet sich. Dann ist er froh um die Anwesenheit von Bayj, der neben ihm auf dem Boden schläft. Manchmal, wenn er von der Jagd träumt, jault er leise, und seine Pfoten zucken.

Auch die restlichen Tage, die Pauli und Bayj beim Zirkus verbringen, regnet es. Der Freude und Begeisterung, mit denen die Kinder ihre Auftritte proben, tut das keinen Abbruch. Nur Pauli hält es schwerer aus, als er sich eingestehen will. Alles ist nass, klamm und schmutzig. Zirkusartist, denkt er resigniert, ist definitiv kein Job für ihn. Und für Bayj erst recht nicht. Er hat den Hund noch nie so unwillig, ja missmutig erlebt.

Währenddessen sitzt Noldi, der sich nicht viel besser fühlt als sein Sohn, zumindest im Trockenen. Im Gegensatz zu Pauli hat er nichts zu tun. Den Fall Nievergelt bearbeitet wieder Kollege Wolfer. Er läuft mit finsterem Gesicht herum, offensichtlich kommt auch er nicht voran. Doch als Noldi sich anbietet, etwaige Recherchen zu übernehmen, lehnt er mürrisch ab. Wenigstens hat er ihn dazu gebracht, dass er vor den Kollegen eine Erklärung zu dem neuerlichen Wechsel in den Ermittlungen abgab. Aber er quetschte nicht mehr heraus, als Nievergelt habe ihn ungerechtfertigt denunziert. Noldi konnte ihm ansehen, wie er das Wort *Sauhund* nur mit Müh und Not verschluckte.

Da er nicht weiß, was er sonst tun könnte, kaut er zum

hundertsten Mal die Fakten durch, die er über den Fall Nievergelt zusammengetragen hat. Immer wieder schweifen seine Gedanken zu Rebsamen ab. Was, fragt er sich, wenn der Alte selbst seine Tochter die Treppe hinuntergestoßen hätte? Wäre das denkbar? Vielleicht als Gnadenakt? Nur so weit, dass man sie hätte erlösen müssen, war Liz, nach dem was Franca erzählt hat, noch lange nicht. Und vor allem, wo wäre der Zusammenhang zum Tod von Nievergelt?

Wieder sucht er im Internet nach Informationen über die Leute, welche ihm bei der Morduntersuchung begegnet sind, nach Querverbindungen, die ihm bis jetzt entgangen sind. Er arbeitet sich durch Daten, Einträge und Fotos, ohne Erfolg. Nur Oehninger und Rebsamen, der Grundstücksmakler, besitzen eine eigene Website. Die kennt er beide bereits. Er liest sie noch einmal aufmerksam durch, kann jedoch bei bestem Willen nichts Neues entdecken. Über Rebsamen gibt es unzählige Einträge im Zusammenhang mit Immobilien, mit seiner eigenen Firma und denen, wo er im Verwaltungsrat sitzt, aber nichts Privates. Oehninger dagegen taucht bei der Zürcher Oberland Dampfbahn auf. Auch nicht neu, denn dass er ein Fan ist, weiß Noldi bereits von Claire. Er findet einen Artikel, den Nico über die Uniformen beim DVZO verfasst hat. Grinsend liest er, dass die Hobby-Eisenbähnler sich früher selbst eingekleidet haben, was offenbar zu fantasievollen Outfits geführt hat. Oehninger referiert zwar unbeholfen, aber anschaulich von verfilzten Feuerwehruniformen, die wild mit »Konfirmationsgwändli« kombiniert worden seien. Doch inzwischen sei auch der Kostümfundus durchorganisiert und gewährleiste den Mitgliedern ein zeitgemäßes und korrektes Erscheinungsbild bei ihren

Auftritten als Dampfbahnpersonal. Es gebe sogar einen Kostümverleih für stilechte Bähnler-Uniformen.

Noldi staunt, wie groß dieser Verein ist. Er hat 700 Mitglieder, davon sind 140 aktiv tätig, das heißt, sie arbeiten in den Werkstätten oder als Personal bei den Ausfahrten. Das Spielen mit der Eisenbahn muss eine wahre Leidenschaft sein, denkt er, und dann erst mit einer, die pfeift und echte schwarze Rauchwolken ausstößt.

Über Alfons Nievergelt gibt es im Internet klarerweise nichts. Er war Polizist, da vermeidet man allgemein zugängliche Informationen, welche dumme Leute auf dumme Gedanken bringen könnten. Auch im Polizei-Computer findet er nichts Brauchbares über die Personen, für die er sich interessiert. Alle haben sie eine mehr oder weniger weiße Weste. Bis auf Mülilüthi. Der hat sich wegen seiner Scheune mit dem Kanton angelegt. Aber auch diese Information ist alt und nicht ergiebig.

Am letzten Tag des Workshops hellt es endlich auf. Als Pauli an diesem Morgen zur Schulküche geht, stellt er zum ersten Mal fest, wie malerisch sich das Zirkusdorf mit dem blauen Zelt und den bunten Wagen auf der grünen Wiese ausnimmt. Bis jetzt hat er zum Schutz vor der Nässe den Hals so weit wie möglich eingezogen, und wegen der zahlreichen Pfützen auf den Boden gestarrt. Jetzt ist zwar alles nach wie vor nass, aber er schafft es immerhin, sich umzusehen.

Nach dem Frühstück herrscht sofort aufgeregtes Treiben. Kostüme und Requisiten werden im Zelt bereitgestellt. Die Artisten gehen gemeinsam den Ablauf der Nummern durch. Am Vormittag findet noch eine Probe statt, damit am Abend auch wirklich alles sitzt.

Endlich ist es soweit, am Himmel zeigt sich ein wässriges Abendrot, und die Vorstellung beginnt. Jetzt können alle zeigen, was sie so eifrig einstudiert haben. Kinder wie Artisten sind gleichermaßen aufgeregt. Auch Pauli ist nervös. Bis er an die Reihe kommt, steht er hinter dem Vorhang und schaut die Nummern an. Da gibt es doch Momente, die ihn begeistern. Alles, was bei Tageslicht schäbig, abgewetzt und schmuddelig gewirkt hat, glitzert jetzt im Scheinwerferlicht. Die klägliche Zirkuskapelle spielt einen Tusch nach dem anderen, alle sind herausgeputzt, haben aufgemalte rote Backen, und die Augen strahlen.

Die Säuli-Nummer stellt kein großes Kunststück dar. Noch dazu ist Pauli nicht allein. Sein Partner, ein kleiner behinderter Junge, tut nichts anderes, als, während Pauli die sauber polierten Ferkel galoppieren lässt, auf krummen Beinen quer durch die Manege zu tappen. Dabei trägt er viel zu große Stiefel, hat die Kapuze tief ins Gesicht gezogen. Man sieht nur seine Nasenspitze und sein unwiderstehliches Lachen. Das Publikum brüllt vor Begeisterung, die rosaroten Schweinchen mit ihren grünen Schleifen um den Hals quieken, Pauli zieht seinen silbernen Zylinderhut und verneigt sich. Das ist schon mehr oder weniger die ganze Nummer. Die Leute applaudieren wie wild.

Als er die Ferkel wieder in ihrem Gehege versorgt hat und zum Zelt zurück will, sieht er am Popcorn-Stand seine Eltern mit Onkel und Tante stehen. In der ersten Überraschung wäre er fast davongerannt, doch dann fasst er Mut, geht zu ihnen hin und erkundigt sich, als müsste alles genauso sein: »Kauft ihr mir auch eine Tüte?«

Meret dreht sich mit einem kleinen Aufschrei um. Strahlend sagt sie: »Du warst großartig.«

Da knurrt schon der Onkel dazwischen: »Wo ist Bayj?«

»In meinem Wagen«, antwortet Pauli und merkt gar nicht, dass er tut, als hätte er sein Leben beim Zirkus verbracht.

Er führt sie hinter das große Zelt, quer über den Platz, wo die Pfützen langsam austrocknen. Dort sieht Noldi noch einmal den kleinen Jungen, der in Paulis Nummer mitgespielt hat. Und es trifft ihn wie ein Schlag. Jetzt ohne Kapuze sieht man es deutlich, der Kleine hat genau dasselbe Lächeln wie der alte Rebsamen. Kann das sein, denkt Noldi verdutzt, dass zwei, die nichts miteinander zu tun haben, einander so ähnlich sehen? So ein Zufall, denkt er, oder doch nicht?

Da öffnet Pauli die Tür des kleinen Wohnwagens, in dem er mit Bayj haust. Der Hund steht schon schwanzwedelnd auf der Schwelle. Auch er tut so, als könnte das alles gar nicht anders sein.

Noldi vergisst, was er soeben gedacht hat, und zwängt sich hinter den anderen in den winzigen Raum. Pauli fegt die schmale Sitzbank frei. »Bitte«, sagt er mit eleganter Gebärde.

Sie bemühen sich, seiner Aufforderung nachzukommen, was nicht einfach ist. Mehr als Hans, Betti und Meret mit einer Popohälfte haben bei bestem Willen nicht auf der schmalen Bank Platz. Pauli betrachtet lachend das Ergebnis. Noldi will sich auf das Bett setzen, doch da kommt ihm der schmutzige Hund zuvor und macht es sich ganz selbstverständlich in den Laken bequem.

Pauli holt seinen Getränkevorrat herbei, der aus einer Flasche Rivella besteht, fischt fünf Plastikbecher vom Wandbord. Nachdem er allen eingeschenkt hat, setzt er sich zu Bayj, legt ihm den Arm um den Hals und wendet sich an seine Gäste.

»Hat euch die Vorstellung gefallen?«

Die Eltern wollen ihren Sohn am liebsten gleich mitnehmen. Allein der Gedanke an eine warme Dusche sowie sein eigenes Bett lässt ihn beinahe schwach werden. Dann überlegt er es sich und lehnt dankend ab. Er müsse, sagt er, vorher noch den Zirkusleuten beim Abbau helfen. Das sei nur anständig. Auch für den Hund ist die Versuchung fast übermächtig, als Hablützel aufsteht und sagt: »Komm, Bayj, wir fahren nach Hause.«

Pauli spürt das Zucken, das durch den Hundekörper geht, lässt seinen Freund los. Doch Bayj legt den Kopf auf die Vorderpfoten und tut so, als hätte er nichts gehört. Innerlich seufzend sagt er sich, er müsse bei Pauli bleiben, wenn er schon einmal das Pech hat, dass er mit ihm durchgebrannt ist.

Hans sagt einen Ton schärfer, »Los, komm jetzt, Bayj.«

Doch da zerrt Betti ihren Mann schon aus dem engen Wohnwagen ins Freie.

Yannick Nievergelt fand die beiden Söhne aus reichem Haus, die sich bei den Jugendlichen im Sommerlager herumtrieben, echt cool. Sie waren ein und zwei Jahre älter als er, zeigten sich allen gegenüber äußerst großzügig. Sie verteilten gratis Glace, verkauften anderes, doch von Drogen hatte der wohlerzogene und gut behütete Yannick keine Ahnung. Die Brüder zeigten ihm die Villa ihrer Eltern hoch oben über dem See. Die Einfahrt zu dem Anwesen lag unten an der Straße nach Moscia. Im

Inneren des Felsens ging es mit dem Lift, der groß genug für ein Auto war, nach oben. Dort wurde der Wagen auf einer Drehscheibe gekehrt, damit er wieder richtig für die Ausfahrt stand. Die Brüder führten Yannick durch das Haus. Ihre Eltern waren nicht anwesend. Nur ein Dienstmädchen zeigte sich und servierte auf Wunsch der Brüder willig Eistee in großen bunten Bechern. Jeder der Jungen besaß sein eigenes Zimmer. Sie lagen nebeneinander und glichen einander wie die Brüder selbst. Überall stapelte sich teures technisches Spielzeug, und jeder hatte selbstverständlich seinen eigenen Computer. Am meisten beeindruckt war Yannick aber, als sie ihm erklärten, dass man, um die Büsche am Steilhang zu schneiden, jedes Jahr einen Helikopter kommen ließ.

Yannick bewunderte die zwei Brüder grenzenlos. Kein Wunder, dass er ihre Einladung an ein Open Air irgendwo im Welschland begeistert annahm. Das gefiel den beiden. Sie hatten zwar nicht die Absicht, mit ihm an eine derartige Veranstaltung zu fahren. Viel eher spekulierten sie darauf, den Naivling für ihre Geschäfte einzuspannen. Sie fuhren zu dritt mit einem zweifelhaften jungen Mann im Mercedes nach Zürich. Dort ließ ihr Chauffeur sie vor dem Hauptbahnhof aussteigen, wo sich die Brüder mit Ecstasy für den Weiterverkauf im Schwimmbad und in ihrer Schule eindeckten. Probeweise stopften sie Yannick damit voll und erhofften sich »mega fun«. Das wurde ihnen gründlich vermiest, denn der Junge rastete im Rausch vollkommen aus. Damit hatten sie nicht gerechnet und waren restlos überfordert. Als er eine Bande von Halbstarken anpöbelte, versuchten sie, das muss zu ihrer Ehrenrettung gesagt sein, ihn aus der prekären Situation zu befreien. Sie hatten keine Chance. Die Halbwüchsigen, ebenfalls unter Speed, waren aggressiv wie junge Nattern. Die Sache stand schlecht für Yannick, wäre da nicht in letzter Minute ein anderer Junge mit einem Hund erschienen.

Nachdem Pauli den Leuten vom Zirkus noch beim Abbau des Zeltes geholfen hat, ist er mit Bayj, schmutzig und müde, wieder auf den Bahnhof gewandert. Da er versäumt hat, eine fixe Gage auszuhandeln, zahlte ihm Direktor Nando nicht mehr als einen Hilfsarbeiterlohn. Davon kaufte der Junge die Fahrkarten, für Bayj zur Feier des Tages eine große Cervela, für sich eine Glace, eine Cola sowie die Lokal-Zeitung, um zu sehen, ob etwas über die Zirkusvorstellung drinnen stand. Außerdem gönnte er sich zwei Schokoriegel, von denen er einen schon nach dem Eis verschlang, während Bayj sich über die Wurst hermachte.

Der Junge weiß nicht genau, wie er sich fühlt. Einerseits ist er froh, dass dieses Abenteuer glimpflich abgelaufen ist, andererseits graut ihm vor der Heimkehr und dem, was Eltern und Onkel sagen werden. Er hat sich alles ganz anders vorgestellt. Bayj dagegen ist höchst beglückt, denkt an seinen bequemen Korb, an die Jagd und dass er wieder seine Ruhe haben wird.

Im Hauptbahnhof Zürich müssen sie von den Gleisen oben in der großen Halle hinunter zur S12 nach Winterthur. Pauli geht mit dem Hund zum Lift, weil Bayj an Rolltreppen nicht gewöhnt ist. Dort schubsen soeben drei Halbstarke einen Jungen zwischen sich hin und her, und sie gehen nicht zimperlich mit ihm um. Der Idiot ist mutiger, als ihm bekommt. Er springt einen der Großen an, versucht, ihn zu beißen, und kassiert dafür den ersten Schlag. Seine Nase beginnt zu bluten, die beiden Brüder machen sich aus dem Staub. Pauli ist dazu erzogen worden, sich für Schwächere einzusetzen, und er hat Bayj neben sich. Er überlegt nicht viel, er mischt sich ein. Als die Bande johlend vor Vergnügen sich auch auf ihn stürzen will, lässt er den Hund los. Die Schlacht ist zu Ende, bevor sie begonnen hat.

Die Halbstarken lassen ihre Beute wie eine heiße Kartoffel fallen und verdrücken sich, Pauli pfeift nach Bayj, leint ihn wieder an, und sie nehmen den Lift. Unten warten sie auf die S12. Da schießt plötzlich etwas auf sie zu. Wie sich herausstellt, ist es der Junge, den sie eben aus den Fäusten der Bande gerettet haben. Sein Gesicht ist blutverschmiert, aber das scheint ihn nicht zu stören. Er will sich über Bayj hermachen, um ihn zu streicheln, doch der weicht zurück, denkt, nicht schon wieder. Er hat genug von den Liebesbezeugungen der Kinder im Zirkus.

Großspurig sagt der Junge zu Pauli: »Toller Hund. Gehört er dir? Ich kaufe ihn dir ab.«

»Sag spinnst du total? Wer bist du überhaupt?«

»Yannick«, sagt der andere darauf, und bei Pauli klingelt es.

»Yannick und wie noch«, fragt er höchst interessiert.

»Yannick Nievergelt.«

»Du bist Yannick Nievergelt?«

»Ja? Etwas dagegen?«

»Nein, nein«, sagt Pauli schnell. Ihm ist schlagartig klar, wen er vor sich hat. Er weiß, dass der Vater des Jungen umgebracht worden ist und sein eigener Vater in dem Mordfall ermittelt. Fast wäre er mit seinem Wissen herausgeplatzt, scheut aber instinktiv vor der unberechenbaren Reaktion des anderen zurück. Stattdessen holt er den zweiten Schoggistängel, den er als Reserve aufbewahrt hat, aus dem Sack, und streckt ihn Yannick hin.

»Da«, sagt er, »wenn du möchtest.«

Yannick antwortet nicht, reißt ihm aber den Schoggistängel fast aus der Hand, stopft ihn sofort in den Mund, kaut, schluckt und wirkt plötzlich wie ein kleiner Junge, der sich verlaufen hat.

»Hunger«, sagt er lakonisch.

Er tut Pauli leid. Fieberhaft überlegt er, wie er dem Jungen helfen könnte. Dann hat er eine Idee. Er sagt: »Weißt du was, hier kannst du nicht bleiben. Am besten kommst du mit. Bei meiner Mutter kriegst du zu essen, so viel du willst.«

Yannick willigt sofort ein, ihm ist alles recht, solange er nicht nach Hause muss. Er fürchtet sich vor seinen Eltern, die kaum mehr miteinander reden, und wenn, dann nur in einem so falschen Ton, dass ihm davon übel wird.

Pauli findet die Lösung ideal, auch wenn sie nicht von reinem Mitleid diktiert ist. Dahinter steckt durchaus auch Kalkül. Kommt er mit Yannick an, denkt er, bleibt ihm die Standpauke, welche seine Eltern sicher schon parat haben, zumindest bis auf Weiteres erspart.

Seine Rechnung geht auf, die Familie veranstaltet zur Rückkehr des verlorenen Sohnes ein Festessen, zu dem sie Yannick sofort einladen. Er sagt bei der Begrüßung artig seinen Namen, ohne zu bemerken, dass sowohl Noldi als auch seine Frau für den Bruchteil einer Sekunde erstarren.

Dann nimmt Meret ihn freundlich am Arm und führt ihn in die Stube. Jetzt, da die Wirkung der Droge nachlässt, ist er nicht mehr überdreht, sondern eher misstrauisch und verdrossen. Immerhin futtert er für zwei.

Meret, von der Schule her gewöhnt, muffige Jugendliche zum Reden zu bringen, hat trotzdem keine Mühe, ihn auszuhorchen. Erst antwortet er nur einsilbig auf ihre Fragen, kommt aber mit der Zeit in Fahrt. Er berichtet vom Ferienlager, von den Brüdern, wie toll sie seien, wie sie wohnten, was sie alles hätten und so fort und so weiter und wie er mit ihnen aus Ascona weg sei. Dass sie ihn versetzt haben, scheint er ihnen nicht nachzutragen. Doch als Meret sich vorsichtig nach seiner Familie erkundigt, ist es mit seiner Mitteilsamkeit vorbei. Er verstummt für den Rest des Abends. Sie lassen ihn in Ruhe. Als hätten sie sich abgesprochen, verliert keiner von ihnen auch nur ein Wort über seinen Vater.

11. AUSGERECHNET CHINESIN

Am nächsten Morgen setzt Noldi den Jungen ins Auto, sagt ihm, dass er ihn nach Hause bringen werde. Seine Mutter mache sich bereits große Sorgen um ihn. Yannick wird heftig. Er protestiert lautstark, will nichts von ihr wissen. Noldi hat nicht seinen besten Tag. Sonst wäre er bei dieser wütenden Reaktion hellhörig geworden. Doch der widerspenstige Yannick erinnert ihn zu sehr an seinen eigenen Sohn sowie daran, dass er diesem noch eine saftige Predigt schuldig ist. Er redet Yannick zwar gut zu, begeht aber den Fehler, ihm den Tod des Vaters weiterhin zu verschweigen. Das will er Claire Nievergelt überlassen. Sie, sagt er sich, ist schließlich die Mutter. Als der Junge sich absolut nicht beruhigen will, reißt ihm die Geduld. Er macht ihn darauf aufmerksam, dass er bereits polizeilich gesucht werde, da der Lagerleiter ihn als vermisst gemeldet habe. Das bringt Yannick scheinbar zur Raison. Er sitzt den Rest des Weges stumm neben Noldi, dem seine Grobheit schon wieder leid tut. Er verspricht ihm, er könne jederzeit zu ihnen auf Besuch kommen, aber der Junge reagiert nicht mehr. Als Noldi im Cholerholz vor dem Haus hält, reißt er die Autotür auf und will ab. Der Polizist kann ihn gerade noch am Ärmel erwischen. Yannick ist schnell. Er reißt sich los, doch Noldi ist schneller. Er springt aus dem Wagen, hat ihn mit zwei Riesenschritten eingeholt, packt ihn am Genick wie einen jungen Hund, läutet und liefert ihn bei Claire ab.

Das Erste, was die dumme Frau sagt, sobald sie ihren Sohn sieht, ist, dass sein Vater tot sei. Yannicks Augen weiten sich und er schreit: »Du hast ihn umgebracht!«

»Yannick«, sagt Claire und will den Jungen in die Arme nehmen, doch er stößt sie weg, stürzt ins Haus, die Treppe ins obere Stockwerk hinauf. Oben hört Noldi eine Tür schlagen, ein Schlüssel wird umgedreht.

Claire ist kreidebleich, doch sie sagt nur: »Mein armes Kind.«

Damit will sie ihrem Sohn nach.

Noldi hält sie zurück. »Lassen Sie ihn, so etwas braucht Zeit.«

Sie wendet sich ab, ihre Schultern zucken. Noldi wartet stumm. Als sie sich wieder zu ihm umdreht, stellt er zu seiner Überraschung fest, dass ihre Augen trocken sind. Sie deutet auf die Tür zur Stube. Erst will er ablehnen, lieber gleich verschwinden, dann denkt er, besser, er bleibt noch wegen Yannick. Er folgt ihr und setzt sich wie üblich aufs Sofa.

Claire lässt sich ihm gegenüber nieder. Nervös streicht sie ihren schwarzen Jupe glatt.

»Anfangs«, beginnt sie, »als ich Alfons sagte, dass ich schwanger sei, war er außer sich vor Begeisterung. Er richtete schon in den ersten Monaten das Kinderzimmer ein, brachte Spielzeug nach Hause. Doch es dauerte ihm zu lang. Ich wurde sehr unförmig, und er sagte, er empfinde meinen Anblick als ästhetische Zumutung. Dann wollte er unbedingt bei der Geburt dabei sein, ergriff jedoch schon die Flucht, als die ersten Wehen einsetzten. Ich glaube, er hat sich betrunken, vielleicht war er auch im Puff. Ich sah ihn erst wieder, als Yannick bereits 18 Stunden alt war. Aber er ist dem Jungen ein guter Vater gewesen. Yannick und er haben eisern zusammengehalten. Ich war immer nur das fünfte Rad am Wagen.«

Sie seufzt.

»Alfons hat seinen Jungen sehr geliebt. Viel mehr als mich.«

»Und Sie?«, fragt Noldi.

»Ich habe Alfons mehr geliebt.«

»Das verstehe ich nicht.«

»Sie meinen, weil ich einen anderen habe? Ach wissen Sie, Herr Polizist, so simpel, wie Sie es sehen, ist das Leben nicht.«

»Hoppla«, sagt Noldi.

Er schüttelt sich wie ein Hund, dem das Fell nass geworden ist, und denkt, wenn das stimmt, liebe Witwe Nievergelt, kannst du auch die Mörderin sein.

Ihre Blicke treffen sich, es ist ein Moment der Wahrheit.

Claire streicht sich betont langsam über ihre blonden Haare und sagt lächelnd: »Nicht, dass Sie auf dumme Gedanken kommen.«

Das ist Noldi alles zu intim. Er überlegt einen Moment und findet es an der Zeit, den Rückzug anzutreten.

Als er im Auto sitzt, kommen ihm wieder Bedenken wegen Yannick. Ob es schlau ist, Mutter und Sohn in dieser Situation allein zu lassen. Um ein Haar wäre er zurück ins Haus gegangen. Dann fährt er doch. In den »Sternen«, er braucht dringend einen Espresso.

Vor dem Haus auf der Bank, wo ihn Noldi zum ersten Mal gesehen hat, sitzt Gusti Rebsamen. Der Polizist vergisst den Kaffee. Er geht zu dem Alten hin, und als dieser aufschaut, fragt er, ob er sich zu ihm setzen dürfe. Der andere rückt ohne Kommentar zur Seite. Eine Weile sitzen sie einträchtig nebeneinander. Dann beginnt Noldi: »Herr Rebsamen, haben Sie nie daran gedacht, dass ein Zusammenhang zwischen dem Mord an Nievergelt und dem Tod Ihrer Tochter bestehen könnte?«

Rebsamen wirft sich heftig zu ihm herum.

»Was geht Sie das an?«

»Es geht mich gar nichts an«, antwortet Noldi wahrheitsgemäß. »Es interessiert mich.«

So schnell Rebsamen sich aufgeregt hat, so schnell beruhigt er sich wieder. Er ist ein besonnener Mann mit guten Manieren.

»Entschuldigen Sie«, sagt er, »doch Sie haben mir soeben klar gemacht, dass ich in Ihren Augen höchst verdächtig bin.«

»So habe ich es nicht gemeint«, beeilt sich Noldi zu versichern, der es genauso gemeint hat. »Ich habe eher an Robert Wolfer gedacht.«

»Aber der ermittelt doch im Fall Nievergelt.«

»Eben«, sagt Noldi. »Und wenn er erfährt, dass ich mit Ihnen gesprochen habe, reißt er mir den Kopf ab.«

Neugierig beäugt ihn Rebsamen.

»Warum tun Sie es dann?«

Noldi seufzt. »Wie Sie wissen, musste ich in der Angelegenheit ebenfalls ermitteln. Ohne Erfolg übrigens. Woran Sie und Wolfer nicht unbeteiligt waren. Bei meinen Recherchen bin ich auf die traurige Geschichte mit Ihrer Tochter gestoßen. So was lässt mich nicht mehr los.«

Rebsamen schweigt.

»Wissen Sie«, fährt Noldi deshalb fort, »ich bin verschrien für meine Sturheit. Sie hat mich schon öfter in Teufels Küche gebracht.«

Rebsamen gibt jetzt einen Laut von sich, der ebenso gut ein Lachen wie ein Seufzer sein könnte. Noldi weiß es nicht. Aber, denkt er, jetzt ist es Zeit für eine Breitseite.

»Warum haben Sie mir nie Antwort auf meine Fragen nach Wolfer gegeben? Obwohl Sie mit ihm sozusagen verwandt sind?«

Wie er davon anfängt, merkt er, dass er sofort in Saft geht. »Eigentlich infam«, setzt er giftig hinzu, »und zudem strafbar, Sie haben polizeiliche Ermittlungen behindert.«

»Ich weiß, es tut mir auch leid. Sie haben mich mit Ihrer Frage in Panik gestürzt. Nicht, weil ich etwas mit dem Mord zu tun habe, sondern weil ich nichts mehr mit den Erinnerungen an meine Tochter zu tun haben wollte.«

»Ja aber«, setzt Noldi an, »schon der Mord an Nievergelt muss das alles in Ihnen wieder hoch gebracht haben. Warum dann gerade Panik bei meiner Frage nach dem armen Wolfer?«

»Ich weiß es nicht.«

»Sie werden zugeben, Ihre Argumente sind äußerst fadenscheinig.«

Rebsamen überlegt eine Weile. Dann nickt er.

»Trotzdem glaube ich, ist es etwas anderes. Nievergelts Tod hat mich kalt gelassen. Da war nicht einmal Befriedigung im Spiel. Ich habe die Leiche tatsächlich nicht erkannt. Aber mit Wolfer ist es anders. Als ich ihm bei Nievergelt gegenüber stand, haben wir einander tatsächlich mit ›Sie‹ angeredet.«

Noldi wartet stumm. Es dauert eine Weile, bis der Alte

weiterspricht. »Die Frage nach einem Zusammenhang zwischen Lisas Tod und dem Mord an Nievergelt ist mir natürlich auch durch den Kopf gegangen. Ehrlich, ganz könnte ich es dem guten Wolfer nicht einmal verdenken. Lisas Ausrutscher hat ihn ins Mark getroffen. Aber müsste er da nicht eher meine Tochter umbringen?«

»Hat er nicht«, sagt Noldi kühn.

»Ich weiß es nicht«, erwidert der Alte. »Nachdem Lisa ins Welschland gezogen ist, brach der Kontakt zu ihr völlig ab. Ob Wolfer sie dort besucht hat, entzieht sich meiner Kenntnis. Möglich wäre es. Sie hatten sich in der Zwischenzeit wieder versöhnt, und er wollte so schnell wie möglich heiraten.«

»Und Ihre Tochter?«

»Das habe ich Ihnen schon gesagt. Sie hat zu trinken begonnen. Alle meine Bemühungen, ihr das auszutreiben, waren vergeblich. Es war ihr nicht zu helfen. Ich habe sie sogar eingesperrt, ihr den Alkohol weggenommen. Das hat sie ohne Widerspruch ertragen, aber genützt hat es nicht.«

Darauf stockt das Gespräch wieder, bis Rebsamen fortfährt: »Der Röbi, der wäre schon recht gewesen für meine Lisa, auch wenn ich nicht viel von ihm halte. Er hat sie wirklich gern gehabt. Hat sich nur ein wenig albern aufgeführt in seiner Verliebtheit. Vielleicht ist ihr das auf die Nerven gegangen, dass sie so eine Dummheit macht.«

»Was für eine Dummheit?«, fragt Noldi vorsichtig. Er weiß nicht, meint der Alte den Seitensprung oder ihren Treppensturz.

»Stellen Sie sich nicht blöd. Die mit Nievergelt natürlich. Ich weiß bis heute nicht, was in meine Tochter gefahren ist.«

Wieder entsteht eine Pause. Rebsamen malt mit der Spitze seines Stockes unsichtbare Kreise auf den Asphalt. Endlich sagt er: »Ist ein schwieriges Kapitel für mich. Dass Lisa nicht ins Geschäft wollte, damit bin ich gut klar gekommen. Aber dass sie sich komplett aufgibt? Ich verstehe das nicht. Was hat sie dazu getrieben, derart gegen sich selbst zu wüten? Wegen einer Lappalie? Mehr kann doch die Sache mit dem verdammten Kerl nicht gewesen sein.«

»Sie hätte Hilfe gebraucht«, bemerkt Noldi.

»Offensichtlich. Aber nicht von mir. Ich habe es versucht und alles noch schlimmer gemacht«, erwidert Rebsamen bedrückt.

Darauf gibt Noldi zu bedenken, dass der Zwischenfall mit Nievergelt vielleicht gar nicht der Auslöser für die Krise war.

»Möglich«, stimmt der Alte ihm zu. »Nur kann ich mir nicht vorstellen, was es sonst gewesen sein könnte.«

»Unlängst«, beginnt Noldi, ohne zu wissen, wohin das führen soll, »unlängst war ich im ›Circolino Pipistrello‹.«

Rebsamen schaut ihn verständnislos an.

»Die haben in Lyss einen Workshop für Behinderte durchgeführt. Mein jüngster Sohn hat mitgemacht.«

»Und?«, lässt sich Rebsamen vernehmen, als der andere nicht weiterspricht.

»Dort bin ich einem Jungen begegnet, der mich heftig an Sie erinnert hat.«

»Soll es geben«, sagt Rebsamen unverbindlich.

Doch mit der Unverbindlichkeit ist es vorbei, als Noldi fragt:

»War Ihre Tochter möglicherweise schwanger und hat sich dadurch überfordert gefühlt?«

Rebsamens Gesicht verdunkelt sich. »Ich weiß es nicht. Ich habe in meiner Enttäuschung etwas Unverzeihliches getan.«

Die Bewegung des Stockes auf dem Boden wird hektischer. Noldi hält still. Er kann sich denken, was jetzt kommt.

Prompt sagt Rebsamen: »Ich war so wütend, so hilflos. Ich habe sie geschlagen, und sie hat zurückgeschlagen. Danach war zwischen uns nichts mehr möglich. Das ist uns beiden sofort klar geworden. Ich habe ihr mein Haus in Mollie Margot zur Verfügung gestellt. In der Schule war sie schon krankgeschrieben, weil sie betrunken eine Unterrichtsstunde geschmissen hat. So ist sie gleich am nächsten Tag verschwunden. Auf dem Tisch lag ein Zettel. Darauf stand: *Lass mich in Ruhe. Liz.*«

»Und?«, fragt Noldi nach einer Weile.

»Ich habe mich daran gehalten.«

»Wieso?«

»Ich konnte verstehen, dass sie nichts mehr mit mir zu tun haben wollte.«

Noldi würde den Alten gern trösten, doch er weiß nicht recht, wie. Deshalb fragt er schon im Gehen: »Noch einmal der Vollständigkeit halber: Wo waren Sie, als Nievergelt starb?«

Rebsamen will wieder auffahren, überlegt es sich und stellt fest: »Mich das zu fragen, hat Wolfer nicht gewagt.«

»Weil Sie ihn sonst gefragt hätten, wo er war, als Ihre Tochter starb?«

»Möglich. Aber zurück zu Ihrer Frage. Die haben wir bereits geklärt, unlängst im Hotel ›Widder‹, erinnern Sie sich?«

»Oh doch, nur will Herr Stettler, der Gemeindeschreiber, nichts davon wissen, dass er mit Ihnen zusammen gewesen sein soll.«

»Ah ja, interessant«, sagt Rebsamen und scheint aufrichtig verwundert. »Es ist aber wahr.«

»Er gibt ein anderes Alibi für die Tatzeit an.«

»Dann lügt er.«

»Aber wozu?«

»Keine Ahnung.«

»Ist es vielleicht so, dass Sie ihn bestochen haben, und jetzt fürchtet er, sich verdächtig zu machen, wenn er den Kontakt mit Ihnen zugibt?«

»Der Narr. Er sollte mich besser kennen.«

»Das hoffe ich.«

»Was meinen Sie damit?«

»Sicher haben Sie es sich mit dem Gemeindeschreiber nicht so einfach gemacht, ihm einen Packen Tausendfranken-Scheine unter die Nase zu halten.«

Rebsamen lacht. »Das hoffen Sie?«

»Es wäre unter Ihrer Visierlinie.«

»Ist das als Kompliment gemeint?«

»Ja«, sagt Noldi. Doch bevor er endgültig geht, kann er die Frage nicht verkneifen: »Soll ich recherchieren?«

»Worüber?«

»Über den Kleinen, der Ihnen so ähnlich sieht?«

Rebsamen zuckt zusammen. »Nein«, sagt er, »nein, besser nicht.«

»Warum nicht?«

Der Alte schaut zu Noldi auf und sagt zögernd: »Zeitlich wäre es möglich. Nur, wenn Sie recht haben, heißt das, meine Tochter hätte ihr Kind weggegeben?« Dann verstummt er, sitzt da, zusammengesunken. Noldi wartet schweigend.

Plötzlich richtet sich der Alte kerzengerade auf, schlägt sich mit der flachen Hand auf den Oberschenkel. »Das ist jetzt auch egal. Jedenfalls habe ich nach Lisas Tod das Haus in Mollie Margot nicht mehr betreten. Ich ließ es durch eine Firma räumen und habe es verkauft. Von dem, was sich dort möglicherweise abgespielt hat oder nicht, weiß ich nichts. Außerdem ich bin zu alt, ein Kind aufzuziehen.«

»Sie könnten ihn besuchen«, sagt Noldi.

Er steigt ins Auto. Der Kaffee im »Sternen« ist vergessen. Sein Gehirn arbeitet auch ohne Koffeinzufuhr auf Hochtouren. Er hat einiges von Rebsamen erfahren. Was, überlegt er, ist davon wahr, was geschickte Erfindung von dem Alten? Hat er ihn schon wieder an der Nase herumgeführt? Verdammt, denkt er, er kann Rebsamen nicht mehr trauen. Doch daran ändert im Moment noch so vieles Grübeln nichts. Besser, er überlegt, wen er als Nächstes befragen könnte, ohne dass Wolfer sofort Wind davon bekommt. Ob er es noch einmal bei den Brüdern Nievergelt riskieren soll? Auch die verbergen etwas, da ist er sicher. Es ist schon merkwürdig, ständig hat er in diesem Fall den Eindruck, alle verbergen etwas. Dabei liegt es in der Natur der Sache, dass man bei jeder Ermittlung auf Dinge stößt, welche die Leute lieber für sich behalten wollen. Wieso irritiert ihn das so sehr? Weil er keine Idee hat, was es sein könnte? Vermutlich verbirgt jeder von denen etwas anderes. Rebsamen irgendetwas wegen seiner Tochter. War sie vielleicht wirklich schwanger, und er wusste es? Wo ist dann das Kind? Nur mit dem Mord hat er vermutlich nichts zu tun. Er wäre niemals so dumm, Nievergelt die Füße abzuschneiden. Einen solchen Fehler begeht nur einer, der sich für besonders schlau hält. Oehninger. Ob er den Zimmerkellner im Hotel »Central« bestochen hat? Darauf hätte er schon früher kommen können. Es nützt nichts, denkt er verdrossen, er muss noch einmal nach Weggis. Vielleicht gelingt es ihm, das Alibi der Witwe und ihres Liebhabers wenigstens ins Wanken zu bringen. Aber haben die beiden ein ausreichendes Motiv? Claire hat ausgesagt, ihrem Mann sei es egal gewesen, was sie treibe. Wenn das stimmt, wozu ihn dann aus dem Weg schaffen? Oder vielleicht gerade deshalb? Falls sie ihren Mann immer noch liebt, muss seine Gleichgültigkeit für sie ein Schlag ins Gesicht gewesen sein. Und welche Rolle spielt dann Nico Oehninger?

Einmal mehr sagt er sich, der Fall geht ihn nichts an, fährt trotzdem nach Weggis und stoppt bei dieser Gelegenheit gleich die Fahrzeit.

Doch Fehlanzeige auch diesmal. Der Kellner schwört, dass Oehninger in jener Nacht im Hotel war. Er nennt sogar noch einen Zeugen, einen älteren Gast, der sich über den Lärm aus dem Zimmer beschwert hat. Oehninger und seine Frau seien tatsächlich recht laut gewesen, was der Mann Noldi am Telefon wortreich bestätigt.

Wie Pauli richtig kalkuliert hat, als er Yannick mit nach Hause nahm, wird aus der elterlichen Predigt wegen seines Zirkusabenteuers nicht viel mehr als ein halbherziges Gespräch. Noldi wäre durchaus bereit, richtig zu poltern, doch Meret sagt: »Das bringt nichts. Du weißt, wie das mit Kindern und Tieren ist. Entweder du strafst sie sofort, oder du lässt es bleiben.«

Das sieht ihr Mann ein, und so gibt es beim Abendessen nur einmal mehr die Frage, wie Pauli sich seine Zukunft vorstelle. Aber auch der Junge ist durch sein Zirkuserlebnis mürbe geworden. Er teilt seinen staunenden Eltern mit, er könne sich vielleicht, wohlgemerkt *vielleicht*, vorstellen, in der Pfanni eine Schnupperlehre als Informatiker zu machen. Umso mehr, aber das behält er für sich, als Anne seit ihrem Schulabschluss vor einem Jahr dort ein Praktikum in der Exportabteilung absolviert.

Im Übrigen geht die Diskussion um Paulis Zukunft in der Aufregung unter, welche die Familie wegen der bevorstehenden Ankunft von Peter erfasst hat.

Eine Frage kann Meret sich aber nicht verkneifen.

»Wie ist das«, erkundigt sie sich, »mit Anne? Ist sie deine Freundin? Wieso weiß ich das nicht?«

Pauli lässt sich mit der Antwort Zeit. Er ist sich über Annes Gefühle nicht im Klaren, ebenso wenig wie über seine eigenen. Das heißt, eigentlich weiß er es genau. Nur wie soll er das auf die ungewohnt harsche Frage seiner Mutter formulieren. Anne und er reden nicht darüber. Aber er hat sie schon geküsst.

Zum ersten Mal bei Anne im Garten. Es war Abend, noch nicht ganz dunkel. Pauli und Anne lehnten mit den Rücken am warmen Stamm des Kirschbaumes. Anne aß ein Stück Schokolade. Pauli drehte sich zu ihr und steckte ihr die Zunge in den Mund. Anne hielt still. Nachher bemerkte sie: »Hättest du sagen können, dass du auch etwas von der Schoggi willst.« Dann lachte sie so unbändig, dass er schon fürchtete, etwas Dummes gemacht zu haben. Doch sie nahm ihn an beiden Ohren, hielt ihn fest und küsste ihn, dass ihm Hören und Sehen verging.

Daran denkt Pauli jetzt und weiß nicht, was er sagen soll.

Meret lässt ihre sonstige Gelassenheit im Stich. »Ihr sagst du, wo du bist«, keift sie, »und uns lässt du hängen. Wir machen die ganze Nacht kein Auge zu aus Sorge um dich. Was hast du dir dabei gedacht?«

»Nichts«, sagt der Junge muffig. Er schaut zu seinem Vater. Der ist ebenfalls ratlos. So kennt er seine Frau gar nicht.

»Also was ist?«, drängt Meret, doch Pauli ist endgültig verstummt. Da mischt sich Noldi zur Rettung seines Sohnes ein. »Weißt du was«, sagt er begütigend, »am besten, du bringst sie einmal mit.«

Endlich ist es soweit, dass Noldi und Meret ihren Zweitältesten vom Flughafen abholen können. Da bricht bei ihnen fast Panik aus. Sie haben Peter seit Jahren nicht mehr gesehen. Und jetzt bringt er noch dazu seine amerikanische Freundin mit. Meret schaut sich dreimal in den Spiegel, bevor sie das Haus verlässt. Das kommt ihr normalerweise nicht in den Sinn. Aber auch Noldi fühlt sich nicht ganz wohl in seiner Haut. Der Sohn ist jetzt 26, ein erwachsener Mann. Das, sagt er sich zur Beruhigung, ist eine Herausforderung für jeden Vater.

Dann stehen sie in der Ankunftshalle. Schneller als erwartet kommt der Sohn auf sie zu, lachend, winkend, neben sich eine junge Frau, ein kompaktes kleines Ding, keine Schönheit, und sie ist keine Weiße. Sie hat einen dunklen Teint, dickes schwarzes Haar und Schlitzaugen.

Meret fängt sich schneller als ihr Mann. Von der Schule sind ihr inzwischen Kinder aller Hautfarben vertraut. Schwer zu sagen, woher diese Cheryl stammt, denkt sie, während sie schon auf das Mädchen zugeht. Der Händedruck fällt fest und trocken aus.

Dann umarmt sie der Sohn. Es folgt ein Augenblick so unendlicher Nähe, dass sie taumelt, als er sie wieder loslässt.

Keines ihrer anderen Kinder war ihr derart nahe wie er, keines von ihnen brauchte sie so notwendig wie er, weil er als Säugling schwach und kränklich war. Es hat sie viel Herzblut gekostet, ihn durch die ersten Monate zu bringen. Später entwickelte er sich zu einem Raubein, und beide, ihre innere Verbundenheit spürend, hielten vorsorglich Abstand voneinander.

Unsicher schaut sie jetzt zu ihm auf. Doch er beobachtet bereits mit gespannter Miene, wie der Vater seine Begleiterin begrüßt. Noldi hat sich noch nicht gefangen. Er ist sichtlich verlegen, als er das Mädchen auf Englisch willkommen heißt.

Auf der Rückfahrt vom Flughafen bleibt er schweigsam. Im Rückspiegel wirft er von Zeit zu Zeit einen prüfenden Blick zu seinem Sohn und dessen Freundin, die nach dem langen Flug erstaunlich frisch aussehen. Peter hat helle Hosen an und ein Hemd mit aufgekrempelten Ärmeln und am Handgelenk gut sichtbar eine teure Uhr. Seine Haare sind kurz und akkurat gescheitelt, das Gesicht gebräunt. Gott sei Dank, denkt Noldi, schaut er noch nicht wie ein echter Ami aus. Cheryl trägt einen weiten blauen Jupe sowie ein weißes T-Shirt. Um ihren Hals hängt eine Kette aus Flussperlen. Für den Vater wirken sein Sohn und dessen Freundin nicht gerade wie aus einem Modeheft, aber auch irgendwie nicht ganz echt.

Felizitas ist schon einige Zeit nicht mehr zu Hause gewesen. Sie hat gleich nach der Matura begonnen, in Fribourg Jus zu studieren.

Als sie ihren Entschluss den Eltern mitteilte, fielen Meret und Noldi aus allen Wolken. Ihre Tochter hatte bis zu diesem Zeitpunkt die feste Absicht, Krankenschwester zu werden.

»Wieso Jus?«, fragte der Vater.

Felizitas zuckte mit den Achseln. »Finde ich interessant.«

»Und wieso ausgerechnet Fribourg? Winterthur oder Zürich wären viel näher«, wollte Meret wissen.

»Eben«, antwortete sie lakonisch. »Dort kann ich gleich mein Französisch perfektionieren.« Dann sagte sie noch: »Ich verdiene dazu, damit es euch nicht zu teuer kommt.«

So arbeitet sie jetzt in den Sommerferien tagsüber an ihrer Semesterarbeit und jobbt nebenbei in einem Auslieferungszentrum für pharmazeutische Produkte. Dort gehen abends die Bestellungen ein. Die Medikamente müssen über Nacht vorbereitet, verpackt und abtransportiert werden, damit sie am Morgen in den Apotheken verfügbar sind. Das ist eine saubere, nicht zu schwere Arbeit, und meist kann Felizitas um Mitternacht wieder nach Hause. Ihre Eltern sind zwar nach wie vor nicht damit einverstanden, vor allem Noldi hätte gern seine kleine Tochter öfter zu Hause. Genau das ist der Punkt. Felizitas ist kein kleines Mädchen mehr und weiß nicht, wie sie es ihrem Vater beibringen soll. Er spürt ihren Widerstand, nur irrt er, was den Grund angeht. Er glaubt, es sei immer noch die Enttäuschung, die sie mit dem jungen Tibeter erlebt hat. Doch in Wahrheit ist Tashi kein Thema mehr für sie.

Als Felizitas jetzt aus dem Zug steigt, schaut sie sich staunend um. Rikon ist ihr tatsächlich fremd geworden. Dabei hat sich nichts verändert. Sie ist es, die sich verändert hat. Sie ist in der kurzen Zeit in Freiburg eine junge Frau geworden, blond, schmal, einen ernsthaften Ausdruck in den Augen. Im Gegensatz zu ihrer älteren Schwester Verena, die stets alles herausplauderte, was ihr durch den Kopf ging, war sie schon als Kind eher schweigsam. Sie kommentierte die Ereignisse in der Familie mit ihren trockenen Sprüchen und erlag nie der Angewohnheit vieler, einen Witz, der ankommt, so lange zu wiederholen, bis keiner mehr lacht.

Sie verlässt den Bahnhof, überquert die Straße und geht, ohne sich weiter umzusehen, schnurstracks in die Sunnematt.

Dort ist ihr kleiner Bruder Pauli höchst beschäftigt. Er grinst ihr nur zu und kämpft weiter mit dem Riesenlaken, das er eben über den Tisch zu schleudern versucht. Felizitas lässt ihre Reisetasche fallen, und gemeinsam bändigen sie das Tischtuch, bis es blütenweiß und faltenlos ausgebreitet daliegt. Dann holt Felizitas das gute Besteck aus der Schublade.

Pauli sagt, die Eltern seien furchtbar aufgeregt wegen Peter. Aber noch mehr wegen der Freundin.

»Bin neugierig, wie sie ist«, erwidert Felizitas.

Sonst reden sie nicht viel. Das Einzige, wonach sie fragt, ist, wie es Bayj gehe.

»Gut«, sagt Pauli. Er schleppt die Kuchen aus der Speisekammer, die Meret am Morgen gebacken hat, während seine Schwester Unmengen von Kaffee und Tee in Thermoskannen füllt.

Noldi jedoch hat anderes im Sinn. Als nach der Begrüßung alle endlich um den Tisch sitzen, verschwindet er und erscheint mit einer großen Flasche Champagner. Nicht Sekt oder Prosecco, sondern echter teurer Champagner. Das, denkt Meret, hat er noch nicht oft gemacht. Ein Cüpli trinken sie höchstens am Hochzeitstag oder wenn sie beide allein waren und diese Zweisamkeit besonders genießen wollten, was bei vier Kindern nicht allzu häufig vorkam.

Noldi öffnet die Flasche, lässt den Korken knallen, hält ihn aber in der Hand zurück, alle lachen, rufen »Ah« und »Oh«, und er füllt vorsichtig die Gläser. Sie sind nur zu sechst, denn Verena und Richard mit den Enkeln wollen erst zum Abendessen kommen. Dann stoßen sie an. Cheryl nimmt nur einen winzigen Schluck. Peter erklärt der Familie, dass seine Freundin so gut wie nie Alkohol trinkt.

Nach Kaffee und Kuchen schleppt Pauli das Gepäck ins obere Stockwerk. Er ist für die Zeit von Peters Besuch aus dem Zimmer, welches er so lange mit dem Bruder geteilt hat, in das winzige Gästezimmer gezogen.

Da Cheryl darauf besteht, Felizitas beim Geschirr zu helfen, tragen sie es gemeinsam in die Küche. Dort kichert Cheryl und vertraut Felizitas auf Englisch an, sie und Peter seien schon ewig zusammen.

»Wie lange ist ewig?«, fragt Felizitas ein wenig spitz, während sie Tassen und Teller in die Spülmaschine räumt. Als sie noch ein Kind war, sprang Peter manchmal recht derb mit ihr um. Aber er war ihr Held. Er beschützte sie auch dort, wo es nicht nötig gewesen wäre, denn Felizitas wusste sich ihrer Haut recht gut zu wehren. Und jetzt steht diese Frau da und redet so, als wäre er ihr Eigentum.

»Ein halbes Jahr«, antwortet Cheryl. Sie arbeite aber schon viel länger in der Bank mit ihm zusammen. Er habe ihr sofort gefallen, bei ihm sei es länger gegangen.

»Aber jetzt alles gut«, setzt sie abschließend auf Deutsch hinzu, weil Felizitas nicht reagiert. Die ermahnt sich innerlich, nicht albern zu sei. Trotzdem, denkt sie, diese kleine schlitzäugige Person, was findet er an ihr.

In der Stube verhört Noldi unterdessen seinen Sohn. Woher Cheryl stamme, wer ihre Eltern seien, was sie mache, all das, was ein besorgter Vater wissen will.

»Du hast uns nichts über sie geschrieben«, sagt er.

»Ihr solltet sie selbst kennenlernen, und außerdem war es ein sehr schneller Entschluss, dass wir kommen«, antwortet Peter.

Überraschend geduldig erklärt er ihm, Cheryls Eltern seien Chinesen, die aber bereits seit Jahrzehnten in Boston lebten. Sie hätten fünf Kinder, drei Jungen und zwei Mädchen, alle bis auf den ältesten in Amerika geboren. Das zweite Kind sei mit ein Grund für die Auswanderung gewesen, denn in China hätten sie nicht mehr als ein Kind haben dürfen. Der immer noch traditionsbewusste Vater finanziere nur den Söhnen das Studium. Cheryl müsse das Geld dafür selbst aufbringen. Zu diesem Zweck arbeite sie in derselben Bank wie er. Sie wolle Meeresbiologin werden.

Pauli reißt die Augen auf, als er das hört, und Noldi sieht seinem Jüngsten an, dass der Traumberuf Polizist auf der Kippe steht.

»Ausgerechnet eine Chinesin«, sagt Noldi nachts zu seiner Frau, als sie endlich im Bett liegen. »Das ist für einen aus Rikon, der mit Tibetern aufgewachsen ist, doch eher kurios.«

»Immerhin hat er jetzt eine«, bemerkt Meret in neutralem Ton.

»Und sogar eine, die er mitbringt«, ergänzt Noldi.

»Das war es doch, was du immer wolltest.«

»Ja …«, erwidert er unbestimmt.

»Gib zu, du hast gedacht, er ist schwul.«

»Du doch auch.«

In dem Moment läutet Noldis Handy. Er schaut auf das Display. Es muss etwas Ernstes sein, denn es kommt aus der Zentrale. Die rufen nur an, wenn Feuer auf dem Dach ist. Und er hat recht. Es brennt tatsächlich. In Sternenberg.

Noldi springt aus dem Bett, fährt in die Kleider und verlässt Hals über Kopf sein Haus. Die gesamte Truppe der Polizeistation Tösstal muss ausrücken.

Es handelt sich um das »Sunnebad«. Früher war es ein Haus der Stille. Als die Diakonissinnen der Chrischona, einer pietistischen Sekte, die Liegenschaft zum Verkauf ausschrieben, gab es Streit. Das Pflegezentrum Bauma plante eine geschlossene Außenstation, doch die Gemeindeversammlung schmetterte das Vorhaben wuchtig ab. Sie war auch mit den Plänen der Stiftung Pfarrer Sieber nicht einverstanden, die daraus ein Heim für schwierige Jugendliche machen wollte. Jetzt hat es der Immobilienmakler Gusti Rebsamen erworben. Genau der Gusti Rebsamen, der Nievergelts Leiche entdeckt und Noldi bei all seiner Freundlichkeit nur Ärger bereitet. Er hat in der Zeitung ein Interview gegeben, in dem er sagte, er wolle das Haus wieder zum Leben erwecken. Aber doch nicht abfackeln, denkt Noldi. Und im selben Moment sagt Rühle: »Vielleicht hat Rebsamen es selbst angezündet.«

»Du spinnst«, erwidert Franca heftig. »Das hat der nicht nötig.«

Sie nehmen die Straße von Saland hinauf, weil sie am besten ausgebaut ist. Noldi fährt mit Blaulicht und Sirene. Er zieht das Fahrzeug mit Genuss durch die komfortabel angelegten Haarnadelkurven. Hinter ihm sind Franca und Wolfer inzwischen bei der Frage angelangt, wem das »Sunnebad« aktuell gehöre. Ob der Handwechsel bereits erfolgt sei oder nicht. Davon hängt ab, wen sie verständigen müssen: Gusti Rebsamen oder noch die Diakonissinnen.

Oben bei der Abzweigung sehen sie schon den Feuerschein.

12. EIN FREUDENSCHUSS

Es wird ein eher chaotischer Einsatz. Die Feuerbrigade Sternenberg ist bereits mit voller Besatzung vor Ort. Auch aus Bauma sind sie angerückt. Allerdings können die Wagen nicht sofort zum Brandherd fahren. Der Erste von ihnen ist in der Auffahrt stecken geblieben. Schließlich würgen sie das Fahrzeug ohne Rücksicht auf Verluste durch die enge Straße. Als Nächstes stellt sich heraus, dass der Hydrant direkt beim »Sunnebad« defekt ist. Offenbar wurde er beschädigt und nicht sachgemäß geflickt.

Die Feuerwehrleute müssen Leitungen von der Straße herauf legen, und zu allem Übel fährt das Krankenauto, das fürsorglich angefordert worden ist, in vollem Karacho über den Schlauch, der dabei platzt. Brandherd ist nicht das Riegelhaus selbst und auch keines der Nebengebäude, sondern der große Holzschopf, der etwas abseits steht. Das Problem dort ist, dass sich dahinter eine Baumgruppe befindet. Da in diesem trockenen Sommer die Waldbrandgefahr extrem hoch ist, gilt es um jeden Preis, ein Übergreifen der Flammen auf die Bäume zu verhindern. Im Schuppen selbst befindet sich, soviel auf den ersten Blick zu erkennen ist, nur jede Menge Gerümpel. Die Feuerwehrleute äußern allerdings rasch den Verdacht, das Feuer müsse gelegt worden sein. Das heißt, es handelt sich um Brandstiftung und ist somit auch Sache der Polizei.

»Wer zündet so einen alten Schopf an?«, erkundigt sich Noldi bei einem Feuerwehrmann, den er nicht kennt.

»Frag mich was Leichteres«, antwortet dieser und stapft in seiner Ausrüstung schwerfällig davon. Noldi folgt ihm zur Vorderseite des Hauses, wo einige andere Feuerwehrleute eben ein Gruppenfoto schießen. Die Lampen, welche sie aufgestellt haben, erhellen ihre grinsenden Gesichter und dahinter die Fassade, die von den Flammen unversehrt geblieben ist. Alle sind guter Dinge, das Feuer ist gelöscht, niemand verletzt.

Erst als die Brandstätte am nächsten Tag soweit abgekühlt ist, dass die Sachverständigen sie betreten und genauer untersuchen können, kommt die Schreckensmeldung, man habe menschliche Überreste gefunden.

Was sie schon bald wissen, ist, bei der Toten handelt es sich um eine noch sehr junge Frau. Alles Weitere würden sie erst erfahren, wenn die forensischen Untersuchungen abgeschlossen sind. Dann steht die Befragung des Eigentümers an, der Nachbarn sowie aller, die sich zur Brandzeit irgendwo in der Nähe aufgehalten und vielleicht etwas Ungewöhnliches bemerkt haben. Das ist ein beträchtlicher Aufwand für die zwei Beamten, in deren Zuständigkeitsbereich Sternenberg gehört. Daher sind Wolfer und Rühle sofort einverstanden, als Noldi sich bereit erklärt, die Befragung von Gusti Rebsamen zu übernehmen. Wolfer scheint sogar erleichtert. Vom Brand in Kenntnis gesetzt wurde der Besitzer der Liegenschaft noch in der Nacht. Also, denkt Noldi, wird er vermutlich auch dort anzutreffen sein. Doch er irrt sich. Als er zur Sicherheit in die Firma telefoniert, bevor er sich ins Auto setzt, teilt ihm die Sekretärin mit, der Chef sei im Büro. Er vereinbart mit dem Alten dort einen Termin.

Das Gebäude, in dem die »ImmoTreu« ihren Sitz hat, ist ein nüchterner glatter Betonbau mit großen Fenstern, lang gestreckt, nicht sehr hoch, vermutlich aus den 8oer-Jahren oder später. Noldi liest an der Anzeigetafel neben der Eingangstür einige bekannte Namen. Rebsamens Firma befindet sich im dritten und obersten Stock. Noldi nimmt den verglasten Außenlift und schaut, während er sich aufwärts bewegt, in die Gegend. Viel nimmt er nicht wahr. Er ist mit den Gedanken bereits beim bevorstehenden Gespräch. Der Sekretärin jedoch schenkt er größere Aufmerksamkeit. Er weiß aus Berufserfahrung, dass Vorzimmerdamen meist mehr wissen als ihre Chefs und häufig auch mehr, als denen lieb ist. Dieses Exemplar, welches ihn bei Rebsamen empfängt, ist weder alt noch jung, eher bieder gestylt. Außer dem knallroten Lippenstift kann er kein Make up an ihr erkennen. Ihre hellen halblangen Haare sind mit reichlich Spray fixiert, was ihnen den Eindruck einer Kopfbedeckung verleiht. Sie trägt ein buntes Sommerkleid, knielang mit kurzen Ärmeln, dazu flache Schuhe. Als die Dame vor ihm her zur Tür von Rebsamens Büro geht, sieht er, dass sie ausnehmend dicke Waden hat.

Die Stimme des Alten reißt ihn aus seinen Betrachtungen.

»Herr Oberholzer«, ruft er, »kommen Sie herein, kommen Sie.« Und an die Sekretärin gewandt: »Sissy, bringst du uns bitte Kaffee.«

Zu dumm, denkt Noldi, jetzt hat er in Betrachtung von Frauenbeinen vergessen, sich eine Eröffnung für das Gespräch mit Rebsamen auszudenken.

»Espresso oder lieber einen Lungo?«, will der von ihm wissen.

»Lungo bitte«, antwortet Noldi, »wenn es keine Umstände macht.«

»Also Sissy, du hast es gehört«, sagt der Alte, und die Sekretärin entschwindet.

Noldi setzt sich, fragt ohne Umschweife: »Wo waren Sie gestern in der Nacht?«

»Zu Hause in meinem Bett. Die Meldung von dem Brand hat mich aus dem Schlaf gerissen.«

»Kam der Anruf über das Festnetz?«, erkundigt sich Noldi.

»Nein, auf mein Natel«, antwortet Rebsamen langsam.

»Wer hat Sie verständigt? Auf dem Natel? Wir von der Polizei waren es nicht. War es die Feuerwehr? Woher haben die Ihre Handy-Nummer?«

»Es war Herr Stettler, der Gemeindeschreiber. Er ist Mitglied der Feuerbrigade Sternenberg. Und er hat mich angerufen.«

Schon wieder dieser Stettler, denkt Noldi, fragt aber nur: »Gibt es einen Beweis, dass Sie zu Hause waren?«

»Nein, nur mein Wort. Aber im Ernst, Herr Inspektor, Sie wollen mir nicht unterstellen, ich hätte den Schopf angezündet?«

Ohne auf diese Äußerung einzugehen, erkundigt sich Noldi: »Hat die Handänderung schon stattgefunden?«

Wenn Rebsamen überrascht ist, lässt er es sich nicht anmerken. Er fragt lediglich: »Warum interessiert Sie das?«

»Es geht um die Versicherung. Möglicherweise ist dieser Brand ein lukratives Geschäft für den Eigentümer der Liegenschaft.«

Der Alte schmunzelt, dann sagt er: »Sie hat stattgefunden. So betrachtet, eigne ich mich auch in diesem Fall durchaus als Verdächtiger.«

Noldi hat den Wechsel von der zivilen Anrede bei der Begrüßung zum Inspektor zur Kenntnis genommen und überlegt, ob der Alte sich jetzt auf eine Verteidigungsposition zurückzieht.

Die Sekretärin namens Sissy erscheint in Windeseile mit dem Kaffee. Die Männer warten schweigend, bis sie die gefüllten Tassen, Zuckerdose, Milch und einen Teller Guetzli auf den Tisch gestellt hat. Erst nachdem sie mit dem Tablett unter dem Arm wieder gegangen ist, fragt Noldi: »Sie sind in der Brandnacht nicht nach Sternenberg gefahren?«

»Nein. Ich bin ein alter Mann, solche Aufregungen sind nichts mehr für mich. Stettler hat mir berichtet, es handle sich nur um den Holzschopf. Keines der übrigen Gebäude sei betroffen. Und die Feuerwehr habe den Brand bereits unter Kontrolle. Größere Schäden gebe es nicht. Er hat mir versichert, er werde mich auf dem Laufenden halten. Jetzt warte ich auf weitere Informationen, denn im Moment kann ich hier nicht weg. Bin eben an der Ausarbeitung eines äußerst komplizierten Vertrages.«

Noldi beobachtet den Alten, der seinen Kaffee zuckert, bedächtig umrührt, dann die Tasse an die Lippen hebt und trinkt.

Wie aufrichtig er wirkt, denkt er einmal mehr, und trotzdem, irgendetwas verbirgt er. Fragt sich nur, was? Vor allem wozu, wenn er nichts mit dem Mord an Nievergelt zu tun hat? Und auch nichts mit dieser neuen Leiche? Er ist wach, beobachtet alles und tut dabei so, als könne er kein Wässerchen trüben. Das ist sicher sein Trick. Denn offensichtlich ist er ein äußerst erfolgreicher Geschäftsmann, der seinen Betrieb fest im Griff hat. Man sollte ihn nicht unterschätzen. Wäre ein Fehler, den bestimmt einige von denen gemacht haben, deren Liegenschaften jetzt ihm gehören. Doch, denkt er, dieser Alte ist viel zu schlau, selbst zu töten. Und einen dafür anzustellen, erst recht. Er würde sich keinem ausliefern. Kann es sein, dass doch er den Brand im Schuppen gelegt hat, um jemand aus dem Weg zu schaffen? Aber wie passt da eine blutjunge Frau ins Bild? War sie nur zur falschen Zeit am falschen Ort? Dann müsste es einen weiteren Toten geben, und den gibt es nicht. Oder haben sie ihn noch nicht gefunden? War der Brand im Schopf ein Ablenkungsmanöver? Wäre sehr clever.

Ob Rebsamen schon weiß, dass man eine Leiche gefunden hat?

Wenn er nichts damit zu tun hat, wohl nicht, denkt Noldi, da die Brandermittler erst in den Schuppen konnten, als die letzten Glutnester sicher gelöscht waren und die Brandstätte ausgekühlt war. Er wird, denkt er, diese Information vorläufig noch für sich behalten. Mit diesem Entschluss wendet er sich ebenfalls seinem Kaffee zu. Er schaufelt ausreichend Zucker in die Tasse, rührt bei Weitem nicht so bedächtig um wie der alte Rebsamen, trinkt und fragt dann: »Ist Ihnen im Zusammenhang mit dem Schopf jemals irgendetwas aufgefallen? Hat es Spuren gegeben, dass dort Leute übernachtet hätten? Oder sonst etwas in der Richtung?«

»Da müssen Sie Oehninger fragen. Er hat sich schon bei den Nonnen um die Liegenschaft gekümmert.«

»Sie werden mir aber nicht weismachen wollen, Sie als Käufer sind nicht sowohl vor als auch nach dem Handel im ›Sunnebad‹ gewesen und haben sich gründlich umgesehen.«

»Klar«, antwortet Rebsamen bereitwillig. »Bei der Abnahme der Liegenschaft bin ich auch im Schopf gewesen. Er war voll mit Gerümpel, Staub und Spinnweben. Die Nonnen haben versprochen, ihn so rasch wie möglich zu räumen. Sie hatten es schlicht und einfach vergessen.«

»Gibt es außer Oehninger jemanden, der Zugang zu ihm hatte?«

»Meines Wissens nicht, der Schuppen war verschlossen.«

»Wann sind Sie das letzte Mal im ›Sunnebad‹ gewesen?«

»Mit Ihnen. Sie erinnern sich. Aber warum fragen Sie?«

»Wir haben eine Leiche gefunden.«

Der Alte stellt die Tasse, die er eben in der Hand hält, behutsam ab und schaut dem Polizisten ins Gesicht.

»Ist das wahr?«

»Ja.«

»Weiß man, wer es ist?«

»Nein. Wir sind dran. Aber wenn es niemand aus der Gegend ist, kann es dauern. Das gibt es, leider. Die Mühlen der Polizei mahlen langsamer als die vom lieben Gott.«

»Was mich im Allgemeinen nicht besonders stört«, meint Rebsamen mit einem schiefen Lächeln. »Aber wenn es um einen Toten geht ... Vermutlich ein Obdachloser.«

»Der Tote ist eine Frau.«

»Du lieber Himmel«, sagt der Alte.

Die Sekretärin erscheint, um die leeren Tassen einzusammeln, und fragt nach weiteren Wünschen. Rebsamen verneint, dankt ihr freundlich, wird aber gleich wieder ernst.

»Seltsam«, sagt er, »eine Frau kriecht nicht so leicht in einem Schuppen unter.«

»Sie war sehr jung, laut Pathologen fast noch ein Kind.«

»Du lieber Himmel«, sagt Rebsamen noch einmal.

»Kommt Ihnen dazu etwas in den Sinn, irgendetwas? Die kleinste Kleinigkeit könnte uns helfen«, drängt Noldi.

»Leider nein. In meinem Alter hat man nicht mehr viel junge Leute um sich, vor allem, wenn die einzige Tochter stirbt«, Rebsamen wirft dem Polizist einen Blick zu, »bevor sie Kinder in die Welt setzen konnte.«

Noldi schweigt. Er kann dem anderen das Elend nachfühlen. Er und Meret allein, ohne die Kinder? Oder er ganz allein? Es schaudert ihn, und für einen Moment hat er Mühe zu atmen. Abrupt steht er auf, sagt: »Vielen Dank für den Kaffee. Ich wäre froh, wenn Sie auf die Polizeistation Tösstal kommen wollten, damit wir Ihre Aussage zu Protokoll nehmen.«

Falls Rebsamen über diesen jähen Abgang erstaunt ist, lässt er es sich nicht anmerken. Er stemmt sich ein wenig mühsam hoch, streckt Noldi die Hand entgegen, schaut ihm in die Augen und sagt: »Es tut mir aufrichtig leid.«

»Auf Wiedersehen, schöne Frau«, sagt der Polizist beim Hinausgehen zur Sekretärin.

Sie darauf sofort: »Was wollen Sie wissen?«

»Ob Sie ein Verhältnis mit Ihrem Chef haben.«

»Nein«, sagt sie und wird rot.

»Schade«, antwortet er. »Sonst hätten Sie ihm für den 25. Juni und für die Brandnacht ein Alibi geben können.«

»Warten Sie, lassen Sie mich nachsehen.«

Sie beugt sich über ihren Schreibtisch, blättert im Terminkalender. Dann sagt sie: »Am 25. Juni ist ein Termin mit dem Gemeindeschreiber von Sternenberg, Herrn Stettler, eingetragen.«

Sieh an, denkt Noldi. Hat der Alte doch die Wahrheit gesagt? Und der Gemeindeschreiber lügt? Er muss Rühle unbedingt darauf hinweisen, dass er Stettlers Alibi noch einmal unter die Lupe nimmt. Denn da ist etwas faul.

»Wo der Chef war, als es gebrannt hat,«, meldet sich die Sekretärin jetzt wieder, »entzieht sich leider meiner Kenntnis.«

Während der Fahrt von Uster zurück ins Tösstal überlegt Noldi, dass er sich am besten gleich Oehninger vorknöpft, auch ohne es mit den Kollegen abgesprochen zu haben. Er telefoniert, und es stellt sich heraus, der Mann ist im Cholerholz, um den Rasen zu mähen. Hätte er wissen können, sagt sich Noldi, dass er bei der Witwe steckt, und fährt nach Sternenberg.

Im Cholerholz angekommen geht er sofort hinter das Haus. Von wegen Rasen mähen, denkt er, als er Nico und Claire in heftigem Gespräch dicht beieinander stehen sieht. Arbeitsgerät ist weit und breit keines zu entdecken. Noldi schleicht sich nicht gerade an, versucht aber, keinen Lärm zu machen. Auf diese Weise hofft er wenigstens zu hören, worum es bei der Diskussion geht. Doch Claire hat gute Ohren. Bevor er auch nur näher gekommen ist, tritt sie einen Schritt zurück, dreht sich um und sagt: »Ah, der Herr Inspektor. Was können wir für Sie tun?«

Sie scheint nicht im Mindesten verlegen, während Nico von einem Fuß auf den anderen tritt. Diese Unsicherheit, denkt Noldi, sollte er ausnützen. Er fällt mit der Tür ins Haus und versucht es mit einem Bluff.

»Man hat im Schopf vom ›Sunnebad‹, der Sonntagnacht abgefackelt worden ist, eine Leiche gefunden.«

Er macht eine Pause, um zu sehen, wie die Nachricht wirkt. Aber die beiden sehen ihn nur ausdruckslos an. Deshalb setzt er hinzu: »Wissen Sie etwas darüber, Herr Oehninger?«

Der schüttelt den Kopf, doch er schaut dabei nicht glücklich aus.

Noldi hat eine Idee. »Haben Sie in dem Schopf Ihr Werkzeug versorgt?«, fragt er nebenbei.

Nico zögert mit der Antwort. Da sagt Claire an seiner Stelle: »Herr Oehninger macht im ›Sunnebad‹ die Umgebungsarbeiten. Schon lange. Mein Mann hat ihn den Nonnen persönlich empfohlen, als die einen neuen Gärtner gesucht haben.«

Nun fällt Nico ein. »Ja«, sagt er.

»Und was haben Sie dort eingelagert? Auch eine Kettensäge?« Noldi staunt über sich selbst. Dass er auf diese Idee gekommen ist.

»Klar, zusammen mit anderem Werkzeug«, antwortet Oehninger. Dann schaut er zu Claire wie ein Lob heischendes Kind, worauf sie ihn prompt anlächelt. Erst dann fährt er fort: »Ich bin jede Woche einmal hinauf. Im Schopf war eine große Sauerei. Immer habe ich mir vorgenommen, aufzuräumen, habe es aber nie geschafft.«

»Dort, Herr Oehninger, haben Sie Ihr Werkzeug deponiert? Das wundert mich aber.«

»Warum nicht? Man kann den Schopf abschließen«, meint Oehninger harmlos.

»Ist Ihnen nie der Verdacht gekommen, jemand könne sich am Schloss zu schaffen gemacht haben?«

»Nein, nie«, sagt Nico bestimmt. Dann wird er unsicher. Er schaut wieder zu Claire und fügt zögernd an: »Vielleicht habe ich offen gelassen. Das kann schon mal passiert sein.«

»Aber Sie haben nichts davon bemerkt, dass sich im Schopf jemand einquartiert hat?«

»Wie auch? Der hat nicht gewartet, bis ich komme.«

»Herr Oehninger«, sagt Noldi ärgerlich, »mir ist nicht nach Witzen zumute. Immerhin geht es um ein totes Mädchen. Wenn Sie irgendetwas wissen, dann, zum Teufel, sagen Sie es, egal, was. Alles ist wichtig, denn bis jetzt konnte sie nicht identifiziert werden.«

Nico scheint nachzudenken. Er scharrt mit einem Fuß im Kies. Noldi beobachtet Claire, und als sie seinen Blick bemerkt, lächelt sie. Vollkommen unbeteiligt, findet er. Sie hat überhaupt nicht auf den Tod des Mädchens reagiert. Als hätte sie nichts gehört oder es ginge sie nicht das Mindeste an. Seltsam, denkt Noldi. Inzwischen steht Nico wieder still. Er hat seine Gewissenserforschung beendet.

»Leider, Herr Inspektor«, sagt er. »Ich weiß wirklich nichts.«

»Ich glaube Ihnen nicht, dass Sie nicht doch das eine oder andere bemerkt haben. So gründlich, wie Sie arbeiten. Sie denken nur nicht, es könnte irgendeine Bedeutung haben.«

Jetzt wird Nico wieder unruhig. Er schaut erneut zu Claire und runzelt die Stirn.

»Überlegen Sie«, beharrt Noldi.

»Ja. Es ist nur, ich habe stets zwei Kanister Benzin in diesem Schopf stehen. Für den Trimmer und die Kettensäge, verstehen Sie. Ich wollte das Zeug nicht immer im Auto mitschleppen.«

»Und jetzt fürchten Sie, man könnte den Schuppen damit angezündet haben?«

»Wäre doch möglich.«

»Stimmt. Rein theoretisch könnten auch Sie derjenige sein, der ihn angezündet hat.«

»Warum sollte er?«, mischt sich jetzt Claire ein. Sie klingt ärgerlich.

»Wäre eine gute Gelegenheit, das Tatwerkzeug, mit der Sie Herrn Nievergelt die Füße abgesägt haben, wenn schon nicht verschwinden zu lassen, so doch alle Spuren darauf zu beseitigen.«

»So ein Blödsinn«, platzt Oehninger heraus. »Und dabei sollte ich gleich auch noch ein fremdes Mädchen abfackeln? Wofür halten Sie mich?«

»Sie müssen ja nicht gewusst haben, dass jemand im Schopf war.«

Plötzlich macht Nico Oehninger wieder diesen Hüpfer, den Noldi schon kennt. Geradezu fröhlich sagt er: »Geben Sie zu, Herr Inspektor, Ihre Theorie ist hirnverbrannt.«

Im Stillen stimmt Noldi mit ihm überein. Dass man, um eine Tatwaffe zu beseitigen, den Schopf anzündet und dabei noch aus Versehen einen Menschen umbringt, wäre wirklich hirnverbrannt. Aber das muss er den beiden nicht auf die Nase binden.

»Sie hören von mir«, sagt er und fährt endlich nach Haus, in eine andere Welt.

Es ist bald Zeit für das Abendessen, daher sind sie alle schon versammelt, seine Frau, seine Kinder und die Chinesin.

Als Meret verkündet, sie sei in der Küche soweit, geht es blitzschnell mit dem Tischdecken. Alle helfen zusammen, auch Cheryl, als hätte sie nie etwas anderes getan. Sie weiß genau, was sie wo holen muss, kennt die verschiedenen Farben der Serviettenringe und legt sie genau an den richtigen Platz. Ihr eigener, den Felizitas als Kind einmal gebastelt hat, besteht aus blauen FIMO-Blumen. Noldi schaut dem Treiben zu und kommt sich vor wie in einem Zeichentrickfilm. Alle tanzen um ihn herum, bis seine Tochter ihn freundschaftlich mit dem Ellbogen anstößt und fragt: »Wie wäre es, lieber Vater?« Dabei hält sie ihm eine Flasche samt Korkenzieher unter die Nase.

Noldi schaut verdutzt. Wie sie mit mir redet, denkt er, doch Felizitas lächelt ihn arglos an. Er nimmt die Flasche, weiß nicht, was sagen. Während er beschäftigt ist, sie zu öffnen, überlegt er, wie einfach es mit Kindern ist, solange sie klein sind. Sie brauchen viel Aufmerksamkeit. Die schenkt man ihnen gern. Und kaum sind sie groß, wollen sie nichts mehr davon wissen.

Später, als sie allein sind, beklagt er sich bei seiner Frau, dass Felizitas so komisch mit ihm sei.

»Komisch, wieso?«

Sie schaut ihn an.

»Wie sie mit mir redet.«

Meret überlegt, bevor sie antwortet. Sie muss in diesem Punkt vorsichtig sein, denn was seine jüngere Tochter angeht, ist Noldi sehr empfindlich.

Schließlich sagt sie: »Sie wird erwachsen und meint, du bemerkst das nicht.«

»Warum jetzt so plötzlich?«, schmollt Noldi.

Meret legt ihren Arm um ihn.

»Ich denke, die Geschichte mit dem Tibeter war wie eine Kinderkrankheit. Da gibt es nachher meist einen Entwicklungsschub.«

»Aber bei Verena, unserer Ältesten, war das nicht so krass.«

»Möglicherweise haben wir es nur nicht empfunden, weil uns die beiden Kleinen abgelenkt haben.«

»Du tust dir viel leichter mit Felizitas«, sagt Noldi.

»Ja, wir waren schon sehr früh Freundinnen. Und jetzt hüte ich mich, ihr irgendwo dreinzureden.«

Noldi brütet eine Weile vor sich hin. Meret denkt schon, er sei eingeschlafen, doch da sagt er plötzlich: »Und Cheryl, was hältst du von ihr?«

Seine Frau überlegt. »Sie fügt sich ganz gut bei uns ein«, sagt sie schließlich.

»Mhm«, macht Noldi, und gleich darauf lebhafter: »Weißt du, was mich an ihr fasziniert? Ihre Art, sich zu bewegen. So gemessen, fast zeremoniell. Hast du ihr schon einmal zugeschaut, wie sie die Unterarme rechts und links neben den Teller legt, sich gerade hinsetzt und einen Moment wartet, bevor sie mit dem Essen beginnt?«

Meret beschäftigt etwas anderes.

»Eines«, sagt sie, »muss man ihr lassen. Sie ist überaus hilfsbereit. Aber da und dort geht mir das zu weit. Jetzt hat sie meine Strickerei entdeckt, du weißt, den Pulli für

Mark. Da will sie mir ebenfalls helfen. Sie strickt und strickt ohne jeden Verstand, und ich muss nachher alles wieder auftrennen. Ich habe sie schon gebeten, es sein zu lassen, aber das nützt nichts.«

»Vielleicht«, sagt Noldi nur halb bei der Sache, »ist das in einer chinesischen Großfamilie üblich, dass jeder alles macht.«

»Wird nicht viel anders sein als bei den Tibetern«, mutmaßt Meret.

»Und wie ist es bei denen?«, fragt er verblüfft, weil ihm plötzlich klar wird, dass er keine Ahnung hat.

Meret überlegt, dann sagt sie, sie habe bereits Tibeter spinnen gesehen, in erster Linie die Männer, Kinder in Nepal beim Teppichweben. »Aber ehrlich«, sagt sie, »ich habe noch keine Tibeterin stricken gesehen.«

Inzwischen scheint endlich Bewegung in den Fall Nievergelt zu kommen. Als Noldi am nächsten Tag im Büro erscheint, ruft genau in dem Moment Jimmy Egloff an. Er berichtet, man habe herausgefunden, dass die Motorsäge aus dem Tobel dem Mülilüthi gehört.

»Wie seid ihr darauf gekommen?«, will Noldi wissen.

Der Forensiker lacht. Das, sagt er, sei relativ einfach gewesen. Der Lüthi habe sein ganzes Werkzeug mit einem eingekratzten Mühlrad gezeichnet. Die einzige Schwierigkeit habe darin bestanden, es unter all dem Schmutz und Rost zu finden.

Wolfer triumphiert.

»Das ist der Beweis«, sagt er bei der Lagebesprechung. »Jetzt schnappen wir uns den Mistkerl.«

Auf Noldis Bemerkung, der Besitz der Säge bedeute

nicht zwangsläufig, dass Lüthi sie auch an den Füßen des toten Nievergelt betätigt habe, lächelt der Kollege nur schmal.

»Halt du dich da raus«, sagt er und zieht mit Rühle los.

Die Festnahme von Lüthi entwickelt sich dann ganz anders, als Wolfer geplant hat.

Es dauert nicht lang, da läutet auf der Polizeistation Tösstal das Telefon. Die Kollegen fordern dringend Verstärkung an. Der Mülilüthi sei mit dem Gewehr auf sie losgegangen, als sie an der Tür geläutet hätten. Jetzt halte er sich im Haus verschanzt. Sie hätten sich vorläufig zurückgezogen und warteten auf die Kollegen. Das heißt, Noldi und Franca müssen sofort los.

Als sie in Sternenberg ankommen, sind Wolfer und Rühle hinter ihrem Auto in Deckung gegangen. An einem Fenster im Erdgeschoss sitzt der Alte, das Gewehr schussbereit in der Hand. Auf Wolfers Kommando sollen sie das Haus umstellen. Da entschließt sich Noldi spontan zu einer Einmannaktion. Er sagt zu Wolfer: »Wie willst du zu viert das Haus stürmen? Das ist doch lächerlich. Ich stelle mich zur Verfügung und rede mit dem Mülilüthi.«

Wolfer grinst und sagt: »Nur zu, wenn du unbedingt den Helden spielen musst.«

Darauf antwortet Noldi nicht, sondern geht schnurstracks auf die Tür zu. Mülilüthi brüllt durch das Fenster: »Bleib stehen, sonst knallt es.«

»Ist gut«, schreit Noldi zurück, »schieß einfach in die Luft.«

»Was macht er da«, fragt Rühle an niemanden direkt gerichtet. »Hat er den Verstand verloren?«

»Möglich«, antwortet Franca, die direkt neben ihm steht.

Tatsächlich knallt es gleich darauf, und Wolfer geht mit den anderen wieder hinter den Polizeiautos in Deckung, während sich Noldi stur weiter auf das Haus zu bewegt.

Der Mülilüthi brüllt: »Halt, bleib stehen. Ich blas dir sonst das Licht aus.«

»Nur zu. Ich bin gleich da. Dann reden wir.«

Das scheint Lüthi die Sprache zu verschlagen. Stille herrscht, eine Stille, in welcher das Knarren der Haustür überlaut tönt, als Noldi sie langsam aufstößt.

»Wahnsinn«, sagt Franca andächtig.

Der Mülilüthi kommt Noldi an der Tür mit dem Gewehr im Anschlag entgegen.

»Der Wolfer, dein Kumpel, will mir einen Mord anhängen. Glaubst du, da kommt es auf einen zweiten noch an? In meinem Alter?«

»Mach die Tür zu. Ich weiß, du warst es nicht«, sagt Noldi. »Aber das müssen wir erst beweisen. Und leg endlich die Knarre weg, damit wir reden können.«

»Reden können wir, aber das Gewehr behalte ich, und wenn der Saukerl die Nase bei der Tür hereinstreckt, schieße ich sie ihm ab. Und ich treffe bestimmt, so groß wie sie ist.«

Noldi grinst, wird aber gleich wieder ernst. »Du mit deinem Gewehr und deinen Drohungen gegen den Wolfer machst dich nicht nur verdächtig, sondern sogar strafbar. Vergiss das jetzt und reg dich nicht auf. Hat dir der Wolfer überhaupt gesagt, was tatsächlich gegen dich vorliegt?«

»Nein, so weit habe ich ihn gar nicht kommen lassen.«

»Also dann hör zu. Die Spurensicherung hat festgestellt, dass die Säge, die sie im Tobel dort bei Nievergelts

Haus gefunden haben, dir gehört. Sie trägt dein Zeichen. Das beweist noch gar nichts. Die Säge kann jeder genommen haben.«

»Die«, schnauzt Lüthi ihn an, »hat keiner genommen. Die haben sie bei der Arbeit in meinem Wald dort verschlampt, und sie ist ins Tobel gefallen. Wir haben sie nicht gesucht, denn nach so einem Sturz war sie nicht mehr zu brauchen. Glaubst du, ich lasse meine Leute mit Schrott arbeiten?«

»Das glaube ich dir, aber es bringt uns nicht weiter. Denk lieber scharf nach, gibt es nicht vielleicht etwas anderes, das dich wirklich entlastet?«

Der Mülilüthi lässt den Kopf hängen. »Nein, ich fürchte nicht. Ich war blau an dem Abend. Der Wolfer hat mir ein Bier nach dem anderen gezahlt. Sonst saufe ich nicht so viel, aber wenn man es gratis kriegt …«

»Klar«, sagt Noldi. Und denkt bei sich, das würde eher Wolfer belasten als den Mülilüthi. Wenn er ihm absichtlich einen Rausch anhängt, damit er sich an nichts mehr erinnert.

Da erscheint überraschend das Döggeli in der Tür, tatsächlich mehr breit als hoch. Mülilüthi sichert das Gewehr und legt es beiseite.

Noldi betrachtet die Frau. Ihre Gesichtszüge sind leicht verschwommen, kein echtes Down Syndrom, wenn auch nicht weit davon entfernt. Die dunklen Knopfaugen dagegen schauen wach in die Welt. Um den Kopf hat sie einen Heiligenschein aus blassem Haar, und ihre Aufmachung ist schrill, rosarot und knallgrün, aber nicht ohne Charme.

»Er hat telefoniert«, erklärt sie selbstbewusst. »Bin von seinem Geschrei aufgewacht.«

»Mit wem?«, fragt Noldi gespannt.

»Ja, mit wem«, sagt darauf das Döggeli nicht sehr hilfreich.

Da reißt Lüthi den Kopf plötzlich hoch. »Doch. Jetzt erinnere ich mich. Ich habe wirklich telefoniert.«

»Wunderbar«, sagt Noldi. »Vom Festnetz?«

»Genau.«

»Das ist doch etwas. Und mit wem?«

»Mit dem Nievergelt. Ich habe ihn angerufen und beschimpft. Ich war fuchsteufelswild wegen der Buche, die er mir umgeschnitten hat.«

Noldis Hoffnung schwindet wieder. »Der ist aber leider nicht drangegangen«, sagt er.

»Nein, ist er nicht. Hat mich noch zusätzlich wütend gemacht. Habe alle Zeichen auf den Beantworter geflucht. Kannst es dir bei der Witwe anhören.«

»Na also« sagt Noldi befriedigt, »geht doch.«

Er verlässt das Haus.

»Was ist los?«, will Wolfer wissen, der immer noch in Deckung hinter dem Polizeiauto hockt.

»Kommt, wir packen zusammen. Der Lüthi hat ein Alibi.«

Wolfer knurrt: »Das ist nicht wahr.«

Als Noldi ihm von dem Telefonanruf berichtet, fährt Wolfer wie von der Tarantel gestochen auf. »Ich habe den Beantworter selbstverständlich abgehört. Der war komplett leer.«

»Dann hat jemand die Aufzeichnung gelöscht«, gibt Noldi zurück. »Sollen sich die Techniker darum kümmern. Die bringen das wieder hin.«

Darauf schnauzt Wolfer ihn an: »Sag du mir nicht, wie

ich meinen Job machen soll. Und du gehst jetzt hinein und holst den Lüthi. Den nehmen wir mit.«

»Nein. Das werde ich nicht. Es gibt noch andere Verdächtige.«

»Die wären?«, fragt Wolfer herausfordernd.

»Im Wald bei der gefällten Buche hat die Spurensicherung deine Fingerabdrücke gefunden.«

Wolfer lacht hämisch.

»Daraus willst du mir einen Strick drehen?«

Noldi platzt der Kragen. Hitzig sagt er: »Ja. Und am besten, du hängst dich daran auf.«

Das ist zu viel für Wolfer. Ohne Vorwarnung stürzt er sich auf Noldi und knallt ihm die Faust ins Gesicht. Der, völlig überrumpelt, schlägt zurück und trifft den Angreifer genau auf die Nase. Aus dem Haus gibt Lüthi, der das Schauspiel mit größtem Vergnügen verfolgt, einen Freudenschuss in die Luft ab. Franca wirft sich zwischen die beiden Streithähne und legt Wolfer mit einem Karategriff aufs Kreuz. Rühle steht tatenlos daneben. Dann zieht die junge Polizistin den Kollegen wieder hoch und scheucht die Männer ins Auto.

»Besser, wir fahren. Und kein Wort davon zu niemandem«, sagt sie, während sie den Motor anlässt. Alle drei nicken gehorsam. Abgekühlt sind die Streithähne jetzt ziemlich kleinlaut. Ihnen dämmert, was da auf sie zukommt, wenn der Zwischenfall bekannt wird.

13. TEUFELSKIRCHE

Obwohl Noldis Wangenknochen kaum gerötet ist, bemerkt Meret es sofort.

»Was ist passiert?«, fragt sie aufgescheucht.

Noldi vergewissert sich, ob sonst niemand in der Nähe ist, der ihn hören könnte. Dann erst beichtet er, dass er und Wolfer sich geprügelt hätten, und der andere dabei schlechter weggekommen sei. Er habe eine blutige Nase davon getragen.

»Ha«, sagt Meret, »geschieht dem Kerl recht.«

Noldi muss trotz der bedenklichen Situation grinsen. »Aber«, schärft er seiner Frau gleich darauf ein, »du darfst niemandem etwas sagen. Die hängen uns sonst ein Disziplinarverfahren an.«

»Und, habt ihr den Mülilüthi verhaftet?«, will Meret wissen.

»Wo denkst du hin, der ist unschuldig.«

»Aber wer ist es dann?«

»Wenn ich das wüsste«, sagt Noldi. »Es gibt weit und breit keinen, der meiner Meinung nach wirklich als Täter infrage kommt. Oder es war einer, von dem wir noch nichts wissen. Aber das ist Wolfers Problem, er ermittelt jetzt wieder in dem Fall. Obwohl die Verdachtsmomente gegen ihn selbst auch nicht ganz ohne sind. Mich geht die Sache zum Glück nichts mehr an.«

»Das ist dir aber auch nicht recht.«

»Oh doch, bin nur gespannt, wen Wolfer als nächsten Täter präsentieren wird.«

Als Noldi Stunden später ins Schlafzimmer kommt, hat er seine Querelen mit Wolfer komplett vergessen.

»Du«, berichtet er einigermaßen erschüttert seiner Frau, »ich habe sie gesehen.«

Meret, die soeben im Begriff ist, ins Bett zu steigen, hält inne. »Wen?«, fragt sie.

»Unseren Sohn Peter mit der Freundin. Vorhin, als ich ins Badezimmer bin. Sie waren schon im Bett. Und sie liegt unter ihm, tut keinen Wank.«

»Ah«, sagt Meret, der jetzt dämmert, wovon ihr Mann spricht.

»Wenn es ihnen so gefällt.«

»Ich weiß nicht«, meint ihr Mann zweifelnd, »ob du auf diese Weise zu vier Kindern gekommen wärst.«

Meret kichert, wird dann aber gleich wieder ernst.

»Sag, Noldi, spionierst du ihnen nach?«

»Nicht wirklich«, antwortet er wahrheitsgemäß. »Es war ein Versehen. Du weißt, die Zimmertür, wenn man sie nicht richtig schließt, geht sie von selbst wieder auf. Peter hat das offensichtlich vergessen.«

»Das ist keine Entschuldigung«, bemerkt Meret streng.

»Na ja«, gibt Noldi unwillig zu. »Vielleicht bin ich auf kriminalistischem Entzug. Ich habe keinen Fall und nichts zu tun. Das ist mir bis jetzt noch nicht oft passiert.«

Meret schlägt die Decke zurück und klopft einladend auf den Platz neben sich. »Komm«, sagt sie.

Noldi lässt sich aufatmend neben seiner Frau nieder, und sie deckt ihn zu.

»In dieser Station Tösstal«, fängt er an, »bin ich überflüssig. Das, was täglich so anfällt, bewältigt Franca mit Bravour, den Papierkram erledigt der Schalterbeamte. Wolfer ermittelt wieder im Fall Nievergelt.« Er schnaubt verächtlich und fährt fort: »Auch wenn er nichts zustande bringt. Die Brandleiche aus dem Schopf fällt in Rühles Kompetenz. Bei den Lagebesprechungen lassen die nichts aus, und ich frage nicht. Ich bin sozusagen freigestellt, habe Besuch aus Amerika.«

»Kein schlechter Zustand«, kommentiert Meret trocken. Sie weiß genau, wie ihm zumute ist, aber, denkt sie, Wehleidigkeit hilft auch nicht weiter.

Dann sagt Noldi plötzlich: »Ich bin ein alter Mann geworden.«

»Wie kommst du darauf?«, fragt Meret nun doch alarmiert.

»Kann ich dir sagen. Als ich da Peter gesehen habe mit seiner Chinesin im Bett, habe ich im ersten Moment gedacht, er macht Gymnastik. Verstehst du?«

»Nein«, antwortet Meret wahrheitsgemäß.

»Hör mal, ich sehe zwei, die es miteinander treiben, und denke dabei an Liegestütz.«

Meret verkneift sich das Lachen und sagt, so ernst sie kann: »Bedenklich.«

Plötzlich kommt Rühle mit einer ganz neuen Spur im Fall Nievergelt. Er hat bei den Ermittlungen zu der Brandleiche zufällig herausgefunden, dass der Polizist vor seinem Tod wiederholt in der Gemeindekanzlei war. Auf seine Fragen nach dem Grund dieser Besuche behauptet Stettler lediglich, es sei um die Fusion gegangen, aber

Genaueres wollte oder konnte er nicht sagen. Rühle, der inzwischen Blut geleckt hat, lässt sich damit nicht abspeisen und stößt bei seinen Recherchen auf Ungereimtheiten im Zusammenhang mit dem Verkauf vom »Sunnebad«. Das führt zwar im Fall der unbekannten Toten aus dem Schopf keinen Schritt weiter, bringt aber etwas anderes ans Licht. Stettler hat sich von jemandem bestechen lassen. Davon schien Nievergelt Wind bekommen zu haben, worauf er den Gemeindeschreiber stellte und drohte, ihn auffliegen zu lassen. So weit kam es aber nicht, weil der Polizist vorher ermordet wurde.

»Das ist doch ein hervorragendes Motiv«, sagt Rühle stolz zu den Kollegen.

»Und wie«, antwortet Noldi lebhafter, als er sich sonst bei ihren Besprechungen verhält.

»Jetzt weiß ich auch, warum sich der Gemeindeschreiber bei den Treffen, die ich mit ihm vereinbart habe, immer wieder gedrückt hat.«

Er findet die ganze Sache mehr als mysteriös. Ob da, fragt er sich, wirklich Rebsamen dahinter steckt? Wer sonst könnte den Gemeindeschreiber bestochen haben? Vor allem, da der Alte es ist, dem das »Sunnebad« jetzt gehört. Doch vorläufig, beschließt er, wird er diesen Verdacht für sich behalten.

Rühle sagt begeistert: »Alles passt. Stettler kennt ganz bestimmt auch den berühmten Spruch von Nievergelt mit den Füßen. Was wäre da einfacher, als eine falsche Fährte zu legen?«

Da weder Noldi noch Wolfer ihm widersprechen, fährt er fort: »Noch dazu hat der Gemeindeschreiber für die Mordnacht ein falsches Alibi angegeben.«

Noldi horcht auf.

»Was«, sagt er, »Stettlers Alibi ist tatsächlich falsch?«

»Definitiv«, antwortet Rühle.

»Gusti Rebsamen hat ausgesagt, er sei mit Stettler an diesem Abend im ›Sunnebad‹ gewesen. Wenn das stimmt«, überlegt Noldi laut, »würde es bedeuten, sie scheiden als Tatverdächtige im Fall Nievergelt aus.«

Rühle meint: »Es sei denn, sie waren es beide.«

»Dazu ist Rebsamen zu schlau.«

»Warum gibt der Gemeindeschreiber aber ein falsches Alibi an, wenn ihm Rebsamen bereits eines verschafft?«, erkundigt sich Wolfer, der bis jetzt geschwiegen hat.

»Vielleicht wollte er vermeiden, dass sein Besuch im ›Sunnebad‹ bekannt wird.«

»Was heißt«, folgert Rühle begeistert, »er hat sich von Rebsamen bestechen lassen und musste deshalb diesen Kontakt vertuschen.«

»Möglich«, meint Noldi langsam, »aber wenn Rebsamen den Gemeindeschreiber besticht, sorgt er sicher dafür, dass man ihm das nicht so einfach nachweisen kann.«

»Worüber sich Stettler offensichtlich nicht im Klaren war«, folgert Rühle.

Darauf Wolfer: »Und deshalb ein anderes Alibi angegeben hat.«

»Von dem ich in der Zwischenzeit herausgefunden habe, dass es falsch ist«, ergänzt Rühle.

»Aber auch Rebsamen könnte nicht die Wahrheit gesagt haben«, wirft jetzt Noldi wieder ein. »Er behauptet, er war mit Stettler zusammen. Der gibt ein anderes Alibi an, das erwiesenermaßen falsch ist. Was noch nicht heißt, dass die beiden wirklich zu dem Zeitpunkt beisammen gewesen sind.«

Noldi glaubt selbst nicht ganz daran, aber der Vollständigkeit halber, findet er, sollte es erwähnt werden.

»Also was dann«, erkundigt sich Wolfer ärgerlich, denn er hat Rebsamen schon im ersten Protokoll als Verdächtigen ausgeschieden.

»Wir müssen noch einmal ganz von vorne anfangen«, sagt Rühle.

Und Noldi darauf: »Viel Glück, ihr beiden.«

Im Zuge seiner weiteren Ermittlungen kommt Rühle zu dem Schluss, dass Stettler für den Brandanschlag auf den Schopf vom »Sunnebad« doch nicht verantwortlich sein kann. Sehr zum Leidwesen von Noldi, der insgeheim befürchtet, Yannick Nievergelt könnte das Feuer gelegt haben. Der Junge hat bereits einmal gezündelt, und nachdem er, Noldi, ihn seiner Mutter zurückgebracht hat, brennt es zwei Tage später im »Sunnebad«. Das ist mehr als verdächtig, denkt der Polizist bekümmert. Bevor er aber etwas darüber verlauten lässt, will er unbedingt mit Yannick reden.

Als er im Cholerholz läutet, sagt Claire erstaunt: »Sie? Was wollen Sie noch?«

»Ich wollte nur wissen, wie es Ihnen und Yannick geht.«

Claire zögert einen Augenblick, dann tritt sie zurück. »Kommen Sie herein.«

Das Haus ist so still und leer, wie er es kennt. Sie gehen in die Stube, Noldi setzt sich schon fast gewohnheitsmäßig auf das Sofa. Im Raum hat sich nichts verändert. Von der Anwesenheit eines 14-jährigen Jungen ist nichts zu spüren. Alles ist sauber, leblos und in mustergültiger Ordnung.

»Yannick ist in Bauma«, sagt Claire. »Nico hat ihn mitgenommen. Er hilft bei der Dampfbahn. Sie haben gerade eine alte Lok bekommen, und die muss zur Gänze überholt werden. Da können sie jede Menge Freiwillige brauchen. Und für Yannick ist die Arbeit das Beste, um mit dem Tod seines Vaters fertig zu werden.«

Sie schaut Noldi aus umflorten Augen an. Als er keinen Kommentar dazu abgibt, spricht sie weiter: »Zum Glück haben es ihm die alten Lokomotiven angetan. Der Junge ist schon fast ein ebenso begeisterter Eisenbähnler wie Nico. Die beiden verstehen sich prächtig.«

Eine Behauptung, die Noldi der Frau nicht abnimmt. Vor allem, wo Yannick einen Groll gegen die Mutter und ihren Liebhaber hegt. Dann soll er sich ausgerechnet mit Nico angefreundet haben? So etwas Dummes kann sie einem anderen erzählen, denkt er, lässt sich seinen Zweifel jedoch nicht anmerken.

»Und Sie? Wie geht es Ihnen?«, fragt er.

Claire seufzt. »Alfons fehlt überall.«

Noldi schaut sie an.

»Ich weiß«, sagt sie sofort. »Sie glauben, ich hätte meinen Mann nicht geliebt, weil ich ihn betrogen habe. Aber da irren Sie sich.«

»Nein«, beteuert Noldi, »das glaube ich nicht.«

Er zögert. Er muss die Frau unbedingt fragen, ob sie etwas von dem Mädchen weiß, das im Schopf vom »Sunnebad« verbrannt ist. Ein heikles Thema, findet er, wenn er an die unbeteiligten Mienen von Claire und Nico denkt, als er vor ein paar Tagen von dem Leichenfund gesprochen hat.

Dann gibt er sich einen Ruck.

»Wie Sie wissen«, beginnt er, »ist bei dem Brand im ›Sunnebad‹ ein Mädchen umgekommen.«

»Ja«, antwortet Frau Nievergelt und macht sofort wieder dieses leere Gesicht.

»Haben Sie in den Tagen vorher hier im Cholerholz irgendetwas Ungewöhnliches bemerkt?«

Claire zuckt mit keiner Wimper. »Nein, bestimmt nicht«, sagt sie aufrichtig, »das hätte ich Ihnen sofort mitgeteilt.«

»Und Yannick? Hat er vielleicht das Mädchen gesehen?«

»Nein. Glaube ich nicht.«

»Hat er nichts erzählt?«

»Nein. Er redet kaum mit mir.«

»Wieso nicht?«

»Das ist die Pubertät. Haben Sie Kinder? Dann kennen Sie diese Phasen.«

Noldi mustert sie zweifelnd. Glaubt sie das tatsächlich oder will sie ihn nur abwimmeln.

Claire schaut ihm gerade in die Augen. Das beherrscht sie meisterhaft, nur kennt Noldi diesen aufrichtigen Blick inzwischen gut, weiß, was er wert ist. Er wechselt das Thema.

»Darf ich Sie etwas fragen?«, erkundigt er sich.

»Warum nicht?«

»Es ist sehr persönlich.«

»Wollen Sie etwas trinken?«, sagt Claire darauf. »Vielleicht einen kleinen Port?«

Noldi staunt.

»Das Lieblingsgetränk von Alfons«, erklärt sie etwas zu hastig auf seine unausgesprochene Frage. »Er hat nie viel getrunken, aber einen Port hat er sich gerne genehmigt.«

Seltsam, denkt Noldi, ein Mann, der Portwein trinkt. Andererseits steht da auch dieses Foto auf der Kommode, von einem Nievergelt, der in Hamlet-Pose mit umflortem Blick ins Leere schaut.

Claire geht an den Schrank, öffnet ihn, und Noldi sieht einen ansehnlichen Flaschenwald. Wozu das, fragt er sich, wenn der Polizist nichts getrunken hat? Oder ist das Claires Sammlung? Sollte sie heimlich trinken? Dieser Gedanke ist ihm bis jetzt noch nie gekommen. Aufmerksam beobachtet er, wie sie mit einem Griff die richtige Flasche erwischt. Sie hält sie hoch, nickt ihm aufmunternd zu. Trotzdem lehnt er das Angebot ab.

»Sie sind doch nicht im Dienst«, sagt Claire mit einem Lächeln.

»Ja und nein. Ehrlich gesagt, ich weiß es nicht«, antwortet er.

Sie schenkt sich ein halbes Glas ein, nippt nachdenklich daran.

Wieder wirft sie ihm einen Blick zu. Engelgleich, denkt er. Sie sagt: »Also fragen Sie schon.«

»Gut. Hat Wolfer versucht, sich an Sie heranzumachen, nachdem Ihr Mann sich mit dessen Freundin eingelassen hat?«

Es ist eine höchst delikate Frage, und wenn es dumm kommt, steht er vor dem Kollegen mit abgesägten Hosen da. Er erschrickt bei dem Gedanken. Abgesägte Hosen, abgesägte Füße.

Doch Claire antwortet erstaunlich freimütig: »Oh ja, und ich habe ihn nicht abgewiesen. Sie müssen das verstehen«, setzt sie lebhaft hinzu, »Alfons hat nicht nur seinen Freund betrogen. Ich als Ehefrau war auch noch da. Bis zu diesem Moment habe ich keinen anderen Mann angeschaut. Auch wenn Sie es nicht glauben, Alfons und ich waren ein glückliches Paar. Deshalb hat mich die Sache mit Liz besonders getroffen. Ich hätte es noch verstanden, wenn zwischen uns etwas nicht geklappt hätte. Aber so, ohne Not? Und Röbi Wolfer war ebenfalls verzweifelt. Wir haben einander getröstet. Es war nie etwas Ernstes. Verzweiflung, keine Liebe.«

Noldi bedenkt einen Augenblick, was sie gesagt hat, dann fragt er: »Und mit Oehninger ist es anders?«

Claire zögert. Sie stellt ihr Glas ab, spreizt die Hände und betrachtet ihre schwarz lackierten Fingernägel, die oben einen grellweißen Rand haben und in der Mitte einen winzigen Glitzerstern. Dann hebt sie den Blick wieder und sagt: »Ja, mit Nico ist es anders. Er liebt mich. Er würde alles für mich tun.«

»Auch töten?«, wirft Noldi schnell ein.

Claire schenkt ihm wieder ihr süßes Lächeln.

»Vermutlich. Aber das muss er gar nicht.«

Noldi staunt, wie friedlich sich die Witwe Nievergelt heute gibt. Fast überzeugt sie ihn. Aber nur fast.

Nach dem Besuch bei Claire fährt er nach Bauma. Mit Mühe ergattert er dort einen Parkplatz vor dem Bahnhof. Dann geht er in die Remise, fragt sich zu Nico Oehninger durch und trifft ihn, wie Claire gesagt hat, vor einer alten Lokomotive, an welcher er herumschraubt. Der Junge ist nicht bei ihm.

»Wo ist Yannick?«, fragt Noldi. Sein Ton ist schärfer, als er beabsichtigt.

»Er holt etwas zu trinken«, antwortet Nico arglos.

Noldi hebt die Augenbrauen.

»Sie meinen, er ist mir ab«, sagt Oehninger geradeheraus. »Da müssen Sie sich keine Sorgen machen. Yannick ist in den letzten Tagen ausgesprochen zahm.«

Das gefällt Noldi alles nicht. Er fragt, wo der Junge die Getränke kauft, und macht sich auf die Suche nach ihm. Die Tatsache, dass Yannick sich im Moment ruhig verhält, lässt nichts Gutes ahnen. Noch bevor er das Bahnhofsgelände verlassen hat, sieht er den Jungen. Er trottet mit hängendem Kopf Richtung Remise, schaut weder rechts noch links. An seiner Hand baumelt ein Plastiksack. Als Noldi ihn anspricht, erschrickt er.

»Stopp«, sagt der Polizist, »ich muss mit dir reden.«

»Muss arbeiten«, erwidert Yannick mürrisch.

»Kommst du gut mit Nico aus?«, versucht Noldi sein Glück.

»Geht so.«

»Arbeitest du gern bei der Dampfbahn?«

»Ist okay.«

»Was hast du am Abend des 16. Juli gemacht?«

Darauf kommt keine Antwort. Yannick schaut nicht auf, verzieht keine Miene. Noldi versucht, auf andere Weise ein Gespräch in Gang zu bringen, doch es gelingt ihm nicht.

Da probiert er es mit Bestechung. »Willst du eine Glace? Ich lade dich ein.«

Yannick zeigt keine Begeisterung, sagt aber auch nicht nein. Sie gehen in die Confiserie Voland, deren Biberfladen weit herum bekannt sind. Kaum sitzen sie im Garten unter einem Sonnenschirm, fragt Noldi: »Yannick, hast du den Schopf angezündet?«

Der Junge antwortet nicht. Er schaut vor sich hin, als hätte er nichts gehört. Die Serviertochter kommt, um nach ihren Wünschen zu fragen. Yannick entscheidet sich, ohne auf die Hochglanzfotos der Dessertkarte auch nur einen Blick zu werfen, für einen Bananensplit. Noldi benützt die Gelegenheit und bestellt einen Coup Danmark, den er besonders gerne hat. Dann versucht er es noch einmal andersherum.

»Wo warst du in der Nacht vom 16. Juli?«

Auch diesmal gibt Yannick keine Antwort.

»Schau«, sagt Noldi, »sobald die Polizei herausfindet, dass du schon einmal einen Schopf angezündet hast, kommen sie auf jeden Fall. Und diesmal ist dein Vater nicht da, dich wieder herauszuhauen. Besser, du redest gleich mit mir.«

»Sie sind auch von der Polizei«, antwortet Yannick und lacht. Dabei bleibt es. Während sie auf ihr Eis warten, redet er von allem Möglichen und hofft, Yannick irgendwie die Zunge zu lösen. Doch er bringt aus dem Jungen nichts heraus. Unauffällig betrachtet er ihn. Wem schaut er ähnlich? Er hat Nievergelts dunkle Haare und den Schmollmund der Mutter. Wie ist das Verhalten des Jungen einzuschätzen, überlegt er. Bedeutet dieser Totstellreflex, er hat den Schopf angezündet? Wird jetzt von seinem schlechten Gewissen erdrückt, weil ein Mensch dabei ums Leben gekommen ist? Oder hat er gewusst, dass sich dort jemand aufhielt, und hat deshalb das Feuer gelegt? Bei diesem Gedanken stockt Noldi der Atem. Nein, das nicht, so bösartig ist kein 14-Jähriger. Doch wenn er über den Tod des Vaters dermaßen verzweifelt ist? Noldi weiß, eigentlich ist Yannick bei seiner Vorgeschichte verdächtig genug, dass er ihn zumindest einem Polizeipsychologen übergeben müsste. Doch bis es so weit ist, denkt er, wird er seinen Sohn Pauli vorschicken. Der bekommt sicher mehr aus dem Jungen heraus. Nachdem er diesen Entschluss gefasst hat, löffelt Noldi erleichtert sein Eis. Damit der Kontakt zwischen ihnen nicht ganz abreißt, stellt er Yannick hin und wieder eine harmlose Frage und begnügt sich mit einsilbigen Antworten. Schließlich verlangt er die Rechnung, bezahlt, sagt zu Yannick, bevor er geht: »Wenn du mir etwas mitteilen möchtest, weißt du, wo du mich erreichst.«

Auf der Fahrt zurück ins Büro fühlt er sich bei dem Gedanken, seinen Sohn auf den Jungen anzusetzen, plötzlich schuldbewusst. Er weiß nicht recht, was er Pauli damit antut. Bringt er ihn womöglich in Gefahr?

In der Zwischenzeit beschließt er, unruhig wie er ist, sich mit Claires Familie in Verbindung zu setzen. Das hat er bis jetzt unterlassen und will es der Vollständigkeit halber nachholen. Insgeheim hofft er immer noch, dass irgendwo jemand auftaucht, der als Täter infrage käme.

Von Claire weiß er, dass ihre Eltern in Vevey leben. Er nimmt sein Handy und geht hinter das Haus, setzt sich zum Telefonieren ins Auto. Die anderen, denkt er, müssen nicht wissen, dass er nach wie vor in dem Fall herumstochert. Er fragt sich selbst während des Telefonats, warum er sich das antut, denn es wird kein erquickliches Gespräch. Die Eltern haben kein gutes Verhältnis zu ihrer Tochter. Sie hat sich mit 17 aus dem Staub gemacht, und der Kontakt ist seit damals brüchig. Das Ehepaar weiß nicht einmal, dass der Schwiegersohn ermordet wurde.

»Und unsere Tochter, ist sie verdächtig?«, fragt die Mutter mit ängstlicher Stimme.

»Wie kommen Sie darauf?« Noldi ist verblüfft.

»Warum sollten Sie uns sonst anrufen?«

»Nein«, sagt er darauf nach kurzem Zögern.

Die Mutter seufzt, dann fragt sie: »Haben Sie den Mörder?«

»Nein.«

Noldi hört die Stimme des Mannes im Hintergrund, kann aber nicht verstehen, was er sagt. Die Frau fragt: »Was ist passiert?«

»Jemand hat ihn in den Rücken geschossen.«

»Um Gottes willen. Können wir etwas tun? Was sollen wir machen?«

»Ich weiß es nicht«, teilt Noldi ihnen wahrheitsgemäß mit und erfährt gleich darauf, wenn die Eltern von sich aus Verbindung zur Tochter aufnehmen, werde diese jedes Mal äußerst unwillig. Und sie hätten ihren Schwiegersohn nicht öfter als ein paar Mal zu Gesicht bekommen.

»Wieso das?«, will Noldi wissen.

»Sie ist«, berichtet die Mutter mit unsicherer Stimme, »schon als Teenager sehr ruhelos gewesen. Wild und unzuverlässig. Was sie mit ihrem Verhalten bei anderen auslöst, hat sie nie gekümmert.«

Mit 14 sei sie ab zu einem stadtbekannten Barbesitzer, von dem es hieß, dass er sich auch als Zuhälter betätige. Da sie noch minderjährig gewesen sei, hätten die Eltern eine richterliche Verfügung erwirkt, und die Polizei habe Claire nach Hause gebracht.

»Das hat sie uns nie verziehen.«

»Mit Verlaub«, sagt Noldi vorsichtig, »aber wie kommt es, dass eine 14-Jährige so viel Freiheit hat, ein Verhältnis mit einem Barbesitzer anzufangen?«

Frau Paillard seufzt. »Ich weiß, was Sie jetzt denken. Wir hätten uns nicht um das Kind gekümmert. Aber das stimmt nicht. Sie kennen unsere Claire offenbar nicht. Sie kann sehr liebenswürdig und überzeugend sein, wenn sie etwas will. Und wir haben ihr vertraut. Uns plagte das schlechte Gewissen, das hat sie schamlos ausgenutzt, um uns nach Strich und Faden zu belügen. Sie war dabei nie trotzig, sondern immer die Unschuld in Person. Wir hätten es besser wissen müssen, aber selbst wenn wir Verdacht geschöpft hätten, wir wären nicht mutig genug gewesen, sie zu stellen.«

Frau Paillard macht eine Pause. Dann holt sie tief Luft und sagt: »Uns ist schon viel früher ein unverzeihlicher Fehler passiert.«

Mit zwei Jahren bekam Claire eine Mittelohrentzündung und hatte hohes Fieber. Der Arzt verschrieb ein Antibiotikum. Das Kind wollte um nichts in der Welt das Medikament schlucken. Sie brüllte und schrie vor Schmerzen, doch sobald sich jemand ihr nur näherte, wurde sie regelrecht hysterisch. Nachdem die Eltern alles versucht hatten, was ihnen an Tricks einfiel und nichts nützte, zogen sie ein Buch über Kindererziehung zu Rate. Dort stand, wenn sonst nichts helfe, solle man, wohlgemerkt als allerletztes Mittel, dem Kind die Nase zuhalten und wenn es den Mund öffnet, um Luft zu holen, das Medikament einflössen.

»Das haben wir gemacht«, sagt Frau Paillard. »Es war ein Vertrauensbruch. Wir konnten es an ihrem Gesicht ablesen, nachdem sie in ihrer Verblüffung die Medizin geschluckt hatte. Ich habe diesen Blick nie vergessen und mein Mann auch nicht.«

Noldi glaubt, in der Stimme der Frau ein winziges Schluchzen zu hören, und er versteht sie. Aber er versteht auch Claire. Lieber Himmel, denkt er, was steht nur in solchen Büchern. Meret und er haben nie so etwas gelesen, sondern stets den eigenen Methoden mehr vertraut. Was nicht heißen soll, dass es immer einfach war, ihren Kindern beizukommen. Bei Peter gelangte Meret mehr als einmal an ihre Grenzen. Der Junge konnte als Säugling die Milch nicht behalten. Er erbrach, sobald er getrunken hatte, war daher stets hungrig und schrie. Meret musste ihm ihre Milch mit einem winzigen Löffelchen einflössen. Wenn er geschluckt hatte und nichts kam hoch, gab sie ihm das nächste Löffelchen, wartete wieder, so ging es Stunden, Tage, Wochen. Aber sie brachte ihn durch. Sie wussten, sie hätten es einfacher haben können mit einer Sonde. Dazu hätten sie ihn ins Spital bringen müssen, und Meret dachte nicht daran, den Jungen auch nur für einen Tag wegzugeben.

Claires Mutter redete inzwischen weiter. Noldi hat, abgelenkt von seinen Erinnerungen, nicht aufgepasst. Aber das kann er der Frau, die endlich einmal ihr Elend von der Seele haben will, nicht sagen. Da, denkt er, hilft nur ein Trick. Er schwenkt das Handy und fragt: »Frau Paillard, können Sie mich hören? Ich verstehe Sie nicht. Die Verbindung ist ganz schlecht.«

Er wartet ihre Antwort nicht ab, unterbricht das

Gespräch, um aufs Neue zu wählen. Wie mein Sohn Pauli, denkt er, der ist ein Meister solcher Tricks.

Die Frau nimmt wieder ab, er sagt, tut mir leid, wir sind unterbrochen worden. Sie schöpft keinen Verdacht, sondern redet weiter, als hätte sie gar nicht aufgehört.

»Claire«, berichtet sie, »hat das Gymnasium geschmissen, jede Lehre, die sie begonnen hat, abgebrochen. Alles, was wir versucht haben, hat sie torpediert.«

»Und dann?« Noldi bemüht sich, seine Unachtsamkeit wieder wett zu machen.

»Dann«, antwortet Frau Paillard nach kurzem Zögern, »hat sie sich darauf versteift, eine Metzgerlehre zu machen. Wir waren hell entsetzt.«

Das ist Noldi auch, aber aus einem ganz anderen Grund. Es schleudert ihn fast vom Sitz, und er muss sich zusammennehmen, damit Claires Mutter ihm nichts anmerkt. Eine Frau, die eine Metzgerlehre macht, und ein toter Ehemann mit abgesägten Füßen. Das, denkt er aufgeregt, das passt. Und trotzdem, Claire kann es nicht gewesen sein. Sie war zur Mordzeit in Weggis mit ihrem Freund.

»Sie hatte sich mit dem Metzger eingelassen. Das haben wir erst später herausgefunden«, fährt die Mutter unterdessen fort. »Als das Verhältnis auseinander ging, schmiss Claire auch diese Lehre und ist bald darauf verschwunden. Sie tauchte nach einiger Zeit, von der wir nicht wissen, wo sie war, bei meinen Verwandten in der Deutschschweiz wieder auf. Die haben ihr eine Stelle als Verkäuferin in Volketswil besorgt. Und das Nächste, was wir von ihr gehört haben, war dann, dass sie diesen Alfons Nievergelt geheiratet hat. Und der, sagen Sie, ist ermordet worden?«

Nachdem Noldi Frau Paillard noch nach dem Enkel gefragt hat, von dem sie offensichtlich nicht sehr viel mehr als den Vornamen weiß, dankt er ihr und beendet das Gespräch.

Er lehnt sich in seinem Sitz zurück. Das ist der Hammer, denkt er, eine Metzgerlehre.

Spät in dieser Nacht sind Noldi und seine Frau endlich allein. Der Abend mit der Familie ist lebhaft verlaufen. Peter, Cheryl, Felizitas und Pauli haben ein verrücktes Tischtennismatch ausgetragen, wobei sich zeigte, die Chinesin ist in dieser Disziplin nicht zu schlagen. Sie hat es gleich mit zwei Gegnern aufgenommen. Anschließend wurde ihr Sieg ausgiebig gefeiert, und das Mädchen bekam rote Wangen vor Stolz.

Jetzt liegt Noldi auf dem Rücken neben Meret und schaut in die Luft.

»Ich verstehe das nicht«, sagt er, »endlich ist Peter wieder einmal zu Haus. Er hat eine Freundin mitgebracht, die gar nicht so schlecht zu ihm passt. Unsere kleine Tochter ist da, und Pauli hat sein Zirkusabenteuer heil überstanden. Verena, Richard und den Enkeln geht es prächtig. Wir sind alle gesund, ich bin den ekligen Fall samt den abgesägten Füßen los, und sogar Wolfer kann wieder einigermaßen zivil mit mir verkehren. Alles läuft rund für uns.«

»Nur du fühlst dich trotzdem unrund«, sagt Meret neben ihm in Dunklen.

»Ja«, gibt Noldi zu. »Ich weiß selbst nicht, warum.«

»Vielleicht gehen dir die abgesägten Füße nach.«

»Mhm«, ist alles, was Noldi darauf zu sagen hat. Da

er sich auch nach einer Pause nicht weiter äußert, lässt Meret das Thema vorsichtshalber fallen.

»Morgen«, sagt sie stattdessen, »wollen wir einen Ausflug zur Teufelskirche machen. Cheryl ist schon recht in der Welt herumgekommen, aber so etwas wie Wandern, das kennt sie gar nicht. Auch gehen nur auf Asphalt, nie auf der bloßen Erde. Kurios, findest du nicht?«

Wieder brummt Noldi. Dann sagt er: »Da fahrt ihr am besten mit dem Auto bis ins Bäntal. Sonst wird es zu weit für sie.

»Nachher gibt es noch ein Picknick. Kommst du mit?«

»Ich habe Dienst«, antwortet er zögernd. Und dann: »Aber weißt du was, ich nehme mir frei. Überzeit habe ich genug.«

»Fein«, sagt Meret. »Wir können einen starken Mann brauchen, der die Getränke schleppt.«

Noldi zwickt sie in die Seite. »Das ist alles, wozu du mich noch brauchen kannst?«

»Fast«, sagt Meret, »fast.«

Sie starten schon früh am Vormittag, denn es verspricht, ein heißer Tag zu werden. Noldi hat sich tatsächlich im Polizeiposten abgemeldet und kommt mit. Sie fahren von Rikon Richtung Kollbrunn, am Friedhof vorbei, bis von der Straße nach Eidberg rechts ein besserer Feldweg abzweigt. Dort lassen sie das Auto stehen, schultern ihre Rucksäcke. Noldi und Peter tragen die Getränke, Meret die Lebensmittel, Felizitas nimmt den Picknickkorb mit dem Bakelit-Geschirr und Pauli den Rest, bestehend aus Decken, Sonnencreme und was die Familie auf der Expedition sonst noch mitschleppt. Nur Cheryl muss nichts tragen. Meret entscheidet, es reicht, wenn sie den steilen Anstieg bewältigt. Als das Mädchen protestiert, bekommt sie den Sack mit den Papierservietten.

Nachdem die Lasten verteilt sind, marschieren sie los. Bis zur Teufelskirche ist es nicht weiter als eine halbe Stunde. Die Sonne steht schon hoch über dem Wald, der Himmel ist wolkenlos. In der Wiese, durch welche der Weg führt, regt sich kein Halm. Pauli marschiert grimmig voraus. Der Junge vermisst seinen Freund Bayj. Er hat den Onkel angerufen und gebeten, ob er den Hund mitnehmen dürfe. Doch seit dem Zirkusintermezzo ist Hablützel vorsichtig geworden.

»Heute nicht, Pauli«, sagte er. »Ich brauche ihn. Will nachher noch einmal ins Revier.« Pauli wusste sofort, das war eine Ausrede. Er verabschiedete sich traurig vom Onkel, der fast schon wieder weich geworden wäre.

Der Rest der Familie folgt hinter ihm, eifrig damit beschäftigt, Cheryl das Phänomen der Teufelskirche zu erläutern. Es handelt sich um Tuffsteinablagerungen auf einem Hang von rund 60 Metern Höhe. Das Wasser einer Quelle aus dem Moränenschutt oben in Langenhard sondert Kalk ab, der sich an der Luft in ein poröses, aber hartes Gestein verwandelt. Da dieses Material sehr wetterbeständig ist, wurde es durch die Jahrhunderte für den Hausbau genutzt. Auch ein Turm der Stadtkirche Winterthur besteht in der oberen Hälfte aus dem Tuffstein der Teufelskirche. Abgebaut wurde er, indem man ihn stufenweise aus dem Felsen schnitt. Dabei wurde die Höhle zerstört, von welcher der Ort seinen Namen hat.

Die geologischen Erläuterungen sind für die Familie Oberholzer ein echtes Unterfangen. Auch Peter, der sehr geläufig Englisch, beziehungsweise Amerikanisch spricht, hat seine liebe Mühe damit. Als Bänker, entschuldigt er sich, habe er mit Geologie wenig zu tun. Und Noldi, der Polizist, schon gar nicht. Felizitas meint achselzuckend, sie studiere im Welschland. Auf Französisch wäre es für sie kein Problem. Am weitesten kommt noch Meret mit ihrem Englischwortschatz aus der Schule. Auch Cheryl hat Mühe. Das ist eine Materie, in der sie sich nicht auskennt. Obwohl sie, denkt Noldi, Meeresbiologin werden will. Sofort verbietet er sich diese Bosheit.

Ehe sie es erwarten, stehen sie bereits am Fuß des ehemaligen Steinbruchs, über dessen mit leuchtend grünem Moos bewachsenen Stufen das Wasser gluckst und gluckert. Nachdem sie das Naturphänomen ausreichend bewundert haben, beginnt der anstrengendste Teil des Weges. Etwas abseits vom Wasser geht es fast senkrecht bergauf, und der Hang liegt um diese Tageszeit bereits voll in der Sonne.

Oben bei der Feuerstelle sind alle restlos erschöpft. Cheryl hat sich tapfer gehalten. Nur an manchen Stellen, wo die Stufen besonders hoch waren, musste Peter mit einem Schubs nachhelfen, weil ihre Beine zu kurz sind. Trotzdem ist sie hellauf begeistert. So etwas hat sie noch nie erlebt. Schnaufend und schwitzend hilft sie den anderen bei den Vorbereitungen zum Picknick. Die Männer öffnen die ersten Bierflaschen. Zum Erstaunen aller will Cheryl, die sonst keinen Alkohol trinkt, auch einen Schluck. Da sie es nicht gewöhnt ist, wird sie sehr lustig, lacht und radebrecht munter darauf los, und wo sie nicht weiter weiß, springt Peter als Übersetzer ein.

Zum ersten Mal erzählt sie etwas über ihre vier Geschwister.

»In Amerika nix Einkindfamilie wie in China«, sagt sie und zieht ein abgegriffenes Foto hervor. Die drei Brüder, wie die Orgelpfeifen, sind schlitzäugige, rundköpfige Kerle mit ausdruckslosen Gesichtern. Anders die beiden fast gleichaltrigen Mädchen, die für das Foto kichernd die Köpfe zusammenstecken.

»Ihr schaut euch sehr ähnlich«, bemerkt Noldi, als er Cheryl das Bild zurückgibt.

»Nicht besonders«, erwidert sie, »doch Weiße können Chinesen kaum auseinanderhalten.«

Als Noldi beim Abstieg eine Weile neben seinem Jüngsten geht, fasst er einen Entschluss.

»Pauli«, fragt er, »kannst du mir einen Gefallen tun?«

Der Junge schaut ihn misstrauisch an, und es dauert, bis er nickt. Er fürchtet, es könne sich wieder einmal um die Lehre handeln, die er machen soll. Doch Noldi sagt, er habe Yannick getroffen. Dem Jungen scheine es schlecht zu gehen. Sein Vater sei tot, und mit der Mutter stehe er auf Kriegsfuß.

Dann wartet er, wie Pauli reagiert. Doch der sagt nichts. Deshalb fährt er fort: »Glaubst du, du könntest einmal mit ihm reden? Frag ihn, ob er dir die alte Loki zeigt, die sie gerade revidieren. Vielleicht erzählt er dir bei der Gelegenheit, was ihn dermaßen drückt. Du kannst es gut mit ihm.«

Wieder nickt Pauli ohne große Begeisterung. Er findet nicht, dass er einen besonderen Draht zu dem Jungen hat.

»Ich weiß nicht«, sagt er.

»Hör zu«, hebt Noldi an, »du hast uns den Jungen ins Haus geschleppt. Wofür ich dir dankbar bin«, setzt er eilig hinzu, weil sein Sohn ihn giftig anschaut.

»Also ich mache es«, willigt Pauli endlich ein. »Ich nehme Bayj mit, an dem hat Yannick einen Narren gefressen.«

»Das ist eine gute Idee«, stimmt Noldi erleichtert zu.

Pauli schaut, dass er seinem Vater entkommt, bevor er sich noch weitere undankbare Aufgaben einhandelt. Er möchte, so gut es die Sprachbarriere zulässt, Cheryl mehr über Meeresbiologie entlocken. Das, denkt er, wäre doch etwas. Er könnte zuerst studieren und dann zur Polizei gehen. Einen Meeresbiologen haben sie sicher noch nicht. Flüchtig taucht in seinem Kopf die Frage auf, ob man so etwas in der Schweiz überhaupt braucht. Aber, tröstet er sich schnell, sicher kann man damit zur Seepolizei in Zürich, an den Rhein oder den Bodensee. Plötzlich erscheint es ihm verlockend, auf einem Polizeiboot mit Blaulicht und Sirene Verbrecher zu jagen. Und Anne, träumt er weiter, die kommt mit. Wozu macht sie dieses Exportpraktikum. Hawaii gehört zu den USA, und die Pfannenfabrik hat dort eine Tochtergesellschaft. Da kann Anne einen Pfannenladen in Honolulu eröffnen. Honolulu klingt gut, denkt er zufrieden. Nur, was ist mit Bayj? Den Hund wird er nicht mitnehmen können. Und wenn sie zurückkommen, ist er schon alt.

Währenddessen hat sich Meret bei ihrem älteren Sohn eingehängt. Sie findet, da sich das Familieninteresse auf Cheryl konzentriert, kommt Peter zu kurz. Er spielt den Übersetzer, wo es mit der Verständigung hapert, beteiligt sich fröhlich am allgemeinen Familiengeschnatter, aber über ihn selbst hat sie noch kaum etwas erfahren. »Wirst du Cheryl heiraten?«, fragt sie gerade heraus.

Er schaut sie verdutzt an.

»Keine Ahnung«, antwortet er, »wieso?«

»Du hast sie nach Hause mitgebracht.«

»Sie wollte gerne etwas von Europa sehen.«

»Ihr lebt aber zusammen?«

»Klar. Sie spart so das Geld für die Wohnung.«

»Das ist der einzige Grund?«

»Ja, nein, ich weiß nicht.«

Meret spürt, wie ihr Sohn unruhig wird.

Besser, denkt sie, ihn nicht auch noch zu fragen, ob er die Frau liebt.

Da sagt Peter schon, um das Thema abzuschließen: »Nächstes Jahr fängt sie an zu studieren. Dann geht sie nach Hawaii.«

»Und du?«

»Ich bleibe in Chicago.«

»Ihr denkt, das funktioniert, so eine Fernbeziehung?«

»Schon.«

»Und später? Wirst du in die Schweiz zurückkommen?«

»Keine Ahnung. Hängt davon ab, wo mir die Bank einen guten Job anbietet.«

Meret wartet schweigend auf eine Fortsetzung. Und tatsächlich sagt Peter nach ein paar Schritten: »Am liebsten möchte ich nach Hongkong.«

Obwohl Merets Mutterherz einen Augenblick zittert, gibt sie sich einen Ruck. Spiel jetzt nicht die Glucke, denkt sie, das bringt nichts. Der Junge ist erwachsen. Er muss wissen, was er tut. Wenn nicht, dann haben sie und Noldi in der Erziehung Fehler gemacht. Die bessert sie jetzt mit guten Ratschlägen auch nicht aus.

»Recht hast du«, sagt sie forsch. »Heutzutage kann man nicht genug in der Welt herumkommen.«

Peter ist irritiert. Er hat zwar bis jetzt keinen Gedanken daran verschwendet, was es für seine Mutter bedeutet, wenn er nicht zurück in die Schweiz will. Aber ihr fehlender Widerstand kränkt ihn. Er schaut sie von der Seite an. Und erkennt in diesem Augenblick, dass er das Muttersöhnchen der Familie ist, viel eher als sein jüngerer Bruder Pauli, der weit mehr am Vater hängt. Doch so schnell die verstörende Erkenntnis aufgetaucht ist, so schnell verflüchtigt sie sich auch wieder.

»Dann kommt ihr mich besuchen«, sagt er.

»Dass wir ihn besuchen sollen, davon war noch nie die Rede«, meint Meret, als sie Noldi später von dem Gespräch berichtet.

»Wird nicht so ernst gemeint sein«, antwortet er.

»Egal. Wir machen es. Hätten wir schon früher können. Ich weiß nicht, warum wir nie daran gedacht haben.«

»Wir haben uns gefürchtet, dass es ihm nicht passt.«

»Na und? Wir unternehmen eine kleine Rundreise, auf der wir dann auch zufällig bei ihm in Hongkong vorbeikommen. Dann kann er reagieren, wie er will.«

14. DER HASE UND DER IGEL

Ein paar Tage später trifft Pauli Yannick Nievergelt tatsächlich auf dem Bahnhofgelände in Bauma. Allerdings ist er ohne Bayj unterwegs. Hablützel erlaubte ihm auch diesmal nicht, den Hund mitzunehmen. Der Neffe hat zurzeit einen schweren Stand bei ihm. Und, was Pauli sehr viel mehr schmerzt, auch bei Bayj. Der schätzt das bequeme Leben bei Hablützels und die morgendliche Pirsch mit seinem Herrn mehr als irgendwelche windigen Abenteuer. Er wedelt zwar immer noch heftig, sobald Pauli kommt, doch die Freudentänze, die er früher aufgeführt hat, wenn der Junge die Leine nahm, fallen jetzt eher zurückhaltend aus.

»Das wird schon wieder«, versucht Betti, ihren Neffen zu trösten, wenn sie sieht, wie geknickt er ist. Hin und wieder steckt sie ihm eine Cervela zu, damit er sie Bayj geben kann, um ihn zu bestechen. Es müsste nicht gerade heimlich geschehen, aber besser, sagt sie, Hans bemerkt nichts davon.

»Wo ist dein Hund?«, fragt Yannick auch gleich, als er Pauli sieht.

»Zu Hause«, antwortet der kurz angebunden.

»Warum hast du ihn nicht mitgebracht?«

Pauli zuckt mit den Schultern. »Weiß nicht. Habe nicht daran gedacht.«

Yannick mustert ihn unwillig.

»Ihr habt eine neue Loki bekommen«, bemerkt Pauli schnell, um ihn abzulenken. »Zeigst du mir die?«

Yannick nickt ohne große Begeisterung, führt ihn in die Remise. Dort deutet er auf die alte Lokomotive, und Pauli staunt nicht schlecht über das Museumsstück. Sie hat ein grünes Führerhaus, einen blauen Dampfkessel, vorne einen kupfernen Rauchfang und rote Räder.

»Sie heißt ›Bauma‹«, erklärt Yannick, dem Paulis Bewunderung gut zu tun scheint.

»Sie ist in Winterthur im Jahr 1901 gebaut worden.«

»Woher weißt du das alles?«, erkundigt sich Pauli, um den Kleineren bei Laune zu halten.

Yannick lacht spöttisch und deutet auf die Plakette an der Tür des Führerstandes. »Steht alles da drauf, Blödmann.«

Nach der Besichtigung sitzen sie beide dann ratlos auf einem Mäuerchen, wissen nicht, was reden. Endlich rafft Pauli sich auf und fragt: »Wie ist es bei dir zu Hause gegangen?«

»Wieso willst du das wissen?«

»Naja so.«

»Komischer Grund.«

»Du warst nicht gut drauf im Hauptbahnhof Zürich.«

»Nein. Die Brüder haben mich gelinkt.«

»Welche Brüder?«

»Die aus Ascona.«

»Zwillinge?«

»Nein. Wie kommst du darauf?«

»Schauen sich ähnlich.«

»Naja.«

»Ich«, sagt Pauli, »habe einen Neffen und eine Nichte, die sind Zwillinge.«

»Aha.«

»Ja.«

»Und jetzt?«

»Nichts jetzt.«

»Was heißt das?«

»Nichts.«

»In Sternenberg hat es gebrannt. Hast du was gesehen?«

»Feuer.«

»So blöd«, sagt Pauli, dem auch nicht viel Besseres einfällt.

Dann herrscht wieder Sendepause zwischen ihnen. Pauli, dem es langsam stinkt, beschließt, aufs Ganze zu gehen.

»Tut mir leid, dass dein Vater tot ist.«

»Ist nicht tot.«

»Wie kommst du darauf?«

»Ich war auf dem Friedhof. Kein Grab.«

»Ja, aber …«

»Meine Mutter hat gesagt, er sei nicht zu Hause.«

»Wann hat sie das gesagt?«

»Vor ein paar Tagen.«

»Zu dir?«

»Nein, zu jemand anderem.«

»Wem hat deine Mutter das gesagt?«

»War eine an der Tür, hat nach ihm gefragt.«

»Und deine Mutter hat gesagt, er sei nicht zu Hause?«

»Ja. Die hat gefragt, wann er kommt. Meine Mutter hat gesagt, das weiß sie nicht.«

»Und?«

»Sie wollte warten. Meine Mutter hat gesagt, ganz zuckersüß, die falsche Kuh, das können Sie, aber nicht hier.«

»Und?«

»Ist wieder gegangen, die andere. Ich ihr nach. Sie ist weiter oben am Waldrand gesessen. War ganz traurig. Hat gesagt, sie würde gern auf meinen Vater warten, weiß aber nicht, wo. Hat kein Geld.«

»Ah ja.«

»Ich habe ihr gesagt, ich weiß schon, wo.«

»Wo?«

»Im ›Sunnebad‹. Dort sind Zimmer mit Garage. Hab gesehen, bei einem ist die Tür offen. Bin mit ihr dorthin.«

»Und?«

»Sie ist geblieben. Hab gesagt, ich bringe ihr was zu essen. Sie kann da warten, bis mein Vater kommt. Ich warte auch auf ihn und sage ihr, wenn er wieder da ist.«

»Und dann?«

»Hat es gebrannt.«

»Und sie?«

»War nicht mehr da.«

Yannick schaut gleichgültig vor sich hin.

Pauli überlegt eine Weile, dann fragt er: »Und du weißt nicht, was mit ihr passiert ist?«

»Keine Ahnung. Ist mir auch egal.«

Wieder denkt Pauli nach, was er sagen soll. Ihm geht Yannick schon ziemlich auf die Nerven. Auch der Auftrag, den er sich von seinem Vater eingehandelt hat. Nicht einmal seine sonst so rege kriminalistische Neugier hilft ihm darüber hinweg. Deshalb geht er die Sache eher plump an. Er sagt: »Du weißt aber schon, dass dein Vater wirklich tot ist?«

Wider Erwarten bleibt Yannick ruhig. »Ist nicht wahr. Das stimmt nicht. Das möchte meine Mutter gern.«

»Wieso?«

»Sie hat einen anderen.«

»Ja aber ...«, setzt Pauli an, der nicht weiter weiß.

Yannick schneidet ihm das Wort ab: »Ist nicht tot. Meine Mutter lügt mich an. Die lügt mich immer an. Ich weiß es. Zu der anderen hat sie gesagt, er sei nicht da. Das heißt, nicht tot.«

»Ja aber«, sagt Pauli noch einmal, »vielleicht hat sie gelogen, als sie gesagt hat, dein Vater sei nicht da. Und er ist doch tot.«

Yannick schneidet ihm kurzerhand das Wort ab: »Er ist nicht tot.«

Pauli schaut ihn an. Da setzt er trotzig noch hinzu: »Ist nicht tot. Mein Vater nicht. Der lässt mich nicht im Stich.«

Und plötzlich wie ein Sommergewitter fängt der Junge an zu weinen. Er springt auf, haut dem verdutzten Pauli mit der Faust auf die Schulter und schreit: »Lass mich in Ruhe, du blöder Hund.«

Dieses Gespräch berichtet Pauli abends seinem Vater. Wort für Wort, ohne von sich aus einen Kommentar abzugeben.

Noldi ist für den Moment sprachlos. Und schon rast eine Lawine an Fragen auf ihn zu. Die erste, drängendste lässt ihn nach Luft schnappen. Er wendet sich fast Hilfe suchend an seinen Sohn.

»Glaubst du, Yannick hat den Schopf angezündet?«

»Wie kommst du darauf?«

»Der Junge hat in den letzten Monaten schon einmal mit dem Feuer gespielt.«

Pauli stellt eine Gegenfrage. Er will Zeit gewinnen. Instinktiv spürt er die Ratlosigkeit seines Vaters und überlegt, ob er ihn beruhigen oder die Wahrheit sagen soll.

Deshalb erkundigt er sich: »Haben sie ihn erwischt?«

»Er hat sich erwischen lassen. Absichtlich, glaube ich.«

»Und was ist mit ihm passiert?«

»Nichts. Sein Vater hat ihn herausgeholt.«

»Würdest du das auch für mich tun?«

Noldi schaut seinen Sohn verblüfft an.

»Untersteh dich. Du hast nicht den mindesten Grund dazu. Yannick ist ein ganz armer Kerl. Er ist völlig verzweifelt. Seine Mutter hat einen Freund. Dafür hasst er sie. Das ist eine komplizierte Situation. Jetzt ist zu allem Elend noch sein Vater tot. Er hat niemand mehr, dem er vertraut. Verstehst du?«

Pauli nickt, nicht restlos überzeugt.

»Und deshalb glaubst du, hat er den Schopf im ›Sunnebad‹ angezündet?«

»Ich habe dich gefragt, ob du ihm das zutraust.«

Pauli sagt langsam: »Wenn er Speed oder etwas anderes einwirft, vielleicht. Sonst bestimmt nicht.«

Noldi staunt, wie selbstverständlich sein Sohn über Drogen redet.

»Und«, fragt er, »schluckt er etwas?«

»Das weiß ich nicht. Als ich ihn das erste Mal getroffen habe, im Hauptbahnhof Zürich, war er ziemlich verladen. So sehr, dass er sich mit einer ganzen Bande von Punks eingelassen hat. Zum Glück war Bayj bei mir. Sonst wäre es für Yannick schlecht ausgegangen.«

Aus heiterem Himmel schießt Noldi eine Breitseite auf seinen Sohn ab. »Wie ist es mit dir? Hast du auch schon Drogen probiert?«

»Spinnst du«, rutscht es Pauli heraus. Er ist beleidigt, dass sein Vater ihm so etwas zutraut.

Noldi schnappt nach Luft. Wie sein Sohn mit ihm spricht. Gleichzeitig fühlt er sich erleichtert, hat das schwachsinnige Bedürfnis, zu lachen und Pauli die Haare zu zausen. Hinter diesen diffusen Stimmungen lauert die Angst, dass Yannick den Schuppen angezündet haben könnte, obwohl er wusste, dass sich das Mädchen dort aufhielt. Möglicherweise handelt es sich aber auch um einen ganz anderen Brandstifter, der keine Ahnung von ihrer Anwesenheit hatte? Oder doch? Dann hätten sie jetzt einen zweiten Mord in Sternenberg. Alles, nur das nicht, denkt Noldi. Doch um ein Unglück handelt es sich nicht. Das steht auf Grund der Erkenntnisse fest, welche die Brandermittler gewonnen haben.

Noldi nimmt seinen Sohn um die Schultern. »Tut mir leid, dass ich dich da hineingezogen habe. Aber du warst mir eine große Hilfe. Dafür danke ich dir aufrichtig.«

Pauli reagiert kaum auf die liebevolle Geste seines Vaters. Ihn plagt ein anderes Problem.

»Was wirst du machen?«, fragt er. »Wenn du jetzt mit Yannick redest, weiß er, dass ich ihn verpfiffen habe.«

»Stimmt. Mir ist nur nicht klar, ob ich das umgehen kann. Verstehst du, Pauli, wenn es wirklich er war, der das Feuer gelegt hat, dann braucht der Junge dringend Hilfe. Aber ich versuche, erst noch mit seiner Mutter zu reden. Mit der habe ich auch sonst noch ein Hühnchen zu rupfen.«

Wieder muss Noldi beinahe lachen und fügt hinzu: »Wobei Hühnchen nicht der richtige Ausdruck dafür ist. Es handelt sich eher um einen ausgewachsenen Truthahn.«

Jetzt lacht Pauli auch. Das ist der Moment, in dem Meret schwungvoll in die Stube platzt.

»Ich sehe, ihr habt es lustig«, sagt sie. »Habe ich etwas verpasst?«

Am Samstagabend findet im Hause Oberholzer endlich das geplante Familienfest statt. Noldi hat ausgerechnet, wie viele Personen das insgesamt ergibt. Da sind einmal er und Meret, Verena und Schwiegersohn Richard mit den drei Enkeln, Felizitas, Pauli, Hans und Betti. Sogar seine Schwester Regula und ihr Mann kommen. Das ist eine Seltenheit, denn die beiden sehen sie normalerweise nur, wenn sie nach Langenhard fahren und sie auf ihrem Hof besuchen. Und natürlich Peter, der eigentliche Grund für diesen Anlass, mit seiner Freundin. Noldi zählt zusammen und kommt auf 15. Merets Augen leuchten, als er ihr das Resultat seiner Addition mitteilt.

»Ein richtiges Familienfest«, sagt sie andächtig, »das hatten wir schon lange nicht mehr.«

»Zwei Jahre«, hält Noldi dagegen, »als die Zwillinge getauft wurden.«

Meret muss das gelten lassen. Nur, gibt sie zu bedenken, sei die Familie nicht vollständig gewesen, da Peter gefehlt habe.

Sie schieben in der Stube die Tische aneinander und schleppen alle verfügbaren Stühle herbei.

Hablützel ist schon am Vortag gekommen und hat große Mengen Fleisch von dem Sommerbock gebracht, den er in Sternenberg geschossen hat. Der, sagte er, sei jetzt gut abgehangen. Meret will Rehschnitzel machen mit den neuen Kartoffeln aus dem Garten. Dazu ein Rüebligemüse, das Peter so gern gehabt hat. Ob er es immer noch mag, sinniert sie. Als Vorspeise gibt es Salat und Radiesli, ebenfalls aus dem Garten, und zum Schluss natürlich Peters Lieblingsdessert, Apfelmus mit Schoggideckel. Das ist ein altes Rezept von Merets Mutter, und alle ihre Kinder haben es immer heiß geliebt. Dazu wird Apfelmus in einer feuerfesten Schüssel mit einer dicken Schicht aus geschmolzener Schokolade, geschlagenem Eiweiß, Zucker und geriebenen Mandeln bedeckt und im Ofen überbacken. Auch Noldi rinnt das Wasser im Mund zusammen, als er hört, was es zum Nachtisch gibt.

Meret ist glücklich, als sie in die Runde schaut. Eine so große Gesellschaft war schon lange nicht mehr in ihrer Stube versammelt. Die Enkel haben zum ersten Mal ihren eigenen Tisch bekommen. Die Zwillinge hat Verena auf dem Sofa nebeneinander platziert. Luis steckt in einem hellblauen Samtanzug und Lena, stolz wie eine Königin, in einem roten Kleidchen. Auf dem Kopf trägt sie ein rosarotes Haarband mit einer überdimensionalen Blume, welches Meret und Verena ihr in einem Anfall von Übermut gekauft haben. Das Prachtstück sitzt ziemlich schief, weil Lena immer wieder, fast ein wenig ungläubig, danach greift.

Ihnen gegenüber macht sich Mark auf Noldis ehemaligem Kinderstuhl breit, den er aus seinem und Merets Schlafzimmer geholt hat. Er stammt noch aus Noldis Elternhaus, und normalerweise hängen seine Krawatten darüber, weil er zu bequem ist, sie im Schrank zu versorgen. Mark hat lange Hosen an und ein Hemd, zu dem er eine Fliege trägt, was richtig frech an ihm aussieht.

Die Stimmung an beiden Tischen ist aufgekratzt, es wird gelacht und geschwatzt, alle reden durcheinander. Für Cheryl ist das zu viel. So sehr sie sich bemüht, mitzuhalten, dieses Geschnatter übersteigt bei Weitem ihre Deutschkenntnisse. Trotzdem hält sie sich tapfer, schaut lächelnd zwischen den Sprechenden hin und her, auch wenn sie keinen blassen Schimmer mehr hat, worum es geht.

Sie hat Meret am Nachmittag erzählt, Peter habe sie gefragt, was sie davon halte, Ferien in der Schweiz zu machen. Sie, sagt sie, sei begeistert gewesen, und habe sofort einen Deutschkurs an der Uni belegt, leider nur sechs Wochen.

Vielleicht, denkt Meret, während sie das Mädchen beobachtet, ist es den beiden doch ernster, als sie zugeben. Auch Noldis Überlegungen kreisen um diese Frage. Er versucht, sich die Chinesin als Schwiegertochter vorzustellen.

Inzwischen hat diese es endgültig aufgegeben, der Konversation folgen zu wollen. Sie ist aufgestanden und hat unauffällig den Raum verlassen, kommt aber gleich darauf mit einem schmalen Paket in den Händen zurück. Damit geht sie an den Kindertisch und überreicht es Mark mit einer winzigen Verbeugung. Der nimmt es, von ihrem Ernst verunsichert, und schaut Hilfe suchend zum Großvater. Erst als dieser aufmunternd nickt, packt Mark das Geschenk aus. Es ist ein Buch. Der Junge legt es vor sich auf den Tisch. Dann sieht Noldi, wie Cheryl und die drei Kinder ihre Köpfe zusammenstecken. Anschließend geht die Chinesin zu Peter, und er erklärt auf ihren Wunsch, sie seien am Nachmittag in Winterthur gewesen, wo Cheryl das Buch für die Kinder gekauft habe. Und jetzt, sagt er, möchte sie Noldi bitten, den Enkeln eine Geschichte daraus vorzulesen. Das traue sie sich mit ihrem Deutsch nicht zu. Alle lachen und applaudieren. Cheryl wird ein wenig rot. Dann kommt Mark gelaufen, zeigt auf eine Illustration zu der Geschichte, die er hören möchte. Er kennt zwar bereits das Alphabet, aber lesen kann er noch nicht. Noldi vertröstet ihn auf später, wenn die Gäste gegangen sind.

Während alle anderen das Chaos beseitigen, die Zwillinge längst schon im Kinderzimmer selig schlafen, sitzt Noldi mit Mark, der auch schon ein wenig langsam aus der Wäsche schaut, und Cheryl auf dem Sofa, liest den beiden die Geschichte vom Hasen und vom Igel vor.

»So blöd«, sagt Mark am Schluss. »Wieso hat der Hase nicht gemerkt, dass es zwei verschiedene Igel sind?«

Ja, warum eigentlich nicht, denkt Noldi. Dann versucht er, seinem schlauen Enkel die Sache zu erklären.

»Vermutlich«, sagt er, »schauen für Hasen alle Igel gleich aus. Noch dazu war er völlig außer Atem, weil er so schnell gelaufen ist. Da sieht man nicht gut.«

Mark überlegt sich das, und auch Noldi wird sehr nachdenklich.

Den ganzen Montag bleibt es in der Polizeistation Tösstal ruhig. Franca hat frei, von Wolfer ist nichts zu sehen, und Rühle irgendwo unterwegs in Sachen Brandleiche. Auch der Schalterbeamte lungert nur herum.

Noldi surft im Internet, sucht in Ermangelung einer besseren Idee wieder einmal nach irgendwelchen Hinweisen auf Personen, die mit dem Fall Nievergelt zu tun haben könnten. Er gibt der Reihe nach alle Namen ein, die ihm in den Sinn kommen, hofft auf Querverweise. Dabei übersieht er eine Kleinigkeit. Das aktive Programm listet nur die Seiten in Deutsch auf, und er findet nichts, was er nicht schon kennt. Stur wie er ist, und weil er sonst nichts zu tun hat, wiederholt er die Prozedur im internen Netz der Polizei, wird auch dort nicht fündig. Dann klickt er durch einen dieser Zufälle, ohne die so manches Verbrechen ungelöst bliebe, ein Video an, das die Polizei im Zuge eines Zeugenaufrufes bekommen hat.

In der Nacht, in welcher Alfons Nievergelt durch eine Kugel starb, ereignete sich ein Überfall auf einen Tankstellenshop in Hinwil. Die Verkäuferin setzte sofort einen Notruf ab, bekam eins über den Kopf, die Täter flüchteten. Sie konnten unerkannt entkommen, obwohl die Streifenbeamten rasch zur Stelle waren. Die Polizei ersuchte die Bevölkerung um Mithilfe. Darauf erhielten sie ein Amateurvideo, auf dem allerdings nur die Polizeiautos mit rotierendem Blaulicht vor der Tankstelle zu sehen waren und ein Wagen, der in scharfem Tempo vor ihnen umkehrte und in die Richtung, aus der er gekommen war, verschwand. Keiner der Beamten achtete auf das Auto, weil alle mit dem Überfall beschäftigt waren. Und alle ärgerten sich über das nutzlose Video, auf dem nichts zu sehen war, das die Ermittlungen in dem Tankstellenraub weitergebracht hätte.

Auch Polizist Oberholzer kann, als er den Streifen eher gedankenlos abspielt, nicht mehr darauf entdecken. Bei dem Fahrzeug handelt es sich eindeutig nicht um das Fluchtauto. Die Täter waren zum Zeitpunkt der Aufnahme längst über alle Berge. Nur weil es die Nacht ist, in der Nievergelt getötet wurde, lässt Noldi das Kennzeichen routinemäßig überprüfen. Er weiß selbst nicht, was er sich davon verspricht, aber er tut es. Obwohl man nur die ersten drei Ziffern sieht, stellt sich schnell heraus, dass es sich um einen Leihwagen handelt. Er war in der betreffenden Zeit an eine gewisse Elvira Balitzka vermietet, deren Wohnsitz mit Ascona angegeben ist. Noldi sieht seine Felle im Schuss davonschwimmen, trotzdem will er die Frau kontaktieren. Unter der angegebenen Nummer meldet sich nur der Beantworter. Noldi überlegt kurz, ob er um Rückruf bitten soll, entscheidet sich aber dagegen. Er will es lieber später wieder versuchen.

Bei seinem nächsten Versuch meldet sich die Frau schon nach dem zweiten Klingelton. Nachdem er sich vorgestellt hat, antwortet sie bereitwillig auf seine Fragen. Ja, sagt sie, sie habe das Auto gemietet. Sie sei mit dem Zug aus dem Tessin gekommen. Das sei im Sommer einfacher, als stundenlang am Gotthard im Stau zu stehen.

Sie spricht Hochdeutsch, doch Noldi glaubt, den Hauch eines sächsischen Akzents zu hören.

Auf seine Frage, was sie in Zürich gemacht hätte, gibt sie ebenfalls noch Auskunft, sagt, sie wollte ein Stück von der Schweiz sehen, das sie noch nicht gekannt habe.

»Und da sind Sie in der Nacht vom 25. Juni vor der Polizei in Hinwil umgekehrt. Wieso?«, fragt Noldi freundlich.

»Was?«, fragt sie zurück, und er hat den Eindruck, dass sie keine Ahnung hat, wovon er spricht. Sie tut so, als hätte sie den Namen Hinwil noch nie gehört, was sofort sein Misstrauen schürt. Er bohrt weiter, da ist es mit ihrer Bereitwilligkeit vorbei.

»Wieso wollen Sie das wissen? Ich muss Ihnen gar nichts sagen. Lassen Sie mich in Ruhe und Tschüss.«

Damit will sie das Gespräch beenden.

»Warten Sie«, bittet Noldi schnell.

Er teilt ihr mit, dass es sich lediglich um eine Routinebefragung bei einem Tankstellenüberfall handle, für den die Polizei dringend nach Zeugen suche. Leider ist das die falsche Erklärung, denn nun scheint die Frau so verschreckt, dass sie ohne ein weiteres Wort die Verbindung unterbricht und sich auch nicht mehr meldet, als er noch einmal ihre Nummer wählt.

Sofort jagen Noldi die wildesten Hirngespinste durch den Kopf. Wie, wenn diese Elvira Balitzka, die angeblich nicht weiß, wo Hinwil liegt, die unbekannte Freundin des Toten ist und ihn aus Eifersucht, oder warum auch immer, erschossen hat. Das würde den Durchbruch bedeuten, auf den er schon so lange wartet. Schwitzend vor Jagdfieber und Hitze krempelt er die Ärmel hoch und beginnt zu recherchieren. Zuerst sucht er den Namen Elvira Balitzka im offiziellen Telefonverzeichnis, denn auf die Einwohnerkontrolle kann er nur im Kanton Zürich zugreifen. Und im Polizeicomputer wäre sie nur gespeichert, wenn etwas gegen sie vorläge. Was nicht der Fall ist. Erst im Internet findet er einen Hinweis. Sie wird unter den Mitarbeitern des Hotels »Eden Roc« in Ascona als die neue Food-Managerin vorgestellt.

Na also, denkt er befriedigt, doch dann verlässt ihn seine Zuversicht gleich wieder. Während er über dem Problem brütet, wie er sich an diese Elvira Balitzka heranmachen könnte, ohne allzu viel Staub aufzuwirbeln, meldet sich das Labor. Diesmal ist es nicht sein Kollege Jimmy, sondern ein anderer Forensiker, den er nicht kennt. Er berichtet, dass sie inzwischen tatsächlich den Anruf von Lüthi auf der Festplatte von Claires Beantworter wieder herstellen konnten. Es ist ein fürchterliches Gebrüll, gespickt mit Ausdrücken, die sogar Noldi, der einiges gewöhnt ist, fast zum Erröten bringen. Wenn Nievergelt, denkt er mit einem schwachen Grinsen, das gehört und den alten Querulanten wegen Beamtenbeleidigung angezeigt hätte, wäre es den Mülilüthi teuer zu stehen gekommen. Aber was den Mord betrifft, ist er aus dem Schneider. Die Beschimpfung fand statt, als Nievergelt bereits seinem Mörder begegnet sein musste. Unklar bleibt, wer den Anruf auf dem Beantworter gelöscht hat.

War es der Täter, die Täterin oder die Ehefrau?

Laut Wolfer kann Claire sich nicht erinnern, und, denkt Noldi, der Kollege bringt den Mut nicht auf, dass er sie zwingt, endlich einmal die Wahrheit zu sagen.

Mit der Nachricht vom fluchenden Mülilüthi wurde auch ein älterer Anruf wieder hergestellt. Eine gewisse Elvira Balitzka bittet am 24. Juni um Rückruf. Noldi springt vom Sitz. Das ist es, er hat es gewusst! Und jetzt nichts wie ab nach Ascona. Dann bremst er sich wieder ein. Er hört die wenig informative Aufzeichnung ein zweites Mal ab, lehnt sich zurück und kommt ins Grübeln. Über den Mülilüthi, der Nievergelt nicht auf dem Gewissen hat, über diese Elvira Balitzka, die ihn auf dem Gewissen haben könnte. Falls sie tatsächlich die geheimnisvolle Freundin ist, an die er, Noldi, gedacht hat, als er in der Rechtsmedizin an der Bahre mit dem Toten stand. Oder gibt es noch jemand anderen? Aber wen?

Eine überraschende Antwort auf diese Frage liefert Kollege Wolfer. Nachdem er sich damit abgefunden hat, dass ihm der Mülilüthi als Täter mehr oder weniger abhanden gekommen ist, und es weit und breit keinen Verdächtigen zu geben scheint, entwickelt er umgehend eine neue Theorie.

»Könnte doch sein«, spekuliert er laut bei der obligaten Lagebesprechung, »dass es die Tote im abgebrannten Schopf gewesen ist. Sie war vielleicht die Geliebte von Nievergelt und hat ihn umgelegt, weil er mit ihr Schluss machen wollte. Dann hat sie sich dort im Schopf einquartiert und die Motorsäge gleich mit.«

Noldi glaubt nicht so recht an diese bequeme Lösung. Allerdings war die Tote laut Pathologiebefund mit Sicherheit keine Obdachlose, die sich in dem leerstehenden Gebäude eingenistet hat. So gesehen, denkt Noldi, läge es nahe anzunehmen, dass die Frau mit einer bestimmten Absicht nach Sternenberg gekommen ist.

»Und wer hat sie angezündet?«, erkundigt er sich. »Nievergelt kann es nicht gewesen sein, wenn sie ihn erschossen und ihm zu allem Übel noch die Füße abgesägt hat.«

Wolfer schätzt diese kritischen Fragen gar nicht und noch weniger, dass Noldi zu ihm sagt: »Du müsstest wissen, ob Nievergelt Freundinnen gehabt hat, du kanntest ihn. Besser als wir alle zusammen.«

Der andere bläht den Hals, und Noldi meint begütigend: »Ich weiß, ich weiß, das geht mich nichts an. Aber wenn du mit deiner Vermutung in Bezug auf die Tote recht hast, hängen die Fälle zusammen, und bis jetzt haben wir, was den Brand angeht, nicht den kleinsten Hinweis, dem wir nachgehen könnten.«

Eine andere Spur hat Wolfer aber nicht zu bieten. Trotzdem, denkt Noldi, ist seine Idee gar nicht dumm. Sie haben, so gut es ging, von der Leiche die Fingerabdrücke genommen. Das können sie in Winterthur selbst erledigen, und es kommt viel billiger als eine DNA-Analyse, die sie in Auftrag geben müssen. Ein Abgleich mit dem Archiv in Bern hat allerdings keine Übereinstimmung ergeben. Und auch sonst gibt es keine Anhaltspunkte, dass die Tote irgendwo aktenkundig wäre. So bietet sich die Ärmste als Täterin geradezu an. Damit wäre der Fall wenn auch nicht geklärt, so doch vom Tisch. Und unter Umständen dauert es Jahre, bis sich herausstellt, wer die junge Frau wirklich war. Gegen seinen Willen streift Noldi bei diesen Überlegungen der böse Verdacht, es könnte doch Wolfer sein, der Nievergelt erschossen hat. Die alte Rechnung wegen Liz. Das wäre nicht abwegiger als die Theorie mit der unbekannten Toten.

Und, fragt er sich, was unternimmt Rühle in dem Brandfall, außer die Daten von Rechtsmedizin und Spurensicherung durch den Polizeicomputer zu jagen. Ohne Ergebnis, wie es scheint. Die Tote ist nirgends aktenkundig, offensichtlich zumindest in der Schweiz unbescholten. Doch nicht nur die Identität der Leiche gibt Rätsel auf, auch die Todesursache ist unklar. Die Frau hatte weder Drogen noch Alkohol im Blut, und es gibt keine Anzeichen äußerer Gewalt. Wieso ist sie dann nicht geflüchtet, als das Feuer im Schuppen um sich griff? Sie hat scheinbar nicht die geringste Anstrengung unternommen, sich in Sicherheit zu bringen. Noch anders gefragt, wie kam sie überhaupt in den Schuppen? Ihre Zähne sind makellos, und herauszufinden, ob sie ein Zahnarzt in seiner Patientenkartei führt, kann ohne die geringste Vermutung, wo sie suchen sollten, Monate oder noch länger dauern. Wenn sie auf diesem Weg überhaupt fündig werden. Solche Fälle gibt es. Da haben sie nur eine Chance: die Listen der als abgängig gemeldeten Personen. Doch bis jetzt gibt es auch dort keinen Treffer. Zum Glück, denkt Noldi, ist das Rühles Problem. Ihm kommt in den Sinn, dass Beer ihn aufgefordert hat, sich Nievergelts alte Fälle anzusehen. Vielleicht, denkt er nicht ganz ohne Bosheit, sollte er diesen Tipp an den Kollegen weitergeben.

»Hast du dir die Entlassungen aus Hindelbank im letzten Jahr angeschaut?«, fragt er deshalb nach der Sitzung. »Vielleicht war es eine, die Nievergelt in den Knast gebracht hat.«

»Ich bin dran«, antwortet Rühle ebenso ungnädig, wie Wolfer gewöhnlich mit ihm spricht.

»Irgendwie«, sagt Noldi unverdrossen, »muss sich doch eine Spur von der Frauensperson finden lassen.«

»In Sternenberg«, erklärt Rühle, »ist keine abgängig, und niemand im Dorf kann sich an eine Fremde erinnern.«

Außer Yannick Nievergelt, denkt Noldi. Er überlegt fieberhaft, wie er diese Information weitergeben könnte, ohne seinen Sohn da mit hineinzuziehen, aber in der Eile fällt ihm nichts ein. Deshalb sagt er nur: »Also definitiv keine Herumstreunerin.«

»Zumindest nicht von dort oben«, stimmt Rühle ihm zu.

»Vielleicht war sie verwirrt«, spekuliert Noldi weiter.

»Möglich« meint der andere, »aber sie scheint nicht auffällig geworden zu sein.«

»Auto hat man auch keines gefunden?«, fragt Noldi.

»Nein.«

»Dann bleibt nur der Bus.«

»Schon abgeklärt«, versichert Rühle, der langsam in Schwung kommt.

»Keiner der Fahrer hat irgendetwas Ungewöhnliches bemerkt, und keinem ist eine verdächtige junge Fremde aufgefallen. Allerdings sind die Busse jetzt im Sommer voll von Wanderern. Unter denen gibt es immer irgendwelche schräge Vögel.«

Wanderer, denkt Noldi, das hatten wir doch schon.

»Warst du bereits bei Gusti Rebsamen?«, erkundigt er sich.

»Klar«, antwortet Rühle sofort. »Ihm gehört der Schopf und die ganze Liegenschaft, doch er behauptet, er wisse von nichts.«

»Ich meine etwas anderes«, erklärt Noldi. »Der Rebsamen scheint ebenfalls in der Gegend herumzuwandern. Vielleicht hat er dabei etwas bemerkt.«

Im selben Moment denkt er, diese Frage würde er dem Mann gerne persönlich stellen. Er wollte ohnehin mit ihm noch einmal über den Unfall seiner Tochter reden. Das wäre eine gute Gelegenheit.

»Wenn du willst«, sagt er scheinheilig zu Rühle, »kann ich das für dich übernehmen. Bei mir liegt sonst zurzeit nichts vor.«

Zum ersten Mal in dem Gespräch hellt sich die Miene des Kollegen auf.

»Wenn du unbedingt willst«, sagt er großzügig. »Mir reichen die Vermisstmeldungen. Ich bin sie schon einmal durchgegangen, habe bis jetzt nichts gefunden. Aber ich denke, ich nehme sie mir noch einmal vor.«

Da mischt sich Wolfer in die Diskussion.

»Was soll der Mist«, fragt er aggressiv. »Jetzt wartet erst einmal die Laborergebnisse ab. Wir haben auch hier eine Motorsäge im Schopf sichergestellt.«

Noch ein weiteres Tatwerkzeug, denkt Noldi erheitert. Auf der anderen Seite muss er zugeben, es ist eine reelle Chance, die Identität der Toten zu klären. Doch Seriennummer gibt es keine. Und andere Spuren werden auf dem Werkzeug kaum mehr zu finden sein, nachdem der Schopf gebrannt hat.

Ein wenig später sitzt er wieder an seinem Schreibtisch. Müßig. Da erlebt er eine Überraschung. Das Telefon läutet, und der Kollege, welcher mit Nievergelt einmal Streife gefahren ist, meldet sich.

»Ermittelst du immer noch im Fall Nievergelt?«, fragt er.

»Nein«, antwortet Noldi wahrheitsgemäß, »das macht jetzt der Kollege Wolfer. Soll ich dich verbinden?«

»Nicht notwendig. Ich sage es dir. Möglicherweise ist es völliger Unsinn. Du kannst eher abschätzen, ob es euch irgendwie weiterhilft. Dann sag es ihm und sonst vergiss es.«

»Okay«, meint Noldi, »rück heraus damit.«

»Er, der Nievergelt«, beginnt der Kollege, »war in einer Art Klub. Die sind an kritischen Tagen wie Weihnachten und so ausgerückt, um Lebensmüde zu retten. Ehrenamtlich, versteht sich.«

»Aha«, sagt Noldi nicht sehr intelligent. »Und?«

»Das ist es schon. Glaubst du, das hilft euch?«, fragt der andere unsicher.

»Es ist auf jeden Fall interessant«, antwortet Noldi ausweichend. Dann fällt ihm etwas ein, und er fügt im Brustton der Überzeugung hinzu: »Oh ja, vielen herzlichen Dank. Das hilft uns tatsächlich weiter.«

»Wirklich«, sagt der Kollege erfreut.

Noldi hat jetzt keine Zeit mehr. Er will sofort zu Wolfer. Er hat ihm, als dieser den Fall Nievergelt wieder übernahm, alle Unterlagen aus dem Haus zurückgegeben. Nun will er den Text auf dem Briefpapier der Klinik in Pfäfers unbedingt genauer lesen. Er könnte sich ohrfeigen, dass er es damals versäumt hat, aber das nützt auch nicht mehr.

Er muss sich allerdings eine Weile gedulden, bis Wolfer und Rühle gemeinsam bei der Tür hereinkommen. Sie sind in guter Stimmung und unterhalten sich angeregt. Noldi überlegt, ob die Schönwetterlage gleich vorbei sein wird, wenn er Wolfer fragt, ob er die Briefbögen aus Nievergelts Notizbuch noch hat.

Doch der Kollege antwortet nur: »Klar.«

»Kann ich sie kurz haben?«

»Spinnst du? Was willst du damit?«

»Wissen, worum es geht?«

»Aber gern, Oberholzer, wenn es dich glücklich macht.«

Wolfers Ton ist nicht unfreundlich. Seit sie sich geprügelt haben, ist er Noldi gegenüber eher zivil geworden. Er geht an seinen Schreibtisch, kramt in der Schublade, zieht endlich das schmale schwarze Notizbuch heraus und blättert, bis er die beiden Zettel gefunden hat.

»Da. Sagst du mir auch, warum sie dich interessieren?«

»Nievergelt war in so einem Klub, der Lebensmüde rettet.«

Wenn Noldi gedacht hat, dass Wolfer nun erstaunt reagiert, hat er sich getäuscht.

»Ja und?«, fragt der ganz ruhig.

»Das könnte doch eine Spur sein. Dieser Brief aus Pfäfers, wo in erster Linie Lebensmüde sitzen.«

»Ist es aber nicht«, sagt Wolfer.

»Wie willst du das wissen?«

»Habe selbstverständlich die Blätter gelesen und mit denen telefoniert. Die Person, von der sie stammen, sitzt brav mit ihren Leidensgenossen in der Klinik und rührt sich nicht vom Fleck. Sie verdankt Nievergelt tatsächlich ihr Leben. Er hat sie vor Monaten aus der Limmat gezogen. Die bringt ihren Retter sicher nicht um.«

Noldi ist ernüchtert. Das hätte er sich sparen können, denkt er verdrossen.

Wolfer deutet seine Miene richtig und sagt: »Glaub mir, es war einer von dort oben. Ich kenne diese Bauern. Bei denen gibt es immer Mord und Totschlag, sobald es um Besitz geht.«

»Vielleicht war es doch der Stettler«, mischt sich überraschenderweise Rühle ein.

»Was wetten wir, dass es der Mülilüthi ist«, sagt Wolfer.

»Also doch nicht die unbekannte Tote aus dem ›Sunnebad‹?«, fragt Noldi boshaft.

»Oh ja, wetten«, fällt Rühle ihm ins Wort. »Ich setze auf den Stettler, den Gemeindeschreiber. Nievergelt hat ihn erpresst.«

»Ich bleibe beim Mülilüthi«, erklärt Wolfer.

»Ich verstehe dich nicht«, sagt Noldi, »der hat ein Alibi.«

»Noch«, antwortet Wolfer, »noch. Das kann sich ganz schnell ändern.«

Eigentlich will Noldi Wolfer fragen, wie er das meint, da erkundigt sich Rühle schon bei ihm: »Und du, Oberholzer, auf wen wettest du?«

Noldi staunt. Die Stimmung im Raum hat sich plötzlich verändert. Sie wirkt jetzt geradezu heiter. Erst will er denen sagen, dass er bei so einem Unfug nicht mitmacht, aber dann verdirbt er es sich gleich wieder mit ihnen. Deshalb sagt er nach einigem Nachdenken: »Ich weiß nicht, auf wen ich setze, aber ganz sicher auf einen dritten.«

Wolfer lacht. »Also gut, meinetwegen. Um was wetten wir?«

»Da nur einer gewinnen kann, müssen die anderen zwei ihn auf ein Höllenfressen im ›Sternen‹, Sternenberg einladen«, schlägt Rühle vor.

»Einverstanden«, sagt Noldi sofort. Er hat genug von dem Unfug und will jetzt endlich diesen Brief aus Pfäfers lesen. Eines kann er sich aber bei der momentanen Gutwetterlage nicht verkneifen. Er wartet, bis Rühle aus dem Raum ist, fragt dann ganz vorsichtig: »Sag, Röbi, hat sich Claire Nievergelt dir damals an den Hals geschmissen, du weißt schon, wann?«

Er hält die Luft an und wartet, dass der Kollege explodiert. Wolfer antwortet nicht gerade freundlich, aber ruhig: »Ja. Wäre eine gute Gelegenheit gewesen, es dem Sauhund heimzuzahlen. Aber da war nie etwas. Wenn sie dir etwas anderes erzählt, ist es gelogen.«

Dann schaut er Noldi das erste Mal während dieses Falles gerade in die Augen. »Es hat mich nicht gejuckt.«

Noldi glaubt dem Kollegen nicht. Warum, fragt er sich, antwortet Wolfer überhaupt? Irgendwo muss es bei dieser Aussage einen Pferdefuß geben.

Zögernd sagt er: »Dir ist schon klar, dass du besser Beer oder die in Zürich informierst?«

Wolfer schaut ihm schon wieder gerade ins Gesicht.

»Weißt du was«, sagt er, »du kannst mir den Buckel herunter rutschen.«

15. TAMINABRÜCKE

Noldi entschwindet im Eiltempo an seinen Schreibtisch, legt die zwei Briefbogen vor sich auf die Platte. Dann setzt er sich zurecht und beginnt. Die Schrift ist die eines Kindes, das sich bemüht, aber zwischendurch die Geduld verliert. Die Zeilen wogen auf und ab, es wird wild gestrichen oder auch richtig geschmiert, wodurch manche Stellen kaum zu entziffern sind. Noldi kämpft sich durch und ist am Schluss enttäuscht. Es geht offensichtlich um den Bau einer Brücke über die Taminaschlucht. Er ruft sich ins Gedächtnis, was er über das Projekt weiß. Versucht herauszufinden, ob es daran irgendetwas Besonderes gibt. Aber mehr, als dass die Brücke die Orte Pfäfers und Valens verbinden soll, kommt ihm nicht in den Sinn. Es handelt sich um einen frei stehenden Bogen, der auf Stützen die Fahrbahn trägt. Auffallend ist die genaue Beschreibung der Freibauweise an Seilen. Eine Unterschrift fehlt. Vielleicht eine heimliche Botschaft? Er nimmt sich den Text noch einmal vor, doch er findet nichts.

Noldi tippt gefühlsmäßig auf eine Frau als Verfasserin, obwohl der Text durchaus von technischem Verständnis zeugt. Andererseits, sagt er sich, hat nicht jede Brücke über eine tiefe Schlucht für Selbstmordkandidaten eine große Anziehungskraft? Wie auch immer, er wird dieser Spur nachgehen. Er schnappt sich sein Handy und ruft in der Klinik St. Pirminsberg in Pfäfers an. Es dauert eine

Weile, bis man ihm erklärt, Auskunft jeglicher Art würde man nur persönlich erteilen. Ärztliche Schweigepflicht, heißt es. Immerhin kann er sein Problem schildern und bekommt wenigstens so viel heraus, dass es tatsächlich jemanden gebe, welcher sich für das Brückenprojekt interessiere. Danach, teilt man ihm mit, habe sich vor einiger Zeit schon einmal ein Polizist erkundigt. Aber mehr erfährt er nicht. Er dankt, beendet das Gespräch. Für ihn steht in diesem Moment schon fest, dass er nach Pfäfers fahren wird. Er muss sich nur eine Ausrede im Büro einfallen lassen. Auch wenn die Kollegen durch die Wette einigermaßen ruhiggestellt sind, ist es besser, wenn sie nicht wissen, dass er hinter Wolfers Rücken ermittelt. Das tut er zwar schon die ganze Zeit. Nur ist es ein Unterschied, ob man ein wenig im Internet surft, da und dort ein paar dumme Fragen stellt oder in einer psychiatrischen Klinik auftaucht, seinen Ausweis zeigt und Informationen über einen Patienten verlangt.

Ach was, denkt er, wenn Wolfer wirklich ein Drama daraus machen sollte, lässt er sich ins Untersuchungsgefängnis Winterthur versetzen. Er geht zum Schalterbeamten, teilt ihm lakonisch mit, er nehme den Tag frei. Punkt.

Dann setzt er sich ins Auto, sagt sich, du machst jetzt einen Ausflug, trinkst in Pfäfers einen Kaffee und nimmst es nicht tragisch, wenn nichts dabei herausschaut. An Flops ist er inzwischen gewöhnt. Und jeder Flop grenzt das Ziel enger ein. Hofft er zumindest. Kurz erwägt er, die Familie einzusammeln, wer eben gerade da ist und Zeit sowie Lust hat. Dann überlegt er es sich anders. Er fährt allein, nimmt die Route über Pfäffikon, dann die lange 100er-Strecke. Bei der Schleicherei, wie er es nennt, hat er

Zeit, seinen Kopf auszulüften. Er bemüht sich, an nichts zu denken, nur zu fahren und die Geschwindigkeitsbeschränkung pingelig genau einzuhalten. Nie fiele es ihm ein, den Tempomaten zu benützen. Der Verkehr ist flau, und er kommt zügig voran. Nach etwas mehr als einer Stunde hat er Bad Ragaz erreicht. Die mit ihrem Thermalwasser, denkt er. Er hat es einmal probiert und den Geschmack gar nicht geschätzt. Ohne zu halten, fährt er die schmale Straße hinauf nach Pfäfers.

In der Klinik kämpft er sich mit Hilfe seines Polizeiausweises bis zur Leiterin durch. Sie ist eine noch junge Frau, Brillenträgerin, mit ausgeprägten Gesichtszügen und braunen Haaren, die ihr offen bis auf die Schultern fallen. Wenn sie in ihrem Alter und ohne akademischen Grad schon eine leitende Position bekleidet, spekuliert Noldi, der das Schild an der Tür gelesen hat, muss sie ein beträchtliches Durchsetzungsvermögen aufweisen. Vorsichtshalber tritt er trotz Polizeiausweis als Bittsteller auf. Er ermittle in einem Mordfall, sagt er, in dem zwei Briefbögen ihrer Klinik aufgetaucht seien. Mit diesen Worten legt er ihr die beiden Blätter vor. Die Frau nimmt sie zur Hand, betrachtet zuerst den Briefkopf, überfliegt dann den Text, schaut schließlich auf und sagt: »Sie wissen, wir sind an das Arztgeheimnis gebunden.«

Angesichts der Tatsache, dass es um Mord geht, zeigt sie sich bereitwillig, bleibt aber verhalten. Er entlockt ihr zumindest die Auskunft, bei der Schreiberin dürfte es sich mit ziemlicher Sicherheit um eine gewisse Lili handeln. Den Nachnamen verschweigt die Frau Klinikleiterin so gekonnt, dass es beinahe nicht auffällt. Im Gegenteil, es klingt familiär. Einfach Lili. *Unsere Lili.* Eine 17-Jährige, die nach einem Suizidversuch in die Klinik gekommen sei.

»Seit wann ist sie hier?«, erkundigt sich Noldi interessiert.

»Lassen Sie mich überlegen«, antwortet die Klinikleiterin und kommt zu dem Schluss, es müssten inzwischen 14 Monate sein.

»So lange«, sagt Noldi verdutzt.

Das sei nicht besonders lang.

»Manche unserer Patienten«, erklärt sie ihm, »bleiben Jahre, bis wir sicher sein können, dass sie nicht mehr akut gefährdet sind.«

»Und Lili?«, fragt Noldi.

»Ist ein schwieriger Fall. Aber mehr kann ich Ihnen beim besten Willen nicht dazu sagen.«

»Wie wollte sie sich umbringen?«, versucht Noldi es andersherum.

»Sie ist ins Wasser gegangen«, antwortet die Klinikleiterin noch mehr oder weniger bereitwillig, aber er merkt, ihre Mitteilsamkeit, die von vornherein nicht überwältigend war, nimmt drastisch ab. Trotzdem versucht er sein Glück ein weiteres Mal.

»Sie hat überlebt«, sagt er, »wie ist das zugegangen?«

Das Scheitern ihres Selbstmordes, sagt die Frau, verdanke Lili jemand, der sie in letzter Minute aus dem Wasser gezogen habe.

Dann steht sie unvermittelt auf. »Tut mir leid, ich habe noch zu tun.«

»Kann ich mit Lili sprechen?«

»Sie ist nicht mehr hier«, sagt die Frau in neutralem Ton.

»Haben Sie ihre Adresse?«

»Sie ist verschwunden.«

»Wie das?«

Unbewusst setzt sich die Klinikleiterin wieder hin.

»Bis jetzt wissen wir nur«, beginnt sie ihre Verteidigungsstrategie, »sie konnte das Haus unbemerkt verlassen. Mit Sicherheit abgeklärt haben wir, dass von niemandem eine Genehmigung erteilt worden ist.«

»Hat sie Angehörige?«

»Doch. Eine Schwester.«

»Und bei ihr ist sie nicht?«

»Leider nein.«

»Hat sie sich umgebracht?«

Aus den Augen der sonst so souveränen Klinikleiterin trifft Noldi ein giftiger Blick. Dann hat sie sich wieder im Griff.

»Das wollen wir nicht hoffen«, sagt sie mit milder Stimme.

»Haben Sie die Polizei eingeschaltet?«

»Selbstverständlich.«

»Aber gefunden hat man sie noch nicht?«

»Nein. Sie suchen nach ihr. Diskret. Wir müssen vorsichtig sein. So ein Vorfall löst immer eine heftige Irritation bei unseren Patienten aus.«

Klar, denkt Noldi, dass sie kein Aufsehen wollen. So etwas schadet dem Ruf der Klinik. Er mustert das Gesicht der Frau. Sie wirkt, als fürchte sie, schon zu viel gesagt zu haben. Als er immer noch weiter fragt, verweist sie ihn kurzerhand an die Therapeutin des Mädchens.

So landet Noldi bei einer neuen Frau. Sie ist ein anderer Typ als die Klinikleiterin, feingliedrig, lebhaft, mit einem ausgeprägten Mienenspiel. Sie trägt die ebenfalls brünetten langen Haare aufgesteckt, und ein paar lose Strähnen ringeln sich eindrucksvoll um ihr Gesicht. Betont offen streckt sie ihm die Hand entgegen, bittet ihn, Platz zu nehmen. Dabei beschreibt sie mit einladender Geste einen Kreis durch den Raum. Noldi schaut sich verunsichert um. In dem Zimmer gibt es an der einen Wand Stühle verschiedener Machart, auf der anderen eine grüne Bodenmatte mit bunten Kissen. Er wägt blitzschnell ab, was er wählen soll. Hockt er sich mit ihr auf den Boden, entsteht vielleicht eine intimere Atmosphäre, und er bekommt mehr aus ihr heraus, als wenn sie einander steif auf Stühlen gegenüber sitzen. Er entscheidet sich für einen dicken blauen Sack, von dem aus er einen gewissen Überblick behält. Die Therapeutin lässt sich in seiner Nähe auf ein rotes Kissen nieder und kreuzt geübt die Beine.

Noldi erzählt ihr denselben Spruch wie der Klinikleiterin und legt auch ihr die Briefbögen vor. Sie nimmt die Blätter zur Hand, liest sorgfältiger als die andere und sagt dann lebhaft: »Ja, unsere Lili.«

Sie sagt tatsächlich »unsere«, worauf Noldi sofort einhakt und fragt: »Sie sind ihre Therapeutin. Sie kennen sie gut. Was ist sie für ein Mensch?«

Die Frau wirft ihm einen prüfenden Blick zu. Dann steht sie auf, geht hinaus und kommt mit einem gerahmten Bild zurück. Es handelt sich um ein Gruppenfoto, aufgenommen vor dem Haus. Sie streckt es ihm entgegen.

»Raten Sie«, fordert sie ihn auf, »wer von ihnen Lili sein könnte.«

Noldi sieht sie sofort. Sie ist eine schmale Pflanze, dünn, biegsam, blond. Mehr kann er nicht erkennen, da sie in dem Moment, als der Fotograf abdrückt, gerade ihr Haar zurückwirft.

»Das ist sie«, sagt die Therapeutin, »eine Traumtänzerin.«

»Was meinen Sie damit?«

»Sie lebt fröhlich in den Tag hinein, solange es läuft, wie sie es sich vorstellt. Wenn aber ihre kindliche Welt mit der Realität kollidiert, ist ihre Reaktion stets dieselbe. Sie verweigert sich, das heißt, sie versucht sich umzubringen.«

»Bereits öfter?«

»Ja.«

»Und ist stets gerettet worden?«

»Vielleicht war das von ihr auch so gedacht.«

Noldi sagt sofort: »Und das letzte Mal war der Retter ein gewisser Alfons Nievergelt.«

Er sieht an ihrem Verhalten, dass er richtig liegt, obwohl sie gleich darauf bedauert, Namen könne sie ihm keine nennen.

Er lässt sich nicht beirren, sondern fragt: »Sie kennen den Herrn?«

Wie die Klinikleiterin geht auch die Therapeutin sofort auf Distanz. Kennen, sagt sie, sei übertrieben. Immerhin habe sie nach Rücksprache mit der ärztlichen Leitung einer Besuchserlaubnis für ihn zugestimmt.

»So läuft das bei uns«, setzt sie erklärend, fast entschuldigend hinzu. »Lili wollte unbedingt allein mit ihrem Besuch spazieren gehen. Solche Ausnahmeregelungen erteilen wir nicht gerne. Aus gutem Grund, wie Sie verstehen werden. Auch bei ihr waren wir sehr vorsichtig, haben aber schließlich eingewilligt. Sie durfte immer nur eine bestimmte Route gehen. Und zwar den Weg auf den Hügel, wo man in einem Informationspavillon die Pläne für die künftige Taminabrücke einsehen kann. Dort gingen sie hin. Lili interessiert sich glühend für den Brückenbau. Wenn ich mich nicht irre, war ihr Vater Brückenbauingenieur. Der Weg ist eingezäunt, und, so dachten wir, in sicherer Begleitung könnte es vielleicht eine gute Übung für die Patientin sein.«

»Eingezäunt«, fragt Noldi, »wieso das?«

»Ach, wie Sie vielleicht wissen, gibt es auf der ganzen Welt sogenannte Hot Spots für Lebensmüde.«

»Orte, die Selbstmordkandidaten magisch anziehen?«, fragt Noldi fast ein wenig ungläubig.

»Wenn Sie so wollen.«

Die Therapeutin bläst einen dünnen Haarkringel aus dem Gesicht.

»Und die Taminaschlucht gehört dazu?«

Noldi schüttelt sich innerlich bei dem Gedanken an einen Selbstmordtourismus.

»Ja, und es gibt gesetzlich vorgeschriebene Maßnahmen, wie solche Orte, zum Beispiel Brücken, zu sichern sind, vor allem im Umkreis einer psychiatrischen Klinik wie der unseren.«

Davon hat Noldi als Polizist natürlich gehört, aber das ist es nicht, worauf er hinauswill.

»Wir haben die beiden Blätter im Zuge einer Mordermittlung gefunden.«

Die Therapeutin erschrickt. Noldi benützt die Gelegenheit und sagt, sie werde verstehen, dass er unter diesen Umständen auf jede Information angewiesen sei, die er bekommen könne.

»Trotzdem gilt für uns die ärztliche Schweigepflicht genauso wie der Datenschutz«, betet die Therapeutin dieselbe Litanei herunter wie ihre Chefin.

»Aber eine Frage werden Sie mir sicher beantworten: Kommt Lilis Retter sie regelmäßig besuchen?«

»Ja. Aber nur nach telefonischer Voranmeldung bei uns. Das war die Bedingung.«

»Wann ist Besuchstag?«

»Einmal im Monat.«

»Und das ist?«

»Der 27., wenn ich mich nicht irre.«

»Ah«, sagt Noldi, dem langsam dämmert, was los ist, »und im Juni ist er nicht erschienen.«

Es ist keine Frage sondern eine Feststellung.

»Woher wissen Sie das?«, erkundigt sich die Therapeutin misstrauisch.

»Jetzt«, erwidert Noldi, »könnte ich mit der polizeilichen Schweigepflicht kommen. Aber vielleicht schließen wir einen Kompromiss. Ich sage Ihnen, woher ich das weiß, dafür sagen Sie mir, was ich wissen will.«

Dabei schaut er möglichst verschmitzt, in der Hoffnung, unwiderstehlich zu sein. Warum, denkt er, soll es bei ihm nicht funktionieren, wenn sein Sohn Pauli damit meist Erfolg hat.

Die Therapeutin bleibt nicht ganz unbeeindruckt. Sie lächelt immerhin, was er als Zustimmung nimmt. Ohne weitere Verzögerung sagt er: »Die Blätter haben wir bei Alfons Nievergelt gefunden. Er wurde erschossen und war Mitglied in einer Art Lebensretter-Klub.«

»Lilis Held«, sagt die Therapeutin langsam.

»Ist sie verliebt in ihn?«

»Leider kann ich Ihnen zu diesem Thema nicht mehr sagen. Wir sind in der Therapie nicht so weit gekommen. Lili liebt Geheimnisse, was die Arbeit mit ihr nicht leichter macht.«

Noldi faltet die Briefbögen wieder auseinander.

»Handelt es sich bei der Beschreibung der Brücke um eine versteckte Botschaft?«

Die Therapeutin nickt.

»Was meint Lili damit?«

»Wir wachsen auf einander zu«, antwortet die Frau prompt.

»Also doch eine Liebesgeschichte.«

»Möglich, aber eher einseitig.«

»Warum? Wie hat Nievergelt sich ihr gegenüber verhalten? War er nicht verliebt in sie?«

»Ich weiß es nicht. Er war sehr zart mit ihr, sehr ritterlich.«

»Wie kommen Sie darauf?«, fragt Noldi neugierig. In ihm steigt das unbehagliche Gefühl hoch, dem Toten nicht gerecht geworden zu sein. Bis jetzt hat ihn keiner als empfindsam dargestellt. Ritterlich ja. Der Ausdruck ist gefallen. Wenn er sich recht erinnert, hat der Wirt vom Sternen die Fehde zwischen Lüthi und Nievergelt als eine Art Ritterspiel bezeichnet.

Die Therapeutin zieht ein Gesicht, als hätte sie Schmerzen, doch dann gibt sie sich einen Ruck.

»Ich muss etwas vorausschicken«, beginnt sie. »Was ich Ihnen jetzt sage, stammt nicht aus einer Therapiesitzung, sondern ich habe es durch Zufall aufgeschnappt. Lili hat sich von ihrem Besuch verabschiedet, ganz offiziell in der Halle. Was sie zu ihm gesagt hat, konnte ich nicht hören. Doch er hat darauf geantwortet, sie müsse lernen, fest auf ihren Füßen zu stehen. Vorher würden sie nicht von Liebe reden.«

»Was heißt das?«

»Als hätte er gewusst, dass, wer Lili zu nahe kommt, sich auf jeden Fall in Geiselhaft begibt.«

Noldi hat zwar eine vage Ahnung, was die Frau damit meinen könnte, staunt im Stillen einmal mehr über Nievergelt, doch auf das Terrain solcher psychologischer Finessen begibt er sich lieber nicht. Stattdessen verfolgt er eine andere Spur, selbst wenn sie wenig realistisch erscheint.

»Glauben Sie, dass Lili zu einem Mord fähig wäre?«

Wieder bläst die Therapeutin mit gespitzten Lippen ihre Haarsträhne hoch. Dann sagt sie: »Diese Frage möchte ich nicht beantworten. Wenn ich sie bejahe, kommt das einer Vorverurteilung gleich, verneine ich sie, drehen Sie mir einen Strick daraus, falls ich falsch liegen sollte.«

»Bitte um Entschuldigung«, sagt Noldi. »Lassen Sie mich anders fragen: Wo war Lili am 25. Juni? War sie hier in der Klinik?«

»Mir ist nichts Gegenteiliges bekannt«, antwortet die Therapeutin vorsichtig.

»Haben Sie Ihre Patientin in dieser Zeit gesehen?«

Die Therapeutin überlegt. Dann sagt sie: »Ich glaube nicht. Ich hatte ein paar Tage frei. Aber ich wüsste es. So etwas wird bei unseren Teamsitzungen besprochen, auch wenn man es nicht an die große Glocke hängt.«

»Und diesmal? Wie lange war Lili weg, bis man die Polizei verständigt hat?«

»Nicht lange. Wenn Sie es genau wissen wollen, müssen Sie die Klinikleiterin fragen. Solche administrativen Belange sind Ihre Entscheidung.«

»Kennen Sie auch Lilis Schwester?«

»Ja. Sie war es, die das Mädchen in die Klinik gebracht hat.«

Er wird hellhörig.

»Wie hat sie auf Lilis Verschwinden reagiert?«, will er wissen.

»Gottergeben. Sie hat, soviel ich mir aus Lilis Geschichte zusammengereimt habe, bereits einen langen Leidensweg mit ihr hinter sich.«

»Wie heißt die Frau?«, erkundigt sich Noldi elektrisiert. »Glauben Sie, dass es da einen Zusammenhang zum Mord an Nievergelt geben könnte?«

Die Therapeutin überdenkt die Frage, dann antwortet sie: »Ich glaube nicht.«

»Sagen Sie mir trotzdem ihren Namen«, bittet Noldi. »Nur der Vollständigkeit halber. Wenn sie nichts mit der Sache zu tun hat, stellt sich das schnell heraus.«

»Das kann ich nicht«, erwidert sie entschieden.

Noldi macht ihr klar, dass er bei einer Morduntersuchung auf dem Amtsweg unweigerlich die Auskunft erhält, nur mit mehr Aufwand und Unruhe für die Klinik.

Trotzdem bleibt sie bei ihrer Weigerung.

Noldi nimmt das mit einem heimlichen Zähneknirschen zur Kenntnis und fragt: »Können Sie mir wenigstens sagen, ob Sie der Schwester gegenüber je den Namen Nievergelt erwähnt haben.«

Darauf ist die Therapeutin wieder bereit zu antworten. Ausnahmsweise, wie sie betont. Aber sie kann sich nicht erinnern, mit der Schwester über Lilis Retter gesprochen zu haben.

»Oder sind die beiden einander hier einmal begegnet?«

»Nicht, soviel ich weiß. Die Schwester«, setzt sie dann lebhafter hinzu, »hatte es immer eilig. Sie sind meist nur kurz in der Cafeteria gesessen. Sie ist mit Lili auch niemals aus dem Haus gegangen.«

»Hat Lili ihrer Schwester von Nievergelts Besuchen erzählt?«

»Ich glaube eher nicht, denn daraus hat sie immer ein großes Geheimnis gemacht.«

Damit scheint das Gespräch beendet. Noldi rappelt sich bereits, so elegant er kann, aus dem Sack hoch, als ihm noch etwas Wichtiges einfällt.

»Wie hat Lili reagiert, als Nievergelt das letzte Mal nicht erschienen ist?«

»Gar nicht. Sie hat sich verhalten wie immer.«

»Und dann ist sie verschwunden?« fragt Noldi, obwohl er die Antwort bereits kennt.

»Ja.«

»Sie glauben, sie hat sich umgebracht?«

»Wenn Sie mich so direkt fragen, ich fürchte, ja.«

»Und Sie haben persönlich nach Lili gesucht?«

»Ja, das haben wir alle. Aber ohne Erfolg.«

Noldi bedankt sich, grüßt und geht.

Beim Abendessen zu Hause gibt es gekochte Maiskolben mit Butter, frischen Salat und zum Nachtisch einen Hefekranz. Peter erzählt, er und Cheryl hätten am Nachmittag einen Ausflug nach Zürich unternommen. Sie seien vom Bellevue auf der Seepromenade bis ans Zürihorn spaziert. Im Kasino hätten sie ein Eis gegessen und dann das Limmatschiff zurück zum Bahnhof genommen. Cheryl, die seit dem Ausflug zur Teufelskirche ein wenig mehr aus sich herausgeht, sagt, sie kenne aus ihrem Schnellkurs in Deutsch nur drei Schweizer Städte: Zürich, Luzern und Ascona.

»Und die«, ergänzt sie stolz, »liegen alle an einem See.« Dabei schaut sie Zustimmung heischend in die Runde.

Alle beeilen sich, ihre Aussage zu bestätigen, und Noldi denkt, Ascona. Genau dort will er hin. Ihm kommt eine gigantische Idee. Am liebsten würde er gleich herausplatzen. Doch dann beißt er sich auf die Zunge. Er will zuerst hören, was Meret davon hält.

Als sie allein im Schlafzimmer sind, bemerkt er: »So ein Blödsinn. Ausgerechnet Ascona. Warum sollen die in Amerika ausgerechnet von Ascona reden. Warum nicht von Lugano?«

Meret lacht. »Was stört dich daran?«

»Nichts«, sagt er, »ich glaub es nur nicht. Glaubst du das?«

Meret zieht eben ihre Bluse aus. Anders als ihr Mann, der einfachheitshalber das Hemd immer gleich über den Kopf zerrt, nestelt sie gewissenhaft an jedem Knopf. Sie fragt sich, worauf Noldi hinaus will.

»Andererseits«, sagt er auch schon, »wäre doch nett, wenn wir unserer neuen Schwiegertochter etwas von der Schweiz zeigen.«

Meret hält inne. »Also«, sagt sie energisch, »rück schon heraus damit. Was hast du vor?«

»Wir könnten mit der Familie ein paar Tagen nach Ascona fahren.«

Noldi beobachtet seine Frau. Sie hält den vorletzten Knopf fest und schaut ihn an.

»Warum gerade Ascona?«

»Weil es an einem See liegt.«

»Meinst du das im Ernst?«

»Klar. Du, ich und Pauli. Peter und Cheryl und vielleicht kommt auch Felizitas mit. Wäre doch nicht schlecht.«

Meret schaut drein, als traue sie ihm nicht. Noldi nimmt sie um die Mitte und dreht sie zu sich herum. Er will ihr Gesicht sehen, wenn er den Trumpf ausspielt, den er im Ärmel hat.

»Wir zwei«, sagt er beiläufig, »könnten den Töff nehmen. Dann haben die anderen in einem Auto Platz. Wie findest du das?«

Meret macht schier einen Luftsprung, und er freut sich wie ein Schneekönig, dass ihm die Überraschung gelungen ist.

Er hat bei dieser Reise einen Hintergedanken, doch den behält er vorläufig für sich. Er würde die Gelegenheit nützen, Elvira Balitzka zu besuchen, um ihr auf den Zahn zu fühlen. Irgendetwas stimmt nicht mit dieser Frau. Es geht ihm nicht aus dem Kopf, wie sie in Hinwil vor der Polizei geflüchtet ist. Und es wäre doch gelacht, denkt er, wenn er nicht herausfinden könnte, warum. Falls es ein Schlag ins Wasser wird, hat er wenigstens seiner Familie ein paar schöne Ferientage beschert.

Die Aussicht auf eine Reise nach Ascona löst bei Oberholzers Hektik aus. Cheryl braucht einen Badeanzug, Pauli möchte gern Bayj mitnehmen. Daraus wird nichts, weil der Onkel Einspruch erhebt.

Da sie für die Maschine auch die passende Motorradkleidung anschaffen müssen, will Meret in den Motorrad-Shop in Kollbrunn, doch Noldi protestiert. Der Laden ist ihm zu teuer. Das sieht seine Frau ein. Sie denkt eine Weile nach, dann sagt sie: »Da hat es früher in Zürich an der Winterthurerstrasse einen Secondhand-Laden für Motorradbekleidung gegeben. Mal sehen, ob der noch existiert.«

Sie schaut im Telefonbuch nach und wird tatsächlich fündig.

Am nächsten Tag fahren sie gemeinsam hin. Es ist ein obskures Lokal. An der Kasse thront eine dicke, nicht mehr junge Frau, für Noldis Geschmack zu stark geschminkt und parfümiert. Aber sie begrüßt die Kundschaft freundlich, kommt bei ihrem Anblick sofort hinter der Ladentheke hervor und ist beinahe enttäuscht, als die beiden sagen, sie wollten sich nur ein wenig umsehen. Da hängen Pelzmäntel und -jacken sowie alle möglichen Arten von Lederbekleidung dicht gedrängt auf Stangen, die sich an allen Wänden hinziehen. Der Laden erweist sich als echtes Labyrinth. Sie irren von einem Raum in den anderen, bis sie plötzlich wieder vor der Besitzerin stehen, die sie ein weiteres Mal nach ihren Wünschen fragt. Sie mustert beide kritisch, um herauszufinden welche Größen sie benötigen, und schleppt dann unermüdlich einen Motorradanzug nach dem anderen herbei. Bald hat sie etwas Passendes für Noldi entdeckt, doch ihn ekelt es plötzlich vor diesen muffigen abgetragenen Teilen. Er dankt der Besitzerin, die mürrisch auf den Berg von Lederzeug schaut.

Noldi sagt: »Wir melden uns.«

Suchend dreht er sich nach Meret um.

Doch seine Frau will noch nicht gehen. Sie hat sich in einen Chinchilla-Kragen verliebt, steht mit dem teuren Stück um den Hals nun schon die längste Zeit vor dem Spiegel, während sie im Kopf hin und her rechnet, ob sie ihn sich leisten kann. Die Besitzerin wittert sofort ihre Chance, lässt die Monturen liegen, stürzt sich auf Meret. Bewundernd sagt sie: »Der ist wie für Sie gemacht.« Sie streicht mit den Fingerspitzen andeutungsweise über den Pelz. »So ein Stück finden Sie nie wieder.«

»Ja«, sagt Meret und seufzt. »Aber er ist mir zu teuer.« Sie nimmt den Kragen ab und legt ihn zurück auf den Ladentisch. So leicht lässt die Besitzerin ihr Opfer nicht vom Haken. »Schauen Sie, Frau«, sagt sie mit ihrem wienerisch-slawischen Akzent, »ich muss die Ware alles kaufen, diese ganzen Pelzmäntel und Sachen. Und ich zahle immer guten Preis. Stecke mein ganzes Geld hinein. Mache auch guten Preis für Sie. Garantiert. Gebe ich Ihnen extra noch Vorzugsrabatt, weil sind Sie heute meine ersten Kunden. Im Sommer geht das Geschäft nicht so besonders.«

Noldi sieht Meret an, wie sie mit sich ringt. Sie streicht noch einmal über den zarten Pelz, nimmt ihre Handtasche, und sie verlassen unter den enttäuschten Blicken der dicken Besitzerin den Laden.

Nach ein paar Schritten schüttelt sich Noldi und bemerkt: »Das war jetzt echt ein Gruselkabinett.«

»Aber spannend«, erwidert Meret geistesabwesend. Noldi durchschaut seine Frau. Er beschließt, auch wenn es abwegig ist, im Sommer einen Pelz zu kaufen, wird er diesen Chinchilla erwerben, um ihn Meret nächste Weihnachten zu schenken. Das, denkt er, plötzlich ganz vergnügt, wird er tun. Dann muss er sich das restliche Jahr keine Gedanken über ein Geschenk mehr machen. Er grinst in sich hinein, und Meret mustert ihn misstrauisch von der Seite.

Im Büro spielt Noldi wie schon die letzten Tage den perfekten Beamten, der froh ist, wenn es keine Arbeit gibt. Er nimmt an den Sitzungen teil, sobald er dazu aufgefordert wird, erledigt gewissenhaft die Schreibtischarbeit. Seine Gefühle sind zwiespältig. Keinen kümmert, was er tut. Das kränkt ihn auf der einen Seite, auf der anderen verschafft es ihm den nötigen Freiraum für seine eigenen Ermittlungen. Er hat um ein paar Tage Urlaub angesucht und auch bewilligt bekommen. Nicht einmal sein alter Freund, der Chef, geschweige denn die in Zürich, haben die leiseste Ahnung, was er vorhat. Beer sagt er nur, er wolle mit der Familie ins Tessin, jetzt wo Peter und seine Freundin aus Amerika angereist seien.

16. NICHT MIT DER FEUERZANGE

Dann kommt sein letzter Arbeitstag vor den Ferien. Er sitzt am Schreibtisch, ordnet ein paar Papiere, doch viel ist nicht mehr zu tun. Er hat schon vorher gründlich aufgeräumt. Da erscheint Franca und fragt: »Möchtest du Kaffee?«

Dankbar sagt er: »Das wäre toll.«

Die Kollegin lächelt und verschwindet, und Rühle kreuzt auf.

»Ich muss dir noch etwas sagen«, teilt er ihm ohne Einleitung mit.

»Kann das sein«, fragt Noldi, »dass ihr alle so nett zu mir seid aus Freude, mich loszuwerden? Aber ich gehe noch nicht in Pension, sondern bloß ein paar Tage in die Ferien.«

Rühle antwortet nicht, schaut nur sauer und quetscht dann heraus, dass Wolfer an jenem Abend nicht mehr ins Auto zurückgekommen sei. Er, Rühle, habe den Rest der Streife allein absolviert.

»Das sagst du erst jetzt?«, fragt Noldi. Er zwingt sich, ruhig zu bleiben, obwohl er den begriffsstutzigen Kerl am liebsten schütteln würde.

Der antwortet, Wolfer habe ihn angerufen und sich entschuldigt, ihm sei plötzlich schlecht geworden.

»Wo ist er abgeblieben?«, erkundigt sich Noldi.

Rühle zuckt mit den Achseln.

»Also anders herum«, sagt Noldi, »was hast du dir gedacht, wo er bleibt?«

»Nichts.«

»Das glaube ich dir nicht. Rede endlich, Rühle, bevor ich die Geduld verliere.«

»Habe gedacht, er hat vielleicht im ›Sternen‹ ein Zimmer genommen.«

»Warum sollte er?«

»Wenn ihm doch schlecht war?«

»Rühle!« Noldis Ton wird langsam drohend.

»Na, ich habe gedacht, er redet sich heraus, weil er mit der jungen Wirtin im ›Sternen‹ was am Laufen hat.«

Jetzt verschlägt es Noldi die Sprache. Das darf doch nicht wahr sein, denkt er. In seinem Hirn beginnt es zu surren, aber nichts kommt dabei heraus. Er lässt Rühle gehen und lehnt sich in seinen Stuhl zurück. Er muss, sagt er sich, im »Sternen« anrufen. Doch bevor er zum Hörer greifen kann, kommt Franca mit einem Tablett, darauf seine Tasse und ein Teller mit zwei Brownies. Sie stellt alles vor ihm ab.

»Selbst gebacken«, erklärt sie und deutet auf das Gebäck. Er kostet, rollt übertrieben die Augen und leckt sich die Lippen, kurz, er spielt den Clown, während er in Wahrheit darauf wartet, dass sie wieder verschwindet und er endlich telefonieren kann. Doch es geht schon fast gegen Büroschluss, bis sie endlich das Zimmer verlässt.

Diese Pause benützt er und ruft sofort im »Sternen« an. Er verlangt die Wirtin. Da er wenig Zeit hat, geht er gleich aufs Ganze.

»Stimmt es«, fragt er, nachdem er seinen Namen genannt hat, »dass Sie ein Verhältnis mit Wolfer haben?«

Die junge Frau reagiert äußerst ungehalten. »Sie spinnen wohl«, sagt sie erbost.

»Hoppla«, darauf Noldi, »das ist eine polizeiliche Ermittlung. Ich warne Sie.«

»Trotzdem geht Sie das nichts an.«

»Oh doch, wenn Sie Ihrem Freund ein falsches Alibi geben, zum Beispiel.«

»Ich gebe niemandem ein Alibi. Und im Übrigen, wovon reden Sie?«

»War Polizist Wolfer in der Nacht vom 25. Juni bei Ihnen im ›Sternen‹?«

»Das hatten wir schon«, sagt sie patzig. »Ja, er war da zum Abendessen mit dem anderen Polizisten und dem Mülilüthi.«

»Und später noch einmal?«

Jetzt scheint sie nachdenklich zu werden. Endlich sagt sie: »Nein, ich glaube nicht. Ich habe ihn jedenfalls nicht mehr gesehen.«

»Auch nicht in Ihrem Bett?«

»Was erlauben Sie sich?«

Für Noldi klingt der Protest nicht restlos überzeugend, aber er muss das Gespräch kurz halten. Franca kann jeden Augenblick zurück sein. Er will auf jeden Fall vermeiden, dass aus diesem windigen Verdacht über Wolfer und die Sternenwirtin ein handfestes Gerücht wird, das dann nicht mehr so leicht aus der Welt zu schaffen sein würde.

Tatsächlich öffnet sich in dem Moment die Tür, doch es ist nicht die Kollegin, sondern Wolfer. Er baut sich vor Noldis Schreibtisch auf und sagt: »Komm mit auf ein Bier.«

Es klingt nicht nach einer freundlichen Einladung.

Noldi verabschiedet sich hastig, und zwar so, dass nicht erkennbar ist, mit wem er spricht. Dann legt er den Hörer auf, will schon ablehnen, sagt doch gegen seinen Willen: »Gute Idee.«

Er hat keine Ahnung, was Wolfer im Schilde führt. Möglicherweise will er, dass sie sich gemeinsam blicken lassen. Seit dem Zwischenfall vor Lüthis Haus sind beide vorsichtig geworden. Für den Fall, dass doch etwas durchgesickert ist, gilt es, etwaigen Gerüchten vorzubeugen. Immerhin hat der Mülilüthi ihre Rauferei mit einem Gewehrschuss begleitet. Auch die Möglichkeit, dass es noch andere Zeugen gab, ist nicht ganz auszuschließen.

Er sagt: »Einen Moment, bin gleich so weit«, fährt den Computer herunter, und sie verlassen gemeinsam die Polizeistation. Unterwegs zum Restaurant »Linde« an der Kreuzung zwischen Tösstal- und St. Gallerstrasse wirft Noldi ganz locker die Frage hin: »Sag, hast du was mit der Wirtin vom ›Sternen‹?«

Wolfer schaut ihn von der Seite an.

»Wie kommst du darauf?«

»Weil du am 25. Juni nicht die ganze Zeit mit Rühle auf Streife warst.«

»Ah«, knurrt Wolfer, »hat es dir der liebe Kollege endlich gesteckt.«

Noldi bleibt stehen. »Sag, hast du oder hast du nicht?«

»Hab es einmal versucht und vermasselt. War sternhagelvoll«, erklärt Wolfer gleichgültig, »und sie hat zu mir gesagt, sie würde mich nicht mit der Feuerzange anfassen.«

Damit setzt er sich wieder in Bewegung. Noldi folgt ihm, beunruhigt über die Offenheit des Kollegen. Er fragt sich, was da auf ihn zukommt.

In der »Linde« müssen sie feststellen, dass die Beiz gerammelt voll ist.

Wolfer wirkt genervt.

»Komm«, sagt Noldi schnell, »gehen wir hinüber ins ›Turbi‹. Dort können wir im Garten sitzen.«

»Ah, dein bevorzugter Ort für Festnahmen.«

Wolfer spielt auf einen Fall an, den Noldi vor zwei Jahren gelöst hat. Doch in seiner Stimme schwingt kein Funken Humor mit.

»Das war nicht ich, das waren Pauli und der Hund.«

»Aber du denkst, ich bin jetzt bald soweit, dass du mich abführen kannst.«

»Ich denke, du willst mit mir ein Bier trinken.«

Das Restaurant, das vor Kurzem noch einen anderen Namen trug und einen traurigen Eindruck machte, ist immer noch kein Luxusladen, aber es wirkt belebter und besser in Schuss. Die beiden Männer gehen durch die Gaststube direkt in den Garten. Wolfer wählt dort den Tisch in der hintersten Ecke, wo man sie nicht so leicht belauschen kann.

Noldi setzt sich so, dass er auf die Kirche mit ihrem spitzen Turm und den Stau an der Kreuzung schaut. Er fragt Wolfer: »Also noch einmal, hast du jetzt oder hast du nicht?«

»Was?«

»Ein Verhältnis mit der Wirtin vom ›Sternen‹?«

»Nein.«

»Warum bist du dann nicht mit Werner Streife gefahren?«

»Darum«, antwortet Wolfer schnoddrig.

Noldi übt sich wie bei Rühle in Geduld.

»Röbi«, sagt er, »es geht um dein Alibi.«

»Und darum, ob ich den Sauhund erschossen habe«, ergänzt Wolfer grimmig.

»Und hast du?«

»Nein.«

Die Bedienung erscheint, erkundigt sich nach ihren Wünschen. Sie bestellen beide eine Stange. Als die Frau gegangen ist, fragt Wolfer: »Du hast gesagt, sie haben meine Fingerabdrücke bei der Buche gefunden. Wieso haben sie das dir gemeldet und nicht mir, obwohl ich die Ermittlungen leite?«

»Ganz einfach, weil ich die Untersuchung in Auftrag gegeben habe.«

»Eigentlich eine Schweinerei.«

»Ja«, sagt Noldi, »und deshalb willst du reden?«

Wolfer darauf: »Nein. Es geht um etwas anderes.«

»Du warst nicht Samstag, den 28. Juni dort, sondern schon am Mittwoch, den 25., in der Nacht, in der Nievergelt erschossen wurde.«

»Das stimmt«, gibt Wolfer zu. »Ich wollte mich mit ihm aussprechen.«

»Du wolltest *was*?«

Noldi traut seinen Ohren kaum.

»Mich mit ihm versöhnen.«

»Das soll ich dir glauben, Wolfer?«, fragt er fassungslos.

Nach dem Abendessen im »Sternen« Sternenberg und der Episode mit dem Mülilüthi bat Wolfer seinen Kollegen, eine Runde allein zu drehen. Er müsse, sagte er, rasch noch etwas erledigen. Er hielt es nicht mehr aus. Es war der fünfte Todestag von Liz, und der Hass drohte ihn buchstäblich aufzufressen, der Hass auf Nievergelt, auf sich selbst und auf die ganze Welt. Deshalb hatte er kurzerhand entschieden, er wolle mit Nievergelt reden. Es war die einzige Hoffnung, die er noch hatte, eine Aussprache, eine Klärung, die ihn erleichtern würde.

Als er ins Cholerholz kam, hörte er die Baumsäge, wusste wie alle in Sternenberg, der Hobby-Holzer war am Werk. Er ging in den Wald und traf seinen Todfeind tatsächlich dort an.

Nievergelt war damit beschäftigt, den Buchenstamm von den Ästen zu befreien. Als er Wolfer sah, stellte er die Säge ab und schob die Schutzbrille auf die Stirn.

»Du willst mit mir reden? Was ist das heute für ein komischer Tag? Meine Frau kommt gleich, weil sie mit mir reden will. Und jetzt auch du noch. Ich habe also nicht viel Zeit. Sag', was du willst, nur mach es kurz.«

Wolfer erwiderte: »Heute ist der fünfte Todestag.«

Nievergelt sah ihn zuerst erstaunt an, erinnerte sich aber rasch. »Ja«, sagte er, sonst nichts.

Wolfer nahm es als gutes Zeichen.

»Ich kann sie nicht vergessen«, bekannte er.

Die Männer standen einander gegenüber. Es war eine eigenartige Situation. Wolfer, dessen Glück der andere zerstört hatte, bettelte um ein gutes Wort, und Nievergelt wusste nichts zu sagen als: »Du hast sie die Treppe hinunter gestoßen.«

Wolfer zuckte zusammen, aber aus unerklärlichen Gründen fehlte ihm die Kraft, Nievergelt entschlossen zu begegnen.

»Nein, Alfons«, sagte er, »du weißt, das ist nicht wahr.«

»Nicht wahr«, höhnte der andere. »Gib es endlich zu. Vielleicht geht es dir dann besser.«

»Es ist nicht wahr«, winselte Wolfer. »Du verfluchter Hund, du bist schuld. Deinetwegen hat sie zu saufen begonnen und ist die Treppe hinuntergestürzt.«

Nievergelt blieb ruhig. Wolfer konnte ihm nicht ansehen, was er empfand.

»Alfons«, fing er wieder an, »wir waren Freunde. Das können wir nie mehr sein. Aber wir sollten Frieden machen.«

»So, sollten wir«, erwiderte Nievergelt. »Wie stellst du dir das vor?«

»Ich weiß nicht«, antwortete Wolfer, »vielleicht würde es helfen, wenn wir gemeinsam um sie trauern.«

»Ja vielleicht«, stimmte ihm Nievergelt scheinbar friedfertig zu. »Aber leider habe ich jetzt keine Zeit.«

Damit rückte er die Brille zurecht und nahm die Säge wieder zur Hand. Doch bevor er sie in Gang setzte, hielt er noch einmal inne.

»Übrigens, die Polizeidirektion bekommt Post von mir. Ich habe dich angezeigt. Du warst im Puff und hast nicht bezahlt. Dafür bist du deinen Job los.«

Diese Behauptung raubte Wolfer noch den letzten Rest von Fassung.

»Das ist nicht wahr«, stotterte er.

»Ich habe eine Zeugin. Sie hat eine Aussage gemacht und unterschrieben«, erwiderte Nievergelt fast fröhlich. »Diesmal kommst du nicht davon. Du hast Liz die Treppe hinunter gestoßen und dafür wirst du büßen.«

»Du bist wahnsinnig«, schrie Wolfer. »Ich war das nicht. Ich habe sie geliebt, im Gegensatz zu dir.«

»Möglich, aber ich habe sie nicht getötet.«

Wolfer war bereits so zerstört, dass es nicht mehr darauf ankam, ob er sich noch weiter erniedrigte. Er fragte: »Warum hast du mit ihr geschlafen?«

Nievergelt sah ihn an.

»Um ehrlich zu sein, ich weiß es nicht. Aber sie hat gerne mitgemacht. Ich glaube, sie war einfach neugierig. Eigentlich kein Grund zur Aufregung.«

»Wieso erzählst du mir das?«, fragt Noldi und mustert Wolfer scharf über den Tisch und das Bier, das inzwischen vor ihnen steht. »Der Fall geht mich nichts mehr an.«

Wolfer hebt sein Glas.

Noldi versucht, sie beide, wie sie hier sitzen, von außen zu sehen. Vermutlich wirken sie wie zwei gute Bekannte, und keiner ahnt auch nur, welche Ungeheuerlichkeit Wolfer eben von sich gegeben hat.

»Glaubst du«, meint der jetzt beinahe mit einem Lächeln im Gesicht, »ich würde es dir erzählen, wenn du noch mit den Ermittlungen betraut wärst? Du würdest mich sofort verhaften. Ich weiß, wie das geht.«

Noldi lässt sich auf diese Sticheleien nicht ein. Ihn hat etwas anderes aufhorchen lassen.

»Was hat Nievergelt gesagt«, fragt er, »seine Frau kommt gleich?«

»Ja. Ich dachte, er will mich damit nur abwimmeln. Denn Claire war zu der Zeit in Weggis bei einer Fastenwoche.«

Noldi überlegt.

»Möglich. Es gibt aber noch andere Erklärungen: Erstens, Claire wollte tatsächlich zurückkommen, zweitens, er hat eine andere Frau gemeint, oder drittens, du hast das nur erfunden, um von dir abzulenken. Und in Wahrheit bist du mit ihm ins Haus und hast ihn abgeknallt.«

»Klar«, sagt der andere bitter, aber ohne die übliche Aggression, »klar, dass du es so siehst.«

»Ist gut«, beruhigt ihn Noldi, »ich habe es nur der Vollständigkeit halber erwähnt.«

Bei sich ist er davon nicht ganz so überzeugt. Andererseits würde hier, da Claire es nicht gewesen sein konnte, zum ersten Mal der Hinweis auf eine andere Frau auftauchen. Also, denkt er, ist diese Variante durchaus eine Überlegung wert.

»Lass uns rekapitulieren«, fährt er fort. »Die Fingerabdrücke bei der Buche stammen eindeutig von dir. Im Zimmer dagegen wurden keine fremden Spuren sichergestellt, also auch keine von dir. Was eventuell gegen dich als Täter spricht.«

Wolfer nimmt wieder einen ordentlichen Schluck von seinem Bier, wischt den nur mehr dünnen Schaum von der Oberlippe und fragt: »Was wirst du jetzt machen?«

Das fragt Noldi sich auch. Er ist schön in die Zwickmühle geraten. Einerseits wäre er seinem Chef so viel Loyalität schuldig, dass er ihm über den Stand der Dinge in diesem Fall reinen Wein einschenkt. Andererseits hat er ihm Wolfers Aggression gegen ihn selbst bereits verschwiegen. Und er hat kein Wort über dessen mutmaßliche Affäre mit Claire Nievergelt verloren. Schon ein solcher Verdacht wäre Grund genug, Wolfer die Ermittlungen endgültig zu entziehen. Er könnte, auch wenn er nicht selbst der Täter ist, Claire in der Sache decken. Aber er hat Beer nichts davon gesagt. Keine Ahnung, denkt er, warum er diesmal den Draht zum Chef nicht findet.

»Was wirst du machen?«, drängt Wolfer ungeduldig.

Noldi schiebt den ganzen Wust unliebsamer Gedanken beiseite und sagt: »Nichts. Die Frage ist, was du machst.«

»Was würdest du an meiner Stelle tun?«

»Das kann ich dir nicht sagen.«

»Gib zu, nachdem Nievergelt genau in dieser Nacht ermordet worden ist, hatte ich keine andere Wahl, als meinen Besuch bei ihm zu vertuschen.«

»Vermutlich würde ich an deiner Stelle alle Hebel in Bewegung setzen, den Mörder möglichst schnell zu erwischen. Sofern du es nicht selber bist.«

»Das tue ich doch.«

»Entschuldige, das tust du nicht. Du suchst nur nach irgendeinem Sündenbock. Das ist nicht gut. Vor allem nicht für dich.«

»Ach hör auf. Musst du immer den Aufrechten spielen? Du hast keine Ahnung, wie das uns allen auf den Geist geht.«

»Ich bin zu einfach gestrickt für irgendwelche Winkelzüge und Tricksereien«, antwortet Noldi langsam. »Das überlasse ich Schlaueren, zum Beispiel dir.«

Er steht auf, legt das Geld für sein Bier auf den Tisch, will schon gehen. Dann dreht er sich doch noch einmal um und fragt: »Übrigens, wo warst du, nachdem du Nievergelt verlassen hast? Wieso bist du nicht wieder zu Rühle?«

»Mir war nicht darum. Kannst du das nicht verstehen?«

»Wo bist du hin?«

»Ins Puff.«

»Und du hast bezahlt, nehme ich an«, sagt Noldi.

»Selbstverständlich. Aber ich habe mich nur besoffen.«

Wolfer hat wieder so rote Augen, als würde er gleich anfangen zu flennen.

Und schon tut er Noldi wieder leid. Gleichzeitig hat er den Kerl so satt. Ihm wäre lieber, er hätte Wolfers Beichte nicht gehört. Denn was macht er jetzt damit? Auch wenn er nach wie vor nicht glaubt, dass der Kollege Alfons Nievergelt getötet hat, es ist eine äußerst brenzlige Situation.

Der Tag, an dem die Familie nach Ascona aufbricht, ist wolkenlos und die Temperatur schon am Morgen hoch. Deshalb entscheiden sie sich für die Route über den Gotthard. Zum Mittagessen verabreden sie sich im Hospiz. Großmütig lässt Noldi seinem Sohn Peter, welcher mit dem Auto unterwegs ist, einen Vorsprung. »Dich«, sagt er, »holen wir auf dem Töff spielend ein.«

Nachdem die anderen abgefahren sind, steigen Noldi und Meret in ihre brandneue Kluft, die sie nun doch im Shop in Kollbrunn gekauft haben. Eine Weile diskutierten sie Vor- und Nachteile von Lederkombinationen, dann entschieden sie sich beide für Gore-Tex, weil das Material besser luftdurchlässig und leichter ist. Als es an die Auswahl der Helme ging, kam Noldi ins Schwitzen, denn der Heckenschütze, der vor zwei Jahren auf ihn geschossen hatte, trug einen schwarzen Motorradhelm. Deshalb nahmen sie beide weiße Helme mit einem roten Mittelstreifen.

»Hat ein Vermögen gekostet«, konstatiert Noldi, als seine Frau in ihrer neuen Jacke vor ihm steht, »aber es hat sich gelohnt. Du schaust rassig aus.«

Er dreht sie einmal herum. Meret lacht über sein Kompliment, doch insgeheim findet sie es nicht übertrieben.

Sie streicht über den Stoff ihrer Jacke, die straff an ihren Hüften liegt.

Bevor sie gehen, machen sie noch rasch eine Runde durch das Haus, ob sie nichts vergessen haben. Um die Pflanzen wird sich während ihrer Abwesenheit Betti, Merets Schwester, kümmern. Endlich stülpen sie sich die Helme über den Kopf und ziehen die Handschuhe an. Noldi betätigt den Anlasser, startet, schwingt ein Bein über den Sattel, Meret klettert hinter ihm hinauf, hält ihren Mann fest um die Mitte. Er dreht kurz das Gas auf, und sie brausen ab. Zum Glück haben sie kein Gepäck, das fährt beim Rest der Familie im Auto mit.

Sie nehmen die Route über Rapperswil, den Damm, dann weiter über die Axenstrasse. Kurz vor Erstfeld überholen sie das Auto mit ihren Kindern. Heftig winkend und lachend ziehen sie an ihnen vorbei, weiter Richtung Andermatt. Dort lassen sie den Tunnel rechts liegen, fahren durch die Schöllenen-Schlucht. Bei der Teufelsbrücke ruft Meret ihrem Mann von hinten zu: »Halt einen Moment!«

Noldi hat nur das Ziel, die Passhöhe, im Sinn. Fast widerwillig stoppt er, fährt so an das Geländer, dass sie, ohne abzusteigen in die Tiefe schauen können.

Meret, die Lehrerin, fragt: »Erinnerst du dich an die Geschichte, wie die schlauen Urner da mit einem Ziegenbock den Teufel überlistet haben?«

»Schon wieder ein Leibhaftiger wie bei unserer Teufelskirche«, erwidert Noldi. »Die gute Cheryl wird denken, in der Schweiz wimmelt es von Teufeln.«

Auf der Passhöhe halten sie irgendwo zwischen den runden Felsformationen, die aus der Eiszeit stammen.

Der Gletscher, welcher sich hier vom Alpenkamm einen Weg nach Süden bahnte, hat sie abgeschliffen. In Mulden liegen da und dort noch wässrige graue Schneereste, an deren Rändern grüne Gräser wachsen. Über den Himmel ziehen kleine Wolken. Die Luft ist glasklar, der stetige Wind kalt und scharf.

»Wenn schon über den Gotthard«, sagt Noldi zu seiner Frau, »dann will ich über die Tremola hinunter.«

»Oh ja«, erwidert sie lebhaft, »erinnerst du dich, wann wir das zum ersten Mal gemacht haben?«

»Ist schon ewig her. Da waren wir noch nicht verheiratet.«

Noldi weiß es noch genau. Es war kälter als jetzt, früher im Jahr, mehr Schnee lag in den Senken. Meret hatte in ihrem dünnen Kleid gefroren und er seinen Arm nur zu gern um sie gelegt.

Sie waren auf dem Weg in ihr erstes gemeinsames Wochenende gewesen, wollten in Airolo im Hotel übernachten. In einem Zimmer, einem Bett, eine ganze Nacht, und wenn es nach Noldi gegangen wäre, auch noch den folgenden Tag.

In Airolo, erklärte er Meret, sei ohnehin nichts los. Da gebe es nur das Loch durch den Gotthard, die Kaserne und das Denkmal für die Toten vom Tunnelbau.

Da im Hotel kein Zimmer mehr frei war, übernachteten sie allerdings erst in Faido, ein paar Kilometer weiter südwärts, wo noch weniger los war.

Jetzt friert Meret nicht. Mit ihren Gore-Tex-Jacken sind sie gut gerüstet. Wie damals gehen sie Hand in Hand ein Stück über das federnde borstige Gras. Wie damals liegt die Hochebene um sie, und über ihnen wölbt sich der Himmel. Die Landschaft ist dieselbe geblieben, das Blau wie vor 30 Jahren. Und sie, denkt Noldi, während er in die Weite schaut, was ist mit ihnen? Sie haben unverschämtes Glück gehabt im Leben. Die Erkenntnis trifft ihn wie ein Stück Himmel, das ihm auf den Kopf fällt. Er packt die Hand seiner Frau, um nicht das Gleichgewicht zu verlieren, und sie hält ihn fest.

Dann steigen sie wieder auf ihre Maschine und fahren zum Hospiz. Es liegt etwas tiefer als die Passhöhe in einer flachen Senke, welche die Wasserscheide Europas darstellt. Bereits im 13. Jahrhundert gab es hier eine Kirche, im 17. Jahrhundert dann ein Kloster, in dem die Reisenden von den Mönchen gratis verpflegt wurden. Es war dem Heiligen Gotthard geweiht.

Wie Noldi vorausgesehen hat, sind sie vor den anderen da. Was sie nicht vorausgesehen haben, ist der Andrang in der ehemaligen Stallung, die inzwischen zur Gastwirtschaft umgebaut worden ist. Als sie beschließen, ins teurere Hotelrestaurant auszuweichen, ergattert Noldi einen Tisch, der eben frei wird, und sie warten auf den Rest der Familie. Sie bestellen eine Flasche Mineralwasser. Bevor sie auf dem Tisch steht, ist bereits ihr Nachwuchs eingetroffen. Es gibt ein Hallo und wildes Hin und Her, alle erzählen von der Reise, aber jeder etwas anderes. Dann entsteht plötzlich eine Unruhe unter den Gästen. Leute rennen auf den Parkplatz, rufen, lachen, winken. Die »Gotthardpost« kommt angefahren. Da das Wetter es erlaubt, ist sie mit offenem Verdeck unterwegs. Auch die Passagiere winken. Dann hält die fünfspännige gelbe

Kutsche, die Pferde schnauben. Eine Frau in historischer Uniform springt vom Bock und hilft den Fahrgästen beim Aussteigen.

Cheryl sagt andächtig: »Echt wie in einem Western.«

Die Leute begeben sich ins Restaurant zum Mittagessen, das im Preis der Reise inbegriffen ist. Unterdessen werden die Pferde ausgespannt und versorgt. Auch das muss Cheryl alles genau sehen. Pauli umrundet die Kutsche, begutachtet sie fachmännisch und erklärt, die alte »Gotthardpost« stehe vor dem Landesmuseum in Zürich. Das hier sei ein moderner Nachbau und wesentlich bequemer als das Original.

Das Mittagessen der Familie, als rascher Imbiss geplant, nimmt einen überraschenden Verlauf, als bald nach der Kutsche zwei weitere Motorräder auf den Parkplatz fahren. Nachdem der Mann abgestiegen ist, nimmt er den Helm ab.

Meret stößt Noldi in die Seite. »Schau, wer da kommt.«

Wie es sich herausstellt, ist es tatsächlich der Chef, und vom zweiten Töff klettert eine Frau.

»Du«, zischt Noldi Meret zu, »das ist bestimmt die neue Freundin.«

Sie ist um einiges kleiner als Beer, rundlich und nicht mehr ganz jung.

Die, denkt Noldi verblüfft, sieht völlig normal aus. Und so ist sie auch. Da die Restaurantterrasse voll besetzt ist, landen sie und Beer am Tisch der Familie Oberholzer. Der Chef scheint bei deren Anblick eher unangenehm berührt. Noldi sieht ihm an, er wäre lieber mit der Frau allein. Sie dagegen steuert, sobald sie begriffen hat, dass es sich um Bekannte ihres Freundes handelt, unbefangen auf ihren

Tisch zu. So bleibt Beer nichts anderes übrig, als seine Begleiterin vorzustellen.

»Frau Odermatt«, sagt er ohne weitere Erklärung. Die liefert sie dann nach. »Micheline«, sagt sie heiter, »ich bin die Freundin.«

Die Familie rückt bereitwillig zusammen. Trotzdem herrscht eine gewisse Verlegenheit, die zu überwinden besonders die beiden Frauen sich bemühen. Meret übernimmt das Regime. Sie greift nach der Speisekarte, wirft einen kurzen Blick darauf, sagt munter zu Noldi und den Kindern: »Es gibt Älplermagronen mit Apfelmus. Was haltet ihr davon? Das ist am einfachsten, und ihr habt das Dessert schon dabei.«

Alle sind einverstanden, auch Beer und Freundin schließen sich an. Trotzdem bleibt die Bestellung eine langwierige Prozedur, bis alle die gewünschten Getränke vor sich haben. Beer beginnt in seiner Verlegenheit, Felizitas so übertrieben den Hof zu machen, dass diese ihn ratlos anschaut. Noldi sieht den Blick, fürchtet, sie würde in ihrer trockenen Art eine Bemerkung machen. Da sagt sie auch schon: »Onkel Beer, verwechselst du mich nicht? Deine Freundin sitzt auf der anderen Seite.«

Einen Moment herrscht Stille. Man hört Paulis unterdrücktes Prusten und Michelines Stimme, die in gemütlichem Ton bemerkt: »Geschieht dir recht, mein Lieber.«

Dann lachen alle los. Obwohl Beer zuerst säuerlich dreinschaut, stimmt er in die allgemeine Heiterkeit ein. Damit ist das Eis gebrochen. Als Micheline erzählt, sie arbeite in der Jugendanwaltschaft, horcht Noldi auf. Sie bemerkt seinen Blick und sagt: »Ich weiß, der Fall Yannick Nievergelt. Hans hat mich schon danach gefragt. Es gab tatsächlich einen Anruf in der Polizeistation Tösstal. Der war von mir. Es handelte sich um ein Versehen. Ich wollte mit Hans sprechen und konnte ihn auf dem Handy nicht erreichen. Deshalb habe ich es im Büro Winterthur versucht und bin im Tösstal gelandet. Aber mit Yannick Nievergelt hat es nichts zu tun.«

Das, denkt Noldi, zu Wolfers Glaubwürdigkeit, der wegen des Anrufs schlicht gelogen hat. Er nickt grimmig, sagt, so etwas habe er sich schon gedacht.

In dem Moment kommt das Essen, alle wenden ihre Aufmerksamkeit den dampfenden Tellern zu. Es riecht heftig nach Käse und gerösteten Zwiebel. Cheryl stochert vorsichtig mit der Gabel in dem ihr unbekannten Gericht und fragt: »Was ist das?«

Dann wird gegessen. Pauli ist als Erster fertig. Er will noch ein Dessert und entscheidet sich für ein Caramelköpfli.

Kaum hat er seinen Löffel abgeschleckt, kommt die nächste Peinlichkeit. Wer bezahlt was? Meret wirft ihrem Mann einen verstohlenen Blick zu. Noldi kann seinen Chef und dessen Freundin nicht gut einladen, und Beer denkt nicht daran, für das Essen einer sechsköpfigen Familie aufzukommen. Also verlangen sie umständlich getrennte Rechnungen, bezahlen und brechen endlich auf. Vor ihnen ist eben die Postkutsche abgefahren.

Gleich beim Hospiz beginnt die berühmte Tremola, eine Straße, mit Kopfsteinen gepflastert, die in unzähligen Serpentinen von der Passhöhe nach Airolo führt. Noldi und Meret auf ihrem Töff schlängeln sich mühelos an der Kutsche vorbei und haben freie Fahrt. Sie genießen in Schieflage jede der Spitzkehren. Die anderen mit dem Auto müssen eine Ausweichgelegenheit abwarten.

Von Airolo geht es trotz starken Ferienverkehrs zügig die Leventina hinunter bis nach Bellinzona. Dort verlassen Noldi und Meret die Autobahn. Als sie an einer Ampel auf die Weiterfahrt warten, dreht er sich zu seiner Frau um und sagt, mit dem Töff reise man schon rassiger als mit dem Auto. Sie klopft ihm als Zeichen ihrer Zustimmung auf den Rücken. Dann fahren sie durch die Magadino-Ebene nach Locarno, das zwischen See und Berghang eingeklemmt liegt, und von dort weiter nach Ascona. Noldi hat direkt auf der Piazza, im Albergo »Schiff-Battello« drei Doppelzimmer gebucht.

Der Platz ist jetzt am späteren Nachmittag dicht bevölkert von halb nackten Menschen, hechelnden Hunden und Kindern, denen es allen zu warm ist.

Um Himmels willen, denkt Noldi voll Schreck, was hat er sich und seiner Familie mit dieser Reise angetan. Dann sieht er zwischen den Leuten hindurch das Wasser unruhig in der Sonne glitzern. Der Anblick tröstet ihn wieder.

Ascona ist im Grunde nicht viel mehr als ein Nest am Fuße des Monte Verità. Seine Anziehung für Feriengäste und Touristen verdankt es seiner Lage am Langensee sowie dem milden Klima.

Noldi und Meret beziehen das Zimmer, und bis die anderen mit dem Auto eintreffen, schauen sie aus dem Fenster. Zum Glück liegen alle drei Räume nebeneinander im dritten Stock und bieten einen freien Blick auf den See. Da und dort kann man auch ein paar Palmwedel sehen.

Für das Abendessen drängen sich alle sechs nach einem Spaziergang in eine Pizzeria. Weder den Jungen noch

Meret scheint das Getümmel etwas auszumachen, und Noldi ist zufrieden, dass es ihnen gefällt. Er beschäftigt sich in Gedanken bereits mit seinem Vorhaben für den nächsten Tag.

Seiner Frau beichtet er davon erst auf dem Zimmer. Peter, Cheryl und Felizitas sind ab in die Disco, Pauli sitzt unten an der Promenade, sein iPad auf den Knien. Meret, die ihn vom Fenster beobachtet, vermutet, dass er mit Anne chattet.

Für einen Moment verdirbt ihr Noldis Eröffnung gründlich die Laune.

»Warum«, sagt sie heftig und dreht sich zu ihm um, »bin ich nicht erstaunt?«

»Du hast dir so etwas gedacht?«, fragt er.

»Nein, ja, ach ich weiß nicht.«

Meret ist eine selbstständige Person, war es immer und musste es als Frau eines Polizisten auch sein. Doch dass er sie am ersten Tag hier schon sitzen lässt, findet sie stark. Sie hat sich auf die Ferien mit ihrem Mann und der Familie gefreut. Noldi kann spüren, wie enttäuscht sie ist. Er geht zu ihr ans Fenster, lehnt sich gegen sie, und beide schauen die längste Zeit auf den See. Von der Piazza hören sie Gesprächsfetzen und Gelächter. Die Platanen an der Promenade tragen bunte Lichter.

Endlich beginnt Noldi: »Ich habe zum ersten Mal das Gefühl, es könnte eine Wendung im Fall Nievergelt geben.«

»Der geht dich nichts mehr an«, sagt Meret heftig.

»Du kennst mich«, erwidert er versöhnlich, »so eine halbe Sache aus den Fingern lassen, ist nichts für mich.«

Meret gibt einen abfälligen Laut von sich. Noldi

schweigt verletzt. Sie merkt, dass sie zu weit gegangen ist. Deshalb lenkt sie jetzt ein.

»Wieso glaubst du, dass du ausgerechnet hier mit dem Fall weiterkommst? Das verstehe ich nicht.«

»Ich habe dir von dem Video erzählt und dem Auto, das in Hinwil vor der Polizei abhaut. Ausgerechnet in der Nacht, in der Nievergelt erschossen worden ist, und ganz in der Nähe des Tatorts.«

»Naja«, sagt sie immer noch mit einer Spur von Missmut in der Stimme.

»Die Dame, die es gemietet hat, lebt da in Ascona. Mit ihr will ich morgen reden. Sie hat Nievergelt gekannt. Das kann ich beweisen, denn ein Anruf von ihr ist auf seinem Beantworter. Vielleicht war sie seine Freundin und hat ihn umgebracht.«

Es dauert eine Weile, bis Meret sich überwindet. »Verstehe«, sagt sie, »aber dass du uns dazu alle nach Ascona schleppst.«

»Gefällt es dir nicht?«, fragt er sofort.

Sie darauf: »Oh ja, schon.«

»Also, statt dass du danke sagst …«

»Ich meckere gar nicht«, erklärt Meret beleidigt. »Statt dass du dich freust, wenn du mir fehlst.«

Noldi spürt den Klimawechsel sofort. Er vergräbt seine Nase am Hals seiner Frau. Das kitzelt Meret, und sie muss lachen.

17. EIN FRAUENHELD

Während die Familie am nächsten Tag im Strandbad
Sonne, Wasser und Hitze genießt, marschiert Noldi in
die pompöse Eingangshalle des Hotels »Eden Roc« und
fragt sich, wo die Madame, die er sucht, ihr Büro hat. Er
findet es nicht heraus, denn beim Empfang teilt ihm das
Fräulein nach einem kurzen Telefonat mit, Elvira Balitzka
habe heute ihren freien Tag.

Verdammt, denkt Noldi, warum scheitert er immer an
den alltäglichsten Dingen. Er hätte das abklären müssen.
Aber er wollte sie auf keinen Fall vorwarnen, nachdem
sie am Telefon so aufgescheucht reagiert hat. Im Hotel,
dachte er, kommt sie ihm nicht so leicht aus. Und jetzt
geht sie ihm womöglich erst recht durch die Lappen. Entmutigt lässt er sich in einen der herumstehenden üppi-
gen Fauteuils fallen. Es ist kühl und ruhig in der Halle.
Außer ihm halten sich kaum Gäste hier auf. An einem
so schönen Tag findet das Leben draußen auf der Terrasse und am Seeufer statt. Schon als Noldi sich hierher
auf den Weg gemacht hat, drängte das Volk bereits wieder auf die Piazza.

Ein Kellner erscheint, und Polizist Oberholzer bestellt
ein Bier. Für den Moment ist ihm die Luft ausgegangen.
Seine Unternehmung kommt ihm komplett schwachsin-
nig vor. In was hat er sich da verrannt? Er wollte, sagt er
sich zu seiner Rechtfertigung, der Familie eine Freude
bereiten. Das ist ihm gelungen. Aber die Geschichte mit

der Balitzka stellt ein anderes Kapitel dar. Sein Verdacht, sie könnte Nievergelts Mörderin sein, steht auf mehr als tönernen Füssen. Was hat ihn da gestochen, dass er einer solch irrwitzigen Spur nachjagt?

Das Bier kommt, und der Kellner stellt eine kleine Schale mit Nüssen zum Knabbern daneben. Noldi nimmt einen kräftigen Schluck, lehnt sich zurück. Gedankenverloren schaut er durch die riesigen Fenster dem Treiben der halb nackten Gäste auf der Terrasse zu. So schön könnte er es auch haben, denkt er. Wenn auch nicht ganz so elegant. Er könnte diese verrückte Übung abbrechen, ins Strandbad fahren, sich dort unter einen Sonnenschirm legen und den Leuten beim Baden zusehen. Er selbst macht sich nichts aus Wasser. Er würde gemütlich vor sich hindösen, bis ihn jemand von der Familie entdeckt. Sie würden angerannt kommen, ihn unbedingt ins Wasser schleifen wollen. Er sieht sie vor sich: seine Frau, wie sie ihre dichten Locken ausschüttelt und ihn mit einem Tropfenregen besprüht, Pauli, der ihn wegen seiner Wasserscheu aufzieht. Felizitas, seine Tochter, und Peter mit seiner chinesischen Freundin, sie alle wären da.

Noldi nimmt noch einen Schluck Bier und fischt ein Nüsschen aus der Schale. Nachdenklich kaut er darauf herum. Das könnte er tun, und seine Welt wäre wieder in Ordnung. Niemand hindert ihn. Soll Wolfer als Mörder präsentieren, wen immer er will. Er ist in den Ferien. Er trinkt aus, winkt dem Kellner, zahlt, gibt mehr Trinkgeld als sonst, weil es hier so vornehm ist. Und weil der arme Kerl in seiner weißen Jacke im Gegensatz zu ihm, Noldi, keine Ferien hat. Dann marschiert er durch die Eingangshalle wieder hinaus zu seinem Töff, das er auf dem Hotelparkplatz nicht ganz vorschriftsmäßig zwischen die Prunkkarossen gequetscht hat. Er startet, schwingt sich in den Sattel. Einen Augenblick redet er sich noch ein, er würde jetzt gleich Richtung Strandbad abbiegen, dann fährt er schnurstracks zu der Adresse von Elvira Balitzkas Apartment. Er findet den Weg, wie von einem Richtstrahl gezogen, stellt die Maschine vor dem Haus ab, steigt in den dritten Stock hinauf und läutet.

Gleich darauf steht die Frau vor ihm, hübsch, blond, breite Backenknochen. Sie ist nicht erfreut, als er seinen Ausweis zeigt, und sie sich an seinen Namen erinnert.

»Sie verfolgen mich«, sagt sie, »warum tun Sie das?«

»Ich verfolge Sie nicht, ich ermittle«, antwortet Noldi. »Wenn Sie mir sagen, warum Sie in der Nacht vom 25. auf den 26. Juni in Hinwil vor der Polizei geflüchtet sind, bin ich schon wieder weg.«

Elvira schaut ihn so dumm an, dass er glaubt, sie habe ein Sprachproblem. Langsam wiederholt er, was er gesagt hat. Sie schaut noch immer dumm. Er fragt sich, tut die nur so, oder weiß sie wirklich nicht, worum es geht.

»Waren Sie betrunken und wollten sich einer Verkehrskontrolle entziehen?«, versucht er es anders herum.

Sie schweigt, scheint zu überlegen.

»Ich versichere Ihnen, Ihr Alkoholpegel interessiert mich nicht.«

»Was dann?«, fragt Elvira unsicher.

»Es handelt sich um einen Mordfall. Sie flüchten in der Tatnacht nahe dem Tatort vor der Polizei. Verstehen Sie, dass da jeder Ermittler misstrauisch wird?«

»Nein. Hören Sie, das dürfen Sie nicht …« Ihre Stimme ist schrill vor Entsetzen.

Noldi, der jetzt in Fahrt kommt, schneidet ihr das Wort ab.

»Könnte doch sein, Sie mussten verhindern, dass die Polizei Sie kontrolliert, weil Sie etwas in Ihrem Kofferraum hatten, von dem Sie nicht wollten, dass es jemand sieht.«

Auf das hin dreht sich Elvira um, rennt in die Wohnung. Noldi ihr nach. Der Flur ist kurz, hell und breit und öffnet sich in eine Küche, wo sich im Gegenlicht der Umriss eines schlanken Mannes abzeichnet. Er schüttelt eben mit erhobenen Armen einen Mixbecher. Ein schönes Bild, denkt Noldi, aber irgendwie surreal.

Elvira stürzt auf die Gestalt zu.

»Erklär du das jetzt. Ich kann nicht.«

Der Mann lässt die Arme sinken, dreht sich um, und den Polizisten trifft fast der Schlag. Vor ihm steht Nico Oehninger wie er leibt und lebt.

Der, denkt Noldi fassungslos, tanzt auf allen Hochzeiten. Da, in Ascona, hat er eine Braut und in Sternenberg die Frau eines anderen. Sofort sagt er sich, dann kann er am Tod von Nievergelt gar nicht interessiert sein. All diese Gedanken rasen in Lichtgeschwindigkeit durch seinen Kopf, bis er den Unterschied erkennt. Es ist nicht Nico, den er vor sich sieht.

Bevor er in seiner Verblüffung noch ein Wort herausbringt, sagt der andere schon: »Rico Oehninger.«

Er gleicht Nico, aber nicht so sehr, wie Noldi im ersten Augenblick gemeint hat. Gegen das Licht im Fenster reicht die Ähnlichkeit für eine Verwechslung immerhin. Als Noldi Rico genauer anschaut, sieht er, dass ihm die Furchen fehlen, die das Gesicht seines Bruders zeichnen.

Er scheint ein fröhlicher Geselle zu sein, unkompliziert, zufrieden mit sich und der Welt.

Sofort fragt er: »Wollen Sie etwas trinken?«

Er deutet auf das Sofa, von wo man einen schönen Blick aus dem Fenster hat. Noldi setzt sich und betrachtet die Aussicht. Das dort, überlegt er zerstreut, ist der Monte Verità. Auf dem sind früher die Sonnenanbeter nackt herumgesprungen.

Rico serviert die frisch gemixten Cocktails. Wieder versetzt seine Ähnlichkeit mit dem Bruder Noldi in Erstaunen und holt ihn in die Gegenwart zurück. Er muss sich konzentrieren, aber worauf? Er ist nach Ascona gekommen, um diese Frau als Nievergelts Freundin zu entlarven und sie des Mordes an ihm zu überführen. Absurd, denkt er, die hat ja einen Freund, einen anderen. Und der ist der Bruder des Liebhabers von Claire Nievergelt, der Witwe. Liegt da ein Mordmotiv? Verwirrend, sagt er sich, äußert verwirrend. Er nimmt einen Schluck von seinem Cocktail. Der ist gut, aber sehr alkoholhaltig. Kann Rico die Lösung des Falles sein, nicht Elvira? Hat er seinem Bruder einen Gefallen getan und dessen Nebenbuhler aus dem Weg geräumt? Ziemlich weit hergeholt. Und selbst wenn, da sind immer noch diese abgesägten Füße. Sie passen nicht ins Bild.

Mit diesen konfusen Überlegungen schlägt Noldi sich herum, während er auf den Berg im Fensterausschnitt schaut. Endlich rappelt er sich zu seiner ersten Frage auf, die eigentlich eine Feststellung ist.

»Sie sind der Bruder von Nico Oehninger.«

»Ja«, sagt Rico lebhaft, »aber woher kennen Sie ihn?«

Noldi antwortet ausweichend, er habe im Zuge einer Ermittlung mit ihm zu tun.

Rico fragt nicht weiter, sondern legt gleich mit seiner eigenen Geschichte los. Noldi kann nicht erkennen, ob es sich um ein Ablenkungsmanöver oder das natürliche Mitteilungsbedürfnis des jungen Mannes handelt. Er gibt an, er sei Pilot, lebe seit Jahren in Monaco, wo er den Reichen und Schönen seine Charterdienste anbiete. Inzwischen zähle er Leute in ganz Europa zu seinen Kunden, vor allem aber in den Golfstaaten. Im Moment habe er keinen Auftrag, was sich allerdings jederzeit ändern könne. Er sei nach Ascona gekommen, weil seine Freundin Elvira hier gerade ihre neue Stelle angetreten habe.

»Um sie moralisch zu unterstützen«, sagt er und streicht ihr zärtlich über den Rücken.

Auf Elviras fast kindlichen Versuch, ihn als zufälligen Bekannten hinzustellen, winkt er gutmütig ab und sagt, sie solle sich nicht verrückt machen. Noldi sei kein privater Schnüffler, der im Auftrag seiner Frau hinter ihm her spioniere, sondern Polizist. Dann erklärt er dem Herrn Inspektor, warum Elvira am Telefon panisch geworden sei. Sie habe befürchtet, dass hinter dem Anruf seine Frau steckte. Er, Rico, wolle sich scheiden lassen, nur leider wolle seine Frau das nicht. Aber ewig, meint er unbekümmert, könne sie sich auch nicht weigern. Sobald die Scheidung durch sei, würden er und Elvira heiraten. Nur, falls seine Angetraute jetzt Wind von seiner Affäre bekäme, würde das ein teurer Spaß für ihn wegen der Unterhaltszahlungen. Im Grunde gehe es ihr nur um das Geld.

Elvira ist verstummt. Sie sitzt neben ihrem Freund und schaut ihn aufmerksam an. Noldi lässt Rico reden. Er wirft immer wieder einen Blick auf die großartige Aussicht, nippt an seinem Getränk, bis er schließlich sagt, das sei alles sehr interessant, beantworte aber seine Frage nicht.

»Welche Frage?«, will Rico wissen.

»Warum Frau Balitzka damals in der Nacht vom 25. auf den 26. Juni vor der Polizei in Hinwil umgedreht und Gas gegeben hat.«

Jetzt schaut auch Rico dumm. Er fängt sich aber schneller als seine Freundin. Er sagt, ach das, da handle es sich um ein Missverständnis.

»Das glaube ich nicht«, erwidert Noldi. »Wo ist Ihr Videogerät, ich beweise es Ihnen gern.«

Elvira reagiert nicht. Noldi, der jetzt keine Lust mehr hat, um den heißen Brei herumzureden, sagt kurz angebunden: »Sie kennen Alfons Nievergelt, Frau Balitzka, ich weiß es.«

Zuerst wirkt die Frau verwirrt, antwortet dann: »Hören Sie, ich gebe zu, ich kenne diesen Mann. Aber ich bin ihm nie persönlich begegnet. Das müssen Sie mir glauben.«

Elvira hat eine zehn Jahre jüngere Schwester. Lili war ein fröhliches Kind, dem lange niemand ansah, dass es in einer anderen Welt lebte. Die Familie wohnte in Dresden am Stadtrand, dort wo keine Bomben gefallen und die schönen Jugendstilhäuser zwar verwahrlost, aber unversehrt geblieben waren. Der Vater, Ingenieur und Brückenbauer, durfte nicht gerade auf eine erfolgreiche Karriere zurückblicken. Trotzdem hatte die Familie stets mehr, als man zum Überleben braucht. In der ehemaligen DDR war nicht alles prächtig, dafür konnte man sich auf das soziale Netz verlassen, wenn man nicht gerade als Abweichler galt. Nach dem Mauerfall bekam der Vater keinen Fuß mehr auf den Boden. Er war bereits älter und zu ängstlich für die freie Wirtschaft. Dann begannen zu allem Elend die Schwierigkeiten mit ihrer jüngeren Tochter, die sich zu einem eindeutigen Problemkind entwickelte. Niemand in der Familie wollte das so lange wahrhaben, bis Lili mit 14 ihren ersten Selbstmordversuch unternahm. Sie schnitt sich die Pulsadern auf. Zum Glück hatte sie keine Ahnung, wie das ging, und der kleine Querschnitt in dem Blutgefäß schloss sich sofort, ohne viel zu bluten. Elvira fand das Mädchen im nur leicht rosa Badewasser liegend, fischte sie heraus, gab ihr vor Schreck und Erleichterung eine Ohrfeige. Das brachte Lili wieder zu Verstand. Sie weinte ein wenig, doch am Tag darauf schien sie ganz die Alte.

Beim zweiten Selbstmordversuch ihrer Schwester war Elvira schon in der Schweiz. Diesmal erwischte Lili irgendwelche Pillen, rannte ihren Eltern davon, die sie daran hindern wollten, das Zeug zu schlucken. Doch schon vor dem Haus brach sie bewusstlos zusammen. Die Rettung kam, sammelte sie ein und fuhr sie mit Blaulicht ins Krankenhaus. Man pumpte ihr den Magen aus. Dann wurde sie in die Psychiatrie eingewiesen. Am nächsten Morgen holten ihre Eltern sie dort heraus. Sie waren verzweifelt, erdrückt von der Schande und am Ende ihrer Kräfte. Sie telefonierten der älteren Tochter, sie müsse Lili zu sich in die Schweiz holen. Elvira hatte eine gute Stelle im Hotel »Radisson Blue« am Flughafen Zürich. Sie konnte es sich leisten, die kleine Schwester zu unterstützen. Was sie sich nicht leisten konnte, war, sie Tag und Nacht zu überwachen. Sie musste arbeiten. Aber Lili lebte sich überraschend gut ein. Dann lernte Elvira

Rico kennen, der im »Radisson Blue« übernachtete, um am nächsten Tag eine reiche Familie ans Mittelmeer zu fliegen. Die beiden verliebten sich Knall auf Fall ineinander. Schon auf dem Rückflug kam er wieder, und von da an bei jeder sich bietenden Gelegenheit. Ihnen war sehr rasch klar, dass sie es ernst miteinander meinten. Da begann das Drama. Elvira brachte Rico nach Hause, und Lili machte sich sofort an ihn heran.

»Die verzogene Göre«, mischt sich Rico an diesem Punkt in Elviras Bericht, »hat sich eingebildet, wenn sie mir die Brust entgegenstreckt und mit dem Hintern wackelt, bin ich hin und weg. Aber so richtet keine bei mir etwas aus. Was glauben Sie, welche Avancen die gelangweilten Damen aus meinem Kundenkreis mir machen. Wenn ich auf so etwas hereinfiele, wäre ich meinen Job bald los. Nein, nein gegen diese billige Anmache bin ich immun.«

Elvira sagt zu Noldi, als müsse sie für die Schwester um Entschuldigung bitten: »Die Therapeutin meint, es sei eher die Koketterie einer Vierjährigen als die einer erwachsenen Frau. Lili suche vermutlich in jedem Mann den eigenen Vater. Sie behauptet, das deute darauf hin, dass sie von unserem Vater missbraucht worden, oder aber, dass er für seine jüngere Tochter nicht vorhanden gewesen sei.«

Sie schweigt einen Augenblick, dann sagt sie etwas lebhafter: »Wenn Sie mich fragen, ich glaube, er war eher nicht vorhanden, als dass er ihr zu nahe getreten ist. Mein Vater hatte ganz andere Sorgen als Unzucht mit seiner kleinen Tochter. Nach der Wende war er ein gebrochener Mann.«

»Was nicht viel zu bedeuten hat«, wirft Rico ein.

Elvira macht eine heftige Bewegung, doch der junge Mann fängt ihre Hand ab und sagt: »Ich weiß, mein Liebling, ich weiß.« Dann fährt er, an Noldi gewendet, fort: »Wie auch immer, ich liebe Elvira, wir wollen heiraten. Das macht mir so ein zurückgebliebener Teenager nicht kaputt.«

»Und Lili, als Rico sie abblitzen ließ, ist prompt ins Wasser gegangen«, ergänzt Elvira.

Darauf Rico: »Du weißt, das tut mir leid, aber es war nicht zu verhindern.«

Elvira seufzt. »Nein. So reagiert sie, wenn etwas nicht nach ihrem Willen geht. Die Therapeutin hat mir erklärt, das sei ihre Art der Problembewältigung.«

»Und an dieser Stelle erscheint Alfons Nievergelt als Retter«, schaltet sich jetzt Noldi ein.

»Ja«, sagt Elvira, »er hat sie mehr tot als lebendig aus dem Wasser gezogen und auf seinen Armen zur Ambulanz getragen. Seither ist er ihr Held.«

»Gefährlich«, kommentiert Noldi trocken.

»Wem sagen Sie das«, erwidert Elvira. »Sobald sie aus dem Krankenhaus entlassen wurde, habe ich sie in die psychiatrische Klinik Pfäfers gebracht, weil ich von deren guten Ruf auch bei schwierigen Fällen gehört habe. Nievergelt kommt sie dort regelmäßig besuchen. Er ist schon im Spital erschienen und hat Rosen gebracht. Mir war das nicht recht. Ich konnte die nächste Tragödie voraussehen. Doch die Klinikleiterin hat nach Rücksprache mit Lilis Therapeutin eine Besuchserlaubnis erteilt. Sogar spazieren gehen durfte sie allein mit ihm. Und Lili verhielt sich mustergültig. Es war, als hätte sie endlich den Ernst ihrer

Lage begriffen. Bis vor ein paar Tagen der Anruf aus Pfäfers kam, sie sei verschwunden.«

»Wie das?«, fragt Noldi erstaunt.

»Keine Ahnung. Sie sagen, sie wüssten noch immer nicht, wie das möglich sei. Aber wenn jemand unbedingt gehen wolle, finde sich immer ein Weg. Sie seien kein Gefängnis, sondern eine Klinik.«

»Und Ihre Schwester hat sich seither nicht bei Ihnen gemeldet?«

»Nein.«

»Haben Sie die Polizei eingeschaltet?«

»Das hat die Klinik übernommen. Diskret. Die sind in erster Linie um ihren Ruf besorgt.«

»Aber die Polizei sucht nach ihr?«

»Ja, bis jetzt ohne Ergebnis.«

Dann herrscht wieder Schweigen im Raum. Elvira schaut stumm vor sich hin. Endlich sagt sie: »Ich fürchte, sie hat sich umgebracht.«

Rico beschwichtigt: »Nach allem, was du mir erzählt hast, hat sie bis jetzt immer dafür gesorgt, dass sie gerettet wird.«

»Ja …«, sagt Elvira zögernd, und Rico fährt fort, er denke eher, Lili habe eine Affäre mit Nievergelt.

»Ich weiß nicht«, meint Elvira lahm. »Ich habe versucht, ihn zu erreichen, aber es meldet sich nur die Frau, die sagt, ihr Mann sei nicht zu Hause. Da habe ich aufgelegt. Ich wollte keine Komplikationen.«

»Ist doch ganz typisch«, beharrt Rico, »die Frau sagt, ihr Mann sei nicht zu Hause. Dabei ist er mit einer anderen durchgebrannt. Das kennt man doch.«

»Aber Lili hätte mir sicher eine SMS geschrieben.«

»Ach, die sitzt jetzt irgendwo am Gardasee auf Wolke sieben und denkt gar nicht an dich.«

Noldi sträuben sich plötzlich die Nackenhaare.

»Wann ist Ihre Schwester verschwunden?«, fragt er.

»Am 8. oder 9. Juli.«

Hart stellt er sein Cocktailglas auf den Tisch.

»Was ist?«, fragt Rico alarmiert. »Ist Ihnen nicht gut?«

»Geht schon.« Noldi reißt sich zusammen. »Wahrscheinlich die Hitze. Und der Alkohol. Ihr Cocktail ist nicht ohne.«

Fieberhaft rechnet er nach. Nievergelt ist seit dem 25. Juni tot. Am 27. wäre sein Besuchstag bei Lili in Pfäfers gewesen. Am 8. Juli verschwindet das Mädchen aus der Klinik. In der Nacht vom 9. brennt es im »Sunnebad«, und sie finden die verkohlte Leiche einer sehr jungen Frau. Was soll er machen, soll er Elvira mit diesen Tatsachen konfrontieren? Einfach so? Ohne Gewissheit, dass es sich wirklich um ihre Schwester handelt? Das wäre brutal. Dazu ist er nicht hergekommen, und vielleicht handelt es sich auch nur um ein zufälliges Zusammentreffen. Ja, so muss es sein, alles nur Zufall. Er, Noldi, der Zufällen grundsätzlich misstraut und einem solchen besonders, klammert sich geradezu an diese Erklärung. Gleichzeitig überlegt er, wie er sich Gewissheit verschaffen könnte. Aber, fällt ihm wieder ein, da gibt es noch einen früheren Anruf von Elvira bei Nievergelt.

Gerade als er sich danach erkundigen will, bricht es plötzlich aus ihr heraus: »Ich habe gearbeitet wie ein Pferd. Ich habe die Eltern unterstützt, Lili erhalten, und die Klinik ist auch nicht ganz gratis. Verstehen Sie, ich habe meine Schwester sehr gern und mir lange Zeit eingebildet, ich könne sie halten, habe gehofft und gebetet. Für mich ist da nicht viel geblieben. Jetzt bin ich am Ende. Lili muss schauen, wie sie allein klar kommt. Ich habe erst durch Rico begriffen, dass ich nicht ewig so weitermachen kann. Er hat mir zugeredet, das Angebot hier in Ascona anzunehmen. Ich habe am 1. Juli angefangen. Im ›Radisson Blue‹ sind mir ein paar Tage Resturlaub geblieben. Rico hat vorgeschlagen, mir das Züricher Oberland zu zeigen, wo er aufgewachsen ist.«

»Und wo auch Alfons Nievergelt lebt«, ergänzt Noldi.

»Ja«, sagt Elvira. Sie nimmt einen Schluck von ihrem Cocktail und schaut ihn herausfordernd an.

»Sie wollten mit ihm reden.«

»Woher wissen Sie das?«

»Ihre Nachricht war auf seinem Telefon-Beantworter.«

»Und was haben Sie mit dem Telefon-Beantworter dieses Herrn zu tun?«

Noldi stellt sofort die Gegenfrage: »Was wollten Sie wirklich von Nievergelt?«

»Dass er meine Schwester in Ruhe lässt.«

»Wie haben Sie sich das vorgestellt?«

»Um ehrlich zu sein, ich weiß es nicht. Ihm sagen, dass er seine Besuche bei ihr einstellt, ihn fragen, ob er sich nicht schämt, ein verheirateter Mann, so viel älter als Lili, ihr den Kopf zu verdrehen. Aber als ich ihn nicht erreichen konnte, habe ich aufgegeben. Der Anruf war eher eine Alibiübung. Eigentlich wollte ich nichts anderes, als mit Rico die paar gemeinsamen Tage genießen.«

Der Wortwechsel genügt, um Noldis Fassung wieder herzustellen. Leichthin bemerkt er: »Wenn Sie es sagen. Vielleicht sind Sie aber doch nach Sternenberg.«

»Nein, bin ich nicht. Aber selbst wenn? Das ist immer noch meine Sache.«

»Nicht, wenn der Mann genau in dieser Nacht ermordet wird.«

Elvira und Rico schauen ihn entgeistert an.

»Ermordet«, wiederholen sie im Chor.

»Ja, erschossen«, bekräftigt Noldi. »Vielleicht von Ihnen, weil er nicht einverstanden war, Ihre Schwester in Ruhe zu lassen?«

Das mit den abgesägten Füßen erspart er sich und ihnen. Sein Verdacht kommt ihm jetzt selbst absurd vor. Vielleicht, denkt er, redet er auch Unsinn, weil er wegen der Brandleiche so erschrocken ist. Egal, man wird sehen, was dabei herauskommt. Und prompt gerät er ins Staunen.

Elvira sagt heftig: »Aber ich war das nicht. Ich war nicht in dem Auto.«

»Wer dann?«, fragt Noldi und muss sich bemühen, nicht zu stottern.

Sie schaut zu ihrem Freund.

»Tut mir leid, Rico, jetzt bist du dran. Ich mache da nicht länger mit.«

Rico nimmt beruhigend ihre Hand und sagt: »Reg dich nicht auf, Elvira. Kein Problem.«

Und dann erzählt er, er habe seinem Bruder Elviras Auto geliehen, ohne ihr vorher etwas davon zu sagen. Dafür habe Nico ihm und Elvira seine Hotelsuite überlassen und sie auf ein feudales Mitternachtsdinner eingeladen.

Noldi kommen der Hase und der Igel in den Sinn. Es geht ihm nicht nur ein Licht auf, eher ist es eine ganze

Glühbirnenfabrik, die in seinem Kopf explodiert. Er schnappt nach Luft.

»Sie haben die Rollen getauscht?«, japst er.

»Ja«, antwortet Rico arglos, »das haben wir schon als Kinder gemacht.«

»Aber haben Sie ihn nicht gefragt, was er vorhat? Wozu das ganze Theater?«

»Doch. Er hat gesagt, ›frag nicht, du willst es nicht wissen‹. Und ich habe nicht weiter nachgebohrt. Um ehrlich zu sein, es hat mich auch nicht interessiert. Ich kenne Nico. Der hatte stets so seine Geheimnisse. Meist ging es um Frauen, verheiratete wohlgemerkt. Und für den Fall, dass die betrogenen Ehemänner ungemütlich wurden, ist er es nicht gewesen, denn er hatte ein bombensicheres Alibi zur Hand.«

In Noldis Kopf kehrt nach dem Feuerwerk langsam wieder Ruhe ein. Er erkundigt sich: »Aber als Sie von dem Mord in Sternenberg hörten, ist Ihnen das nicht verdächtig vorgekommen?«

Doch weder Rico noch seine Freundin wollen irgendetwas von einem toten Polizisten gewusst haben.

Rico sei, sagt er, bereits am Tag darauf ab nach Dubai, von wo er steinreiche Araber, die vor der Hitze ihres Landes flohen, in die Schweizer Berge bringen sollte. Der Abflug habe sich dann verzögert. Er sei zwei Tage festgesessen, ohne das Hotel zu verlassen, weil es draußen um die 50 Grad gewesen sei. Die meiste Zeit sei er im Pool gelegen, im klimatisierten Innenpool wohlgemerkt.

Elvira ihrerseits gibt an, da sie ihren neuen Job in einer Jahreszeit antrete, in der am meisten zu tun sei, habe sie nicht gewusst, wo ihr der Kopf stehe.

Keiner von beiden, beteuerten sie übereinstimmend, hätten in diesen Tagen auch nur einen Blick in irgendeine Zeitung geworfen oder eine Nachrichtensendung gesehen.

Dann erkundigt sich Rico: »Und was soll mein Bruder damit zu tun haben?«

»Wir ermitteln unter anderem auch gegen ihn«, erwidert Noldi nicht ganz wahrheitsgemäß. Und schon lacht Rico wieder.

»Das ist nicht Ihr Ernst?«, fragt er. »Niemals. Nico mag vielleicht ein Frauenheld sein, aber Mord?«

»Ein Frauenheld?«, sagt Noldi. »Das glaube ich jetzt nicht.«

»Sehen Sie, das ist genau seine Masche. Er wirkt so harmlos und schüchtern. Auf so etwas fliegen die Frauen. Sie waren immer schon hinter ihm her.«

»Und?«, fragt Noldi immer noch nicht überzeugt.

»Nico ist kein Kostverächter. Aber er würde nie eine anbaggern. Er bedient sich, wenn die Gelegenheit günstig ist. Soviel ich weiß, war es bis jetzt nie etwas Rechtes.«

Rico schaut dem Kommissar direkt in die Augen und setzt aufrichtig hinzu: »Jedenfalls nichts für einen Mord.«

Noldi hat das Gefühl, von dem netten jungen Mann an der Nase herumgeführt zu werden. Obwohl er angesichts der neuen Informationen selbst an seiner nächsten Frage zweifelt, stellt er sie: »Und wenn es sich um die Frau seines Lebens handelt?«

»Da müssten Sie mir erst sagen, welche«, kontert Rico wieder mit einem breiten Grinsen im Gesicht.

Diese Antwort findet Noldi genauso schwach wie seine Frage.

»Claire Nievergelt«, sagt er, »die Witwe des Ermordeten. Er hat ein Verhältnis mit ihr. Das steht fest.«

Zum ersten Mal wirkt Rico irritiert, erklärt dennoch unverdrossen: »Nie und nimmer. Mord. Das schafft Nico nicht. Dazu hat er gar nicht die Nerven. Sie verrennen sich da, Herr Kommissar. Für meinen Bruder lege ich die Hand ins Feuer.«

Noldi, der jetzt weiß, dass Nico sehr wohl der Täter sein kann und es vielleicht auch ist, sagt: »Gut, wenn Sie da so sicher sind, es gibt tatsächlich noch eine andere Möglichkeit.«

Rico schaut ihn zunächst weiter aus blanken Augen an, zuckt aber zurück, als Noldi sagt: »Die wäre, dass Frau Balitzka in Wahrheit doch den Mann erschossen hat, um ihre Schwester zu retten. Und sie wäre bei Weitem nicht der erste Mensch, der zur Selbstjustiz greift, wenn es um ein Familienmitglied geht.«

»Elvira«, stammelt Rico. Er ist jetzt bleich geworden. Sie schaut stumm in ihr Glas. Noldi wartet ab. Da strafft sie sich plötzlich und sagt: »Verstehen Sie endlich, ich hätte keinen Grund, Ihren Herrn Nievergelt umzubringen. Auch wenn es wehtut, er hätte mich von einer Last befreit, wenn er mir Lili abgenommen hätte.«

Sie sagt das mit fester Stimme, während ihr eine Träne über die Wange läuft. Rico wischt sie ihr mit den Fingern ab.

Noldi beobachtet sie und denkt, dass Tränen kein Beweis für die Unschuld sind. Da kommt ihm schlagartig eine andere Frau in den Sinn, die bittere Tränen weint und trotzdem vermutlich nicht unschuldig ist.

Er trinkt sein Glas aus, dann fällt ihm in letzter Minute

noch ein, wie er in Bezug auf die Brandleiche Klarheit schaffen könnte.

Er fragt Elvira: »Darf ich kurz Ihr Badezimmer benützen?«

»Bitte«, sagt sie, »gleich rechts neben der Eingangstür.«

Noldi betet, dass es nicht eine unbenützte Gästetoilette ist, und hat Glück. Auf der Glasplatte unter dem Spiegel liegt eine Haarbürste mit langen blonden Haaren. Hoffentlich, denkt er, sind sie tatsächlich von Elvira, und zupft sorgfältig einige heraus. Er steckt sie in ein Plastiksäckchen, von denen er gewohnheitsmäßig immer ein paar bei sich hat. Dann betätigt er die Wasserspülung, verlässt das WC, kehrt noch einmal in die Küche zurück, wo Rico seine Freundin im Arm hält.

»Was geschieht jetzt?«, fragt ihn der junge Mann.

»Ich gehe«, antwortet Noldi. »Sie hören von mir.«

Elvira schluchzt, sagt aber kein Wort.

Noldi bedankt sich für den Drink, dann schließt er die Wohnungstür hinter sich.

Draußen bleibt er stehen. Er muss alles, was er eben erfahren hat, erst verdauen. Es ist schwere Kost.

Das Alibi können Claire und ihr Liebhaber vergessen, denkt er. Wenn wirklich nicht die beiden anderen im Auto gesessen sind, wäre das kaltblütig geplanter Mord. Und Nico ein Frauenheld? Das kann er nicht glauben. Nur warum sollte Rico ihm einen solchen Bären aufbinden? Was bringt ihm das? Nichts. Außer, er haut seinen Bruder in die Pfanne, um die Freundin zu schützen. Die Verbindung zwischen ihr und dem toten Polizisten existiert. Kann es einen so unglaublichen Zufall geben? Er hat danach gesucht und ihn gefunden. Trotzdem fällt es ihm schwer, sich vorzustellen, dass Elvira Nievergelt erschossen hat. Dazu noch die abgesägten Füße. Sie sprechen gegen sie als Täterin und eher für Nico. Der hätte mehr Grund, Nievergelts Tod zu wünschen. Sollte er aber ein Frauenheld sein, wie sein Bruder behauptet, ergibt das nicht den geringsten Sinn. Oder ist Claire die Täterin? Und Nico deckt sie? Das schon eher, denkt er. Und sie hat eine Metzgerlehre gemacht.

Schweiß bricht ihm aus, ein Schwindel erfasst ihn. Der Alkohol, die Hitze und die Denkanstrengung machen sich bemerkbar. Er beißt die Zähne zusammen. Er muss all diese Ungereimtheiten auf die Reihe bringen, koste, was es wolle. Dabei fühlt er sich, als hätte er einen Hitzschlag erlitten. Hat ihm Rico Oehninger etwas in den Drink geschüttet? Jetzt, Herr Polizist, sagt er sich, drehst du endgültig durch.

18. PAFF

Noldi kehrt im Triumph aus dem Tessin zurück, in der Tasche die Haarproben von Elvira Balitzka und, was für ihn viel mehr zählt, mit den schriftlichen Aussagen von ihr und Rico Oehninger, die er am nächsten Tag noch eingeholt hat.

In der Sunnematt angekommen, stellt er die Maschine erst gar nicht ab. Er wartet nur, bis Meret hinter ihm vom Sitz geklettert ist, kann ihr nicht einmal einen Kuss geben, weil er den Helm noch auf hat, sagt nur »drück mir die Daumen, Schatz«, und braust ab.

Meret schaut ihm nach. Er ist nach seinem Besuch bei Elvira ins Strandbad gekommen und hat ihr unter dem Sonnenschirm von seinem doppelten Erfolg erzählt. Aufgeregt, fast noch außer Atem. So hat ihn die Sache mitgenommen. Er sagte, er habe es immer gewusst, es mussten Claire, Nico oder beide gemeinsam gewesen sein. Kein anderer. Da sie ein Alibi hatten, konnte er seinem Bauchgefühl nicht mehr trauen. Das habe ihn völlig verunsichert und den Fall für ihn so unerträglich gemacht. Doch jetzt sei alles gut. Er müsse ihnen den Mord erst nachweisen, was ohne Tatwaffe schwierig sei. Schmauchspuren an den Händen habe es laut Protokoll der Spurensicherung bei Claire keine gegeben. Was kein Wunder sei, da die Proben erst drei Tage nach dem Mord genommen wurden. Aber das sei alles ein Kinderspiel, jetzt, wo er wisse, dass sein Gefühl ihn nicht getrogen habe.

So euphorisch, denkt Meret jetzt, während sie die Haustür aufsperrt, hat sie ihren Mann schon lange nicht mehr erlebt.

Sie geht durch den langen stillen Flur. Die Kinder mit dem Auto sind natürlich noch nicht zurück, denn Noldi hat es eilig gehabt und ist gefahren wie der Teufel.

Ebenso eilig hat er es jetzt auf dem Weg nach Sternenberg. Im Cholerholz fällt er sofort mit der Tür ins Haus.

Sie habe ihn angelogen, sagt er zu Claire. Leugnen sei zwecklos, er könne es beweisen. Er stürmt in die Stube, steckt das Amateurvideo in den Apparat und drückt den Knopf.

»Die beiden im Auto«, sagt er, als auf dem Bildschirm der Wagen vor der Polizei umkehrt, »sind Sie und Nico Oehninger mit einer Pistole sowie einer blutigen Kettensäge im Kofferraum. Das ist der Grund, warum Sie flüchten. Der Bruder Ihres Liebhabers und dessen Freundin haben bereits gestanden.«

Claire beginnt zu weinen.

Kaum hatten sich Claire und Nico im Hotel »Central« in Weggis getroffen, bedrängte er sie bereits, sich von Alfons zu trennen. Sie saßen am Abend beim Apéro auf der Terrasse des Hotels. Nico hatte für sie ganz romantisch »Blue Moon« bestellt, einen Cocktail aus Batida de Coco, Rum und Kakao. Eben waren die blauen Drinks serviert worden. Sie prosteten einander zu. Claire probierte den ersten Schluck, der ihr nicht sonderlich behagte. Da sprang Nico auf und warf sich vor ihr nieder. Sie hörte seine Kniescheiben auf die Steinfliesen knallen. Andere Gäste wurden ebenfalls aufmerksam. Nico riss ihre Hand an die Lippen.

»Heirate mich.«

»Ja«, hauchte Claire, ohne zu zögern. Dann floh sie, scheu wie ein Mädchen, über die Treppe in den Garten hinunter. Nico war selig. Er setzte ihr nach. Hinter ihm applaudierten die Leute. Im Halbdunkel eines Baumes, wo sie sicher keiner belauschen konnte, wartete sie auf ihn. Er warf seine Arme um sie. Sie schob ihn weg.

»Du weißt aber schon, dass ich verheiratet bin. Alfons wird mich nie gehen lassen.«

»Er muss«, erwiderte Nico heftig. »Ich rede mit ihm.«

»Nein, mach das ja nicht.«

Nico war im Moment so glücklich, dass er keine Komplikationen gelten ließ. Ungeduldig fragte er: »Wieso nicht?«

»Er bringt mich um.«

»Wenn er dir auch nur ein Haar krümmt, bringe ich ihn um.«

»Dann gehst du in den Knast.«

Nico, unsanft in die Realität versetzt, lehnte sich auf der Bank zurück. Eine Weile ließ sie ihn in seiner Trübsal schmoren, bis sie anfing, ihn zu küssen, erst wie im Spiel, dann wurde sie fordernder. Sie war eine geschickte Verführerin. Als sie Nico soweit hatte, dass er alles für sie getan hätte, sagte sie verträumt: »Ein Alibi müsste man haben.«

Nico antwortete nicht, er wollte nichts, als sie weiter zu küssen, doch am Nachlassen seiner Intensität merkte sie, wie er überlegte. Sie wartete. Erst sehr viel später in der Nacht, als er sich zum dritten Mal auf sie gewälzt hatte und sie ihn fast nicht mehr ertrug, sagt er unvermittelt: »Ich weiß, wie wir es machen. Wir reden mit ihm, und wenn er nicht einverstanden ist, dich gehen zu lassen, dann ...«

Er hob die Hand, deutete mit ausgestreckten Zeige- und Mittelfinger. »Paff«, sagte er.

»Nico«, entgegnete sie ungeduldig, »sie werden uns sofort erwischen.«

»Oh nein. Ich habe das absolute Alibi für uns.«

»Sicher?«, fragte Claire, während sie mit dem Leintuch den Schweiß zwischen den Brüsten abwischte.

»Todsicher. Du kannst mir vertrauen. Ich organisiere das.«

»Ist dir klar, was du da sagst? Du willst Alfons wirklich töten?«

»Nein, natürlich nicht«, antwortete Nico. »Schau, wenn alles gut geht und er in die Scheidung einwilligt, passiert doch nichts, und niemand wird uns je nach einem Alibi fragen. Aber wenn er auf stur schaltet oder dich bedroht, dann ist es nur Notwehr. Und keiner kann uns etwas, weil wir ganz woanders waren.«

Claire zögerte, sie fand Nicos Plan riskant. Aber, dachte sie bei sich, wir werden ihn nicht brauchen. Alfons wird glücklich sein, wenn sie zu ihm zurückkehrt. Nico würde sie dann einfach sagen, ihr Mann hätte ihr unmissverständlich klar gemacht, dass ihr Platz bei der Familie sei, schon wegen des Jungen. Sie könnte, überlegte sie, Nico zum Trost beim Abschied ein paar Tränen verdrücken. Damit wäre das Kapitel Oehninger nach der Versöhnung mit Alfons ein für alle Mal beendet.

Am vierten Tag ihrer Ferien telefonierte Oehninger, während Claire unter der Dusche stand, und als sie herauskam, sagte er aufgeregt:

»Hör zu, die Sache ist perfekt. Aber wir müssen unbedingt heute nach Sternenberg. Mach mit deinem Mann ab, dass wir am Abend kommen. Sag ihm, wir wollen reden.«

»Und wenn er keine Zeit hat?«

»Egal. Es muss heute Abend sein. Unbedingt.«

Claire schaltete schnell.

»Ist es wegen des Alibis?«

»Ja«, sagte er, »frag jetzt nicht und mach. Das Alibi für heute Nacht ist wasserdicht.«

Claire und Nico fuhren tatsächlich am Abend nach Sternenberg. Das Wetter war schön und warm. Am Himmel stand ein erster Stern. Claire war aufgeregt wie vor einem Rendezvous. Erst hatte Nico darauf bestanden, dass sie gemeinsam mit Alfons Nievergelt redeten. Doch da hatte sie gesagt: »Niemals. Wenn er dich sieht, kannst du die Scheidung gleich vergessen.«

Nico sah das ein, wollte aber unbedingt in der Nähe bleiben, um einzugreifen, falls ihr Mann gewalttätig werden sollte. Damit war sie einverstanden. Er stellte seinen Wagen so ab, dass er vom Haus nicht gesehen werden konnte.

Als er eine Waffe aus dem Handschuhfach fischte, sagte sie: »Bist du wahnsinnig! Steck sie sofort wieder ein. Das wäre die direkte Spur zu dir.«

Sie würde, erklärte sie, stattdessen die alte Armeepistole nehmen, die ihr Mann von seinem Vater bekommen habe. Mit der könne sie umgehen.

Sie stieg aus und ging das letzte Stück zu Fuß. Aus dem Wald hörte sie keinen Laut. Das hieß, Alfons war nicht mehr am Holzen. Hoffentlich, dachte sie erschrocken, ist er nicht schon im Haus. Wie sollte sie dann die Pistole holen.

Eilig lief sie in das Zimmer, das ihrem Mann als Büro diente. Dort war er nicht. Bevor sie den Schrank öffnete, horchte sie, doch es war alles still. Sie nahm die Waffe, lud sie durch und wickelte sie in ihr Umschlagtuch. Noch immer kein Laut im ganzen Haus. Claire stieg in den ersten Stock. Auch im Schlafzimmer war Nievergelt nicht. Sie suchte nach einem passenden Versteck für die Pistole, schob sie dann einfach unter das Bett, setzte sich darauf und wartete. Es war ihr nicht wohl, doch sie redete sich ein, die Waffe sei nur für den alleräußersten Notfall. Noch einmal ging sie im Geist durch, was sie ihrem Mann sagen wollte. Sie würde ihm einen neuen gemeinsamen Anfang vorschlagen. Schon die paar Tage mit Nico hatten ihr klar gemacht, dass sie diesen Menschen nicht ertrug. Während er wie ein verliebter Auerhahn balzte, sehnte sie sich nach ihrem Mann und dachte nur, wie sie ihn zurückgewinnen könnte. Aber dazu brauchte sie Oehninger. Seine blinde Leidenschaft für sie gab ihr das nötige Selbstwertgefühl. Sie musste Alfons eifersüchtig machen. Sie war überzeugt, es sei ihre einzige Chance. Während Nico ihr jeden Wunsch von den Augen ablas, hatte sie sich immer wieder das Gespräch mit ihrem Mann ausgemalt, alle Varianten durchgespielt, jedes Wort überlegt. Wie sie reagieren würde, wenn er sich so oder anderes verhielt. Im Bett, während Nico sie, irgendwelche sinnlose Liebesbezeugungen stammelnd, in seinen Armen gehalten, ihren Körper mit Küssen überschüttet hatte, war sie in ihrer Fantasie dabei, sich die Versöhnung mit Alfons auszumalen.

Und wenn ihr Mann sich nicht überreden ließe? Auch diese Frage hatte sie sich wieder und wieder gestellt. Dabei fühlte sich ihr Herz an, als würde es von einer eisernen

Faust zerquetscht. Das durfte und würde nicht passieren. Alfons liebte sie genauso wie sie ihn, alles andere konnte nicht sein. Und wenn doch? Dann, hatte sie plötzlich gedacht, dann erschieße ich ihn. Erst war sie erschrocken, je öfter sie aber mit diesem Gedanken spielte, desto zwingender war er ihr erschienen. Es gab keine andere Lösung. Es würde nur niemals so weit kommen. Spätestens wenn sie die Pistole auf ihn richtete, würde er begreifen, wie bedingungslos ihre Liebe war. Sie würden voreinander auf die Knie fallen, wie damals ganz zu Beginn ihrer Beziehung. Und sie würden wieder so unsagbar glücklich sein.

Mit solchen Wunschvorstellungen vertrieb sie sich die Zeit, während Nico damit beschäftigt war, sie zu befriedigen. Sobald dann Fantasie und Wirklichkeit für sie verschmolzen, wurde sie tatsächlich zu der leidenschaftlichen Frau, deren Besitz ihm vollkommen den Verstand raubte.

Als sie Alfons anrief, war er nicht erbaut von ihrem Wunsch, ihn so rasch wie möglich zu treffen.

»Wir müssen reden«, hatte sie gesagt und er: »Müssen wir?« Sie: »Ja, dringend.«

Worauf er fragte: »Was gibt es so Wichtiges, dass du deine Fastenwoche unterbrechen willst?«

»Lass dich überraschen.«

»Meinetwegen«, hatte er ohne große Begeisterung, wenn auch nicht direkt unwillig gesagt, »ich habe nicht viel Zeit, ich bin am Holzen.«

Jetzt saß sie mit klopfendem Herzen auf ihrem Ehebett und wartete. Sie hörte, wie Nievergelt das Haus betrat, doch statt sofort zu ihr ins obere Stockwerk zu kommen, rumorte er in den unteren Räumen. Sie hörte die Schranktür gehen. Ein eisiger Schreck gemischt mit wildem Glücksgefühl durchzuckte sie. Er sucht die Pistole, dachte sie, er glaubt, ich will ihn verlassen und will mich erschießen, er liebt mich. Alles wird gut.

Die Treppe knarrte, er ließ sich Zeit, bis er endlich vor ihr stand.

Dann verlief alles ganz anders, als sie es sich ausgemalt hatte. Alfons hatte die schweren Holzfällerhosen an, und er trug noch seine Arbeitsschuhe.

»Spinnst du«, sagte Claire gegen ihren Willen, »du bringst den ganzen Dreck mit herauf.«

Er reagierte nicht auf ihren Vorwurf, sondern fragte: »Wo ist die Pistole?«

»Da«, antwortete Claire, bückte sich, holte die Waffe unter dem Bett hervor.

»Was willst du damit?«

»Dich erschießen.«

Jetzt lachte er. »Das musst du nicht, ich lasse mich freiwillig scheiden.«

Claire blieb die Luft weg, als hätte ihr jemand einen Schlag in den Magen versetzt.

»Alfons«, keuchte sie entsetzt, »das meinst du nicht wirklich?«

»Warum nicht?«

Das stand nicht in Claires Konzept. Sie verlor den Faden, und keiner war da, der ihr souffliert hätte.

»Woher weißt du, dass ich sie genommen habe?«, stotterte sie hilflos.

»Wer sollte sie sonst haben?«, fragte er zurück. »Eines ist mir nicht klar.«

»Was?«, fragte sie begierig auf eine glückliche Wendung des Gesprächs.

»Weshalb du mich erschießen willst?«

Claire saß da, spielte stumm mit der Pistole in ihrem Schoß. Sie verzweifelte schier an der verfahrenen Situation. Wieso, dachte sie, begreift er denn nicht?

»Und du, warum hast du die Pistole gesucht?«, erkundigte sie sich schließlich, weil sie nicht wusste, was sie sonst sagen sollte.

Alfons schwieg. Da sprang sie auf und warf ihre Arme um seinen Hals. Die Waffe fiel mit lautem Rumpeln auf den Boden.

»Gib zu, du willst mich auch erschießen«, flüsterte sie ihm ins Ohr.

Alfons schob sie von sich.

»Pass doch auf«, sagte er ärgerlich.

Claire gab der Pistole einen Tritt. Sie schlitterte wieder unter das Bett.

»Ist das alles, was dir dazu einfällt?«, fuhr sie Alfons giftig an. Der bückte sich, hob die Waffe auf. Claire war wütend auf ihn und noch mehr auf sich selbst. Sie hatte dieses Gespräch nicht im Griff. Statt dass Alfons ihr sagte, wie wundervoll sie sei, kanzelte er sie nur ab. Warum lief alles schief? Sie suchte verzweifelt in ihrem Gedächtnis nach dem Text, den sie so sorgfältig einstudiert hatte, und tatsächlich fiel ihr ein Satz, ein wichtiger, wieder ein.

»Lass uns noch einmal ganz von vorne anfangen«, platzte sie heraus.

»Das finde ich keine so gute Idee.«

»Wieso nicht?«, fragte sie aufgeregt.

Nievergelt kontrollierte, ob die Pistole gesichert war,

und legte sie außer Reichweite seiner Frau auf den Spiegeltisch.

Ohne erkennbare Gemütsregung fragte er: »Was ist mit dem Herrn, der derzeit dein Bett teilt? Ist an ihm so wenig dran, dass du dich plötzlich an deinen alten Ehemann erinnerst?«

Er weiß es, dachte Claire, und es ist ihm egal. Wieder erschrak sie, diesmal aber ohne das Glücksgefühl von vorhin. Sie war entmutigt. Er wollte sie nicht erschießen, er wollte sie demütigen. Dann dachte sie, das ist ein gutes Zeichen. Er ist doch eifersüchtig. Wenn sie jetzt die Situation nur geschickt nützte, hätte sie schon gewonnen.

»Komm.« Sie klopfte auf den Platz neben sich. Er tat ihr den Gefallen, ließ sich auf dem Bett nieder. Sie rückte nahe an ihn heran und flüsterte in sein Ohr: »Erinnere dich, wie glücklich wir waren.«

»Das ist schon lange her.«

»Wir können es wieder sein.«

Claire hatte das Gefühl, dass sie langsam an Boden gewann. Sie riskierte noch einen Schritt, nahm seine Hand, bog die Finger spielerisch auseinander und küsste jeden einzelnen. Er hielt still. Sie wurde mutiger, kitzelte ihn mit der Zungenspitze in der Handfläche. Das hatte ihn früher völlig verrückt gemacht. Im Grunde, dachte sie schon fast getröstet, im Grunde weiß er genauso gut wie ich, dass wir zusammen gehören.

Da entzog er ihr seine Hand, und sie sah aus den Augenwinkeln, wie er sie an der Arbeitshose abwischte. Das schürte ihren Ärger. Trotzdem zwang sie sich zur Ruhe. So schnell, dachte sie, würde sie nicht aufgeben.

»Lass es uns noch einmal versuchen, Alfons.«

Doch statt die von ihr erhoffte Antwort zu geben, schwieg er verstockt. Zum ersten Mal kam ihr der Verdacht, ihr sorgfältig ausgeklügelter Plan könnte scheitern. Sie richtete sich auf, sah ihn bittend an.

Auch darauf reagierte er nicht. Da rückte sie wieder näher und rieb versuchsweise ihre Brust an seinem Oberarm. Aber die Zeit, in der ihn diese Berührung erregt hatte, war längst vorüber. Jetzt wehrte er sie nur ab.

Als Claire begriff, dass alles nichts nützte, warf sie die guten Vorsätze über den Haufen, sagte sich, hilf, was helfen kann, und ging ihm an den Hosenschlitz. Doch da Alfons Arbeitskleidung trug, suchte sie vergebens.

Er lachte. Claire brannten die Sicherungen durch. Sie fasste noch einmal zu. Was sie da spürte, beziehungsweise nicht spürte, war eine persönliche Beleidigung für sie, die sie ihrer Meinung nach nicht verdient hatte.

Alfons lachte noch immer und sagte: »Aber Claire, dafür hast du deinen Liebhaber.«

»Ja, und der ist nicht so ein Schlappschwanz wie du«, schrie sie, heiser vor Wut. Tränen stiegen ihr in die Augen, doch fieberhaft dachte sie, nur jetzt nicht aufgeben. Alfons wollte sie leiden lassen aus Rache, weil sie ihn betrog. Ihr wurde schlagartig klar, was sie zu tun hatte. Sie musste den Spieß umdrehen. Sofort.

Sie schnellte hoch.

»Wie du willst.« Ihre Stimme war ungnädig, während sie innerlich zitterte. »Mit ihm ist es tausend Mal besser als mit dir.«

Sie wartete auf die Reaktion ihres Mannes, doch er blieb stumm, und sie, statt zu gehen, ließ sich wieder neben ihm auf das Bett fallen, legte entmutigt den Kopf an seine Schulter.

Nievergelt tätschelte ihr den Rücken. Er hatte nichts gegen seine Frau, nur der Zauber, welcher ihn während der ersten Zeit ihrer Beziehung in Bann gehalten hatte, war längst verflogen, ihre verführerische Süße nur noch klebrig. Ihre Launen langweilten ihn, und Sex mit ihr war ihm zu anstrengend.

Claire, die nichts von seinen Gedanken ahnte, schöpfte neue Hoffnung, während sie um ein Wunder betete.

»Ist es eine andere?«, fragte sie zaghaft.

»Nein.«

»Bestimmt nicht?«

»Bestimmt.«

Das war eine noch viel größere Demütigung als jede Konkurrentin. Gegen eine andere Frau hätte sie kämpfen können, aber was blieb ihr unter diesen Umständen?

Sie sprang auf, kreischte: »Du Schwein! Ich gehe.«

»Mach das«, sagte er, »meinen Segen hast du. Aber der Junge bleibt bei mir.«

Claire fuhr herum. »Bist du wahnsinnig?«

»Nein.«

»Das kannst du nicht machen.«

»Doch.«

»Yannick ist mein Sohn.«

»Meiner auch.«

»Du kriegst ihn niemals. Ein Kind gehört zu seiner Mutter.«

»Aber nicht, wenn sie mit einem Liebhaber herumhurt.«

»Das wirst du bereuen.«

»Glaubst du?«, fragte er nachdenklich.

Claire sprang auf, griff sich die Pistole vom Spiegeltisch und entsicherte sie.

Nievergelt rührte sich nicht. »Richtig«, sagte er, »du wolltest mich doch erschießen. Nur zu.«

»Ich liebe dich«, sagte sie und legte auf ihn an.

Nach ihren Fantasien sollte sich jetzt auf dem Gesicht ihres Mannes ein Leuchten ausbreiten, und er sollte sagen: »Ich liebe dich auch, Claire. Du bist ein unerhörtes Weib.«

»Er hat mich nur angeschaut und verlangt, ich solle mit dem Blödsinn aufhören«, sagt Claire zu Noldi und wirft ihm einen Engelsblick zu. »Da habe ich die Pistole fallen lassen und bin weggerannt.«

»Und wer hat geschossen?«, erkundigt sich der Polizist höchst interessiert.

»Ich weiß es nicht.«

Noldi runzelt die Stirn.

Er glaubt der Frau kein Wort, aber dass sie lügt, muss er ihr erst beweisen. Eines wird ihm schlagartig klar. Mit dieser Version des Tathergangs belastet sie Oehninger schwer. Wenn sie damit durchkommen will, darf er nicht gegen sie aussagen. Das heißt, denkt Noldi, sie muss ihn irgendwie herumkriegen, dass er den Mund hält. Aber der Narr ist verliebt genug, alles zu tun, was sie von ihm verlangt.

Plötzlich sagt Claire, als wäre ihr das gerade erst eingefallen: »Übrigens, Wolfer war an dem Abend auch da. Alfons hat es mir erzählt. Vielleicht ist er zurückgekommen und hat ihn erschossen, aus Rache wegen der alten Sache mit Liz. Oder es war jemand aus der Gemeinde.

Alfons hat sich politisch nicht besonders beliebt gemacht mit seiner Sturheit in Sachen Fusion.«

Sie schluchzt plötzlich auf und setzt hinzu: »Denken Sie an die Füße.«

Noldi mustert sie neugierig.

»Was haben die Füße mit der Fusion zu tun?«, fragt er.

»Das wissen Sie nicht?« fragt Claire zurück. Sie ist plötzlich äußerst lebhaft. Jetzt, denkt Noldi, wittert sie eine Möglichkeit, ihn auf eine falsche Fährte zu führen.

Er spielt den Ahnungslosen. »Nein«, sagt er, und sie darauf beinahe mitleidig wegen seiner Unwissenheit: »Alfons hat immer gesagt, er werde gegen die Fusion kämpfen, solange ihn seine Füße tragen. Das weiß hier oben jedes Kind, dass er gegen die Fusion von Sternenberg mit Bauma war.«

»Ah ja«, sagt Noldi vage, »und Sie meinen, das reicht für einen Mord?«

»Sie nicht?«, erwidert Claire noch immer lebhaft, doch dann dämmert ihr, dass sie jetzt einen Fehler gemacht hat. Nervös zerrt sie ihr Taschentuch hervor und beginnt wieder zu weinen.

Noldi mustert sie kurz, dann verabschiedet er sich. Gleich auf dem Flur wählt er Oehningers Nummer. Er will um jeden Preis verhindern, dass die Witwe sich mit ihm abspricht. Der Mann meldet sich sofort.

»Wo sind Sie?«, fragt Noldi. Er muss die Leitung so lange wie möglich besetzt halten, damit Claire ihren Liebhaber nicht erreicht. »Ich bin in Sternenberg«, beginnt er. »Ihre Freundin hat Sie soeben in der Mordsache Nievergelt schwer belastet.«

Nico glaubt ihm nicht. Er sagt zuerst ganz kühl, wie der Herr Kommissar wisse, hätten sowohl er als auch Claire ein Alibi.

Während er vorschriftswidrig mit einer Hand das Auto die Kurven hinunter nach Bauma steuert, erklärt Noldi ihm geduldig, dieses Alibi sei geplatzt. Nico glaubt ihm nicht. Er setzt zu einer wirren Erklärung an, in die er sich immer mehr verstrickt.

»Ja«, sagt er harmlos, »wir waren in Sternenberg. Claire wollte mit ihrem Mann über die Scheidung reden. Aber da war nichts zu machen, und wir sind wieder gefahren.«

»Mitten in der Nacht«, fragt Noldi, »und mit Ihrem Bruder als Ihr Double im Hotel?«

Wieder wirkt Nico auf den Polizisten wie ein Kind, das seinen Vers gelernt hat. »Ah, das mit meinem Bruder ist eine andere Sache. Er hatte gerade Geburtstag und ich habe ihn gefragt, was er sich wünscht. Er hat gesagt, ein Mitternachtsdinner mit seiner neuen Freundin in einem Hotel. Da habe ich mir gedacht, das trifft sich gut, wenn Claire und ich nach Sternenberg fahren, steht unser Zimmer leer. Auf diese Weise habe ich mir erst noch einen Teil der Kosten gespart.«

Noldi bleibt die Spucke weg. Wie, denkt er, ist er nur auf dieses Lügenmärchen gekommen?

»Herr Oehninger«, beginnt er, »das können Sie Ihrer Großmutter erzählen. Aber Sie werden nicht im Ernst glauben, dass ich Ihnen das abnehme.«

»Warum nicht«, fragt Nico, »wenn es so ist?«

»Ihr Bruder«, bemüht sich Noldi zu erklären, »verdient mit seiner Fliegerei ein Vielfaches von Ihnen. Und er sollte sich so etwas Dummes wünschen?«

Jetzt muss Nico improvisieren, und man hört es ihm an. »Hat er Ihnen das nicht erzählt?«, fragt er leicht stotternd.

»Nein«, entgegnet Noldi wahrheitsgemäß, »er hat gesagt, er hätte Ihnen zum Schutz vor einem gehörnten Ehemann ein Alibi verschaffen sollen.«

Das verschlägt Nico den Atem, aber nur kurz. Dann lacht er. »Stimmt. Aber Sie dürfen nicht glauben, dass es mir mit Claire nicht ernst ist. Das erste Mal in meinem Leben.«

Da ist Noldi schon in Bauma. Er unterbricht die Verbindung, würgt seinen Wagen in eine enge Parklücke, stürmt in die alte Remise. Oehninger sitzt auf einer umgedrehten Kiste vor der alten Lokomotive und telefoniert. Natürlich mit Claire, denkt Noldi. Als er ihn vor sich sieht, wird er blass. Er lässt die Hand mit dem Telefon sinken, steht langsam auf.

»Also die Geschichte mit dem Geburtstagsgeschenk ist von vorne bis hinten erlogen«, konstatiert Noldi, ohne sich mit einer Begrüßung aufzuhalten.

Nico scharrt mit den Füßen. »Gut«, gibt er dann zu, »Claire und ich, wir waren wirklich in Sternenberg, um mit ihrem Mann zu reden.«

»Und weil er nichts von einer Scheidung wissen wollte, haben Sie ihn erschossen?«

»Nein, ganz ehrlich nicht.«

»Für Ihre Freundin ist das nicht so eindeutig.«

Wie Noldi befürchtet hat, glaubt Nico ihm nicht.

»Niemals«, sagt er im Brustton der Überzeugung. Als Noldi berichtet, was die Witwe Nievergelt ausgesagt hat, wird er heftig.

»Das hat Claire niemals gesagt. Wenn Sie denken, Sie können mir eine Falle stellen und uns gegeneinander ausspielen, sind Sie auf dem Holzweg«, meint er verärgert. »Claire und ich, wir lieben uns und wollen so rasch wie möglich heiraten. Jetzt, wo sie frei ist.«

»Weil Sie ihren Mann erschossen haben.«

»Nein, das war ich nicht«, sagt Nico. »Das hat mir jemand abgenommen.«

»Claire Nievergelt?«

Nico wird hektisch. »Wie können Sie so etwas sagen? Das ist nicht Ihr Ernst. Claire würde so etwas niemals tun. Das kann sie gar nicht. Sie ist ein Engel.«

»Sie müssen es wissen«, sagt Noldi resigniert. »Falls sie ihren Mann doch erschossen hat, wird sie vermutlich versuchen, Ihnen den Mord in die Schuhe zu schieben. Überlegen Sie sich das.«

19. WILDWESTAKTION

Im Büro hat sich seit seiner Rückkehr aus Ascona der Wind gedreht. Während er vorher sowohl im Fall Nievergelt als auch bei der Brandsache nur eine Randfigur war, steht Noldi plötzlich im Zentrum der Ermittlungen, die auf unheimliche Weise ineinander greifen. Er liefert den entscheidenden Hinweis zur Identifizierung der unbekannten Toten. Er hat die Haarproben von Elvira ins Labor bringen lassen, macht jetzt dort Dampf wegen der DNA-Analyse. Jimmy Egloff lacht gutmütig und meint, er würde es gern einmal, ein einziges Mal, erleben, dass Noldi sagt: »Lieber Jimmy, lass dir Zeit. Es eilt überhaupt nicht.«

Auch Noldi lacht. Ihm ist so leicht zumute wie seit Wochen nicht mehr. »Lieber Jimmy«, sagt er, »je schneller du fertig bist, desto schneller gehen wir zwei auf ein Bier. Meine Einladung.«

Inzwischen hat man anhand der rekonstruierten Fingerabdrücke festgestellt, wo Lili sich im »Sunnebad« überall aufgehalten hat. Ihre Spuren finden sich an sämtlichen versperrten Türen, aber nur in einem einzigen Raum, dem Motelzimmer, das offen stand. Noldi nimmt an, dass Yannick es aufgebrochen hat. Doch das ist eine Bagatelle, die sich klären wird. Außerdem war das Mädchen im Schopf, den zu versperren Oehninger vergessen hat. Dort standen die beiden Kannen voll Benzin, und dort hat Lili sich angezündet.

Eines irritiert ihn. Nach Annahme der Therapeutin

hoffte das Mädchen bei ihren Selbstmordversuchen bisher darauf, dass sie gerettet wurde. Könnte es sein, überlegt Noldi, dass Lili auch diesmal nicht wirklich sterben, sondern gerettet werden wollte? Aber warum? Weil Nievergelt am letzten Besuchstag nicht erschienen ist? Darauf zeigte sie laut Therapeutin keine Reaktion. Stattdessen ist sie aus der Klinik abgehauen und nach Sternenberg gefahren. Zu Nievergelt. Hat sie den Selbstmordversuch dort inszeniert, damit er sie noch einmal rettet? Aber Nievergelt war zu diesem Zeitpunkt schon tot. Wusste sie das? Und wenn, wie hat sie es erfahren?

Laut Bericht der Brandermittler musste sie sich absichtlich oder aus Versehen heftig mit Benzin begossen haben. Sie fing Feuer, möglicherweise schneller, als von ihr beabsichtigt, denn Fundort, sowie Stellung ihrer stark verkohlten Leiche könnten darauf hinweisen, dass sie noch versucht hat, den Schuppen zu verlassen, jedoch bewusstlos wurde, bevor sie die Tür erreichte.

Er verlangt von Rühle die Unterlagen zum Brandfall Sunnebad.

Der schaut ihn zuerst nur verständnislos an.

Noldi drängt: »Also mach schon. Es geht um die Brandleiche. Wir haben sie identifiziert.«

Er sagte wohlweislich »wir«, obwohl er es war, der die Verbindung zu Lili Balitzka hergestellt hat, und der andere nichts, aber auch gar nichts dazu beitrug. Er hat noch nicht einmal die Vermisstmeldung der St. Galler Kantonspolizei zu Gesicht bekommen. Wie es scheint, hat die Klinik zuerst selbst in der Umgebung nach dem Mädchen gesucht, bevor sie die Polizei benachrichtigte.

Die Schmeichelei besänftigt den Kollegen Rühle, und er rückt die Liste anstandslos heraus. Noldi geht Punkt für Punkt die Dinge durch, welche man im »Sunnebad« und vor allem im abgebrannten Schopf an Beweismaterial sichergestellt hat. Da ist allerhand zusammen gekommen, doch so sehr er sich bemüht, er findet nichts, was als Auslöser für Lilis Selbstmord hätte dienen können. Enttäuscht legt er die Unterlagen beiseite und zermartert sich von Neuem das Hirn, was sie gefunden haben könnte und sie so hat ausrasten lassen, dass sie sich und den Schopf anzündet. Er kann sich nur einen einzigen Grund vorstellen: Sie muss von Nievergelts Tod erfahren haben. Nur wie ist das zugegangen? Yannick hat es ihr sicher nicht erzählt, denn für ihn lebte sein Vater noch.

Noldi weiß von dem Jungen, dass sie nach Sternenberg gekommen ist. Und es war wirklich Lili, daran zweifelt er keine Sekunde, denn alles andere ergibt keinen Sinn. Stellt sich die Frage, was ist hier passiert. Sie war im Cholerholz und ist Claire begegnet. Die sagt, ihr Mann sei nicht zu Hause. Lili beschließt, auf ihn zu warten. Claire schickt sie weg, worauf Yannick, der den Wortwechsel zwischen den beiden Frauen angehört hat, sie ins »Sunnebad« bringt und verspricht, sich zu melden. Was tut sie in der Zwischenzeit? Hat sie in den Tag hineingeträumt? Von Nievergelt und einem Leben mit ihm? Ist ihr beim Warten langweilig geworden? Ihre Fingerabdrücke an den Türen sprechen dafür, dass sie begonnen hat, sich im »Sunnebad« umzusehen. Doch alles war versperrt. Bis auf das eine Motel-Zimmer. Und der Schopf.

Noldi greift zum Telefon und ruft Oehninger an.

»Was haben Sie im Schuppen sonst noch aufbewahrt außer Werkzeug und Benzin?«, fragt er.

»Nichts«, antwortet Nico.

»Denken Sie nach«, drängt der Polizist.

»Altpapier«, sagt Nico nach einer Weile. »Reklame, Postwurfsendungen, Gratiszeitungen, solchen Schund aus dem Milchkasten. Den habe ich regelmäßig geleert, wenn ich oben war.«

Damit fängt Noldi nicht viel an. Was sollte, denkt er, an einer Reklamesendung Lili in den Tod treiben?

»Überlegen Sie, ist das wirklich alles?«, fragt er Oehninger noch einmal.

Der gibt sich Mühe, aber es fällt ihm nicht mehr ein.

»Welche Gratiszeitungen?«, bohrt Noldi weiter.

»Keine Ahnung«, sagt Nico zuerst, dann plötzlich: »Ich glaube, kürzlich war ein ›Tößthaler‹ dabei, gratis als Werbung.«

Noldi horcht auf. »Von wann«, will er wissen. Doch damit ist Nico bereits wieder überfragt.

»Keine Ahnung«, sagt er noch einmal, »beim besten Willen nicht, tut mir leid.«

Noldi gibt auf. Das Datum der Postwurfsendung denkt er, bekommt er auch auf anderem Weg heraus. Da muss er sich nicht mit Oehninger abplagen. Die Redaktion des »Tößthalers« in Turbenthal ist nur ein paar Häuser weit entfernt. Er beschließt, dem Redakteur einen Besuch abzustatten.

Strammen Schrittes geht er an der Methodistenkirche vorbei, und als er gerade zum Haus des Doktors kommt, vor dem wie immer eine Reihe Autos parken, sieht er, wie eine Gestalt in das ebenerdige Gebäude des »Tößthalers« stürzt, in dem bis vor einigen Jahren auch die Druckerei untergebracht war. Noldi beschleunigt seinen Schritt. Schon vor der Tür vernimmt er einen Höllenlärm. Ein Stuhl stürzt um. Noldi rast hinein, trennt die beiden Männer, die eben daran sind, einander brüllend an die Gurgel zu gehen.

»Was, zum Teufel, ist hier los?«, erkundigt sich der Polizist. Im selben Moment erkennt er den berüchtigten Säufer und Schläger aus Kehlhof. Bei dem musste er schon wiederholt eingreifen, weil er sich im Suff mit der Frau prügelte. Auch jetzt kann Noldi die heftige Alkoholfahne des anderen riechen. Er macht kurzen Prozess, packt ihn hinten am Kragen und wirft den sich heftig Sträubenden hinaus auf die Straße. Erst nachdem er sich vergewissert hat, dass der Kerl auch wirklich abzieht, kehrt er ins Büro zurück. Der Redakteur hat sich wieder an seinen Schreibtisch gesetzt. Er streicht sich schwer atmend die Haare aus der Stirn.

»Gott sei Dank, Noldi. Du bist gerade recht gekommen.«

»Was wollte er eigentlich?«

Mit matter Stimme berichtet der Redakteur, der Mann sei in das Büro gestürzt, habe ihn sofort an der Krawatte gerissen. Mehr könne er nicht sagen, alles sei so rasch gegangen.

Noldi insistiert: »Du musst doch eine Ahnung haben, was er von dir wollte?«

»Ich weiß es nicht. Vermutlich ging es um die Mahnungen, die wir ihm geschickt haben, weil er sein Abonnement nicht bezahlt.«

Noldi verliert schlagartig das Interesse an der Sache und erinnert sich, was ihn hierher geführt hat.

»Eigentlich bin ich nicht als Rausschmeißer gekommen.«

»Sondern?«

»Ich habe eine Frage an dich.«

»Schieß los«, sagt der Redakteur.

»Erinnerst du dich noch, welche Ausgabe des ›Tößthalers‹ du als Streusendung in Sternenberg und Bauma verteilen hast lassen?«

»Selbstverständlich«, erwidert der andere prompt. »Das war die Ausgabe mit dem Bericht über den Mord am Polizisten dort oben. Habe mir gedacht, das sei eine günstige Gelegenheit für ein wenig Werbung.«

Siehe da, denkt Noldi, sein Verdacht bestätigt sich. Er fragt: »Hast du noch eine Ausgabe für mich?«

»Klar«, versichert der andere und holt die betreffende Nummer des Blattes aus dem Archiv neben dem Büro. Noldi muss erst gar nicht blättern. Schon auf der Frontseite prangt das Foto von Nievergelt. Das ist es, das muss Lili in die Finger bekommen haben.

»Darf ich die behalten?«, fragt er den Redakteur.

»Ja gerne. Sagst du mir auch, warum du dich dafür interessierst?«, erkundigt der sich neugierig.

»Lieber nicht, sonst lese ich es morgen in deiner Zeitung.«

»Morgen gerade noch nicht. Die nächste Ausgabe ist erst übermorgen fällig.«

Noldi lacht und winkt und kehrt in die Polizeistation Tösstal zurück. Dort breitet er die Zeitung vor sich aus und betrachtet das Foto des toten Polizisten. Wie muss die Nachricht, dass ihr Retter ermordet worden ist, auf Lili gewirkt haben? Hat sie Angst bekommen, weil er sie im Stich gelassen hat, ist sie ausgerastet und hat in ihrer Wut oder Verzweiflung sich und den Schopf angezündet? Ganz genau, denkt er, werden sie es nie herausfinden, doch so könnte es gewesen sein. Dann wird ihm mit Schrecken bewusst, sobald das Ergebnis der DNA-Analyse von Elviras Haaren vorliegt, wird er es ihr mitteilen müssen. Aber wie, per Telefon oder sie bitten, nach Winterthur zu kommen? Leider gibt es nichts, was er ihr als letztes Andenken an ihre Schwester überreichen könnte.

Dass er den Brandfall im »Sunnebad« geklärt hat und darüber hinaus die Leiche identifizieren konnte, war ein Zufallstreffer. Aber er hat auch das Alibi von Claire und Nico geknackt. Darauf ist Noldi stolz. Seine Sturheit zeigt einmal mehr Wirkung. Soll noch einer die Klappe aufreißen und sagen, der Oberholzer sei ein verrückter Hund. Das sagt auch keiner. Nicht dass die anderen ihn jetzt lieben, aber sie überlassen Noldi, zumindest für die laufenden Ermittlungen, zu bestimmen, wo es lang geht. Die Kollegen sind froh, wenn nicht weiter davon die Rede ist, wie sehr sie sich verrannt haben. Rühle muss den Gemeindeschreiber Stettler im Fall Nievergelt als Täter aufgeben und Wolfer den Mülilüthi. Das bedeutet, Noldi hat die Wette gewonnen. Vorläufig hält er sich in diesem Punkt noch vornehm zurück. Im Geheimen aber überlegt er bereits, was er alles essen und trinken wird, um es den beiden heimzuzahlen. Er wird sie richtig zur Kasse bitten, und wenn er dabei platzt, so schlecht, wie sie ihn behandelt haben.

Am darauf folgenden Sonntag fährt Familie Oberholzer mit der Dampfbahn. Es ist Noldis Abschiedsgeschenk für Peter und seine Freundin, die am nächsten Tag wieder abreisen. Nico Oehninger hat ihn bei ihrem letzten Zusammentreffen darauf gebracht, als er ihm eine Freikarte für eine Fahrt Bauma-Uerikon retour anbot. Noldi hat gestutzt, dann lachte er und sagte in einer plötzlichen Eingebung: »Das ist sehr liebenswürdig von Ihnen. Aber mit einer Karte fange ich nicht viel an. Ich brauche einen halben Waggon.«

Er fand es eine geniale Idee, und die Familie ist ebenso begeistert. Oehninger amtet auf dieser Fahrt als Aufpasser im hintersten Wagen. Bei Trockenheit besteht die Gefahr, dass durch den Funkenflug aus der Lokomotive irgendwo das Gras zu brennen beginnt. Dann muss sofort die Feuerwehr verständigt werden.

Der ganze Oberholzer-Clan findet sich schon früh vollzählig am Bahnhof Bauma ein. Dort herrscht im Gegensatz zu normalen Tagen fast Jahrmarktsstimmung. Menschen wogen hin und her, lachen, reden durcheinander. Kinder rennen herum, drehen die Hälse, wenn wieder ein schriller Pfiff ertönt. Der Geruch von Ruß liegt in der Luft.

Die Familie schleppt einiges an Proviant mit. Hans Hablützel dagegen hat nur eine Aktentasche fest unter den Arm geklemmt. Einzig Bayj passt der Trubel nicht so ganz. Er hält sich mit eingezogenem Schwanz eng an Pauli, der ihn an der Leine führt. Verena und Richard hüten die Zwillinge. Die haben wieder ihre Legionärshütchen auf und würden, wenn man sie ließe, blitzschnell im Gewühl verschwinden. Mark hat sich beim Großvater eingehängt. Früher, erzählt Noldi seinem Enkel, sei der

Zug von Winterthur bis Rapperswil gefahren. Es habe sogar Schnellzüge gegeben, die nur an bestimmten Stationen stehen geblieben und in Rikon durchgebraust seien. Wobei »gebraust«, denkt er schmunzelnd, leicht übertrieben ist. Meret geht inzwischen und besorgt die Billette für die ganze Gesellschaft. An den zwei Verkaufsständen gibt es außerdem Literatur über die Dampfbahn, T-Shirts mit Aufdruck, Abzeichen, Kappen und Guetzli in Form einer Dampfloki, von denen Meret gleich eine Hand voll ersteht. Auf dem Perron stehen Bähnler in historischen Uniformen.

Endlich besteigen Oberholzers samt Hund und Kleinkindern den Zug. Sie haben fast den ganzen letzten Wagen für sich. Noldi wählt einen Platz, von dem aus er durch die Hintertür direkt auf die Geleise sieht.

Sie hören einen schrillen Pfiff, das Zischen der Lokomotive. Der Zug setzt sich in Bewegung. Die Kinder und Cheryl hängen in den Fenstern. Noldi beobachtet Nico, der am Geländer der Plattform lehnt. Er hat noch nichts zu tun. Aus einem unerfindlichen Grund dreht Noldi den Kopf zur Abwechslung in die andere Richtung. Und was sieht er? Die Witwe Nievergelt kommt soeben durch die Tür zum vorderen Waggon. Er ist nicht besonders überrascht, verbirgt nur rasch das Gesicht, damit die Frau ihn nicht bemerkt. Doch sie schaut nicht rechts noch links, sondern marschiert geradewegs zur hinteren Tür, öffnet sie und betritt eilig die Plattform. Der Zug hat bereits stampfend und schnaufend die Anhöhe hinter Bauma erklommen und bewegt sich jetzt auf das Viadukt zu, welches hoch oben über das Fabriksgelände im Neuthal führt. Noldi hört noch, wie Nico erfreut sagt: »Claire, du, was für eine Überraschung.«

Dann folgt ein unterdrückter Schrei, der Polizist stürzt hinaus, Nico hängt über dem Abgrund, und Claire hackt so fest sie kann mit dem Absatz auf seiner Hand herum, damit er endlich loslässt. Wie sie Noldi sieht, reagiert sie blitzschnell, schreit in den höchsten Tönen: »Hilfe, Hilfe, ein Unfall!«

Noldi reißt sie zurück, sie taumelt, fällt rücklings durch die offene Tür in den Wagen. Die ganze Familie Oberholzer stürzt zu ihr, um sie wieder auf die Beine zu stellen. Nur Pauli hat die Situation erfasst. Er brüllt: »Festhalten, sie ist die Mörderin!«

Inzwischen hat Noldi unter großen Anstrengungen den schwitzenden und keuchenden Nico wieder auf die Plattform gezogen. Jetzt liegt er bäuchlings auf dem Boden, in Sicherheit, nur seine Beine ragen noch ins Leere. Er ist blass. »Das war knapp«, sagt er, während er sich aufrappelt. Dann, nach einem winzigen Zögern, setzt er hinzu: »Ich bin ausgerutscht.«

»Sie Idiot«, sagt Noldi und wendet sich ab.

Der Zug hat das Viadukt überquert, fährt durch grüne Wiesen und Wälder.

Drinnen im Wagen hat die Familie Oberholzer rasch gehandelt. Cheryl hockt rittlings auf Claires Beinen, hält deren Knöchel rechts und links mit beiden Händen fest. Sie ist begeistert von der Wildwestaktion. Pauli drückt einen Arm der Witwe nieder, den anderen Peter. Hablützel, ein Bier in der Hand, ist jederzeit zum Einsatz bereit, und neben ihm sitzt Bayj, hoch aufgerichtet. Er knurrt von Zeit zu Zeit. Obwohl die Frau sich windet wie eine

Katze, hat sie gegen die geballte Familiengewalt keine Chance. Die kleine Lena zeigt mit ihrem Finger auf sie, was als Frage gemeint ist. Mark hat sich einen Schuh von Claire geschnappt, den er jetzt triumphierend bewacht, und Richard, sein Vater, von Beruf Fotograf, dokumentiert alles mit der Kamera. Auch einige andere Fahrgäste drängen sich um die Szene.

Noldi führt Nico Oehninger, der immer noch käsebleich ist, am Arm in den Wagen. Er drückt ihn dort auf eine Sitzbank. Dann zieht er Claire hoch.

Nico macht einen weiteren schwachen Versuch, seine Geliebte zu retten. Er wiederholt wenig überzeugend, dass er ausgerutscht sei. Da explodiert Claire Nievergelt. Sie beschimpft ihren Liebhaber nach Strich und Faden. Sie sagt, er sei ein Schwachkopf, ob er jemals geglaubt habe, sie würde sich wirklich für ihn interessieren. Für so einen Langweiler wie ihn. Keinen Tag wäre sie freiwillig bei ihm geblieben, aber sie habe ihn gebraucht, um Alfons eifersüchtig zu machen, ihren Mann, die Liebe ihres Lebens. An dieser Stelle bricht sie in Tränen aus. Doch sie versiegen gleich wieder. Claire ist viel zu wütend, als dass sie schon weinen könnte.

Möglicherweise merkt sie gar nicht, wie viel sie preisgibt und sich selbst ans Messer liefert. In Noldis Augen macht es keinen Unterschied. Er weiß, dass sie ihren Mann erschossen hat.

Er platziert die Frau zwischen Peter und Hans Hablützel, die dafür sorgen sollen, dass sie nicht entwischt. Der Rest der Familie drängt sich um sie und macht vor Neugier große Augen. Den armen Nico schickt der Polizist wieder nach draußen, damit, wie er sagt, er auf den Funkenflug achte. In Wahrheit aber, damit er nicht anhören muss, wie Claire wütet und ihm das Herz bricht. Als er schon in der Tür steht, dreht sich der Ärmste noch einmal um. »Claire!«, fleht er. Sie würdigt ihn keines Blickes, und Noldi schiebt ihn kurzerhand auf die Plattform hinaus.

»Reißen Sie sich zusammen, Mann«, sagt er. »Das wird schon wieder.«

Noldis Nerven sind zum Zerreißen gespannt. Er denkt, irgendwie müssen sie diese Fahrt ohne weitere Zwischenfälle hinter sich bringen. Jetzt einen Streifenwagen mit Martinshorn und Blaulicht anzufordern, scheint ihm zu früh. Soll Claire bei ihnen sitzen bleiben. Sie scheint, seit sie ihren Mann erschossen hat, am Abgrund zu stehen. Da ist sie in seiner Familie am besten aufgehoben. Die passen auf. Noldi tut es leid, dass er ihnen ungewollt das Abschiedsfest verdirbt. Andererseits hätte er ohne sie die Rettungsaktion für Oehninger nicht geschafft. Mit einer gewissen Genugtuung betrachtet er die Gruppe, Claire zwischen den beiden Männern, Pauli mit Bayj ihr gegenüber, daneben Meret, Felizitas und Cheryl. Seine Frau tauscht einen raschen Blick mit ihm und nickt. Noldi denkt, sie wird ihn verstehen, und vermutlich ist sie die Einzige, die Mitleid mit Claire verspürt. Verena, Richard und die Kinder mit Betti halten sich im Hintergrund. Auch das ist gut, denkt er, für den Fall, dass die Situation doch eskaliert.

Und als sie in der Station Bäretswil eintreffen, wirken sie tatsächlich wie eine Familie auf dem Sonntagsausflug. Die anderen Passagiere haben sich, nachdem es nichts mehr zu sehen gibt, wieder auf ihre Plätze gesetzt und wenden ihre Aufmerksamkeit dem Geschehen auf dem Bahnhof zu. Auch Noldi riskiert einen Blick durchs Fenster. Im Garten eines Hauses direkt neben der Station sieht er einen riesigen aufblasbaren Pool, in dem drei halb nackte Männer in mehr als knappen Badehosen posieren. Einer von ihnen ist über und über tätowiert. Ein kleiner Junge sitzt rittlings auf dem Beckenrand.

Der schwierigste Teil der Reise ist dann der Aufenthalt in Uerikon. Es ist eine öde Zeit. Keiner der Fahrgäste weiß, was tun. Einige steigen aus und gehen auf dem Bahnsteig hin und her, um sich die Beine zu vertreten, Auf dem Nebengleis hält ein moderner Zug der S7. Der Fahrer liegt halb über den Armaturen und scheint zu schlafen. Zum Glück ist das Interesse der Mitreisenden in ihrem Waggon inzwischen gänzlich erloschen. Noldi hört da und dort noch jemand tuscheln. Er blockiert ganz unauffällig die Tür zur Plattform, während Richard sich auf seinen Wink im Gang aufbaut. Doch Claire unternimmt keinen Fluchtversuch. Sie sitzt stumm zwischen Hans und Peter, zusammengesunken, als hätte ihr Wutanfall sie restlos ausgelaugt. Noldi mustert sie heimlich. Woran sie denkt, rätselt er. Hat sie das Spiel verloren gegeben? Da hebt sie den Kopf, sucht seinen Blick und sagt tonlos: »Sie haben es immer gewusst.«

Meret reicht Becher mit heißem Kaffee aus der Thermoskanne herum, und Hans öffnet die geheimnisvolle Aktentasche, die er mitgeschleppt hat. Als echter Jäger zückt er eine Flasche Kirsch für alle, die einen Kafi fertig wollen. Betti packt Brötchen aus, während Felizitas einen Zitronenkuchen aus dem Rucksack zaubert. Alles sieht aus wie ein echtes Familienfest. Auch Claire bekommt einen Kaffee. Draußen steht Nico mit völlig verkniffenem Gesicht. Er macht auf Noldi einen bedenklichen Eindruck. Deshalb schnappt er sich ebenfalls einen Becher und ein Stück Kuchen, um es ihm zu bringen. Nico will zuerst nicht, dann beißt er doch dankbar ab und nimmt einen Schluck Kaffee.

»Herr Oehninger«, sagt Noldi aufs Geratewohl, »packen Sie aus. Dann geht es Ihnen vermutlich besser. Wen wollen Sie jetzt noch schützen?«

Nico zögert, dann beginnt er zu erzählen, anfangs stockend, schließlich immer schneller, und zum Schluss erstickt er fast an seinen eigenen Worten.

Während Claire in der Nacht vom 25. Juni mit ihrem Mann sprach, wartete Nico auf ihren Wunsch im Auto. Er saß wie auf Nadeln, und konnte es kaum aushalten. Dann fiel ein Schuss. Nico rannte los. Im oberen Stockwerk des Hauses fand er Nievergelt leblos auf dem Boden. Claire stand wie versteinert daneben. Er stürzte erst zu ihr und riss sie in seine Arme. »Bist du okay, Schatz?«, flüsterte er in ihr Haar, doch sie reagierte nicht. Erst als er sie schüttelte, kam wieder Leben in sie. Sie schluchzte auf, sagte: »Er wollte mich erschießen. Da habe ich ihm die Pistole weggerissen. Ein Schuss hat sich gelöst, und er ist umgefallen.«

Dann fragte sie mit Kleinmädchenstimme: »Ist er jetzt tot?«

Da erst kam Nico die Idee, sich um Nievergelt zu kümmern. Er war schlau genug zu sehen, dass etwas nicht stimmte. Der Mann war auf das Gesicht gefallen. Das hätte nicht passieren können, wäre er bei einem Handgemenge in die Brust getroffen worden. Doch für Nico läuteten keine Alarmglocken. Das Einzige, was zählte, war, Claire lebte, und sie hatte sich für ihn entschieden. Unwiderruflich für ihn. Er hätte nie im Traum gedacht, dass sie so weit gehen würde. Aber sie hatte es getan. Die Tatsache beflügelte ihn. In seinem Kopf begann es zu arbeiten. Er wusste haargenau, was zu tun war.

»Komm«, sagte er und zerrte die Frau aus dem Raum. »Wir dürfen uns keinen Fehler leisten. Wenn wir alles richtig machen, kann uns absolut nichts passieren. Aber wir müssen aufpassen.«

Claire protestierte nicht. Er holte zwei Paar Überzüge für ihre Schuhe aus seinem Sack und zwei Paar dünne Gummihandschuhe.

»Da«, sagte er, »zieh die an. Wir werden jetzt eine falsche Fährte legen. Damit und mit unserem Alibi sind wir sicher. Hundertpro.«

Claire nahm widerspruchslos Handschuhe und Überzieher, schaute ihn aber aus umflorten Augen an.

»Dein Mann«, fuhr er deshalb rasch fort, »hat doch überall herumposaunt, er werde gegen die Fusion mit Bauma kämpfen, solange ihn seine Füße tragen. Das ist gut. So kann ihn leicht einer der Befürworter aus dem Weg geräumt haben.«

Für ihren Schockzustand reagierte sie erstaunlich schnell. »Du meinst …?«, fragte sie.

»Genau«, antwortete er, »die Säge liegt unten im Flur. Ich habe sie gesehen.«

Er schärfte ihr ein: »Bleib da stehen und rühre nichts an. Ich bin gleich wieder da.«

Dann rannte er die Treppe hinunter und holte das Werkzeug, das tatsächlich gleich bei der Eingangstür lag. Im Schuppen suchte er eine Plane, denn sie durften keine Spuren hinterlassen. Zurück im Schlafzimmer breitete er sie aus. Claire half ihm, ihren toten Mann auf den Rücken zu drehen. Während sie ihm die knöchelhohen Arbeitsschuhe und auch die Socken von den Füßen zog, betrachtete Nico die Wunde über Nievergelts rechter Augenbraue. Es war nicht schwer, die Ursache dafür zu finden. Er überlegte fieberhaft, ob er den Spiegeltisch und den Boden reinigen sollte oder es besser sein ließ. Ganz automatisch wischte er über die blutige Kante.

Claire stand auf, trat zurück.

»Also dann«, sagte sie.

Nico streifte Nievergelt die Hosenbeine hoch, nahm die Säge, zog die Reißleine. Doch bevor er ansetzen konnte, würgte es ihn schon.

»Jetzt mach endlich«, forderte Claire ihn ungeduldig auf. Er hob die Säge noch einmal und ließ sie wieder sinken. Er hatte das Gefühl, er müsse sich gleich übergeben. Da riss ihm Claire das Werkzeug aus der Hand.

»Du Jammerlappen«, zischte sie mit einer Stimme, die er nie als ihre erkannt hätte.

Und sie hatte kein Problem.

Es war eine Sache von nicht einmal zehn Minuten. Dann rollte Nico die Plane sorgfältig ein und mahnte zur Eile. Davon wollte Claire nichts wissen. Er musste ihr erst helfen, den Toten auf das Bett zu legen. Sie strich ihm die Haare glatt, legte seine Hände zusammen, zog die Hosenbeine herunter und stellte die nackten Füße ordentlich nebeneinander auf den Boden. Dann besah sie ihr Werk.

Nievergelt schien zu schlafen. Die Wunde über der Augenbraue blutete kaum, die Schwellung war nicht ausgebildet. Nicht einmal die Beinstümpfe würden einem flüchtigen Betrachter ins Auge fallen. Claire schien zufrieden, sie nickte und sagte, jetzt könnten sie gehen.

Nico wurde aus all dem nicht schlau. Ein ungutes Gefühl beschlich ihn, doch er wusste, er konnte nicht mehr zurück. Claire hatte viel, ja alles für ihn gewagt. Er durfte sie nicht im Stich lassen. Nie mehr.

»Komm, Darling«, sagte er, nahm sie behutsam an der Hand, »wir müssen zurück ins Hotel. Pistole und Säge nehmen wir mit, die werfen wir zwischen Brunnen und Weggis in den Vierwaldstättersee. Dort findet sie kein Mensch.«

Claire folgte ihm wie in Trance. Er setzte sie ins Auto, zog ihr die Plastiküberzüge von den Füßen und die Handschuhe von den Fingern.

Dann musste er noch einmal zurück ins Haus, die Waffe, die Säge und die Plane holen. Bevor er das Schlafzimmer verließ, sah er sich kurz aber gründlich um. Nein, sie hatten keine Spuren hinterlassen. Alles war, wie es sein musste. Dann rannte er wieder zum Auto. Er durfte Claire nicht allein lassen. Nicht auszudenken, was passieren könnte, wenn sie plötzlich durchdrehte. Er war fast schon bei seinem Wagen angekommen, sah in dem schwachen Nachtlicht Claire auf dem Beifahrersitz, da fielen ihm Alfons' Schuhe ein. Die musste er haben, sie gehörten wie alles andere in den Vierwaldstättersee. Noch einmal hastete er ins Haus, riss die Schuhe hoch und klemmte sie unter den Arm. Doch als er am Waldrand ankam, schleuderte er sie in einem Anfall von Entsetzen so weit er konnte den Abhang hinunter. Die Füchse, sagte er sich, die Füchse werden sie bestimmt finden und zerbeißen. Dann hatte er sich wieder im Griff.

Als er ins Auto stieg, saß Claire unverändert da, wie er sie verlassen hatte. Er konnte ihr Gesicht nicht sehen. Es war inzwischen vollkommen dunkel unter den Bäumen.

»So ist es gewesen«, sagt Nico mit einem Seufzer zu Noldi, »jetzt wissen Sie es.«

Der Zug hat sich während seiner Erzählung bereits mit einem durchdringenden Pfiff wieder in Bewegung gesetzt. Die alte Lokomotive stößt wilde Dampfwolken aus, zieht ihre Last laut stampfend die Anhöhe hinauf.

Noldi klopft Nico begütigend auf die Schulter und geht in den Wagen, um nach dem Rechten zu sehen. Dort ist die Situation unverändert. Er wirft einen Blick aus dem Fenster. Sie fahren bereits wieder durch die Wälder, die trotz Trockenheit erstaunlich grün wirken. An Sträuchern und Büschen glänzen die Blätter wie frisch poliert. Es ist windstill, nichts regt sich, nur die Rauchschwaden der Lokomotive ziehen träge davon. Der Zug passiert die Brücke im Neuthal, ohne dass Nico die Ereignisse auf der Hinfahrt mit einem Wort erwähnt. Auch Noldi schweigt. Es gibt nichts zu sagen. Erst als sie sich dem Böl-Viadukt beim Friedhof oberhalb von Bauma nähern, kommt Leben in die hagere Gestalt von Oehninger. Er richtet sich kerzengerade auf, sagt mit fester Stimme: »Wenn sie mich nicht liebt, lohnt sich das Leben für mich nicht.« Sagt es und will springen, doch er überlegt zu lange. Der Zug ist bereits über die Brückenmitte hinaus. Nico fällt auf die Böschung statt ins Tal und brüllt wie am Spieß.

Der Zug hält, stößt schwarze Dampfwolken aus. Es herrscht große Aufregung. Die Hälfte der Passagiere klettert aus den Wagen, die andere Hälfte hängt in den Fenstern. Leute rennen auf dem Gleis herum, es gibt Geschrei, das Chaos ist perfekt.

Noldi greift ein, telefoniert, organisiert. Pauli ist der Erste, der zu dem Verletzten hinunterklettert, und hinter ihm her, weil sich keiner mehr um sie kümmert, Frau Nievergelt. Sie küsst Nico und weint, nur nützlich ist sie nicht.

Als der Verletzte abtransportiert ist, die Aufregung sich gelegt hat und die Passagiere wieder in den Zug gestiegen sind, bricht bei Noldi große Ratlosigkeit, ja Verzweiflung aus. Claire ist verschwunden. Keiner hat sie gesehen, niemand auf sie geachtet, weil alle sich um den vor Schmerzen schreienden Nico bemüht haben.

»Verdammt, verdammt, verdammt!«, flucht Noldi vor sich hin. Er ist nicht mehr in den Zug gestiegen, sondern sitzt im Streifenwagen.

»Die ist weg«, kommentiert Wolfer, der mit Rühle zum Einsatzort gekommen ist.

»Sieht so aus«, murmelt Noldi düster. Dann trifft er eine Entscheidung.

»Raus«, sagt er, »ihr könnt mit dem Zug nach Bauma zurückfahren. Ich brauche das Auto.«

»Spinnst du?«, erwidert Wolfer und weigert sich, ihm den Wagen zu überlassen. Doch Noldi hat keine Zeit für Erklärungen.

»Raus«, wiederholt er, »schnell. Sonst fährt der Zug ohne euch. Dann müsst ihr laufen.«

Die beiden Kollegen geben schließlich nach. Wolfer meutert zwar, aber er gehorcht. Noch bevor sie die Türen zugeschlagen haben, fährt Noldi mit kreischenden Reifen ab. Unterwegs betätigt er als Erstes die neue Freisprech-anlage. Er telefoniert in die nächste Bahnstation, damit man dort jemand auf den Geleisen Richtung Weissen-bachbrücke losschickt. Er dagegen fährt direkt ins Neu-thal. Mit Blaulicht und Sirene, die er erst bei der Abzwei-gung zur Fabrikanlage ausschaltet. Als er unten um die Ecke des Gebäudes biegt, in dem früher die Spinnerei untergebracht war, sieht er sie schon. Claire Nievergelt steht oben auf dem Viadukt voll in der Nachmittagssonne. Ihr blondes Haar leuchtet.

Noldi würgt den Motor ab, reißt die Tür auf.

»Claire!«, schreit er, so laut er kann, »Claire!«

Betet, dass sie ihn hört.

Die Figur dort oben hebt den Arm, wie um ihm zu winken.

Gott sei Dank, denkt er.

»Claire«, ruft er noch einmal. Doch da springt sie schon. Sie fliegt, fliegt, fällt. Noldi hält den Atem an. Die Zeit steht still. Der Aufprall weich, dumpf. Dann Stille.

20. BAYJ SEUFZT

Peter und Cheryl sind in den Flieger nach Chicago gestiegen. Felizitas ist im Intercity nach Freiburg unterwegs, Pauli irgendwo. Die Familie hat sich aufgelöst.

Noldi und Meret sitzen in der Sunnematt allein auf der Terrasse, erschöpft und verwirrt. Sie haben nicht einmal etwas zu trinken geholt. Es ist Abend, das Licht wird langsam weich. Im Garten leuchtet das Gelb der Sonnenblumen. Sie sind besonders prächtig dieses Jahr.

Noldi brütet vor sich hin.

Um ihn aus seinen düsteren Gedanken zu reißen, sagt Meret betont munter: »Jetzt haben wir richtig schön Geld ausgegeben. Tut gut von Zeit zu Zeit.«

Noldi lacht kurz auf. »So kann man es auch sehen.«

Seine Frau hört die Trostlosigkeit in seiner Stimme. Ihr sitzt der Schrecken vom Vortag noch ebenso in den Knochen. Nur, was nützt das, sagt sich die Pragmatikerin, davon wird niemand wieder heil.

»Glaubst du«, versucht sie es erneut, »dass Peter und Cheryl heiraten werden?«

»Frag mich was Leichteres.«

»Vielleicht würde sie ganz gut in unsere Familie passen.«

»Möglich.«

»Du bist nicht überzeugt?«

»Meret«, sagt Noldi genervt. »Ehrlich, es ist mir im Moment egal.«

Sie beugt sich zu ihrem Mann und legt ihm die Hand auf den Arm.

»Hör zu, du bist nicht schuld, dass sie gesprungen ist.«

»Was weißt du schon«, sagt er grob.

Meret schweigt. Sie ist verletzt. Er spürt es, und es tut ihm leid. Er kennt sich selbst nicht mehr. Aber die Wut in ihm ist noch immer zu groß.

Es ist diese Wut, die dort unter dem Viadukt aus der Stille gekrochen ist. Seither dröhnt sie unablässig in seinem Kopf, hat während des ganzen Trubels von Polizeiaufgebot, Spurensicherung, Sanität und dem Schreiben von Berichten keine Sekunde nachgelassen. Einzig als er abends nach Hause kam, zog sie sich bei dem Gedanken an die bevorstehende Abreise seines Sohnes ein wenig zurück.

Noldi und Meret hatten noch einmal die Familie vollzählig um sich versammelt. Sie haben gegessen, getrunken, auf alles und jedes angestoßen. Das Lachen war ihnen vergangen, es blieben ihnen nur Versprechungen. Dass Peter und Cheryl bald wiederkommen, dass man einander häufiger besuchen, schreiben, telefonieren würde. Alles, was man in einer eher rührseligen Stimmung verspricht und weiß, dass man es nicht halten wird und auch nicht muss.

Noldi beteiligte sich lebhafter, als es seine Art ist, an der Unterhaltung und hütete sich, die Lider auch nur einen Moment länger zu schließen. Sonst wäre gleich der stürzende Engel vor seinem inneren Auge erschienen. Dieses Bild holte ihn erst ein, als er in der Nacht aus dem Schlaf schreckte. Und da war auch die Wut wieder, ununterbrochen hämmerte sie auf ihn ein: Du hättest sie retten müssen. Obwohl er genau weiß, dieser Frau war, seit sie ihren Mann getötet hatte, nicht mehr zu helfen.

Nach dem Anblick, der sich ihm bot, als er am Morgen ins Büro kam, ging es den Kollegen nicht besser als ihm. Wolfer hing verkatert über seinem Schreibtisch, Rühle starrte komplett verstummt aus dem Fenster und Franca wusste sich nicht anders zu helfen, als dass sie eine Tasse Kaffee nach der anderen kochte. Ein Selbstmord und ein Selbstmordversuch, das ist für die Polizeistation Tösstal eindeutig zu viel.

Weil Noldi meinte, er könne die Kollegen in dieser Situation unmöglich allein lassen, hätte er fast Peter und Cheryl auf dem Flughafen verpasst. Der Abschied fiel entsprechend kurz und heftig aus. Dann brachten Noldi und Meret noch Felizitas zum Zug. Auch das war ein Abschied. Noldi sah seine Tochter nicht an, als er ihr Lebwohl sagte. Einzig Pauli kam mit ihnen zurück nach Haus. Aber auch er verschwand, kaum war er aus dem Auto gestiegen.

Während Noldi in seinem Liegestuhl die schwächer werdenden Sonnenstrahlen auf dem Gesicht fühlt, plagt ihn wieder das Gefühl, er müsse auf den Posten nach Turbenthal. Andererseits will er Meret, nachdem die Kinder weg sind, nicht allein lassen.

Da kommt ihm die Idee, sie einfach mitzunehmen. In dem Moment meldet sich sein Handy.

Meret richtet sich auf. »Geh nicht dran«, sagt sie bittend. »Du bist nicht da.«

Er kontrolliert das Display. »Tut mir leid«, erwidert er, »ich muss. Es ist Franca.«

Er nimmt das Gespräch an, hört eine Weile schweigend zu. Dann bedankt er sich, steckt das Handy wieder weg.

»Und?«, fragt Meret.

»Das Krankenhaus hat sich gemeldet wegen Oehninger. Er ist wieder ansprechbar. Hat sich beide Beine gebrochen. Sonst ist ihm nicht viel passiert. Aber er steht unter Schock. Und er weiß noch nicht, dass Claire tot ist.«

»Wirst du es ihm sagen?«, will Meret wissen.

»Ja, aber erst morgen. Das ist früh genug. Er wird daran zu beißen haben.«

»Genau genommen ist es das Beste für ihn.«

»Du meinst ihren Selbstmord? Das ist nicht dein Ernst.«

»Doch.«

Noldi schaut seine Frau nachdenklich an. »Wenn er schlau ist«, meint er, »verdrängt er die letzte hässliche Szene mit ihr und kann ein Leben lang ungestört um sie trauern.«

Doch Meret ist da ganz anderer Ansicht. »Ich wette mit dir«, sagt sie, »der hat Null Komma Nichts eine neue, wieder eine Blondine, und weiß bald nicht mehr, dass es Claire jemals gegeben hat.«

»Auch möglich«, stimmt Noldi ihr zu. »Aber vorher hat er noch einen Prozess am Hals. Ich nehme an, er kommt ins Gefängnis, sobald er haftfähig ist. Hängt davon ab, was ihm vorgeworfen wird, Beihilfe zum Mord oder nur Vertuschung einer Straftat.«

»Und was passiert mit Yannick?«, erkundigt sich Meret. »Er ist der große Verlierer in der Geschichte.«

»Der, hat Franca berichtet, sei gut aufgehoben bei seinen Onkeln. Die Brüder Nievergelt haben ihn sofort geholt.«

»Gott sei dank«, sagt sie, »wenigstens ein Lichtblick.«

Von der Einfahrt hören sie ein Geräusch.

Noldi hält inne. »Wer kann das sein?«

Die Haustür geht. Sie hören den vertrauten kleinen Knall, mit dem sie wieder ins Schloss fällt.

»Das sind Pauli und Bayj«, sagt Meret.

Dann herrscht Stille. Lange. Sie schauen einander an, unschlüssig, ob sie nachsehen sollen.

Endlich tauchen in der Tür zur Terrasse drei Gestalten auf: voraus der Hund, wie es scheint, nicht bei bester Laune. Pauli hinter ihm dagegen strahlt wie ein Maikäfer. Er ist in Jeans, trägt dazu ein blitzsauberes weißes T-Shirt und hält ein Mädchen an der Hand. Es ist Anne. Sie steckt in einem braven Kleidchen. Hals und Arme sind gebräunt, die blonden Haare von der Sonne gebleicht. Auf ihrer Nase sitzen ein paar Sommersprossen und eine für ihr zartes Gesicht viel zu große Brille. Was, wie Noldi feststellt, seinen Sohn nicht zu stören scheint. Der Altersunterschied von einem Jahr ist nicht mehr erkennbar. Der Junge hat sich in den letzten Monaten gestreckt. Er und Anne sehen sehr vergnügt und zugleich feierlich aus. Und, findet Noldi, unvorstellbar jung.

Als Pauli die Eltern sieht, zuckt seine Hand, als wolle er das Mädchen loslassen. Doch dann fasst er sie noch fester, und sie kommen gemeinsam auf Noldi und Meret zu.

»Hi«, macht Pauli betont lässig, während Anne, ganz wohlerzogene Tochter, höflich »Guten Abend« sagt.

Bayj dreht den Kopf nach ihr. Seine Miene drückt blanke Missbilligung aus. Noldi denkt mit leisem Schrecken, du lieber Himmel, das muss ernst sein, wenn der Hund so eifersüchtig ist.

Meret deutet auf den Stuhl neben sich.

»Bitte, Anne, setz dich.«

Pauli bleibt stehen und fragt auch gleich: »Was gibt es zu essen? Wir sind hungrig.«

»Im Kühlschrank«, antwortet Meret, »steht eine Schüssel mit Risotto. Die könnt ihr euch wärmen.«

Anne schnellt auf, deutet eine Pirouette an und sagt: »Oh ja, lässig. Das machen wir.«

Noldi sieht, wie Pauli und das Mädchen einander mit einem winzigen Verschwörerlächeln zunicken.

Was soll die Scharade, denkt Polizist Oberholzer noch, dann hätte es ihn, wäre er nicht schon gesessen, glatt auf den Hosenboden gesetzt. Sein Sohn sagt ganz locker: »Übrigens, Anne und ich, wir haben uns verlobt. Gebt ihr für uns auch so ein Bombenfest wie für Peter und Cheryl?«

Bayj, der Hund, lässt einen schweren Seufzer los.

WÖRTER

Älplermagronen
Gericht aus Teigwaren, Kartoffeln, Rahm, Käse und
Zwiebeln

Bähnler
Eisenbahner

Bauma
Gemeinde im Zürcher Oberland, seit Januar 2015 fusio-
niert mit Sternenberg

Botz Heitere
Ausruf des Erstaunens wie z. B. potz Blitz

Chnobli
Knoblauch

Dampfbahn
Dampfbahn-Verein Zürcher Oberland (DVZO),
Museumsbahn mit der Stammstrecke Uerikon-Bauma

Glace
Speiseeis

Guetzli
Keks

hässig
wütend

Hindelbank
Frauengefängnis im Kanton Bern

hirnen
grübeln

Hündeler
Hundehalter

Kafifertig
dünner schwarzer Kaffee mit viel Kirsch

FIMO
Modelliermasse zum Backen

Klapf
Knall

Krete
Hügelkamm

Landi
Landwirtschaftliche Genossenschaft

Leidmahl
Totenschmaus

Müli
Mühle

Mülilüthi
der Lüthi von der Mühle

muff
missmutig

Pfanni
Pfannenfabrik

schaffen
arbeiten

Schopf
Schuppen

Stange
Glas Bier

Sternenberg
Dorf im Zürcher Oberland, bis Dezember 2014 politische Gemeinde, seit Januar 2015 bei Bauma

Stotz
steiler Hang

Täfer
Täfelung

Töff
Motorrad

Tößthaler
Regionalzeitung für das Tösstal
Tobel
enges Tal, Schlucht

Turbenthal
politische Gemeinde im Kanton Zürich

ums Verwürgen
unter allen Umständen

vergrätzen
beleidigen, sich zum Feind machen

Voressen
Schweizer Variante des Ragouts

DANK

Noldi musste schon wieder einen schwierigen Fall lösen. Diesmal verzweifelt er beinahe an sich selbst, weshalb er auf die Hilfe seiner Freunde besonders dringend angewiesen war.

Sein Dank sowie der unsere gilt Dr. Heinrich Huber, Dr. Andreas Wegüller, Egon Fässler, Pascal Wehrle, Arnold und Hedwig Ott, sowie ganz besonders Jack Peter vom Forensischen Institut Zürich für seine unverzichtbaren Ratschläge.

Wie immer an dieser Stelle danken Noldi und wir herzlich Claudia Senghaas, Programmleitung, sowie allen MitarbeiterInnen des Gmeiner-Verlages für ihre freundliche Unterstützung und Geduld.

Das Neueste aus der Gmeiner-Bibliothek

Unser Lesermagazin

Bestellen Sie das
kostenlose Krimi-
Journal in Ihrer
Buchhandlung
oder unter
www.gmeiner-verlag.de

Informieren Sie sich ...

www ... auf unserer Homepage:
www.gmeiner-verlag.de

@ ... über unseren Newsletter:
Melden Sie sich für unseren Newsletter an
unter www.gmeiner-verlag.de/newsletter

f ... werden Sie Fan auf Facebook:
www.facebook.com/gmeiner.verlag

Mitmachen und gewinnen!

Schicken Sie uns Ihre Meinung zu unseren Büchern
per Mail an gewinnspiel@gmeiner-verlag.de
und nehmen Sie automatisch an unserem
Jahresgewinnspiel mit »mörderisch guten« Preisen teil!